KB215587

위험한 무법자
스칼렛과 알버트

위험한 무법자

스칼렛과 알버트

1

조나단 스트라우드 지음 | 정은 옮김

SCARLETT
&ALBERT

달다

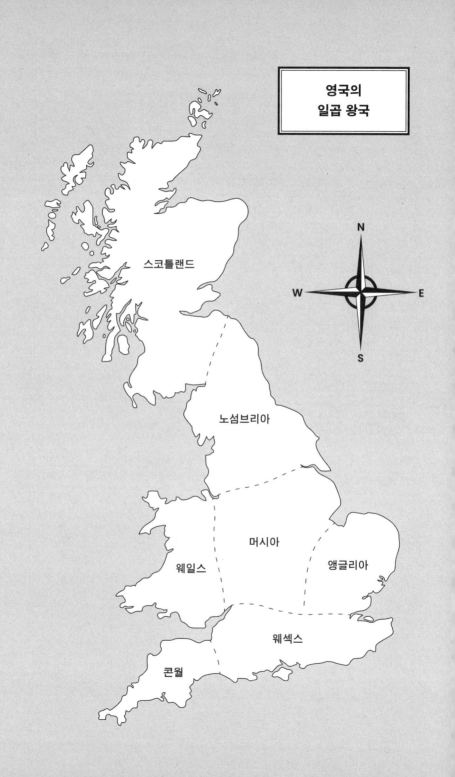

영국의
일곱 왕국

N

W ✦ E

S

스코틀랜드

노섬브리아

머시아

웨일스

앵글리아

웨섹스

콘월

차례

1부 야생 지대 ———— 9

2부 생존 도시 ———— 85

3부 템스강 ———— 217

4부 자유의 섬 ———— 331

1

야생 지대

1

그날 아침, 스칼렛 맥케인은 시체 네 구 옆에서 눈을 떴다. 축축한 늪지대 위로 희미하게 동이 터오고 있었다. 넷이라니! 이렇게 많은지 미처 몰랐다. 어쩐지 온몸이 뻐근하더라니.

스칼렛은 긴 통에서 기도용 매트를 꺼내 바닥에 펼쳤다. 매트 위에 가부좌를 틀고 명상에 집중하려 했지만, 운이 따르지 않았다. 시체들이 바닥에서 쳐다보는 데다, 칼에 찔린 팔의 상처까지 욱신거리는 바람에 도저히 몰입할 수 없었다. 지금 필요한 건 먹을 것과 커피였다.

스칼렛은 일어나서 가장 가까운 시체를 노려봤다. 청남방과 청바지 차림에 검은 수염을 가진 덩치 큰 울즈 남자였다. 나이가 아버지뻘은 돼 보였다. 어쩌면 진짜 그녀의 아버지일 수도. 얼굴이 반쯤 진흙과 자갈에 파묻힌 채 억울한 표정을 짓고 있었다.

"그래, 우리 모두 누구나 문제는 있지. 하지만 나한테서 뭘 뺏으려 하면 이런 결말을 맞는 거야."

스칼렛은 남자를 밟고 호숫가로 내려갔다. 설치해 놓은 동물 덫을 살펴봤지만, 이것 역시 운이 안 따랐다. 덫이 부서졌고, 올가미 줄은

11

물어뜯겨 끊어져 있었다. 핏자국이 이어지다 끝난 젖은 풀 위에 토끼 머리가 비스듬히 놓여 있었다. 적갈색 기다란 귀가 위로 젖혀진 모습이 마치 털북숭이 손가락 두 개가 경례를 하는 듯했다. 진흙쥐들이 일부러 그렇게 놔둔 것 같았다.

스칼렛 맥케인은 숲을 향해 맹렬하게 욕설을 퍼부었다. 그런 다음 주머니에서 1페니 동전을 꺼내 목에 걸고 있는 가죽 욕설 상자에 넣었다. 벌써부터 적자였다! 아직 아침도 먹기 전인데.

야영지로 돌아와 밤사이 타고 남은 잔불 위에 커피를 끓였다. 선 채로 커피를 마신 후, 이빨 사이로 걸러낸 검은 커피 찌꺼기들을 시냇물에 뱉었다. 날씨가 맑을 듯했다. 기온은 아직 서늘하지만, 비는 오지 않을 것이다. 울즈 고원지대 정상은 버터 같은 진한 노란빛으로 물들었고, 해가 비추지 않는 서쪽은 여전히 어두운 푸른색이었다. 늪지대 너머 멀리 요새화된 생존 도시의 성벽 뒤로 첼트넘의 가로등 불빛이 비쳤다. 스칼렛이 지켜보는 사이, 도시의 발전기가 멈추고, 불빛은 순식간에 사라졌다. 삼십 분 후, 도시의 출입 관문이 열리면 첼트넘에 들어갈 수 있을 것이다.

스칼렛은 매트를 말아 통에 넣은 다음, 유황 막대기들을 수거하러 갔다. 막대 중 두 개는 싸우는 과정에서 짓밟혔지만, 나머지 세 개는 괜찮았다. 유황 냄새가 밤새 진흙쥐들의 접근을 막아줬다. 그녀는 고개를 설레설레 저었다. 최근엔 덤불에서 기어 나오는 뻣뻣한 털보 개자식들이 점점 더 많아진 탓에 코를 물어뜯길까 봐 한숨도 못 잘 정도였다. 아는 사람 중 실제로 큰 진흙쥐들에게 당한 사람도 있었다.

몸을 굽히고 배낭에 묶어놨던 빈 병 두 개를 풀어 호숫가로 향했다. 스칼렛이 죽인 네 남자 중 하나가 하늘을 향해 누운 자세로 물속에 반쯤 잠겨 있었다. 금발이 수초와 함께 물결에 흔들렸고, 하얀 손은 주름지고 오그라진 불가사리처럼 자갈 위에 떠 있었다. 스칼렛은 시체보다 상류로 올라갔다. 어떤 불순물도 물통에 담고 싶지 않았다.

호수로 몇 발자국 들어가 병을 채우는 동안 가죽 코트가 갈대에 스쳤다. 부츠 절반까지 진흙과 물이 차올랐다. 잔물결 위로 일그러져 비치는 자신의 창백하고 둥근 얼굴을 흘끗 쳐다봤다. 얼굴을 찌푸리자 물 위의 그림자도 같이 찌푸린 표정을 지었다. 길고 빨간 머리카락은 수초보다 심하게 엉켜 있었다. 첼트넘에 들어가기 전에 머리를 정돈할 필요가 있었다.

병마개를 꽉 조이려는 찰나 목덜미가 따끔거리는 느낌이 들었다. 갑자기 신경이 곤두서 뒤를 돌아봤다. 스칼렛의 감각이 맹렬하게 살아나기 시작했다.

웨섹스의 야생 지대 위로 해가 떠오르고 있었다. 모든 게 불타오르듯 환한 금빛으로 물들었다. 바람이 거의 불지 않았다. 호숫가는 작은 움직임 하나 없었다. 물은 매끄럽고 평평한 유리처럼 갈대 줄기에 달라붙어 있었다.

스칼렛은 양손에 물병을 하나씩 쥔 채 그 자리에 가만히 서 있었다. 머리를 비우고 흘러들어 오는 감각을 가능한 한 온전히 느끼려 애썼다. 두 눈으로 천천히 주변을 훑어봤다.

눈에 보이는 위험 요소는 없었지만, 스칼렛은 겉모습에 속지 않았다. 바닥을 물들인 피 냄새에 이끌려 분명 뭔가가 숲 밖으로 나왔다.

그렇다면, 그건 지금 어디 있는 걸까?

호숫가에서 조금 떨어진, 호수와 숲의 중간 지역 휘어진 풀들 사이로 고대 건물의 잔해가 툭 튀어나와 있었다. 녹아내린 벽은 기괴한 검은색 덩어리로 뭉쳐져, 지금은 돌이라기보다 단단한 바위 같았다. 하늘에서 새 떼가 띠를 이루며 소용돌이치듯 높이 날아올랐다. 그 외

13

에는 보이는 것도 들리는 것도 전혀 없었다.

스칼렛은 배낭으로 되돌아갔다. 물병과 매트 통을 제자리에 고정하고 배낭을 어깨 위에 둘러멨다. 천천히 불가를 한 바퀴 돌며 발로 잔불 위에 흙을 끼얹었다. 주변을 자세히 살펴보기 위해서였다. 시간만 충분했다면 쓸 만한 걸 찾기 위해 강도들의 시체를 샅샅이 뒤졌을 것이다. 하지만 지금은 여기서 벗어나고 싶을 뿐이었다. 스칼렛은 수염 난 남자만 대충 뒤져봤다. 그는 칼과 덩치와 음흉함만 있으면 모닥불 옆에 혼자 앉아 있는 외톨이 소녀를 공격하기에 충분하다고 생각한 실패한 농부일 뿐이었다. 그의 칼은 스칼렛이 벨트에 찬 칼만큼 날카롭지 않았다. 그의 겉옷 주머니에서 유산지로 싼 샌드위치를 발견했다. 덕분에 점심이 해결됐다.

스칼렛은 야영지를 떠나 큰 키의 젖은 풀들을 헤치며 걷기 시작했다. 멀리 서쪽에는 구름이 비현실적으로 높게 쌓이고, 분홍색과 흰색의 산들이 웨일스 경계 위로 우뚝 솟아 있었다. 스칼렛은 호수를 떠나 바로 덩어리진 검은 벽 쪽으로 향했다. 늪지대에서 쫓기는 것보다 지금 당장 이 환한 곳에서 해를 등진 채 정체 모를 생물과 마주하는 편이 나았다. 숨바꼭질은 취향이 아니었다.

스칼렛은 검은 벽을 50미터 정도 남기고 멈춰 기다렸다. 곧 검은 벽 끝에서 길고 등이 낮은 형체가 하나 떨어져 나와 빛 속으로 느릿느릿 걸어 나왔다. 회색과 검은색이 섞인 늑대였다. 다 자란 성체로, 키가 스칼렛보다 두 배는 컸다. 늑대는 머리를 낮게 숙이고 있었지만 느긋하게 움직이는 견갑골이 거의 스칼렛의 가슴 높이에 다다랐다. 호박색 두 눈이 그녀를 응시했다. 늑대는 전혀 서두르지 않고, 거래를 마무리하려는 세일즈맨처럼 자신감 넘치는 걸음걸이로 다가왔다. 흥분하거나 동요한 기색은 전혀 없었다. 늑대 역시 이 일을 빨리 끝내고 싶은 듯했다.

스칼렛은 천천히 벨트 쪽으로 손을 움직였다. 이 행동만 제외하면 그저 풀숲에 우뚝 서 있는 마르고 가녀린 소녀에 불과했다. 갈색 코트를 입은 소녀는 위험이 도사리는 야생 지대를 홀로 헤쳐나가는 데 필요한 장비들과 배낭, 기도 매트 통과 물병의 무게에 짓눌린 모습이었다.

늑대가 속도를 줄이더니 스칼렛과 6미터쯤 떨어진 곳에서 걸음을 멈췄다. 그리고 스칼렛의 키 높이까지 머리를 들었다. 둘은 서로를 평가했다. 스칼렛은 늑대의 축축한 송곳니, 검은 입술, 눈빛 속 타오르는 지능에 주목했다. 늑대 역시 스칼렛 맥케인에게서 뭔가를 알아차린 듯했다. 순간 몸을 돌리고 빠르게 그녀 옆을 지나쳐 사라졌다. 톡 쏘는 듯 강렬한 냄새가 얼굴을 스치고 지나갔다.

소녀와 짐승은 서로 멀어졌다. 늑대는 시체 냄새를 따라 호수로 향했다. 스칼렛은 주머니에서 빗을 꺼내 가장 심하게 엉킨 머리칼을 빗었다. 풍선껌 하나를 찾고, 배낭끈을 조이고, 권총 벨트의 위치를 조정했다. 그리고 먼 도시를 향해 출발했다.

시간 낭비는 이제 그만하고 본격적으로 일할 시간이었다. 제대로 된 강도의 모습을 보여줄 차례였다.

2

첼트넘 협동조합 은행의 지점장 H. J. 애플비는 여느 때처럼 점심 시간에 차 한잔을 즐기고 있었다. 샌드위치는 진작 다 먹었지만, 좋아하는 귀리와 생강이 큼지막하게 들어간 심프슨 부인이 만든 최고의 비스킷은 아직 남아 있었다. 양복 조끼가 끼는 느낌이 들었다. 앞으로 더 꽉 낄 거라는 생각에 행복감마저 들었다.

사무실 모퉁이에는 애플비 가족이 4대에 걸쳐 '오랜 영광'이라 부르는 괘종시계가 있었다. 시계는 계속 깊고 안정적인 초침 소리를 냈다. 아래층의 은행 문은 닫혀 있었고, 창구 직원은 모두 늦봄 햇살 속에서 점심을 즐기러 나갔다. 애플비는 의자만 돌리면 사무실 창문 아래로 직원뿐 아니라 중심가를 지나가는 선량한 첼트넘 시민들까지 볼 수 있었다. 가게 종업원들은 수다를 떨었고, 우체국 직원들은 배달을 막 끝냈고, 은행 창구 직원들은 심프슨 빵집에 줄을 서 있었다. 깨끗한 아스팔트 도로와 거치대에 놓인 자전거의 크롬 핸들바가 햇빛에 반짝였다. 모든 게 질서 정연하고 훌륭하고 평온하고 조용했다. 애플비는 항상 매사가 딱 이렇게 흘러가야 한다고 생각했다.

애플비가 서두르지 않고 책상 위 서류들을 훑어봤다. 피터슨이 서

류별로 라벨을 붙인 후, 책상 위에 조심스럽게 쌓아놓은 거였다. 색깔 있는 식별표를 보니 검토가 필요한 신앙의 집 관련 서류와 서명해야 할 편지, 승인이 필요한 지급 건이 있었다. 힘든 일도 아니었고, 분명 비스킷만큼 중요하지도 않았다. 혼자 만족스러운 미소를 지으며 접시를 향해 손을 뻗었다…가 우뚝 멈췄다. 아무 소리도 나지 않았지만 사무실 안에 뭔가가 있었다.

애플비는 불현듯 고개를 들었다. 한 소녀가 문가에 서 있었다.

"지금은 점심시간이란다." 애플비는 접시에서 손을 도로 거두며 말했다. "은행 문을 닫는 시간이지."

"나도 알아, 아저씨. 그게 핵심이니까." 소녀가 말했다.

입꼬리 한쪽이 미소 짓듯 반쯤 올라갔지만, 두 눈은 웃고 있지 않았다. 소녀는 사무실 안으로 들어오며 애플비의 신경을 건드렸다.

소녀는 길고 빨간 머리카락을 검은 뼈다귀 핀으로 고정하고는 주근깨 난 창백한 얼굴 뒤로 묶고 있었다. 청바지에 낡은 흰 스웨터를 입고 부츠를 신었으며, 두 손은 갈색의 긴 코트 주머니에 찔러 넣었다. 애플비도 십 대 딸이 있지만 딸의 패션에 별로 관심을 둔 적이 없었다. 하지만 이런 그조차도 소녀의 모습이 첼트넘의 일반적인 옷차림과 다르다는 건 알았다.

"어떻게 들어왔니?" 애플비가 물었다.

소녀는 대답하지 않았다. 커다란 눈동자는 깊고 신비로운 초록빛을 띠고 있었다. 두 눈이 침착하게 바라봤다. 애플비는 소녀의 눈빛에서 존경심을 느낄 수 없었다. 진짜 전혀 없었다. 게다가 뭔가를 계속 씹고 있었다. 껌 같았다. 턱이 부지런히 움직였다. 그의 딸 역시 자주 이랬는데, 애플비는 이런 습관을 매우 싫어했다.

"내 질문에 대답해야지." 애플비가 말했다.

소녀는 애플비에게 한두 걸음 다가갔다. 괘종시계를 지나고 줄무늬 벽지에 진열된 애플비의 사진들을 지났다. 크리켓 클럽 축제에 참여한 애플비 아내의 사진을 무심히 쳐다봤다. 꽃무늬 드레스에 챙 넓은 밀짚모자를 쓰고 있었다.

"맙소사, 여긴 진짜 건물이 다 크잖아. 이 구역은 확실히 식량 부족 따위 없나 보네." 소녀가 말했다.

애플비는 입술을 굳게 다물고 의자에서 반쯤 일어났다.

"아가씨, 그만 나가주시지."

소녀가 예상치 못한 속도로 쑥 앞으로 걸어와 어느새 책상 앞에 놓인 가죽 의자까지 다다랐다. 사무실 안 다른 가구들처럼 가죽 의자 역시 애플비의 아버지, 그전에는 아버지의 아버지가 이곳의 지점장일 때 쓰던 가구였다. 소녀는 의자를 빙 돌려 앉더니 등을 뒤로 기댔다. 여전히 양손은 주머니에 넣은 채였다.

"와, 뒤로 젖혀지네. 멋진데." 소녀가 껌을 질경질경 씹으며 말했다.

애플비는 천천히 의자에 다시 주저앉았다. 어쨌든 소란을 피우지 않는 게 최선 같았다. 검은 손가락으로 정수리의 촘촘하고 까만 곱슬머리를 쓸어 올렸다.

"그럼 손님, 뭘 도와드릴까요?" 애플비가 물었다.

"아, 당연히 돈이지." 소녀의 턱이 껌을 씹느라 몇 번 더 움직였다. 애플비에게 살짝 미소를 지어 보였다. "여기 은행을 털러 왔거든."

애플비는 저도 모르게 목구멍 깊은 곳에서 소리를 냈다. 미친 여자인가? 아무리 유아기 때부터 비정상인을 확인하고 감시하고 걸러내도 늘 일탈자들이 있는 걸 보면 정말 놀라웠다. 빨간 머리와 창백한 피부를 보고 알아챘어야 했는데. 아니면 저 이상한 눈이라도.

"진심인가요? 그러니까 정말로 아가씨가…. 미안해요. 이름을 제대로 못 들은 거 같군요."

"그야 내가 말하지 않았으니까. 당신 뒤쪽 벽에 금고가 있군. 자, 금고 문을 여는 데 육십 초 드리지. 이름이…." 소녀가 책상 위 은색 명판을 흘끗 봤다. "호레이스 애플비. 아! 이런, 이제 난 아저씨 이름을 아네. 이렇게 읽을 수 있어서 다행이지 뭐야? 육십 초야, 애플비 씨. 지금부터 시작하시지."

"이 문제에 대해 좀 더 얘기해 볼 수 있지 않을까요. 차 한잔 어떠신지?" 애플비가 말했다.

"시간 낭비하지 마." 소녀가 다리를 꼬며 손목시계를 확인했다. "오 초 지났네. 이제 오십오 초 남았군. 나도 수학을 꽤 하거든." 소녀는 애플비를 보고 거리낌 없이 윙크를 날렸다.

"그럼, 비스킷이라도?"

애플비가 한 손으로 접시를 밀었다. 동시에 다른 손으로 책상 밑 버튼을 눌렀다. 에릭이 이 소녀를 처리할 수 있을 것이다. 에릭은 덩치가 크고 차분했으며 그다지 친절하지 않았다. 하지만 늘 지시받은 대로 수행했다. 에릭이 소녀를 조용한 뒷마당으로 데려갈 것이다. 말을 제외하면 놀랠 게 없는 곳이었다. 몇 대만 때리고 부드러운 살에 멍 좀 들게 한 후, 훌쩍거리는 소녀를 쫓아내면 되는 일이었다. 애플비는 소녀를 향해 웃어 보이며 문가를 곁눈질했다. 하지만 에릭은 나타나지 않았다.

"오십 초 남았어. 아, 혹시 로비에 있던 덩치 큰 남자를 기다리는 거라면 안 올 거야. 지금… 좀 다른 데 매여 있거든."

애플비가 눈을 껌벅거렸다. 그 순간은 놀람이 신중함을 이겼다.

"에릭을 묶었다고?"

이번엔 소녀가 진짜 웃음을 터뜨렸다. 얼굴에 주름이 지도록 웃었다.

"물론 아니지! 그런 생각을 하다니!" 소녀가 웃음을 뚝 멈추고 말을 이었다. "때려서 기절시켰어. 금고 문을 열지 않으면 아저씨 역시 같은 꼴을 당할 거야."

애플비는 그 말을 믿을 수 없었다. 하지만 소녀는 눈앞에 있었고, 에릭은 나타나지 않았다. 그는 천천히 몸을 앞으로 이동했다. 양손의 손가락을 뾰족하게 모은 후 팔꿈치를 책상 위에 얹었다. 서랍 속에 총이 하나 있었다. 첼트넘에서 만든 훌륭한 리볼버 권총으로, 두 집 건너에 있는 총기 제조상에서 샀다. 우선 총을 꺼내야 했다. 그것도 재빨리. 하지만 총이 든 서랍은 뻑뻑했다.

애플비가 애써 밝은 목소리로 말했다. "날 기절시키면 금고를 열 수 없겠죠. 그렇죠? 논리적으로 그렇잖습니까."

"아니면 금고를 먼저 열고 나서 아저씨를 기절시킬 수도 있지. 이제 사십 초 남았어."

애플비는 이제 진지하게 소녀를 관찰하기 시작했다. 청바지와 부츠에는 진흙 얼룩이, 코트에는 긁힌 상처와 꿰맨 자국이 보였다. 도시 너머의 삶이 묻힌 숨길 수 없는 흔적들이었다. 목에는 가죽으로 만든 길고 특이한 통이 하나 걸려 있었는데, 그것 역시 더러운 끈으로 고정돼 있었다. 아마 참회의 통일 것이다. 그러니까 이 소녀는 미친 여자였다. 광신도일 수도 있고. 미친 데다 악독했다. 애플비는 소녀의 어린 겉모습에 속았다. 그녀는 웨섹스 야생 지대에서 몰래 들어온 더러운 무법자 중 하나일 뿐이었다.

어쨌든 총을 꺼낼 수 있을 것이다. 할 수 있다. 예전에는 들판에서 새 떼를 쏘곤 했다. 몰이꾼들이 나팔을 불면 새를 맞혀 떨어뜨렸다.

애플비는 새가 하늘로 날아오르기도 전에 거의 다 격추하곤 했다. 물론 그때보다 나이가 들었지만 지금도 아주 느리지는 않았다. 가능할 것 같았다. 문제는 언제 실행하느냐였다. 문득 자신이 손을 떨고 있다는 사실을 깨달았다.

어쩌면 그냥 계속 말을 시키는 게 나을지도 모르겠다.

"이런, 아가씨는 분명 불행한 사람이군요. 제대로 된 지도가 필요해요. 원한다면 신앙의 집에 같이 가서 아가씨를 바로잡아 줄 멘토를 구해줄게요."

"아니, 그건 아닌 거 같아. 삼십오 초 남았어."

애플비가 '오랜 영광'을 흘끗 봤다. 긴 세월의 흔적으로 거뭇해진 시계 앞창은 12시 27분을 가리키고 있었다. 피터슨은 밖에 오래 머문 적이 없었다. 직원들이 곧 돌아와 에릭을 발견하고는 뭔가 잘못됐다는 걸 알아차릴 테고….

"여기 출신이 아니군요. 혹시 광장에 있는 철창 감옥들을 못 봤나요? 찻집 바로 맞은편에 있는?"

"봤지. 이제 앞으로 삼십 초."

"여기 첼트넘에선 경범죄자를 그런 철창 감옥 안에 넣죠. 지금이라도 이런 어리석은 행동을 멈추면 철창 감옥에서 하루이틀 있고 바로 나올 수 있을 겁니다. 크게 고통스럽지 않을 거예요. 사람들이 야유를 좀 퍼붓거나, 정의의 막대기로 쿡쿡 찌를 뿐. 그 후 도시 밖으로 추방될 겁니다. 반면, 여기서 멈추지 않으면…." 애플비는 한 글자 한 글자 강조하며 천천히 말을 이었다. "멈추지 않으면, 우린 들판 끝에 있는 쇠기둥에 아가씨를 묶고 짐승 먹이로 내버릴 거예요. 어쩌면 '오염된 자'가 숲에서 나와 아가씨를 산 채로 끌고 갈지도 모르죠. 그런 걸 원해요? 난 애플비 가문의 일원입니다. 이 도시를 지배하는 가문

중 하나죠. 내가 손가락만 까딱해도 쉽게 처리할 수 있는 일입니다. 도둑, 비정상인, 은행 강도. 우리 도시는 이들을 그렇게 처리하죠."

"아, 그래?" 소녀는 초록빛 눈동자를 전혀 깜짝하지 않고 애플비를 바라봤다. "힘이 꽤 센 것처럼 들리네. 그런데 나도 마찬가지거든. 아래층 로비에 있는 덩치 큰 남자에게 물어보든가. 도시 밖 들판에 죽어 있는 네 명의 강도들에게 물어봐도 되고."

소녀는 껌으로 분홍색 풍선을 작게 불었다가 입속에서 터뜨렸다. 그리고 다시 씹기 시작했다.

"내가 절대 안 하는 한 가지는," 소녀가 말을 덧붙였다. "목숨이 위험한데 시간 낭비하는 거야. 지금 아저씨는 말하는 데 십사 초를 썼어. 내가 육 초를 썼고. 이제 금고를 열 시간이 십 초 남았네. 암호를 기억해 내고 가련하게 떨고 있는 손가락으로 다이얼을 제대로 돌릴 시간이."

애플비가 침을 꿀꺽 삼켰다. "난 금고를 열지 않을 거야."

"팔 초."

재빠르게 움직일 수만 있다면…. 소녀의 주의를 분산시키고, 서랍을 잡아당기고, 총을 꺼내면….

"내 생각에는 정말, 서로 대화가 필요하단 거죠." 애플비는 급히 말했다. 침착하자. 이 소녀는 아무 짓도 못 할 것이다.

"육 초."

애플비가 창밖을 바라봤다.

"오 초." 소녀가 말했다. "사 초."

"넌 이제 늦었어." 애플비가 거리를 가리켰다. "민병대가 왔거든."

소녀는 뻔하다는 표정을 지으면서도 창밖으로 고개를 돌렸다. 애플비는 즉시 총이 든 서랍을 잡아당겼다. 뻑뻑했지만 여는 데 성공했다. 망할, 총이 손수건에 싸여 있었다! 대체 왜 이렇게 해놓은 거지? 무슨 생각이었던 거야? 대체 누가 권총을 생일 선물처럼 싸놓냐고? 그는 재빨리 천을 벗기고 총을 손에 쥐었다. 팔을 홱 들어 올려 총구를 위로 향했다가… 이미 소녀의 권총이 자신의 심장을 겨냥하고 있는 걸 발견했다. 그녀는 무척 지루해 보였다. 입 한가운데서 껌풍선이 천천히, 건방지게 다시 나타났다. 소녀는 얼굴에서 머리카락을 떼어냈다.

팡! 풍선이 터졌다. 애플비가 공포에 질린 신음을 내며 의자에서 뒤로 움찔했다. 권총을 책상에 쿵 떨어뜨렸다.

"삼 초, 이 초, 일 초. 시간이 다 됐네, 애플비 씨. 이제 그 망할 금고를 열라고." 소녀가 말했다.

"알았어, 알겠다고!"

애플비가 일어섰다. 겁에 질려 우왕좌왕하며 금고의 원형 다이얼을 돌렸다. 할아버지 때부터 내려온 코드를 입력하고 금고 문을 열었다. 그는 금고 안에서 귀중품 보관함을 꺼내 권총과 비스킷 접시 사이에 내려놨다.

"보관함이 그렇게 단단해 보이지는 않네. 이제 뚜껑을 여시지." 소녀가 총으로 보관함을 가리켰다.

애플비는 지시대로 했다. 보관함 안에는 애플비가 애정을 담아 직접 정리한 현금 다발이 들어 있었다. 웨섹스에서 발행한 50파운드짜리 지폐 뭉치들이 깔끔하게 포장된 채 얼룩 하나 없는 순결한 모습으로 쌓여 있었다. 이렇게 무방비한 상태로 노출된 지폐를 보니 마음이 아팠다.

소녀가 어디선가 끈 달린 가방을 꺼내 흔들었다.

"지폐를 가방 안에 좀 넣어주시지." 소녀가 문을 곁눈질하며 말했다.

지시대로 하면서도 애플비의 마음속에 커다란 증오심이 솟구쳤다. 생존 도시의 벽 너머에서 끝도 없는 늪지대와 숲을 지배하는 혼란에 대한 증오심이었다. 그 혼란은 더러운 부츠와 더러운 가죽 코트를 입고 그의 사무실에 뛰어드는 무례함까지 갖췄다.

"널 살려두지 않겠어. 어디로 도망가게? 머시아? 야생 지대? 우리에겐 널 쫓을 민병대가 있어."

"알아. 하지만 실력이 별로던데." 소녀가 가방을 싸고 손목시계를 봤다.

"난 모든 도시에 친구가 있다고."

"친구? 아저씨 성격에? 그닥 신뢰가 안 가는군."

"넌 지금 신앙의 집의 돈을 훔치는 거야. 그들에게 특수 요원이 있는 거 알지? 요원들이 널 잡으러 올 거야."

소녀는 가방을 손에 쥐었다. "과연 그럴까? 애플비 씨, 제인 오클리에 대해 들어봤나?"

"아니."

"제니 블랙우드는?"

애플비가 고개를 저었다.

소녀의 미소 띤 얼굴이 곧 날카롭게 바뀌었다. "맙소사. 뉴스 같은 것도 안 보나 봐?"

"무법자나 도둑의 이름 같군. 도시를 괴롭히는 사악한 여도둑들."

애플비는 책상 너머 소녀 쪽으로 몸을 기울였다. 부와 명예를 다 갖춘 남자가 느낄 법한 정당한 분노로 온몸을 떨었다.

"네 동료들이지? 그렇지?"

"아니."

소녀 역시 애플비 가까이 몸을 숙였다. 그녀에게서 숲과 물, 그리고 그다지 향긋하지 않은 모직 스웨터 냄새가 났다.

"동료가 아니야, 애플비 씨. 그들 전부 나야."

문가에서 작은 외마디 비명이 들렸다. 애플비와 소녀가 고개를 들었다. 피터슨이 놀라 입을 쩍 벌린 채 서 있었다. 그리고 옆에는(시바 신이시여, 감사합니다!) 짙은 녹색 중산모를 쓴 민병대원이 있었다.

일순간 아무도 움직이지 않았다.

그리고 스스로도 놀랄 정도로 애플비가 순식간에 먼저 반응했다. 소녀의 가방을 낚아채 획 잡아당겼다. 소녀가 가방과 함께 딸려왔다. 애플비가 팔을 거칠게 휘둘렀다. 하지만 소녀는 날쌔게 주먹을 피하더니 몸을 돌려 가늘지만 강한 팔로 그를 한 방 먹였다. 점심으로 먹은 차와 샌드위치가 든 배에 강한 통증이 몰려왔다. 애플비는 가방을 놓치고 크게 비틀거리다 의자에 다시 쓰러졌다. 그는 팔을 마구 휘두르며 신음했다. 흐르는 눈물 사이로 움직이는 민병대원이 보였다. 그런데 그 도둑은 어디 있는 거지? 소녀는 바로 코앞, 책상 위에 있었다! 동작이 너무 빨라 미처 보지 못한 것이다. 소녀가 애플비와 눈을 마주치더니 싱긋 웃었다. 몸을 구부려 지폐 뭉치가 든 가방을 꽉 움켜쥐었다. 그리고 곧장 애플비를 뛰어넘어 통유리창을 뚫고 밖으로 뛰어내렸다. 깨진 유리 조각들 사이로 돈가방과 함께.

사라졌다.

파란 하늘, 햇빛, 그리고 고요 속에 심장박동만이 느껴졌다.

밑에서 갑자기 비명이 들렸다.

죽은 게 분명해! 애플비는 배를 움켜쥐고 몸을 일으켰다. 비틀거리며 걸어가 창문 밖으로 몸을 내밀고 밑을 내려다봤다. 유리 조각이 흩날리고, 행인들이 도망치고 있었다. 이 도시에서 보기 드문 광경이었다.

시체는 어디에 있지? 애플비가 눈을 비볐다.

가까운 어디선가 따르릉따르릉하고 요란한 벨 소리가 울렸다. 애플비가 길 쪽을 봤다.

거기에, 자전거가 있었다! 자전거에 탄 소녀가 악마처럼 페달을 마구 밟고 있었다. 둘러멘 끈 가방이 어깨에서 통통 튀었다. 소녀가 뒤를 돌아봤다. 애플비가 쳐다보는 걸 보고는 손가락 욕을 했다. 자전거가 아장아장 걷는 아기를 피하다가 한 할머니를 배수구에 빠뜨리고는 속도를 올려 달려갔다.

뒤에서 피터슨이 까마귀처럼 끊임없이 떠들어대는 소리가 들렸다. 민병대원이 호루라기를 불며 우당탕 내려가는 소리도 났다. 애플비는 이 모든 소리를 무시하고 깨진 창문 밖으로 머리를 쑥 내민 채 은행 돈이 거리 너머로 사라지는 걸 바라봤다. 곧 가방이 시야에서 사라지고, 밝은 빨간색 머리카락이 햇빛에 반짝이며 춤추는 뒷모습만이 보였다. 빨간 머리카락이 우체국과 오리 연못과 버스 정류장을 지나며 그를 향해 즐겁게 손을 흔드는 듯했다. 마침내 빨간 머리는 첼트넘의 출입 관문을 지나 야생 지대 속으로 사라졌다.

3

무법자로 성공하는 비결은 재빠름과 가벼운 발놀림이다. 어딘가에 얽매이거나 누군가에 충성해서도 안 된다. 한 도시를 털고 나면 바로 다음 도시로 이동한다. 도시와 도시 사이 야생 지대를 기꺼이 헤쳐나갈 수 있어야 한다. 절대 뒤돌아보면 안 된다. 이게 바로 안전한 벽 뒤에 몸을 숨기고 좁은 집 안에 처박혀 있는 바보들과 스칼렛의 차이점이었다. 야생 지대 숲에는 위험 요소가 아주 많아서, 대부분의 추격대는 멀리까지 추격하고 싶어 하지 않았다.

하지만 첼트넘 추격대는 스칼렛의 예상보다 능력이 더 뛰어났다.

스칼렛은 숲 어귀에 몸을 숨기고 앉아 쌍안경으로 늪지대의 도로 상황을 지켜봤다. 강둑에 주차된 트럭에서 추격대원들이 우르르 쏟아져 나왔다. 소총을 멘 추격꾼, 녹색 중산모를 쓴 민병대 대원, 검은 대형견과 함께 돌아다니는 남자들이 보였다. 개가 어떻게 자전거 냄새를 쫓을 수 있었는지 의아했지만, 어쨌든 개들은 임무를 잘 수행 중이었다. 모두 굳은 표정으로 하나의 목적 아래 빠르고 효율적으로 움직였다. 첼트넘 협동조합은 그들의 은행이었고, 스칼렛의 가방 속에는 그들의 돈이 들어 있었다. 위험을 무릅쓰고 어두워지기 전에 잠깐이라도 숲에 들어올 게 분명했다.

스칼렛이 코를 찡그렸다. 점심때 일하면 이런 점이 곤란했다. 확실히 추격이 평소보다 길어졌다.

하지만 문제없었다. 자전거는 도랑물에 버렸다. 돈은 배낭 안에 있었고, 배낭은 얌전히 등에 있었다. 필요한 건 모두 갖춰 스칼렛의 속도를 늦출 요소란 전혀 없었다. 스칼렛은 쌍안경을 집어넣고, 머리를 숙인 채 고사리 덩굴 사이를 지나 숲의 어둠 속으로 숨어들었다.

숲 어귀에는 나무가 드문드문 있고, 인간의 손길이 반쯤 닿아 있었다. 스칼렛은 벌목꾼 막사와 울퉁불퉁한 목초지, 잡초가 무성한 사과 과수원과 줄지은 벌통을 지나갔다. 무장한 경비원이 과수원 흙을 파헤치는 돼지들을 지키고 있었고, 양치기들이 양 떼 바로 옆에서 저 너머 깊은 덤불을 경계하며 걷고 있었다. 스칼렛은 그들의 눈을 피해 목장을 통과했다. 드디어 햇살이 가득한 외딴 초원에 이르렀다. 오래된 콘크리트 단 위에 놓인 첼트넘 시의 처벌용 기둥이 보였다. 쇠사슬에는 아무것도 묶여 있지 않았다. 구름 사이로 햇빛이 비치자, 숲 주변이 부드러운 황금색으로 물들었다. 텅 빈 들판에는 어둡고 우울한 분위기가 감돌았다. 스칼렛은 배가 살짝 뒤틀리는 듯한 고통을 느꼈다. 약하지만 깊었으며, 인정하고 싶지 않은 고통이 살아났다. 멀리서 개 짖는 소리가 들렸다. 그녀는 첼트넘을 뒤로하고 야생 지대 깊숙이 달려갔다.

빠른 속도로 걸었다. 부츠가 모랫바닥을 헤치고, 그림자가 드리운 나무줄기와 바닥에 떨어진 가지들을 스쳤다. 스칼렛은 굳이 흔적을 지우려 하지 않았다. 가끔 허리에 찬 나침반을 확인하며 머시아 국경 마을인 스토우를 향해 북동쪽으로 걸어갔다. 지금처럼 도로를 피해 가면 다음 날 이른 오후에는 안전한 스토우 영역에 도착할 것이다.

즉, 오늘 밤은 나무 아래에서 노숙해야 한다는 뜻이지만 상관없었다. 이런 여행을 많이 다녔지만 여전히 무사하게 살아 있었다.

숲속으로 한 시간쯤 들어가니 죽은 지역이 나타났다. 검은 곰팡이가 나무줄기를 뒤덮고, 매콤한 재 냄새가 공기 중에 맴돌았다. 스칼렛은 바위에 그어진 거친 상징들, 틈새에 박혀 있는 동물 머리뼈, 나뭇가지에 난 진청색 선들을 봤다. 오래돼 희미해진 흔적들이었지만 조심해야 할 장소였다. 귀를 기울였다. 덤불에서 동물 소리와 머리위를 나는 새들의 지저귐이 들렸다. 스칼렛의 움직임이 한결 가벼워졌다. 야생동물이 편하게 다닌다는 건 근처에 오염된 자가 없다는 뜻이었다.

한 시간 후, 다시 나뭇잎이 푸르고 공기가 깨끗해지자 걸음도 한결 느려졌다. 스칼렛은 술집, 도박장, 따뜻한 음식 등 스토우에서 즐길 거리를 떠올려봤다. 스토우에 도착하면 가장 먼저 '손가락 형제단'에 빚을 갚고 신나는 시간을 보낼 것이다. 그때까지는 야생 지대에 홀로 있을 것이고, 스칼렛 맥케인은 이런 상황을 즐겼다. 개가 쫓는 소리는 들리지 않았다. 추격대가 한참 뒤에 있는 게 분명했다. 늑대 같은 위험 요소와 마주치지만 않으면 걱정할 게 없다는 뜻이었다.

바로 그때, 스칼렛 눈앞에 버스가 한 대 보였다.

고사리 같은 양치식물이 빽빽한 좁은 도랑 길을 빠져나오자, 앞쪽으로 큰 숲을 가로지르는 곡선형 도로의 경사면이 보였다. 북쪽으로 첼트넘과 이브셤을 연결하는 도로일 것이다. 경사가 가팔랐고, 높이가 거의 나무 꼭대기만큼 높았다. 스칼렛의 눈길이 경사면 맨 밑에 멈췄다. 대형 버스가 뒤집혀 있었다. 버스는 엉망으로 부서졌고, 찌그러진 옆구리가 하늘을 향해 있었다.

버스는 도로 커브구간에서 방벽을 들이받고 지붕이 뒤집힌 채 아래로 굴러떨어진 거였다. 거세게 미끄러져 내려간 탓에 경사면의 돌이 여럿 뽑혀나갔고, 풀 위에 커다랗게 검은 흔적이 남아 있었다. 버스는 경사면 끝부분에서 바위에 충돌하며 한 번 더 굴렀고, 옆면이 위로 향한 채 시냇물 한가운데 대각선으로 누웠다. 까맣고 번쩍이는 버스 바닥이 보기 흉하게 눈앞에 드러나 있었다. 바퀴는 정지해 있었고, 숲속 작은 계곡에는 고요함만 흘렀다. 버스 아래서 새어 나온 기름이 가느다란 띠를 이루며 물 위를 구불구불 흐르다 햇빛에 반짝이며 멀어졌다. 파리 떼가 공중에서 바람에 흔들리는 검은 레이스 커튼처럼 금속 시체 양옆으로 날아다녔다. 하지만 바람 한 점 불지 않았고, 파리 떼를 제외하면 생명체의 흔적은 찾아볼 수 없었다. 그럼에도 불구하고 스칼렛은 섣불리 움직이지 않았다. 고사리 그늘 밑에 미동도 없이 서서 파리 떼가 올라갔다 내려갔다 하는 모습을 지켜봤다.

푸른 뭔가가 물 위를 재빠르게 지나며 반짝였다. 물총새였다. 새는 시냇물을 따라 원을 돌다 숲으로 사라졌다. 스칼렛은 그늘 아래에서 나와, 상처 입은 야수처럼 누워 있는 버스를 향해 갔다. 무기력하게 쓰러진 버스는 거대한 멍청이 같았다.

하늘을 향한 버스 옆구리에는 구멍이 커다랗게 뚫려 있었다. 구멍 주변은 금속 철판이 뜯겨 철로 만든 꽃잎처럼 위로 솟아 있었다.

휘발유와 피 냄새가 났다.

기름으로 얼룩진 물에 멈춰 선 채 다시 귀를 기울였다. 파리 떼가 윙윙대는 소리와 무심히 흐르는 시냇물 소리뿐이었다. 냇가 양옆 자갈 위에 피 묻은 옷 조각들이 여기저기 흩어져 있고, 거대한 발톱이 부드러운 땅을 엉망으로 휘저은 흔적이 보였다. 진흙 속에 발자국이 찍혀 있었다. 꿈틀거리는 파리 떼 밑으로 누군가 끌려간 핏자국이 번들거렸다. 그 흔적은 경사면을 벗어나 숲으로 이어졌다.

버스는 웨섹스 컨트리맨으로, 요새화된 생존 도시들을 연결하는 버스 노선 중 하나였다. 바닥에 떨어진 핏자국은 신선하지 않았다. 적어도 하루 전에 일어난 사고였다. 생존자 일부는 숲에서 짐승이 출현하기 전에 탈출했을 것이다. 하지만 모두가 도망에 성공한 건 아니었다.

아무튼 지금 버스 승객은 전부 사라졌고 그들의 소지품만 남았다.

스칼렛은 머리카락 아래로 손을 넣어 목덜미를 긁적였다. 해의 위치를 확인해 봤다. 버스를 덮친 짐승들은 어두워진 후에야 다시 나타날 것이다. 지금은 아직 오후 중반이었다.

버스 옆구리 위로 뛰어올라 커다란 구멍으로 조심조심 걸어갔다. 발아래 창문 너머로 부서진 좌석과 가방, 여기저기 널린 옷 등 피투성이 잔해들이 보였다. 버스 안에서 일부 포식 행위가 이뤄진 것 같았다. 곰이나 늑대 무리가 굶주린 배를 참지 못했으리라. 배가 찬 후에야 먹다 남은 시체를 숲으로 끌고 갔겠지.

스칼렛은 구멍 앞에서 다시 멈췄다. 금속이 바깥쪽으로 말린 게 꼭 내부에서 구멍을 뚫은 것 같은데…. 하지만 버스 내부에는 아무 움직임도 없었다. 그녀는 조심스럽게 구멍 가장자리를 잡고 밑으로 내려갔다. 시계추처럼 매달려 몸을 앞뒤로 흔들고는 버스 안으로 뛰어내렸다.

무릎을 구부리고 가볍게 착지했다. 코트가 펄럭였다. 머리 위 창문에서 한낮의 부드러운 햇살이 쏟아지며 먼지와 죽음으로 가득 찬 공간을 비췄다. 버스 안은 완전히 뒤죽박죽이었다. 두 줄짜리 좌석이 측면에서 스칼렛을 향해 90도로 튀어나와 거대한 벌집의 구멍처럼 깊은 홈을 이루었다. 좌석 한 열은 밑에, 다른 한 열은 머리 위에 매달려 있었다. 버스가 굴러떨어진 데다 짐승 발톱이 할퀴고 간 바람에 신발, 옷가지, 가벼운 짐 등 모든 물건이 여기저기 혼란스럽게 널려 있었다.

당장 쓸 만한 건 안 보였지만 십 분 정도 꼼꼼히 내부를 훑었다. 가방 몇 개를 힘으로 열고 유용한 물건들을 챙겼다. 고기 통조림 세 개, 초콜릿푸딩 한 개, 축전지로 켜는 손전등, 아주 낡고 여러 군데 수선한 책 두 권 등이었다. 스칼렛은 책을 읽을 줄도 알았지만 동시에 책의 가치도 잘 알았다. 책은 머시아의 장터에서 좋은 가격에 팔릴 것이다.

작은 금속 가방도 발견했는데, 자물쇠가 채워져 있어서 열 수 없었다. 스칼렛은 굳이 열쇠를 찾으려 하지 않았다. 열쇠는 아마도 누군가의 주머니 속에 들어 있을 것이다. 그건 즉 이제는 늑대 배 속에 있다는 뜻이고. 흥미롭게도 작은 가방치고는 꽤 무거웠다. 스칼렛은 이 금속 가방도 챙겨 가기로 했다.

출발점인 구멍 아래로 돌아와 전리품을 배낭에 넣고 작은 금속 가방을 매트 통 옆에 단단히 고정했다. 버스 밖으로 다시 올라가려고 하늘과 구름을 바라보던 찰나, 무슨 소리가 들렸다.

숨을 죽이는 일은 쉬웠지만, 기억을 돌려 방금 무슨 소리를 들었는지 파악하는 건 어려웠다. 한 가지 소리가 아니었다. 쿵 하는 소리, 몸부림치는 소리, 중얼거리는 말소리. 소리가 여럿이었다. 스칼렛이 뒤를 돌아봤다. 그때야 천장에 상자처럼 생긴 큰 구조물이 튀어나와 있는 걸 알아차렸다. 대형 버스에 흔한 편의시설인 작은 칸막이 화장실이었다. 화장실 문은 닫혀 있었다.

갑자기 쥐 죽은 듯 조용해졌다. 스칼렛은 버스 구멍 밖으로 자유롭게 떠다니는 구름을 바라봤다. 양손을 들어 팔근육에 힘을 주고, 밖으로 나갈 준비를 하고… 한숨을 내쉬었다. 조용한 걸음으로 출발짐을 벗어나 네모난 칸이 화장실로 다가갔다.

화장실 문 바로 아래까지 다가가자 금속 손잡이 옆 빨간색 막대 표시를 알아볼 수 있었다. 단어가 하나 적혀 있었다.

사용 중

코팅 처리한 나무문 위에는 길게 긁힌 자국이 수없이 나 있었다. 뭔가가 필사적으로 안에 들어가려고 시도한 흔적이었다.

귀를 기울였지만 안에서는 아무 소리도 들리지 않았다.

더 가까이 다가갔다. 문은 이제 머리에서 불과 몇 센티 떨어져 있을 뿐이었다. 경첩 모양으로 봤을 때, 문은 아래로 열릴 것이다.

스칼렛은 정중히 문을 두드려보고 싶은 야릇한 충동을 느꼈지만, 이 어이없는 생각을 참았다. 대신 목청을 가다듬었다. 첼트넘 은행을 나온 후로 세 시간 동안 한마디도 안 했던 것이다.

"여보세요?"

사방이 부서지고 황폐한 곳에서 들리는 자신의 목소리가 낯설었다. 가짜 같은 목소리가 무겁게 울렸다. 화장실 문 뒤에서는 아무 반응도 없었다.

"거기 누구 있어요?"

잠시 기다렸다. 하지만 움직임은커녕 옷깃 스치는 소리 하나 없었다.

스칼렛은 버스 지붕에 등을 기대고 코를 긁으며 뚱한 표정을 지었다. 이번에는 팔을 뻗어 화장실 옆면을 살짝 두드렸다.

"이제 거의 4시야. 해가 금세 숲 너머로 지고, 늪지대가 어둠에 잠길 텐데. 괴물 같은 야생 짐승들이 돌아올 거야. 당신 냄새를 맡고 문을 공격하겠지. 결국 문이 부서질 거고. 난 여행자이자 평범한 순례자고, 신의 자녀야. 지금은 여기 있지만 곧 떠날 생각인데, 아마 아무도 도와주러 오지 않을 거야. 혹시 다쳤다면 내게 약이 있어. 당신이 도로 위로 오를 수 있게 도와줄게. 그러려면 당신이 밖으로 나와야겠지?" 스칼렛이 말을 덧붙였다. "이십 초 셀게. 그게 내 조건이야. 아니면 그냥 떠날게."

속삭이듯 대화하는 소리가 들렸다. 간이 화장실은 두 사람이 갇혀 있기에는 매우 좁은 공간이었다. 스칼렛은 숨 막힐 듯한 열기와 어둠을 상상했다. 버스가 경사면을 구르는 동안 화장실 안에 있는 모습을 상상했다. 거대 짐승이 다른 승객을 잡아먹고, 늑대가 으르렁대며 합판문을 긁어대고 군침을 흘리는 동안 화장실 안에 갇혀 있는 상상을 했다. 스칼렛 맥케인은 상상력이 풍부했다. 사실, 지나치게 풍부했다. 먹을 수도 없고 싸움에 도움이 되는 것도 아니고, 그렇다고 팔아서 가시적인 이익을 얻을 수 있는 것도 아닌데. 그녀는 풍부한 상상력이 달갑지 않았다.

"십 초 남았어."

작은 네모 칸 안에서 중얼중얼하는 소리가 들리더니, 곧바로 스칼렛의 머리 바로 위에 있던 화장실 문에서 강한 충격이 느껴졌다. 뒤로 물러서려 했지만 이미 늦었다. 문이 확 열리며 스칼렛의 머리 한쪽을 거세게 때렸다. 그녀가 뒤로 비틀거렸다. 눈에서 별이 보이는 듯했다. 그사이 비좁은 화장실은 안에 있던 사람을 토해냈다. 사람이 스칼렛의 발치에 떨어졌다가 버스 잔해들 위로 굴러가며 팔다리를 휘젓는 모습이 흐릿하게 보였다.

스칼렛은 가까운 좌석을 움켜잡고 이를 부득 갈며 몸을 똑바로 세웠다.

스칼렛은 대자로 뻗은 사람을 아무 말 없이 내려다봤다.

마른 체구에 창백하고 각진 얼굴, 큰 눈을 가진 소년이었다. 갈기 같이 거친 검은색 머리카락이 갑작스러운 서리에 얼어버린 분수처럼 바깥쪽으로 뻗쳐 있었다. 누가 뒤에서 찰싹 때리기라도 한 양 구불거리는 머리카락 한 가닥이 얼굴 위에 늘어져 있었다. 소년은 깡마른 손을 들어 눈에서 머리카락을 치우고 화장실에서 쭈그리고 있던 자세로 돌아갔다.

소년이 스칼렛을 올려다봤다.

"제기랄." 스칼렛이 나지막이 중얼거렸다.

손가락으로 주머니를 더듬어 동전을 욕설 상자에 넣었다.

4

갈라진 영국 대륙을 떠돌아다닌 여정을 통틀어 스칼렛은 이번처럼 확신이 안 선 건 처음이었다. 수염 난 강도는 그녀 손에서 처리 가능했다. 짐승이나 은행 지점장도 마찬가지였다. 그들의 경우, 상대의 허를 찌르거나, 도망가거나, 아니면 최후의 수단으로 총을 쏘면 됐다. 스칼렛의 민첩성, 인내심, 그리고 다양한 반사회적 재능으로 그들을 처리할 수 있었다. 하지만 이처럼 무력해 보이는 소년을 다룬 경험은 없었다.

소년은 바닥에 앉아 강아지 같은 눈망울로 스칼렛을 응시하고 있었다. 스칼렛 맥케인은 그와 시선을 마주했다.

"넌 누구니?" 스칼렛이 물었다.

소년의 나이는 가늠이 안 됐다. 머리카락이 칼로 자른 듯 거칠게 잘려 있는 탓에 뼈가 튀어나온 앙상한 얼굴이 강조됐다. 눈은 크고 눈동자는 부자연스럽게 밝은 색이었다. 스칼렛보다 조금 어려 보였다. 아마 십 대 중반쯤? 하지만 영양실조에 걸린 듯한 모습 때문에 나이를 확신할 수 없었다. 흰 티셔츠 위에 굵게 짠 초록색 니트 스웨터를 걸쳤는데, 볼품없고 상당히 지저분했다. 밑에는 헐렁한 플란넬 바지를 입었다. 크고 더러운 운동화가 길쭉한 발을 감싸고 있었다.

"넌 누구야? 말 좀 해봐." 스칼렛이 재차 물었다.

소년이 자세를 바꾸며 알아들을 수 없는 소리를 중얼거렸다.

스칼렛이 얼굴을 찡그렸다. "뭐라고?"

이번에는 소년이 깜짝 놀랄 만큼 크게 말했다. "넌 오염된 자야?"

스칼렛이 짜증스럽게 답했다. "그랬다면 넌 진작 죽었겠지."

스칼렛은 하늘을 향해 뒤집힌 창문을 통해서 비스듬히 쏟아져 들어오는 햇살을 흘끗 봤다. 낭비할 시간이 없었다. 버스에 머무는 동안에도 해가 계속 저물고 있었다. 흔들리는 화장실 문을 손가락으로 밀었다.

"이 안에 혼자 있었어?"

소년이 고개를 들었다. 화장실 안에서 작은 물방울이 떨어지고 있었다. 희미하게 소독약을 포함한 여러 가지 냄새가 났다.

"응. 나 혼자야." 소년이 느릿느릿 대답했다.

"다른 사람에게 말하는 소리를 들었어."

"아닌데."

"분명 네가 말하는 소리를 들었어."

소년이 한쪽으로 고개를 살짝 기울인 채 생각에 잠겼다. "혼잣말이었을 거야."

"아, 혼잣말이라고…." 스칼렛이 턱을 문질렀다. "뭐, 그다지 정상적으로 보이진 않지만, 일단 그건 넘어가고. 저기서 얼마나 오래 있었어? 몇 시간? 며칠?"

"진짜 모르겠어. 버스가 충돌한 이후로는 죽 거기 있었어. 비명이 들리기 전부터, 그것들이 오기 전부터 말이야."

소년의 눈빛이 변했다. 아주 잠깐 먼 곳을 바라보는 듯했다. 하지만 곧 스칼렛을 보고 웃었다. 아주 환하게 웃으며 양손으로 뼈가 앙상한 무릎을 껴안았다.

제길, 소년의 눈동자 색이 지나치게 밝았다. 아픈 게 아니라면 어쩐지 비정상적으로 보였다. 스칼렛은 그를 내버려두고 당장 밖으로 나가야 한다는 직감이 들었다. 저런 몰골로 혼잣말이라니…. 열 때문이든, 그냥 미쳤든 그녀에게 행운을 가져다주지는 못할 것이다.

스칼렛은 입을 굳게 다물었다. 햇살이 점점 비스듬해지는 모습에 떠나고 싶은 마음이 더욱 간절해졌다.

"늦었어. 지금 바로 여기서 나가야 해."

소년이 어깨를 으쓱했다. "그렇구나. 근데 넌 스톤무어에서 온 거야?"

"그게 뭔지 몰라. 걸을 수 있어?"

"음, 몸이 좀 뻣뻣한 거 같아. 화장실 안이 엄청 좁고 어두운 데다 변기 옆에 박혀서 꼼짝 못 했거든. 버스가 뒤집히는 바람에 변기 위에 앉을 수도 없었지. 경사면에서 굴러떨어지면서 물이랑 온갖 물건이 나한테 떨어지는 바람에 진짜 힘들었어. 문이 열리거나 밖에 있는 것들이 내 소리를 들을까 봐 문에 기대지도 못했고. 물론 밖에서 비명이 모두 잦아든 후 내 소리를 듣긴 했지. 뭐, 사실 냄새를 맡았다는 게 맞겠지만. 그리고 문제가 커졌어. 그것들이 화장실 문을 물어뜯고 할퀴고 울부짖더라고. 엄청 오랫동안 울부짖었어…."

소년의 시선이 허공을 배회하며 스칼렛의 눈에는 보이지 않는 뭔가를 보는 듯했다. 그러더니 갑자기 눈을 깜빡거렸다.

"미안. 아까 뭘 물어봤지?"

"기억 안 나. 하도 오래전이라." 스칼렛이 소년을 노려봤다. "하, 걸을 수 있냐고 물었잖아. 일단 적어도 입 하나는 잘 움직이는구나.

자, 일어나."

소년이 일어섰다. 아무 말 없이 약간 어색하게, 하지만 분명 고통을 느끼는 듯 버스 지붕에 몸을 기대며 일어섰다. 스칼렛의 예상보다는 키가 컸다. 하지만 키는 그녀와 비슷한 데 반해 몸은 뼈와 관절만 있고 근육이 하나도 없었다. 심지어 심하게 떠는 모습이 딱 봐도 몸이 약해 보였다. 스칼렛은 짜증이 나기 시작했다.

"좀 이상한 부위가 저릿저릿해." 소년이 말했다.

스칼렛은 이미 몸을 돌려 통로를 걸어가고 있었다. 구멍 난 곳 아래 서서 소년을 돌아봤다. 소년이 따라오지 않자 짜증이 났다. 그는 지친 모습으로 아직도 지붕에 기대서 있었다.

"서둘러! 이 구멍을 통해 밖으로 나가면 돼."

처음에 아무 말도 없던 소년이 잠시 후 입을 열었다. "밖에 누가 있어?"

"아니. 모두 죽었어."

"다리를 저는 남자 있어? 검은 눈의 여자는?"

"아니. 둘 다 없어. 당연하잖아. 아까 말했듯이 모두 죽었다니까."

"그 여자와 마주치고 싶지 않아."

스칼렛이 소년을 응시했다.

"걱정 마. 그럴 일 없어. 하지만 바보처럼 계속 그렇게 있다간 늑대나 곰, 무시무시한 여우와 마주치겠지. 해가 지면 이 버스로 달려올 테니까. 운 나쁘면, 오염된 자가 올 수도 있고. 반경 10킬로 안에 정상인이라곤 없어. 날 제외하면." 스칼렛이 말을 덧붙였다. "난 이제 떠날 거야. 가기 전에 널 도와줄 수도 있고, 아님 그냥 짐승 먹이로 남겨두고 갈 수도 있지. 지금 선택해. 어떤 선택이든 난 상관없어."

스칼렛은 구멍 쪽으로 팔을 뻗은 후, 눈을 가늘게 뜨고 빛 사이를 쳐다봤다. 그냥 무릎을 굽혔다가 위로 점프 한번 하면 여기서 사라질 수 있다. 당장 그렇게 하고 싶은 충동이 강하게 일었다. 어쩌면 소년 역시 그녀가 떠나가기를 바랄 수도 있다.

제발 신이시여, 그렇게 해주세요. 저 소년이 제게 그냥 떠나라고 말하길.

"가지 마." 소년이 약한 목소리로 말했다. "기다려줘. 금방 갈 게…."

소년이 비틀비틀 몸을 일으키더니 발을 질질 끌며 통로를 걸어 왔다.

스칼렛은 긴 한숨을 가늘게 내쉬었다. 어쩔 수 없었다. 소년을 도 로 위까지 올려다 준 다음 거기 두고 떠나면 된다. 그러면 누군가가 나타나겠지. 보급품 트럭이나 장거리 버스가 올지도 모르는 일이고. 그녀는 점점 짙푸르게 변하는 하늘을 바라봤다. 오늘 저녁엔 안 올 수도 있지만…. 어쨌든 상관없었다.

스칼렛이 통로를 흘끗 봤다. 소년은 여전히 힘없이 비틀거리며 잔 해 더미를 지나고 있었다.

"좀 더 빨리 걸을 수 없어? 시체도 너보단 빠르겠다."

소년은 고통스러워 보였다.

"노력하고 있어. 엉덩이가 마비된 거 같다고."

"그게 무슨 상관이야?"

"다리가 뻣뻣해졌어. 봐. 바로 여기, 허벅지 뒤쪽. 하, 엉덩이가 콘 크리트 덩어리 같아. 네가 찔러도 아무 느낌이 없을 거야."

"글쎄, 그런 일은 없을 거야."

스칼렛은 손톱으로 지붕을 날카롭게 두드리며 기다렸다. 소년이 다가왔다. 스칼렛이 밖으로 난 구멍을 가리켰다.

"됐고. 자, 이게 바로 출구야."

소년은 흐트러진 검은 머리카락을 뒤로 정리한 후 버스 구멍을 응시했다. 주름 하나 없이 매끄러운 피부에 고요히 생각에 잠긴 표정이었다. 발밑의 피 묻은 옷이나 그들이 처한 위험한 상황에 대해서는 전혀 관심도 없고 이해도 못 하는 듯 보였다. 마치 여기 없는 사람 같았다.

"어때? 올라갈 수 있겠어?" 스칼렛이 다그치듯 물었다.

"아니."

스칼렛이 코웃음 쳤다. "그럴 줄 알았어. 좋아. 거기 서. 내가 발을 받쳐줄게."

소년이 빛을 향해 기어오르는 동안, 스칼렛은 양손으로 그의 무게를 받쳐줬다. 큰 운동화에 움직임도 서툴고 이상했지만, 무게가 거의 느껴지지 않았다. 스칼렛은 잠깐 강력한 팔 힘으로 그를 날려버리는 상상을 했다. 나무 꼭대기 너머로 사라져 다시는 못 보는 거였다. 하지만 간신히 그런 충동을 이겼다. 숨을 헐떡이며 팔을 허우적거리던 소년이 드디어 구멍 가장자리를 타고 올라가 버스 위로 오르는 데 성공했다. 스칼렛은 단 한 번의 동작으로 재빨리 그 옆에 섰다.

시냇물과 돌 위에 쓰러진 채 따뜻하게 데워진 버스 위에 스칼렛과 소년은 함께 웅크리고 앉았다. 스칼렛은 밀폐된 버스 안에서 피비린내를 맡다 밖의 신선한 공기를 마시니 기분이 좋았다. 그에 반해 소년은 햇살에 얼굴을 찌푸리며 괴로워했다. 그는 팔을 구부려 눈을 가렸다. 스칼렛은 그를 무시하고 땅이 마른 냇가를 찾아 풀쩍 뛰어내렸다. 주변 검은 그림자 속에는 느릅나무와 은자작나무 줄기들이 드리웠다. 마른 핏자국 위로 파리 떼가 윙윙거리는 소리가 들렸다. 그

녀는 숲을 덮은 침묵에 귀를 기울였다. 숲에서는 아무 소리도 들리지
않았다.

고요해도 너무 고요했다. 새가 지저귀는 소리조차 들리지 않았다.

스칼렛은 천천히 몸을 돌렸다. 무의식적으로 손이 벨트에 찬 칼자
루로 향했다.

분명 오염된 자는 아니었다. 그것들은 대부분 국경지대에 있다.

첼트넘 추격대도 아니었다. 그들은 오래전에 도시로 돌아갔을 것
이다.

그럼 또 뭐가 있지?

고사리 덩굴 쪽에서는 아무 움직임도 없었다. 높이 솟은 도로 가
장자리에서는 열기에 의한 아지랑이가 피어올랐다. 버스가 굴러떨어
진 곳이었다.

아무것도 아니겠지…. 손에 긴장이 풀렸다. 그렇다고 해도 경계를
늦추지 않고 조용히 신속하게 움직이는 게 최선이었다.

"고마워!"

버스 위에서 기쁨에 차 외치는 소리가 들렸다. 소년이 일어서 있
었다. 버스 끄트머리에서 아래를 보고 내려오려던 자세 그대로 스칼
렛을 향해 손을 흔들며 웃었다. 손을 흔들 때마다 비스듬히 올린 양
팔 주위로 커다란 스웨터 소매가 펄럭였다. 마치 이제 막 비행을 시
도하는 커다란 초록색 새끼 새 같았다.

"진짜 고마워! 밖으로 나오니 기분이 너무 좋아!" 소년이 다시 소
리쳤다.

소년은 뻣뻣한 동작으로 버스에서 내려오려 했지만, 곧 균형을 잃
고 뒤로 넘어졌다. 금속판에 부딪혀 쿵 소리가 났다. 소리가 숲속 공
터 주위로 울려 퍼졌다. 그는 한동안 그대로 누워 있었다. 다리만 버

스 끝에 걸쳐져 있었는데, 뼈가 없는 사람처럼 온몸이 흐물흐물 미끄러지며 땅으로 힘없이 툭 떨어졌다.

스칼렛이 눈살을 찌푸리며 돌아섰다. 배낭에서 물병을 끌러 물을 벌컥벌컥 마셨다. 시계를 보니 4시가 훌쩍 지나 있었다. 한두 시간 후면 날이 어두워질 것이다. 쉴 곳을 찾아야 했다. 배낭을 벗어 작은 매트 통에다 금속 가방을 고정해 놓은 줄을 바싹 조였다. 스토우에서라면 이 금속 가방을 열 수 있을 것이다. 분명 값어치 나가는 물건이 들어 있겠지. 아마도 돈이나 무기?

소년이 몸을 일으켰다. 버스에 부딪히며 생긴 충격음의 반향이 아직도 숲속에 희미하게 울려 퍼지고 있었다.

"그렇게 멍청하게 굴다니. 이런 곳에서 소리 내면 안 좋아." 스칼렛이 주의를 줬다.

"미안해." 소년이 말했다. "그냥 난 너무…."

"한 번만 더 뻣뻣한 엉덩이 어쩌고저쩌고하면 한 대 맞을 줄 알아. 그냥 살짝 조언하는 거야."

스칼렛의 말에 소년이 바로 입을 다물었다.

소년은 눈을 깜박거리며 스칼렛을 봤다. 햇살이 그의 검은 머리카락을 비추자 어두운 불꽃처럼 빛났다. 그때야 스칼렛은 소년의 이마에 난 보라색 멍 자국과 목덜미를 가늘게 가로지르는 빨간 선을 알아차렸다. 소년은 몸을 약간 떨며 산만하게 숲과 시냇물을 바라봤다.

스칼렛이 고개를 끄덕였다. "이제 준비됐으면 널 도로까지 데려다주고 난 갈게. 넌 거기서 도움을 기다려."

스칼렛은 돌과 돌 사이를 가볍게 건너뛰며 냇물을 벗어나 도로로 향했다. 반쯤 가다 뒤를 돌아보니, 소년이 꼼짝하지 않고 그 자리에 서 있었다.

"여긴 정말 아름답구나." 소년이 말했다.

"핏자국이랑 파리 떼를 제외하면. 그 말이지? 진짜 아름다운 건 아니지. 빨리 와."

"그 말이 맞는 거 같네. 하지만 난 이런 곳에 처음 와봤어." 소년은 비틀거리면서 신중하게 천천히 돌을 밟으며 스칼렛 뒤를 쫓았다. "구해줘서 고마워. 넌 정말 친절한 사람이야."

소년의 바보 같은 말에 스칼렛은 대꾸하지 않았다.

"사실 내가 도와줄 필요도 없었어. 넌 언제든 화장실 칸막이에서 나올 수 있었다고."

"너무 무서웠어. 힘도 없고. 혹시 먹을 거 좀 있어?"

"아니."

"아무것도 못 먹은 지 꽤 됐거든."

스칼렛은 몇 발짝 걷다가 멈춰 섰다. "물은 있어. 이 병의 물을 마셔. 아님 냇물을 마시던가."

"아, 아니야. 고맙지만, 물은 괜찮아. 화장실 안에 수돗물이 있었거든. 물은 마셨어."

"그래? 그럼 됐네."

스칼렛은 조바심이 나기 시작했다. 쉬지 않고 걸었다. 이윽고 버스 몸체를 지나 경사면을 올라가기 시작했다.

"물 마시는 거 말고는 할 게 없었어." 소년이 작은 목소리로 덧붙였다. "그냥 거기 앉아서 밖에서 벌어지는 소리를 듣고 있을 수밖에…."

당연히 짐승이나 괴물이 승객을 잡아먹는 소리를 뜻했다. 하지만 스칼렛은 그 말에 관심이 없었다. 이미 벌어진 일인 데다 타인에게 일어난 일이었다. 즉, 이중으로 관심 없는 일이었다. 그녀의 유일한 관심사는 숲에서 벌어질 일과 스토우까지 안전하게 가는 것, 이 두 가지였다. 하지만 소년의 존재가 주의를 흩뜨려 놨을 뿐 아니라, 버스가 파괴된 모습 또한 마음에 걸렸다. 소년에게 물어보면 대답할 테지만, 스칼렛은 짜증과 조바심이 났고, 그를 빨리 떨구고 싶은 마음이 더 컸다. 하지만 삼십 초 후, 그러기엔 너무 늦어버렸다.

도로 위로 해가 우뚝 솟았다. 부서진 도로 방벽의 난간 뒤에서 햇살이 비추자, 경사면 위로 마치 감옥의 쇠창살처럼 그림자 줄무늬가 드리웠다. 경사면에는 버스가 미끄러지며 파헤쳐진 검은 흙덩어리가 긴 풀 위에 여기저기 흩어져 있었다. 스칼렛도 가파른 경사면을 오르기가 쉽지 않았다. 뒤에서 소년이 숨을 헐떡대는 소리가 들렸다. 도로로 올라가서 그를 떨구고 어서 갈 길을 서둘러야 했다. 소년을 재촉하기 위해 돌아선 스칼렛은 햇살에 환하게 빛나는 그를 봤다. 환한 초록색 스웨터를 입은 허수아비 같았다. 경사면에서 고군분투하면서도 얼굴은 웃고 있었다. 소년은 감사의 눈빛으로 바보같이 그녀를 바라봤다. 그때 저 너머로 버스 옆에서 뭔가가 일어섰다. 그들이 지날 때는 눈에 띄지 않게 누워 있던 뭔가가 거대한 비석처럼 일어섰다. 적갈색 털로 뒤덮이고, 검은 가슴과 검은 발톱을 가진 거대한 형체가 앞다리를 바닥에 짚고 몸을 낮춘 채 경사면을 따라 그들을 향해 빠르게 달려오고 있었다.

그 순간 스칼렛은 시간이 충분치 않다는 걸 깨달았다. 곰은 너무 빨랐고, 소년은 무방비했다. 곰과의 거리가 너무 가까웠다. 여러 가지로 절망적이었다. 소년이 다시 입을 열었다. 아마 쓸모없는 감사 인사였을 것이다. 바로 뒤에서 죽음이 땅을 뒤흔들며 자신에게 달려든다는 사실도 모른 채. 시간이 없었다. 세 걸음을 뛰어 내려간 후 공중으로 뛰어오르는 순간, 스칼렛은 이 사실을 너무도 잘 알고 있었다.

소년에게 부딪치며 한 팔로 그를 밀어내고, 다른 팔을 벨트로 뻗을 때도…. 서둘러 칼을 찾으면서도 잘 알고 있었다. 잠시 후, 스칼렛은 곰과 쾅 부딪쳤다. 충격과 고통, 이빨과 손톱 공격, 구린내 나는 뜨거운 입김이 그녀의 생각이 옳았다는 걸 확인시켜 줄 뿐이었다.

5

소년은 뒤로 넘어지며 풀밭을 굴렀다. 구르던 몸이 멈추자 고개를 들었다. 바로 몇 미터 앞에서 거대한 곰이 몸을 일으켜 공격하고 있었다. 엄청나게 무시무시한 소리로 울부짖으면서! 울부짖음이 절정에 달했고, 광분한 곰은 무중력상태에 있듯 앞다리를 들어 올리고 두 발로 섰다. 그러다 갑자기 자신의 커다란 덩치를 의식한 듯 몸을 한 번 부르르 떨더니 쿵 쓰러졌다. 으르렁 소리가 약해지더니 사라졌다. 털로 뒤덮인 몸이 축 늘어졌다. 곰은 햇살이 비치는 땅에 팔다리를 쭉 뻗고 누운 채 꼼짝도 하지 않았다.

소년은 몇 분 동안 눈을 깜박이며 바라보기만 했다. 머리카락이 얼굴 위로 쏟아져 내렸다. 후 하고 이마 위 머리카락을 날린 후 조심스레 일어났다. 팔다리가 후들거리고 물처럼 힘이 없었다. 적갈색 바위가 땅 위로 튀어나온 것처럼 거대한 형체가 미동도 없이 누워 있는 모습을 바라봤다. 검정 발바닥에 더러운 반투명 발톱이 튀어나와 있었다. 마치 스톤무어에서 칼로웨이 박사가 사용하던 책상의 조각이 새겨진 다리 같았다. 그는 박사의 책상이, 책상 앞에 놓인 반달 모양 카펫 위에 서서 곧 다가올 고통을 기다리던 자신의 모습이 떠올랐다.

기억 속의 세계에 있던 그는 잠시 후 현실로 돌아왔다. 그리고 소녀의 존재를 기억해 냈다.

그녀는 아무 데도 보이지 않았다.

소년은 정적 속에서 주변을 두리번거렸다.

그녀가 없었다. 사라졌다. 곰에게 먹혔거나 곰 밑에 짓눌린 게 틀림없었다. 마음속에 후회가 일자, 소년은 자신의 감정을 소리 내 인정하고 싶어졌다.

"이름 모를 소녀, 혹은 여인아." 소년이 부드럽게 말했다. "짧은 시간이었지만 함께해 줘서 고마워. 어떤 사후 세계로 가든 잘 지내. 널 항상 기억할게. 네 머리카락, 찌푸린 얼굴, 초록빛 눈동자를 굴리던 모습. 미처 이름을 못 물어본 게 아쉬울 뿐이야."

그때 곰 쪽에서 목소리가 들려왔다. 땅속에서 말하듯 뭉그러진 목소리가 화를 냈다. "그만 재잘대고 나 좀 도와줄래?" 곰이 또 소리쳤다. "나 안 죽었다고!"

소년이 깜짝 놀라 뒤로 물러섰다. 냉정하게 의심의 눈초리로 털투성이 시체를 노려봤다.

"곰님, 당신은 절 죽이려 했습니다. 그리고 제게 친절을 베푼 유일한 사람을 당신이 죽였죠. 그러니 전 빚진 게 없습니다. 물론 곰님에게 해를 끼치고 싶지는 않지만 도와드릴 순 없군요."

곰 아래 어딘가에서 한바탕 욕설이 튀어나왔다. "지금 장난해? 내가 곰 밑에 깔려 있다고! 나 좀 꺼내봐!" 목소리가 울부짖었다.

소년이 가까이 다가가 몸을 굽혔다. 뜨겁고 축축한 앞발을 힘겹게 옆으로 들어 올리자, 스칼렛의 얼굴이 살짝 드러났다. 곰에게 짓눌린 채, 엉망으로 뒤엉킨 기다란 회색 겨드랑이 털에 둘러싸여 땀에 젖어 있었다. 밑에서 손이 튀어나와 격렬한 손동작을 연발했다. 어떤 건

실용적이었고 어떤 건 단지 감정을 표현하는 거였다. 짧게 몇 마디의 지시가 뒤를 이었다. 그때서야 소년은 뭐가 필요한지 이해했다. 나무가 있는 곳으로 후다닥 뛰어가 긴 막대기를 가지고 돌아왔다. 막대기를 지렛대 삼아 곰의 어깨를 일부 들어 올리는 데 성공했다. 덕분에 스칼렛이 몸을 꿈틀대며 움직일 수 있는 공간이 생겼다.

스칼렛은 뻣뻣하게 굳은 몸을 삐걱대며 곰 아래에서 빠져나왔다. 머리카락은 마구 엉켰고, 눈은 분노로 타올랐다. 목부터 허리까지 빨갛게 물든 모습에 소년은 공포에 휩싸였다. 스칼렛은 앞면이 피에 흠뻑 젖어 붉은 물을 뚝뚝 떨어뜨리고 있었다.

"피를 뒤집어썼네." 소년이 속삭였다.

"그래." 스칼렛이 칼을 쥔 채 소리쳤다. "왜냐하면, 내가 곰을 죽였으니까. 알았어? 나한테 덤벼들 때 죽였지. 그 대가로 난 곰에 깔려 죽을 뻔했고. 바보라도 지금 상황을 알아챘을 거야. 갓난아이라도 한눈에 파악했을 거라고. 너만 빼고. 네가 멍청한 기도나 하는 동안, 난 저 곰 엉덩이 밑에 꼼짝없이 갇혀 있었잖아."

다시 화를 내는 걸로 보아, 분노가 스칼렛의 기본 성격 같았다. 그녀의 머릿속 생각들이 윙윙거리며 소년을 괴롭혔다. 하지만 화를 드러내지 않고도 그에게 끔찍한 짓을 저지르던 사람들의 손아귀에 있지 않았던가. 소년은 두려움을 느끼지 않았다. 오히려 안도감이 들었다. 그는 스칼렛을 향해 환한 미소를 지었다.

"순간 곰이 말한다고 생각했어. 겉만 보고 판단해서는 안 됐지만. 어쨌든 내가 틀려서 너무 기뻐. 네가 살아 있다니! 네가 내 목숨을 또 구했어! 괜찮아? 피가 나는 거 같은데."

스칼렛은 어깨에 난 상처를 살펴봤다. 코트 천이 찢긴 채 리본처럼 늘어지고, 그 아래로 살이 찢어져 있었다.

"그래, 몇 군데 긁혔어. 전보다 살도 좀 빠진 거 같고." 스칼렛이 의미심장하게 소년을 노려봤다.

"응." 소년이 침울한 표정으로 고개를 끄덕였다. "너랑 비교하면, 내 엉덩이가 뻐근한 건 아무것도 아니구나. 아, 이 말 다신 안 할게. 이제 우리가 꼭 해야 할 일이 있어. 네가 죽은 줄 알았을 때 깨달았거든. 서로 이름도 모른다는 걸. 자기소개도 안 했잖아. 더 이상 이렇게 소홀히 지내면 안 되지."

소년이 미소를 지으며 기다렸다.

스칼렛이 쭈그리고 앉아 풀밭에 칼날을 닦았다. 한 손으로 햇빛을 가린 채 소년을 흘끗 올려다봤다.

"이름? 그게 중요해?"

"당연하지. 나부터 말할게. 내가 목숨을 빚졌으니까. 내 이름은 알버트 브라운이야."

스칼렛이 얼굴을 찌푸렸다. "난 스칼렛 맥케인. 그다지 유용한 정보는 아니지만. 어쨌든 서로 이름은 알았네. 이제 헤어질 시간이야."

알버트가 흠칫하며 바로 얼굴이 굳었다. 스칼렛이 칼끝으로 그의 심장을 찌른 것만 같았다. "헤어지자고? 왜?"

"왜냐하면 넌 도로 위로 올라가야 하니까. 거기서 다른 버스를 기다리면 돼. 난 몸을 닦고 숲으로 갈 거야."

스칼렛은 무뚝뚝한 표정으로 등에서 배낭을 내려놓고 살펴봤다. 이리저리 만져보고 눌러보며 손상된 부분이 있는지 확인했다. 기다란 통을 특히 유심히 살피는 걸 알버트도 알아차렸다. 그녀는 통의 뚜껑을 확인하고, 곰의 핏자국을 닦아냈다. 배낭에서 산산조각 난 쌍안경이 나오자 욕설을 뱉으며 버렸다. 스칼렛은 그를 쳐다보지 않았다.

"같이 가면 안 돼?"

"안 돼."

"난 여기서 기다려야 하는 거야?"

"맞아. 정확해."

"주위에 곰이 더 있을지도 몰라."

스칼렛은 어깨를 으쓱하고는 아무 말도 하지 않았다.

"그리고 버스에서 사람을 먹던 짐승들." 알버트가 말을 덧붙였다. "틀림없이 돌아올 거야. 네가 그렇게 말했잖아."

스칼렛은 가방끈을 조였다. "그 전에 누군가 차로 여길 지나갈 거야. 사용 중인 도로니까."

"하지만 언제 올까? 어두워지기 전에 올까?"

"그럼. 어두워지기 전에 올 거야."

알버트는 스칼렛의 미세한 망설임을 바로 눈치챘다. 그녀의 머릿속에서 회피하려는 기색을 읽었다.

"만약 안 오면? 난 분명 잡아먹히겠지."

"괜찮을 거야." 스칼렛이 몸을 일으키며 가방을 들어 올렸다. "어쨌든 나랑은 같이 못 가."

"왜? 아무 문제도 안 일으킬게."

"그냥 안 돼. 더 할 말 없어."

"하지만 그것들이 날 갈기갈기 찢을 거야. 다리를 똑 떼어내겠지. 내 비명이 네 귀까지 들릴걸."

"안 들려. 아주 멀리 가 있을 테니까." 스칼렛이 말을 이었다. "아무튼, 넌 잡아먹히지 않을 거야. 그럴 가능성은 거의 없어. 놈들이 곰을 먼저 잡아먹을 테니까. 곰은 살이 엄청 많잖아. 다 먹으면 밤이 절반은 지나 있을걸."

"나머지 절반 동안 벌어질 일은 어떻게 하라고." 알버트는 버림받은 듯한 표정을 지었다. "분명 내 팔이 뜯겨나가는 소리가 들릴 거야. 멀리서 팍팍 찢기는 소리가 날 거야. 팍, 팍, 팍. 그리고 난 죽겠지. 그게 내 운명일 거라고."

"아니, 그렇지 않아. 그리고 대체 넌 팔이 몇 개야? 세 개? 너만큼 나도 잡아먹힐 가능성이 높아. 난 깊은 숲으로 갈 거거든. 여기보다 훨씬 위험한 곳이지. 오염된 자들이 사는 곳이거든…."

"그렇게 위험한 곳이라면 하나보다 둘이 낫지. 내가 널 돌봐줄 수도 있고." 알버트가 스칼렛을 향해 밝게 웃었다.

피로 물든 손이 쑥 뻗어 나오더니 알버트의 목을 세게 움켜쥐었다. 그 순간 그는 방금 한 말이 실수였다는 걸 깨달았다. 스칼렛의 빨간 손이 그의 목을 앞으로 휙 당기자, 운동화가 바닥을 긁으며 온몸이 딸려갔다. 빨갛게 젖은 머리에 휘감긴 창백한 얼굴 바로 앞까지 끌려갔다. 스칼렛은 입술은 꽉 다문 채 초록빛 눈으로 그를 뚫어지게 바라봤다.

"미안한데, 방금 뭐라고 지껄였어?" 스칼렛이 말했다. 분노의 질감이 바뀌었다. 목소리는 조용했지만 더 위험했다.

경험상 폭력의 조짐을 잘 아는 알버트가 재빨리 말했다. "스칼렛, 화나게 해서 미안해. 이름이 스칼렛 맞지? 그냥 어지러워서 그런 것뿐이야. 지난 이틀 동안 아무것도 못 먹었거든. 말이 잘못 나왔어. 내가 널 '돌보다니', 완전히 말도 안 되지. 멍청한 말이었어. 그래도, 어쩌면 내가 약간의 도움은 되지 않을까. 보초를 선다든가. 다른 쓸모가 있을 수도 있고…."

알버트가 말을 멈췄다. 자기 말이 생기 없이 땅에 떨어지는 걸 느꼈다. 스칼렛은 그저 그를 쳐다볼 뿐이었다.

알버트는 한마디 덧붙였다. "내가 널 곰 밑에서 구했잖아. 안 그래?"

스칼렛은 욕설을 내뱉으며 알버트를 밀쳤다.

"그래! 하지만 내가 통째로 잡아먹힐 뻔한 널 구해줬기 때문이지! 너만 아니었으면 그런 곤경에 빠질 일도 없었어!"

알버트는 넘어질 뻔했지만 간신히 버텼다.

"아! 하지만 내가 말하고 있어서 네가 뒤돌아 날 보다가 곰을 발견할 수 있었잖아. 내가 아니었다면, 곰이 슬금슬금 다가와서 우리 둘 다 먹어치웠을걸. 그러니까 이제 알겠지? 우리가 완벽한 팀이 될 수 있다는 걸! 우린 서로 도운 거야."

스칼렛은 엉킨 머리를 손으로 빗어 넘긴 후, 알버트를 응시했다.

"맙소사, 신이시여."

스칼렛은 넌더리가 난다는 듯 머리를 흔들었다. 자신에게 넌더리가 난 건지, 그에게 넌더리가 난 건지 알버트는 알 수 없었다. 그녀는 코트를 뒤져 동전을 하나 꺼내 목에 걸린 더러운 가죽 통에 넣었다. 그리고 잠시 생각해 보더니 몇 개를 더 넣었다.

"통이 꽉 찼잖아…. 네 덕분에 오후 내내 욕하느라." 스칼렛이 투덜거렸다. 그녀는 팔짱을 끼고 허공을 응시하다 다시 알버트를 쳐다봤다. "세 가지만 말할게. 첫째, 널 위해 속도를 늦추진 않을 거야. 뒤처지거나 가시덤불에 엉덩이가 걸려도, 안됐지만, 그냥 작별 인사도 없이 널 두고 갈 거야. 둘째, 넌 내 말대로만 해. 토론이나 논의 따윈 금물! 셋째, 야생 지대를 지나 마을에 도착하면 끝이야. 바로 나랑 찢어지는 거야. 그게 규칙이야. 알았어?"

"그런데…."

"토론도 논의도 없댔잖아! 지금부터 규칙 시작이야!" 스칼렛은 배낭을 등에 편하게 멘 후 엄지로 차분하게 경사면 위쪽을 가리켰다. "마음에 안 들면 말해. 도로는 저쪽에 있으니까."

그 말을 마친 스칼렛은 몸을 돌려 시냇물 쪽으로 도로 내려가기 시작했다.

알버트 브라운은 바로 스칼렛 뒤를 쫓아가지는 않았다. 새로운 동료에게는 약간의 공간이 필요하다는 사실을 감지했기 때문이다. 물론 너무 오래 머뭇거리지도 않았다. 그는 힘도 없고 배도 고팠다. 살아서 목적지까지 도착하려면 가능한 한 모든 도움을 받아야 했다. 그말은 현재로써는 스칼렛 맥케인에게 딱 붙어 있어야 한다는 뜻이었다. 하지만 좋은 일이었다. 모든 일이 그의 계획대로 진행되고 있었다. 해는 빛났고, 숲은 푸르렀고, 자유롭게 세상을 걷고 있었다. 그는 플란넬 바지 주머니에 양손을 집어넣고 입으로 크게 휘파람을 불며 스칼렛 뒤를 따라가기 시작했다.

스칼렛과 알버트는 오래된 A도로를 뒤로하고 북동쪽을 향해 꾸준히 이동했다. 간혹 아래쪽에서 물 흐르는 소리가 들렸지만, 가시덤불이 빽빽해 물을 볼 수는 없었다. 그들이 택한 경로는 일반적인 길이 아니었다. 적어도 사람이 걸어 다니던 길은 아니었다. 차라리 웨섹스의 숲속 짐승들이 지나다니던 흔적에 가까웠다. 짐승들이 나무 줄기와 땅에 파묻힌 폐허 사이를 누비며 계곡의 숨겨진 지형을 따라다니다 보니 숲속에 그들만의 이동 통로가 생긴 것이다. 부드러운 흙위에는 짐승 발톱 자국이 문장 부호처럼 점점이 찍혀 있었다.

스칼렛과 알버트는 울즈 고원의 능선을 건너고 있었다. 낮고 둥근 언덕들이 마치 대머리에 뚱뚱한 수영 선수들이 공기를 마시러 수면 위로 올라온 듯 숲을 헤치고 솟아 있었다. 한때는 이 나라에도 인구가 많았다. 나무 사이로 고대 콘크리트 다리의 밑동이 솟아 있었다. 수 세기에 걸쳐 강이 이동하고 땅이 솟아오르며 다리, 마을, 그리고 마을과 마을을 이어주던 도로를 삼켜버렸다. 곳곳에서 땅에 파묻힌 지붕의 일부가 보였다. 노란 꽃으로 수놓인 들판 가운데에 지붕 타일이 퍼즐 조각처럼 흩어져 있었다.

저녁이 다가왔다. 스칼렛은 해가 진 후 깊은 숲속에 머무르면 절대 안 된다는 걸 잘 알고 있었다. 안전한 장소가 필요했다. 방어가 가능한 동굴이나 폐허, 혹은 높은 나무를 찾아야 한다는 뜻이었다. 그녀는 걸으면서 한시도 경계를 늦추지 않았다. 뒤따라오는 존재는 최대한 무시하려 했다. 알버트는 삐쩍 마른 다리로 휘적휘적 걸어왔다. 흙먼지와 나뭇잎 위에서 신발이 질질 끌리는 소리가 들렸다.

왜 알버트의 동행을 허락했는지, 명확한 이유는 생각해 보지 않았다. 동료가 필요한 건 당연히 아니었다! 어깨에 매달린 통 속 기도 매트가 영향을 미쳤을 수도 있다. 길에 버려두고 죽게 놔둔다면 죄책감을 느낄 테니까. 이런 자기 성찰은 스칼렛을 짜증 나게 만든 데다, 설상가상 속도를 늦추게 했다. 우선 스토우에 도착해 손가락 형제단과 정산하는 일이 시급했다. 만약 돈이 남으면 술집 '더 불'에 가 게임을 한판 할 것이다. 스토우는 축제도 열리고 각종 즐길 거리도 많았다. 증기기관, 라이플 사격장, 점쟁이, 달콤한 음식들, 그리고 어린애와 청년들을 사고파는 노예시장. 마지막 항목이 머릿속을 맴돌았다. 스칼렛은 거친 길과 고군분투하며 따라오는 그를 조용히 바라봤다.

한동안 오르막길이 계속됐다. 마침내 숲을 벗어나 넓은 언덕 꼭대기에 도달했다. 발아래 회백색에 나무와 물이 있는 부드러운 땅이 푸른 지평선 너머까지 펼쳐져 있었다. 저 멀리 희미하게 빛나는 전깃불이 저녁을 대비해 벌써 발전기를 켠 생존 도시의 위치를 알려줬다. 나머지 지역은 춥고 고요했다. 풍경을 바라보고 있자니 고독이 거센 파도처럼 밀려와 언덕 경사면을 넘어 덮쳐오는 느낌이 들었다. 항상 이런 곳에 오면 밀려드는 감정이었다. 텅 빈 영국의 공허함.

아직 늦은 오후의 햇살이 흔들리는 풀잎을 비추며 긴 그림자를 드리웠음에도 불구하고, 옆에 있던 알버트가 몸을 부르르 떨었다.

"저 어두운 형체들은 뭐야?" 알버트가 물었다. 멀리 숲 위로 여기 저기 솟아 있는 검은 탑과 뾰족한 지붕을 가리켰다.

"버려진 마을이야. 도시일 수도 있고." 스칼렛이 알버트를 흘끗 봤다. "흔한 일이지."

"나도 글에서 읽어본 적 있어."

이상한 말이었다. 그때서야 스칼렛은 소년에 대해 아무것도 모른 다는 걸 어렴풋이 깨달았다…. 뭐, 어쩌겠는가. 지금은 물어보지 않을 것이다.

소년은 동쪽을 바라보고 있었다. 검은 머리카락이 햇살을 받아 반 짝였다. 밥만 제대로 먹고, 저렇게 눈을 크게 뜨고 얼간이처럼 굴지 만 않으면 꽤 잘 팔릴 거라고 스칼렛은 생각했다. 검푸른 숲속 그늘 에서 벗어나서 보니 그를 더 잘 관찰할 수 있었다. 진짜 그랬다. 알버 트는 모든 일에 서투르고, 삐쩍 마르고, 입을 헤 벌린 겁에 질린 해골 같았지만, 어떤 면에서는 꽤 괜찮았다. 팔다리가 모두 멀쩡하게 붙어 있고, 신체에 기형적인 부분도 없었다. 거기에 피부마저 건강했다. 스 토우 상인들이 값을 높게 쳐줄 것이다. 스칼렛이 이 점을 짚어줄 수 도 있었다.

"정말 아름다운 풍경이야…." 알버트가 말했다.

스칼렛이 알버트를 쳐다봤다. 야생 지대가 아름답다고 생각한 적 도 없을 뿐더러, 그 누구도 이런 말을 한 적이 없었다. 야생 지대는 공 허하고 위험한 곳이었다. 사람들은 쉽게 길을 잃곤 했다. 그녀는 야 생 지대에서 사람 뼈를 많이 봐왔다.

"그렇진 않아. 시력이 별로구나. 버스가 있던 골짜기도 아름답다고 했잖아. 나무에 사람 내장들이 걸려 있는데도 말이야."

"그랬나? 우리가 무슨 왕국에 있는 거지?"

"웨섹스잖아. 어떻게 그걸 몰라? 머시아 국경 근처야. 저기가 옥스퍼드의 베일이고. 오래전에 위대한 도시가 있던 곳이지. 여기선 유적이 안 보이지만. 유적을 보려면 나흘쯤 더 걸어가야 하는 데다 평야 대부분이 물에 잠겼지."

알버트가 천천히 고개를 끄덕였다. "가보고 싶다."

"안 될걸. 검은 늪지대에 둘러싸여 있는데, 거기선 아무것도 못 자라. 그곳 공기를 마시면 병에 걸리고. 게다가 경계에는 오염된 자들이 있지. 네 피부를 벗겨내고 눈앞에서 먹어치울걸. 지금 향하는 스토우가 훨씬 나은 선택지야."

"더 안전해 보이긴 하네."

"그렇지."

"날 시장에 내다 팔 거야?"

스칼렛이 얼굴을 찌푸렸다. 알버트의 말이 예리하게 치고 들어오자 짜증이 솟구쳤다.

"당연히 아니지. 왜 그런 말을 해? 말한 대로 스토우에 널 두고 갈 거야. 또 곰을 만나지 않는 한, 내일 오후쯤엔 스토우에 도착할 거야."

"그렇게 오래 걸려?" 소년은 당황한 듯했다. "여기서 밤을 보내야 하는 거야?"

스칼렛이 어깨를 으쓱했다. "아직 숲을 반도 못 건넜어. 뒤를 봐봐. 우리가 출발한 지점을 찾을 수 있어."

스칼렛이 몸을 돌려 서쪽을 가리켰다. 거의 햇빛을 정면으로 보는 방향이었다.

"골짜기 건너편 맨언덕 보이지? 저기가 바로 널 발견한 데야. 우리가 한 시간 전까지 있던 곳이지…."

스칼렛의 목소리가 점점 작아졌다. 쌍안경을 찾았지만 없었다. 대신 손을 이마 위로 모으고 얼굴을 찌푸렸다. 햇빛 때문에 자세히 보기는 어려웠지만, 분명히…. 스칼렛은 소년을 곁눈질로 쳐다봤다. 잠깐, 이름이 뭐였지? 알버트였나….

"알버트, 내가 말한 장소가 보여? 나무가 없는 곳 말이야."

"물론 보여, 스칼렛."

"잘 봐봐. 거기 사람들의 움직임이 있어?"

알버트가 그곳을 응시했다. 말투는 침착하고 무심했다. "응…."

스칼렛이 본 게 맞았다. 남자들이 검은 개미처럼 일렬로 움직이고 있었다. 최소 여섯 명은 돼 보였다. 어두운색 옷을 입고 일정한 속도로 전진하고 있었다. 개도 몇 마리 데리고 있었다. 지켜보는 동안 남자들이 걸음을 멈췄다. 한 명이 몸을 굽혀 땅을 살폈다. 그리고 다시 전진했다. 멀리서도 그들의 걷는 속도와 목적을 알 수 있었다. 몇 초만에 개와 사람 모두 숲속으로 사라졌다.

알버트는 스칼렛을 지켜보고 있었다. "왜 저 사람들을 무서워하는 거야?"

"무서워하는 거 아냐."

"사냥꾼이거나 농부일 거야, 아마."

"둘 다 아니야. 속도 좀 내야겠어. 지금부터 더 빨리 걸어야 해."

스칼렛은 말하면서 언덕 꼭대기로 곧장 걷기 시작했다. 하지만 충분치 않았다. 불안감이 그녀를 자극하며 계속 밀어붙였다. 잠시 후, 그녀는 거의 뛰다시피 걷다 아예 달리기 시작했다.

6

금세 해가 지기 시작했다. 스칼렛과 알버트는 언덕을 내려가 다시 숲으로 향했다. 그들은 낮의 빛을 벗어나 언덕 그림자가 드리운 저녁의 어둠 속으로 들어갔다. 잠시 후, 땅이 울퉁불퉁한 곳에 도달했다. 여기저기 구멍이 파이고 무너진 벽돌 파편들이 줄지어 있었다. 한때 사람들이 살았던 마을 터였다. 불에 그을린 삼각형 모양의 콘크리트 파편들이 어둠이 반쯤 내려앉은 곳에 상어 지느러미처럼 날카롭게 치솟아 있었다. 거대한 마디풀이 모든 걸 뒤덮고 있었는데, 길고 하얗고 헝클어진 모습이 식인 거인 오거의 가슴털처럼 보였다.

스칼렛은 앞서가며 어깨 너머로 언덕 위를 흘깃 쳐다봤다. 산등성이 근처에서 움직임이 보이자 심장이 쿵 내려앉았다. 하지만 새가 기류를 타고 나는 거였다. 바람을 타고 희미하게 새 우는 소리가 들렸다.

버스를 발견한 순간, 첼트넘 은행 강도 건은 어느새 스칼렛 머리에서 지워졌고, 추격대까지 거의 잊어버렸다. 추격대가 이렇게 멀리 깊은 숲속까지 따라붙을 거라고는 전혀 생각지 못했다. 하지만 그들은 여기까지 따라왔다. 갑자기 은행 지점장의 생생한 위협이 불쾌할 정도로 선명하게 떠올랐다. 들판 끝에서 햇빛 속에 반짝이던 쇠사슬

달린 형벌용 쇠기둥도. 서둘러 마디풀을 헤치고 가는데 가슴 깊숙한 곳에서 날카롭고 묵직한 공포가 서서히 커지는 걸 느꼈다.

추격대가 가까이 있었다. 도착하는 데 한 시간도 채 안 걸릴 것이다. 스칼렛이 기댈 거라곤 오직 밤이 머지 않았단 사실뿐이었다.

폐허 중앙에 더 후대에 지어진 무너져 가는 농가 한 채가 보였다. 잿빛에, 휘어져 가시덤불에 부드럽게 뒤덮여 있었다. 마디풀이 수년간 방치된 채 자라나 어린아이 허리만큼 굵어진 것들도 있었다. 풀은 건물의 뚫린 구멍을 휘감고 나왔고, 붉은 벽돌의 뼈대를 타고 올라 문을 밀어 부쉈다. 문은 하늘 높이까지 밀려가 스칼렛의 머리보다 높은 곳에 매달려 있었다. 우윳빛 꽃 사이에서 날개를 퍼덕이는 새들도 있었다. 여러 식물과 포자 냄새가 공기 중에 가득 차 있었다. 이 냄새 때문에 알버트가 재채기를 했고, 스칼렛조차 피부가 간지럽기 시작했다.

스칼렛이 결단을 내렸다. "여기서 쉬자."

"여기서 자는 거야?" 알버트가 잡초 사이로 스며드는 어둠을 둘러보며 말했다.

"방어에 유리한 곳이야. 동물도 막을 수 있을 거야."

"뒤에 쫓아오는 사람들은?"

알버트는 언덕 꼭대기에서 내려온 후로 그들에 대해 언급한 적이 없었고, 스칼렛이 왜 쫓기는지도 묻지 않았다. 하지만 계속 그녀를 지켜보고 있었다.

"그놈들은 언덕에서 멈출 거야. 이제 밤이니까. 밤에는 아무도 숲속을 돌아다니지 않아."

확신은 없었지만, 스칼렛은 자신 있는 척 가볍게 말했다. 사실 이렇게 야생 지대 깊숙한 곳까지 무법자를 추격해 온 사람이 없기도 했다.

그럼에도 여기서 쉬어야 했다. 날이 어두워진 데다, 알버트는 피곤해서 얼굴이 핼쑥했다. 스칼렛 역시 휴식이 필요했다.

스칼렛과 알버트는 폐농가를 둘러보다 아직 천장이 멀쩡하고 돌바닥이 마른 이끼와 나뭇잎으로 뒤덮인 방을 발견했다. 하룻밤 보내기에 적당했다. 동물 흔적이라고는 나뭇잎 사이에 난 좁고 구불구불한 작은 터널, 버려진 곤충 허물, 쥐들이 겨울을 나기 위해 구석에 모아둔 마른 열매껍질뿐이었다. 스칼렛은 형태만 남은 옆방에서 땅꿩의 둥지를 발견했다. 둥지 안에는 통통한 암컷이 연파란색 알들을 품고 있었다. 꿩은 그녀를 향해 부리로 쪼는 시늉을 했지만, 인간이 얼마나 두려운 존재인지는 몰랐다. 스칼렛은 꿩의 목을 비틀고 알을 주머니에 넣은 후 솔가지를 찾으러 갔다.

지붕 있는 방으로 돌아와 보니, 알버트가 바닥에 다리를 꼬고 앉아 마지막 저녁 빛 속에서 선홍색 열매껍질과 노란 잎들을 유심히 살펴보고 있었다. 그것들을 넋을 잃고 바라보고 있었다.

스칼렛은 못마땅한 얼굴로 알버트를 쳐다봤다. "설마 열매껍질이랑 나뭇잎이 아름답네 어쩌네 하는 건 아니겠지?"

알버트가 기쁨에 넘치는 미소를 지었다. "정말 그렇지 않아? 무늬가 정말 섬세하고도 정교해 …."

알버트는 열매와 잎을 한 줄로 세우고 있었다. 스칼렛이 나뭇더미를 바닥에 휙 던졌다.

"그래, 뭐, 방해 안 할게. 난 그냥 불이나 피우고… 죽은 새를 요리하고… 방어 장비나 설치하지 뭐. 한 시간도 안 걸릴 거야. 방해되면 그냥 소리만 지르면 돼."

"알았어."

알버트는 머리를 숙이고 열매껍질 연구에 다시 몰두했다. 스칼렛은 눈앞에 있는 머리통을 말없이 노려봤다. 바로 손 닿는 곳에 큰 솔가지가 하나 있었다. 순식간에 가지로 알버트의 머리에 짧고 날카로운 일격을 가했다. 그는 뒤로 한 바퀴 굴렀다. 스웨터가 얼굴을 뒤덮고 엉덩이가 하늘을 향했다.

알버트가 화를 내며 자세를 바로 했다. "왜 때리는 거야?"

"네 그 뻔뻔함과 게으름 때문이지! 모든 일을 내게 떠넘기고 있잖아!"

"하지만 스칼렛, 네가 시키는 대로만 하라며! '토론이나 논의 따윈 금물!' 정확히 아까 네가 한 말이라고! 그리고 방금 막 그랬잖아. 네가 작업하는 동안 평화롭게 내버려두라고." 알버트가 애처로운 표정으로 뒤통수를 쓰다듬었다. "왜 화가 난 건지 이해가 안 돼."

"가장 큰 잘못은 비꼬는 말도 못 알아듣는 네 무지함이야." 스칼렛은 솔가지를 나뭇더미 위로 도로 던졌다. "더 확실하게 말해줄게. 내가 불을 피울 테니, 넌 깃털을 뽑고 꿩을 구워. 그동안 난 유황 막대를 준비할 테니까. 이제 충분히 확실하지?"

"물론이야. 처음부터 그렇게 말했으면 좋았잖아." 알버트가 꿩을 집어 들었다. "와, 알록달록 예쁜 깃털 좀 봐…. 알았어, 알았어. 또 때릴 필요는 없잖아."

그 후의 준비는 침묵 속에서 진행됐다.

불빛이 오래된 벽돌들을 밝게 비췄다. 꼬챙이에 꽂힌 꿩이 활활 타오르는 불길에 구워졌다. 스칼렛은 최대한 빛이 새어나가지 않도록 제일 안쪽 구석에 불을 지폈다. 발견될 위험이 있긴 하지만, 이것까지 피할 수는 없었다. 뭔가 먹어야만 했다. 알버트가 꿩고기를 살피는 동안, 스칼렛은 매캐한 냄새가 나는 유황 막대를 꺼냈다. 문과 창문 근처에 놓고 막대에 불을 붙였다. 진흙쥐나 다른 작은 육식동물을 막기 위해서였다. 그녀는 농가 마당으로 나왔다. 덤불과 가시덤불이 무성하게 자라 있었다. 해가 져 언덕 너머 서쪽 하늘에 붉은빛만 희미하게 남아 있었다.

숲속에서 짐승들이 울부짖는 소리가 들렸다. 그 소리가 뚝 멈추자 긴장 속에 정적이 흘렀다. 스칼렛은 온 신경을 곤두세워 발소리가 들리는지 귀를 기울였다….

아무 소리도 들리지 않았다. 당연한 일이었다. 지금은 밤이었다. 스칼렛은 발길을 돌려 방으로 돌아갔다.

알버트는 힘없이 펭꼬치를 돌리고 있었다. 얼굴은 평온하고 고요했으며, 불빛에 피부가 희미하게 빛났다. 마치 나무 화석이나 돌로 만들어진 사람 같았다. 눈에 띄게 성가신 행동은 하지 않았지만, 그의 곁에는 색색의 나뭇잎과 열매껍질이 펼쳐져 있었다. 크기 순서대로 배열해 놓은 거였다. 이 광경을 보자(사실 존재 그 자체만으로), 스칼렛은 불쑥 화가 치밀었다.

스칼렛은 숨을 천천히 길게 내쉬며 진정하려 했다. 지난 이십사 시간 동안 네 명의 남자를 죽이고, 은행을 털고, 험난한 땅을 가로질러 수 킬로를 걷고, 곰에 짓눌리고, 원치도 않은 멍청한 동행인까지 생겼다. 어떻게 봐도 아주 긴 하루였다. 그중에서도 아침 명상을 못 한 게 가장 힘들었다. 모든 분노와 억눌린 감정의 동요가 바로 거기서 비롯된다는 사실을 알고 있었다. 압박감을 해소해야 했다. 그것도 최대한 빨리. 식사 직후가 좋을 것 같았다. 스칼렛은 가방으로 다가가 플라스틱 통을 열었다. 통을 기울여 매트를 꺼내 모닥불에서 조금 떨어진 곳에 조심스레 깔았다. 주름지고 구겨진 부분은 살살 두드려 폈다.

알버트는 그 모습을 지켜봤다. "그건 왜 하는 거야? 그게 뭐야?"

"매트를 준비한 거야. 기도하려고."

알버트가 고개를 끄덕였다. "기도? 들어본 적 있어. 그러니까 그

낡은 헝겊 조각 위에서 한다는 거지?"

스칼렛은 멈칫했다. "그래. 이 부드럽고 신성한 천에서. 그런데 규칙이 있어. 일단 내가 이 위에 앉으면, 날 방해하거나 자극하지 마. 말도 걸지 말고 귀찮게 하지도 마. 날 내버려둬. 기도가 끝날 때까지 기다려."

알버트는 스칼렛의 말을 곰곰이 생각했다. "그러니까 변기 같은 거네. 그렇지? 스톤무어에서 그 노인 마이클도 비슷한 말을 하곤 했어."

스칼렛은 미리 욕설 상자를 잡고 깊은숨을 내쉬었다. "때리진 않을게…. 네가 머리에 흙만 든 바보란 게 분명하니까. 알버트, 틀렸어. 이건 변기 같은 게 아냐. 완전히 반대거든! 일단 펴면, 이 매트는 성스러운 장소가 되는 거야."

"하지만 그 위에 엉덩이를 갖다대잖아. 그건 안 좋은 행동이지. 분명 신성한 천에 대한 불경한 짓이야."

알버트의 말에 스칼렛은 차갑게 미소 지었다. "정말 그렇게 이상한 일이 아냐. 매트 위에 앉으면, 난 은혜로운 상태가 되거든."

"나도 그 위에 앉으면 은혜로운 상태가 되는 거야?"

"아니. 아주 불쌍한 상태가 되겠지. 내가 막대기로 널 때릴 거니까. 내 말 잘 들어. 더러운 손으로 매트를 만지거나 지저분한 엉덩이를 걸칠 생각 따윈 절대 하지도 마. 그러다 내 눈에 띄면 정말 고약한 경험을 하게 될 거야. 이건 내 매트라고, 나만의 기도 매트. 알겠어?"

"알았어, 스칼렛. 알았다고."

알버트가 고개를 힘차게 끄덕이자, 앙상한 두 팔로 가는 다리를 꼭 껴안은 몸이 이끼 위에서 앞뒤로 흔들렸다. 스칼렛은 그가 매트에서 눈을 떼지 못하는 걸 알아차렸다. 그는 매트에 계속 매료돼 있었다. 푸짐한 꿩고기구이도 주의를 완전히 돌리진 못했다. 식사 후 드디어 스칼렛이 매트 위에 가부좌로 앉아 명상을 시작하자, 알버트의 밝은색 눈이 불빛에 반짝였다.

기도 매트는 빨간색과 노란색 실로 대충 엮은 거친 천으로 만들어졌다. 물질적인 상품 가치는 없었다. 솔직히 더럽고 악취가 나서 상품 가치로는 오히려 마이너스였다. 하지만 스칼렛에게 기도 매트는 매일 세상으로부터, 특히 자신으로부터 도피할 수 있는 일종의 안식처와도 같았다. 또한 그것은 그녀의 탈출 능력을 나타내는 것이기도 했다. 스칼렛은 등을 똑바로 펴고 앉아 양손을 모았다. 눈을 살짝 감았다. 불빛이 속눈썹 안쪽에서 춤추고 흔들렸다. 정신이 제한된 속박에서 벗어나 도약하기 시작했다.

스칼렛은 그날 아침 늪지대에서 만난 네 명의 강도를 생각했다. 어쨌든 그들의 죽음은 그녀의 잘못이 아니었다. 그들이 먼저 공격했고, 누구나 자기방어를 할 권리가 있다. 그들은 스칼렛이 어떤 사람인지 눈치채고 상식을 발휘해 그녀를 내버려뒀어야 했다. 그들을 그리워할 사람이 있기나 할까? 그들의 엄마조차 그러지 않을 것이다. 그 강도들은 쓸모없고 무능했다. 그들을 죽인 건 세상을 위한 일이었다. 그래. 스칼렛은 안심하고 그들을 머릿속에서 지울 수 있었다.

다음으로 첼트넘 은행 건으로 넘어갔다. 그 일은 효율적으로 잘 마쳤으며 불필요한 피해도 야기하지 않았다. 경비원 일만 제외한다면. 물론 스칼렛은 그가 안 죽은 걸 확인했다. 손가락 형제단의 빚을 갚을 만한 돈도 구했다. 한두 달이지만 여왕처럼 살 수 있을 것이다. 그뿐만 아니라 이번 건으로 신앙의 집과 생존 도시에 다시 한번 타격을 입히는 데 성공했다. 양심이 있는 사람이라면 누구나 축하할 일이었다. 요컨대 부끄러워하기보다 자랑스러워해야 할 행동이었다. 죄책감도 느낄 필요 없었다.

스칼렛은 이제 훈훈한 만족감에 젖어들었다. 물론 추격대가 집요하게 따라붙긴 했지만, 다음 날이면 그들을 따돌릴 수 있을 것이다. 전방 저지대에는 강이 있고, 근처 어딘가에 고대 템스강의 발원지도 있다는 걸 알고 있었다. 강을 헤엄쳐 건너가면 개들이 쉽게 냄새로 추적하지 못할 것이다. 숙면을 취한 후 아침 일찍 움직이면 금세 첼트넘 추격대를 따돌릴 수 있을 것이다. 걱정할 게 뭐 있겠는가? 모든 게 손안에 있는데!

스칼렛은 명상을 계속 이어갔다. 항상 그랬듯이 일곱 왕국에 대한 생각으로 명상을 끝맺었다. 그녀는 아주 높은 곳에서 일곱 왕국을 내려다보는 자신을 그려봤다. 쓰레기 더미, 숲과 산, 그리고 그 사이에 자리 잡은 작은 도시와 마을을 바라보는 모습을. 과거의 재앙, 인류의 불행, 광활한 대지의 공허함, 주변 하늘의 차가운 무관심에 비하면 자기 잘못이 아주 하찮다는 걸 떠올렸다. 그러면 항상 마음이 편안해졌다.

스칼렛은 다시 현실로 돌아왔다. 마음이 차분하고 침착해졌다. 매트가 제 역할을 다했다. 한 짐 내려놓은 것처럼 몸이 가볍고 새로워진 것 같았다.

스칼렛은 눈을 떴다. 방구석에 불이 낮게 타올랐다. 알버트가 창가에 서서 어둠 속을 바라보고 있었다.

"왜 그래? 무슨 일이야?" 스칼렛이 물었다.

"무슨 소리를 들은 거 같아."

"어떤 소리?"

"낮고 긴 휘파람 소리."

스칼렛은 이미 일어나 기도 매트를 말아 올리고 있었다. 평온함은 사라졌지만, 마음은 여전히 차분하고 단단했다.

"훈련시킨 개를 부를 때 내는 소리?"

"아마도."

"얼마나 가까워?"

"확실하진 않지만 꽤 가까운 거 같아. 오 분 전에 소리가 났고, 그 이후로는 못 들었어."

"오 분 전에? 근데 왜 아무 말도 안 한 거야?" 스칼렛이 이를 악물었다.

"어…. 네가 은혜로운 상태에 있었잖아. 방해하지 말라고 해서."

"맙소사. 매트 통은 어딨지? 내 배낭은?"

"여기 창가에. 내가 미리 싸놨어. 잠자리를 옮겨야 할 거 같아서."

"그것만으론 부족해."

스칼렛은 알버트 옆에서 재빨리 움직였다. 매트를 통에 넣고, 배낭을 메고, 창가에 서서 깜깜한 바깥을 훑어봤다. 아무것도 보이지 않았지만 희미하게 소리가 들렸다. 부드러운 바스락거림과 숨죽인 발걸음 소리였다. 소리는 한 방향에서 나는 걸 수도, 사방에서 나는 걸 수도 있었다.

추격대는 멈추지 않았다. 해가 진 후에도 계속 추격해 온 거였다. 스칼렛은 아랫입술을 깨물었다. 말도 안 된다. 일반적인 민병대 추격꾼들의 행동이 아니었다.

"여기 갇혀 있으면 안 돼. 단숨에 뚫고 나가야 해. 문을 박차고 나가서 왼쪽 담쟁이덩굴로 돌진해. 놈들이 총을 쏘겠지만 장애물 경주라고 생각하고 달려. 십중팔구 우리 둘 다 맞히진 못할 거야. 운 나쁘게 그놈들과 정면으로 마주치면 맨몸으로 싸워서라도 저기 숲속으로 들어가야 해. 알았지? 별거 아냐. 쉬워."

스칼렛이 알버트를 쳐다봤다. 그녀에겐 쉬운 일이었다. 하지만 의심의 여지없이 이 소년은 살아남지 못할 것이다.

알버트 브라운이 고개를 끄덕였다. "그래. 아니면 저 위로 빠져나갈 수도 있고." 그가 측면의 벽을 가리켰다. 줄어드는 불빛 속에서 벽 위쪽 무너진 벽돌 사이로 옆방으로 연결되는 구멍이 생긴 걸 봤다. "저기로 가면 우리를 못 볼 거야."

마디풀 사이에서 이상한 소리가 들렸다. 낮고 거친 떨림이 반복해서 울렸다. 언뜻 새소리 같았지만 분명 아니었다. 스칼렛이 창가에서 물러났다.

"알버트, 쓸모 있는 말도 할 줄 아네. 어서 가자."

알버트가 어설프게 벽돌을 기어올랐다. 스칼렛은 두 번이나 손을 뻗어 미끄러지는 그를 잡아줘야 했다. 어쨌든 그는 구멍에 도달한 후 게처럼 옆으로 기어가더니 순식간에 사라졌다. 스칼렛은 배낭을 벗어 구멍 안으로 던지고 그를 뒤따랐다. 그녀도 구멍을 통과했다.

벽 너머의 방은 지붕이 없었다. 부서진 석조물에 둘러싸인 공간으로, 별빛이 그대로 쏟아졌다. 고사리와 잡초, 어둠 속에 오싹한 빛을 발하는 야행성 꽃이 잔뜩 자라나 있었다. 희미한 빛 속에서 알버트가 다소 주춤거리며 건너편으로 이동하는 게 보였다. 울퉁불퉁한 바닥에서 비틀거리며 한 발 한 발 걸을 때마다 작은 소리를 냈다. 스칼렛은 속으로 신음했다. 그는 너무 엉성했다. 한쪽 다리가 없는 사람도 그보다는 섬세하게 움직일 것이다.

소리 없이 내려온 스칼렛은 순식간에 알버트 옆으로 다가가 그의 귀를 거칠게 잡아당겼다.

"소리 좀 내지 마. 저놈들이 다 듣겠어." 스칼렛이 속삭였다.

알버트가 고개를 저으며 손으로 가리켰다. "괜찮아. 우리가 아직 불 옆에 있다고 생각할 거야."

앞쪽 벽은 낮게 무너져 있었다. 무너진 돌 틈으로 식물이 무성하게 자라난 농가의 앞마당이 보였다. 방금 빠져나온 방에서 열린 문틈으로 불빛이 새어 나왔다. 별이 빛나는 하늘을 배경으로 검은 지붕이 모습을 드러냈다.

마디풀 숲에 어둠이 장막처럼 드리웠다. 깜깜한 어둠 속에서 그림자들이 움직였다. 중산모를 쓴 형체들이 마당으로 모여들었다.

민병대는 멍청하지 않았다. 이 첼트넘 추격꾼들은 스칼렛이 어떤 사람인지 알고 있었다. 그러니 그녀와 일대일로 싸우는 위험을 감수하지는 않을 것이다. 한 번에 대여섯 명이 달려들어 제압하려 들겠지.

스칼렛은 알버트 가까이 몸을 숙였다. "기회가 생길 거 같아. 저놈들은 한꺼번에 방으로 몰려갈 거야. 그 틈에 빨리 벽을 넘어 숲으로 탈출하자." 그녀가 숨을 내쉬었다.

"모두 한꺼번에 들어갈 거라고? 정말 그렇게 생각해?"

"응. 장담해."

그때 마디풀 숲 사이로 붉은빛이 번쩍였다. 도화선이 타올랐다. 누군가 앞으로 달려오며 가늘고 긴 병을 문 아래로 던지더니 다시 번개처럼 물러섰다.

방이 폭발했다. 황백색 거대한 불꽃이 문과 창문 밖으로 뿜어져 나왔고, 지붕의 기둥 사이로 불길이 치솟았다. 목제 기둥이 무너지며 돌들이 떨어져 내렸다. 바로 옆방에 있던 스칼렛과 알버트는 폭발력에 떠밀려 옆으로 내동댕이쳐졌다.

폭발음이 언덕 너머로 메아리치며 야생 지대에까지 울렸다. 바로 옆에 있던 벽기둥이 무너져 내리며 고사리 사이로 쿵 떨어졌다.

스칼렛이 몸을 일으켰다. 눈을 덮은 머리카락을 입김으로 훅 날리며 말했다. "물론, 내가 틀렸을 수도 있고."

7

스칼렛의 한쪽 얼굴에서 피가 났다. 넘어지며 돌에 부딪힌 것이다. 그 외에 부상은 크게 없었다. 여전히 배낭도 잘 메고 있었고, 기도 매트와 돈 역시 잘 있었다. 중요한 물건은 모두 안전했다. 그녀는 고사리와 건물 파편 사이를 헤치며 희미한 신음이 들리는 곳으로 기어갔다.

"조용히 해. 죽으려면 조용히 죽든가. 어쨌든, 괜찮은 거지?" 스칼렛이 숨죽인 채 쏘아붙였다.

알버트가 일어나 앉았다. 벽돌 먼지가 머리카락을 뒤덮었다.

"멍이 크게 들었어. 게다가 가시덤불 위로 떨어진 거 같아."

"한마디로 괜찮다는 거네. 그만 찡찡대고 따라와. 저놈들이 뭐 하고 있는지 봐야겠어."

둘은 마당을 내려다보기 좋은 위치로 조심스레 이동했다. 벽은 온전했지만, 모닥불을 피웠던 옆방은 돌무더기로 엉망이 돼 있었다. 돌 틈으로 작은 불길이 깜박였고, 발광성 연기가 별을 향해 하늘로 솟아오르고 있었다. 그 빛 덕에 여섯 명의 형체가 농가에서 조금 떨어진 곳에 모여 있는 걸 볼 수 있었다. 모두 트위드 재킷에 중산모를 쓰고 있었다. 한 남자가 개 두 마리의 목줄을 쥐고 있었고, 나머지는 손에 권총을 들고 있었다. 긴장된 분위기였다. 그들은 농가에 가까이 다가가지 않고 침묵 속에 연기를 지켜봤다.

스칼렛은 벽 뒤에 몸을 숨기고 어둠 속을 노려봤다. 좋아. 그러니까 저들은 그녀가 죽었다고 생각하는 것이다. 확실히 하기 위해 기다리는 중이고. 이 추측이 맞는 것 같은데, 놈들이 저렇게까지 겁에 질린 이유를 알 수 없었다. 놈들은 지금 그녀가 돌무더기에 깔려 있는 걸로 알 텐데…. 뭔가 이상했다. 말이 안 됐다.

알버트가 스칼렛의 팔을 잡아끌었다. 바로 뒤에서 그의 목소리가 들렸다. "스칼렛, 저 폭발 말야. 어떻게 한 걸까?"

"고성능 젤리그나이트 폭약이야." 스칼렛이 짜증스럽게 고개를 휘저었다. "미친 짓이야. 대체 왜 은행 돈까지 날려버리려는 거지?"

"은행 돈?" 속삭이는 소리였음에도 알버트의 목소리에 실린 관심이 느껴졌다.

"중요한 문제는 아냐."

사실 중요했다. 이런 추격전은 처음이었다. 노리치 작업 때 추격대가 쾌속정을 타고 손에는 작살총을 든 채 앵글리아 홍수 지역에서 이리저리 스칼렛을 쫓았을 때도 이렇지는 않았다. 프롬 사건에서 추격꾼들이 그녀를 물에 잠긴 채굴장 끝까지 몰아넣었을 때도 이렇게까지는 아니었다. 당시 칼과 도끼를 든 다섯 명의 남자가 스칼렛의 시체를 검은 물속에 던지려고 벼르기도 했다. 스칼렛은 이런 아슬아슬한 상황에 익숙했다. 하지만 이번은 느낌이 달랐다. 야생 지대까지 가로지르는 끝없는 추격…, 젤리그나이트 폭약…. 이건 일반 추격대와 달랐다.

하지만 고민해 봐야 소용없었다. 도망가는 게 제일 중요했다.

알버트에게 조용히 하라고 손짓한 후, 다시 벽 너머를 엿봤다. 추격대가 확신을 얻은 것 같았다. 그들은 연기 나는 돌무더기에 접근했다. 개가 이곳저곳 코를 킁킁댔고 누군가 웃었다. 갑자기 명령이 내려졌다. 한 명이 막대기를 들고 돌 사이를 쿡쿡 찌르기 시작했다.

추격대는 스칼렛의 시체를 찾고 있었다. 아니면 돈다발을 찾고 있던지. 어느 쪽이든 도망갈 시간이었다. 그녀는 알버트를 데리고 조용히 폐허를 빠져나갔다. 순식간에 두 사람은 무너진 벽을 기어오르고 공터를 재빨리 가로질러 숲의 어둠 속으로 사라졌다.

새까만 어둠 속에서 움직이는 건 쉽지 않았지만, 그들은 맹목적으로 마디풀 사이를 더듬으며 계속 나아갔다. 마침내 알버트가 기진맥진해 쓰러졌다. 스칼렛은 그가 땅에 쿵 쓰러지는 소리를 들었다. 그의 옆에 쪼그리고 앉아 고민했다. 농가에서 꽤 멀리까지 왔다. 추격대가 다시 그들을 뒤쫓는다면, 그녀가 할 수 있는 일은 별로 없었다. 분명 알버트는 더 걸을 수 없었다. 스칼렛의 팔다리도 대리석처럼 무거웠으며, 거친 땅바닥이 오리털 이불처럼 느껴졌다.

"좋아. 여기서 쉬자. 새벽이 오면 다시 움직일 거야."

알버트의 대답을 기다렸지만 아무 소리도 없었다. 자신만의 생각에 잠겨 있던 스칼렛은 몇 분 후에야 그가 잠들었다는 사실을 깨달았다.

스칼렛과 알버트는 회색빛 새벽 무렵에 깼다. 안개가 단단한 덩어리처럼 마디풀의 아치 사이에 감겨 있었다. 주변 숲은 조용했다.

"오늘 아침은 배가 엄청 고파. 내 엉덩이가 호두알만큼 작아졌어. 우리 먹을 거 좀 찾으러 갈 수 있을까? 어쩌면 진짜 호두를 찾을지도 모르잖아. 아니면 버섯이나. 버섯은 숲에서 자라지? 버섯을 본 적이 없는데 한번 보고 싶다." 알버트가 애처롭게 배를 문지르며 말했다. "아무튼 아무거나 먹을 수만 있으면 돼."

　스칼렛은 알버트의 말을 최대한 무시하려 애썼다. 벨트에서 나침반을 꺼냈다. 주위를 둘러싼 마디풀 숲과 폐허를 바라보며 동쪽 울즈 고원지대의 지형을 떠올리려 애썼다. 기억에 따르면, 주로 숲과 강이 대부분인 지역이었다. 스토우를 향해 북동쪽으로 가는 게 목표였으나, 전날 밤 치열했던 추격전의 여파로 이제 그녀가 어디쯤 있는지 확신이 안 섰다. 게다가 추격대가 그리 멀지 않은 곳에 있었다. 스칼렛은 목덜미를 긁었다. 배고프다고 여전히 투덜대는 알버트 때문에 집중하기 힘들었다. 스칼렛은 이렇게 많은 단어가 존재한다는 걸 잊고 있었다. 알버트를 조용히 시키려고 배낭을 뒤졌다. 전날 아침, 호숫가 시체에서 가져온 유산지 봉투를 꺼냈다.

　"와, 스칼렛, 그 샌드위치 나 주려고? 넌 정말 좋은 사람이야! 무슨 샌드위치야?"

　"치즈와 피클. 포장지에 있는 빨간 얼룩은 신경 쓰지 마."

　"최고! 넌 정말 안 먹어도 돼? 괜찮다고? 좋아. 그럼 내가 다 먹을게."

　알버트는 과연 말한 대로 전부 다 먹어치웠다. 스칼렛은 저렇게 큰 입을 처음 봤다. 앵글리아에 서식하는 거대 식인 개구리 같았다. 식인 개구리는 배 아래에서 갑자기 튀어나와 사람을 덮치곤 했다. 하지만 식인 개구리조차 저 정도의 입 크기를 가졌으면 자랑스러워할 것이다. 그녀는 알버트가 식사를 마칠 때까지 기다리지 않고 배낭을 어깨에 멘 후 북쪽을 향해 성큼성큼 걸어갔다. 출발할 시간이었다.

　마디풀 숲을 지그재그로 헤치며 안개와 기묘하게 희미한 빛을 뚫고 천천히 내려갔다. 시간이 얼마나 흘렀는지 알 수 없었다. 이끼로 뒤덮인 석벽을 따라갔다. 이끼가 모든 소리를 삼켰다. 발걸음 소리, 잡초 줄기에 옷 스치는 소리, 헐떡이는 숨소리까지.

"여긴 왜 이렇게 폐허가 많은 거야? 너무 오래되고 슬퍼 보여."

알버트의 말에 스칼렛이 퉁명스럽게 대답했다. "정말 오래됐지. 아마 대재앙 시절에 버려졌을 거야. 아니면 개척 전쟁 때일 수도 있고. 나도 너만큼밖에 몰라."

"아냐. 정말로 난 아는 게 전혀 없어."

알버트는 진짜 아는 게 하나도 없어 보이긴 했다. 스칼렛은 그를 곁눈질했다. 알버트는 비틀거리며 걸었다. 눈 밑은 피로로 거무죽죽했다.

"그냥 버스 근처에 남아 있을 걸 싶지? 지금쯤이면 차를 얻어 탔을걸."

알버트가 밝은 눈으로 스칼렛을 보며 환히 웃었다.

"그렇지 않아. 스칼렛, 여기서 너와 있는 게 훨씬 좋아. 근데 궁금한 게 있어. 어제 묻고 싶었는데, 그때는 널 잘 몰라서…. 지금은 많은 걸 함께 겪었으니까 우리 사이가 더 돈독해진 거 같거든. 넌 직업이 뭐야? 왜 이런 위험한 곳에 있어? 그것도 혼자?"

스칼렛이 애매하게 어깨를 으쓱했다. "난 여행자이자 순례자야. 기도가 날 인도하는 곳으로 가지."

"그게 어딘데? 어디로 가는 건데?"

알버트가 크고 까만 눈동자로 스칼렛을 응시했다.

"난 웨섹스의 생존 도시들을 돌아다니면서 성물을 팔아. 사실, 이 배낭 안에 성물을 많이 들고 다니지. 또 선행도 하고, 간혹 자선 활동… 비슷한 일들도 해. 그런 일들로 바쁘지. 예를 들어, 네가 탔던 버스 말야. 어제 버스를 보고 도우려고 안에 들어갔던 거야."

갑자기 지면이 가파르게 경사졌다. 주변에는 마디풀이 확연히 적어졌고, 발아래에는 바위와 솔잎들이 널려 있었다. 바로 앞에 급격하게 밑으로 기운 소나무 숲 비탈길이 보였다. 그 위로 바람이 소용돌이쳤다. 스칼렛이 나침반을 다시 들여다봤다.

"아, 그 버스. 거기까지 와 날 구해주다니, 넌 정말 친절해."

"그렇지…."

"그리고 도둑질도 했지. 내가 착각한 게 아니라면, 네가 등에 멘 금속 가방이 다른 승객의 물건 같거든."

스칼렛은 배낭에 매달려 있는 작은 금속 가방을 잊고 있었다. 그녀는 알버트를 노려봤다.

"도둑질이 아니라 회수야. 피해자의 상속인이나 친척에게 돌려주려고."

"아, 물론 그렇겠지. 넌 성스러운 사람이니까."

그때였다. 근처 소나무의 모양이 바뀌었다. 스칼렛이 머리를 홱 들었다. 트위드 재킷에 회색 중산모를 쓴 남자가 나무 그늘에서 튀어나왔다. 남자는 그들을 향해 총을 겨눴다. 스칼렛도 코트 밑에서 총을 뽑아 발사했다. 남자는 팽그르르 돌더니 소리 없이 뒤로 쓰러졌다.

"확실히 성스럽진 않지. 그런 말은 나한테 안 어울려. 어서, 도망치자." 스칼렛이 말했다.

스칼렛은 비탈길을 뛰어 내려갔다. 알버트도 뒤를 쫓았다. 시야 끝으로 나무 사이에서 다른 남자들이 나타나는 걸 흘끗 봤다. 개들이 짖었고, 총성이 울렸다. 총소리는 마치 닫힌 방 안에서 나는 것처럼 둔탁하고 작았다.

가파른 내리막길이었다. 소나무는 밑단 가지들이 앙상하게 죽어 있었고, 땅에서 썩어가는 솔잎 무덤 사이에 회색 몸통이 서 있었다.

얼어붙은 파도처럼 가지가 길게 뻗쳐 있었다. 땅 위 솔잎 융단은 수년간에 걸쳐 쌓인 듯했다. 스칼렛이 발을 디딜 때마다 부츠가 미끄러지고, 발이 푹푹 빠지면서 솔잎이 V 자 모양으로 흩날렸다. 알버트는 곧 쓰러질 듯 비틀거리며 휘청휘청 달리고 있었다. 스칼렛은 진작 알고 있었다. 그런 앙상한 다리로는 비탈길을 내달리는 충격을 감당할 수 없을 것이다. 그녀는 두 배쯤 더 빠르게 달릴 수 있었지만, 알버트는 지금도 이미 힘들어하고 있었다.

솔잎 더미를 헤치며 스칼렛은 뒤를 돌아봤다. 추격대 몇 명이 내리막 비탈길을 따라 뒤를 쫓고 있었다. 스칼렛과 알버트 사이로 총알이 스쳤다. 나무가 점점 드문드문해졌다. 멀리 앞쪽에서 햇빛이 반짝였다. 나무 사이를 헤치고 숲과 강의 경계가 그어놓은 초록색과 파란색 선을 향해 비탈길을 뛰어 내려갔다.

강이었다. 강이 저기에 있었다.

스칼렛이 욕설을 내뱉었다. 그녀는 손쉽게 속도를 올릴 수 있었다. 강으로 뛰어들어 멀리 달아날 수 있었다. 하지만 알버트가 뒤에서 총을 맞을 것이다. 그녀는 멈춰 섰다.

"알버트."

"왜, 스칼렛?"

알버트가 스칼렛을 따라잡았다. 스웨터 소매가 앙상한 팔 위에서 펄럭였다. 녹슨 선풍기처럼 컥컥 숨을 내쉬었지만 얼굴만은 평온했다.

"너 먼저 가. 이 비탈을 따라 강으로 내려가. 강에 도착하면 물에 뛰어들어. 강물에 몸을 맡기고 하류로 떠내려가. 수영할 줄 알아?"

"아니."

"그래, 당연히 못 하겠지. 대체 내가 왜 물어봤을까? 어쨌든, 나뭇가지나 통나무나 아무거나 찾아서 매달려. 물에 빠져 죽지 않게." 스칼렛이 알버트를 쳐다보며 말을 이었다. "뭐, 물에 빠져 죽는 게 저놈들한테 붙잡히는 것보단 낫겠지. 그러니까 망설이지 말고 뛰어들어."

알버트가 스칼렛을 보고 눈을 깜박였다. "넌 어쩌고?"

"곧 따라갈게. 먼저 저놈들을 좀 방해하고."

알버트의 얼굴에 기쁨에 찬 미소가 번졌다. "고마워, 스칼렛."

"뭐가? 그냥 너 같은 방해꾼을 치워버리는 거야. 그러기 좋은 기회니까. 그게 다야."

"넌 진짜 고귀하고 사려 깊은 사람이야."

"하, 진짜 아니래도." 스칼렛이 알버트를 노려봤다. "이제 가. 가라고! 지금이 좋겠어."

소나무 사이로 남자들이 나타났다. 이런 상황에도 알버트는 마치 큰길에서 수다 떠는 마을 얼간이처럼 계속 이야기하고 싶은 듯했다. 몇 초 안에 그들은 추격대의 사정거리 안에 들 것이다. 스칼렛은 추격자들이 몸을 숨기도록 위쪽으로 위협사격을 가했다. 이 행동이 알버트의 마음에 불을 붙인 것 같았다. 그는 갑자기 비탈길을 미끄러지듯 구르고 이리저리 휘청거리며 스칼렛에게서 멀어져 갔다.

근처에 나이 많은 소나무 한 그루가 있었다. 밑동이 굵고 바닥에 그림자를 짙게 드리운 나무였다. 스칼렛은 그 뒤로 몸을 숨기고 나무에 등을 댔다. 권총을 열고 탄창을 확인한 후 다시 닫았다. 남은 총알은 네 발. 잠깐은 버틸 수 있을 것이다.

소나무에서 송진과 먼지 냄새가 났다. 껍질이 말린 부분에는 거미줄이 보였다. 스칼렛은 비탈길을 올려다보려고 나무 뒤에서 고개만 내밀었다. 총알이 한바탕 쏟아졌다. 솔잎들이 작은 분수처럼 발 근처에서 위로 치솟았다. 그녀는 얼른 다시 몸을 숨겼다. 총을 쏜 세 남자의 위치를 머릿속에 새겼다. 두 명은 나무 그루터기와 무너진 벽돌 뒤에 안전하게 숨어 있었고, 한 명은 덜 유리한 위치지만 이끼 낀 콘크리트 말 먹이통의 그림자 속에 숨어 있었다.

스칼렛은 얼굴을 문지르고 마음을 정했다. 총을 장전하고 한 팔을 나무 밖으로 잠깐 내미는 척했다.

총알 세례가 또 한차례 퍼부었다. 솔잎이 풀썩이며 휘날렸다. 소나무 가지 하나가 산산조각 나며 향긋한 파편 조각이 스칼렛의 얼굴을 때렸다. 그녀는 총성이 잦아들 때까지 기다린 후, 나무 뒤에서 한 발짝 나왔다. 총을 들어 말 먹이통 뒤에 있던 남자를 향해 쐈다. 남자의 몸이 옆으로 쓰러지기도 전에, 미처 자신의 죽음을 깨닫기도 전에, 스칼렛은 순식간에 나무 그늘에 몸을 숨겼다.

예상대로 세 명이 아닌, 두 명이 쏘아대는 총알 세례는 전보다 약하고 불규칙했다. 스칼렛은 총성이 끝나기를 기다리며 저 멀리 알버트의 형체가 비탈길을 내려가는 걸 바라봤다. 그는 이제 햇빛 속으로 들어갔고… 곧 시야에서 완전히 사라졌다. 지금쯤 강물 속에 있을 것이다. 스칼렛이 해줄 수 있는 일은 다했다. 지원군이 올 경우를 대비해 여기서 시간을 더 지체하면 안 됐다.

두 번째로 나무 뒤에서 나와, 무너진 벽 뒤에 숨은 남자를 노렸다. 남자가 살짝 움직인 건지, 스칼렛의 기억이 틀린 건지, 첫 번째 총알은 석벽 가장자리를 맞히며 희미한 불꽃을 일으켰다. 삐죽 솟은 중산모에서 오른쪽으로 3센티가량 떨어진 지점이었다. 스칼렛은 목표 지점을 조정하고 다시 총을 쐈다. 모자가 튕겨 오르며 뒤로 날아가는 모습에 만족했지만, 모자 주인도 맞았는지는 알 수 없었다. 그리고 알아낼 시간도 없었다. 스칼렛은 이미 비탈길을 뛰어 내려가고 있었다. 달려가는 그녀의 거친 발걸음에 솔잎이 파도처럼 휘몰아쳤다. 총알이 귓가를 스쳤다. 배낭에 총알이 하나 박힌 듯했다. 그녀는 재빨리 근처 나무의 가지 아래로 몸을 숨겼다. 다시 미친 듯이 비탈길을 뛰어가며 점점 더 아래로 내려갔다. 이제 뒤에서는 아무 소리도 들리지 않았다. 머리 위에서 햇빛이 점점 강하게 내리쬐기 시작했다.

스칼렛은 높은 강둑을 뛰어넘어 솔잎 빗발 속에 긴 잔디밭 위로 떨어졌다. 강렬한 한낮의 햇살에 눈이 따가웠다. 드디어 소나무 숲을 빠져나왔다. 앞에서 가파르게 이어지던 비탈길은 예상치 못한 곳에서 갑자기 절벽으로 끝났다. 발밑에 강이 보였다. 반짝이는 곳도, 짙은 파란색 그림자에 잠긴 곳도 있었다. 강은 울즈 고원 가장자리의 얕은 협곡을 가르며 깊고 빠르게 흘렀다. 그리고 좌우로 굽이치며 이어지다 언덕의 굴곡 사이로 사라졌다. 스칼렛은 앞으로 달리면서 이 모든 걸 눈에 담았다.

하지만 무엇보다 가장 먼저 눈에 띈 건 소년의 모습이었다.

알버트가 아직 거기 서 있었다. 비탈길 끝자락에 힘없이…. '기운 없음'이나 '무기력함'이란 단어를 사람의 형상으로 만들어놓은 듯했다. 그는 허리를 굽혀 강을 내려다보고 있었다. 검정 머리와 커다란 스웨터가 협곡 사이로 부는 바람에 날렸다.

스칼렛은 숨을 헐떡이며 빠르게 알버트에게 다가가 화를 냈다. "이 멍청이! 강으로 뛰어내리랬잖아."

"위험하지 않은 얕은 강둑인 줄 알았지! 갈대와 자갈 같은 게 있는 강인 줄 알았다고! 절벽에서 뛰어내리라곤 안 했잖아!"

"무슨 절벽? 6미터밖에 안 되잖아. 뭐, 9미터쯤 될 수도 있고."

"난 못 해. 너무 높다고. 떨어지다 허리가 부러질 거야."

"그럴 가능성은 거의 없어. 그럴 확률은 아주 낮다고."

스칼렛은 알버트에게 등을 돌리고 어두운 소나무 숲을 바라봤다.

소나무 사이로 벌써 추격대의 움직임이 보였다. 한 명…. 아니, 두 명이 오고 있었다. 그들은 나무에 몸을 숨긴 채 총을 쏠 것이다. 추격대에게는 너무도 손쉬운 상황이었다.

"알버트, 지금 당장 뛰어내려."

"못 해. 무섭단 말야."

"넌 백 퍼센트 죽는 게 무서워, 죽을 수도 있는 게 무서워? 어느 쪽이 더 무서워?"

"둘 다 내 취향이 아닌데."

"글쎄, 뭐든 빨리 정해야 할걸. 오 초의 여유를 줄게. 그 후에는 나 혼자 뛰어내릴 거야."

스칼렛이 총을 들어 나무 아래에서 다가오는 남자에게 쐈다. 남자는 신음을 내며 솔잎 위로 털썩 쓰러졌다. 그는 바닥에 엎어진 채로 비탈길을 따라 인생의 마지막 여행길을 몇 센티쯤 더 천천히 미끄러져 내려갔다. 그리고 나무 가장자리에서 멈췄다. 바닥에 몸을 쭉 편채 한 팔은 햇빛 속에 뻗어 있었다.

조금 전에 쏜 게 스칼렛의 마지막 총알이었다. 이를 알아차린 듯 남은 적이 바로 기회를 잡았다. 턱수염 난 남자는 풀밭 위를 달려 나왔다. 갈색 체크무늬 재킷에 빨간 바지를 입고, 머리에는 회색 중산모를 쓰고 있었다. 손에는 가늘고 긴 칼이 들려 있었다.

스칼렛은 권총을 도로 벨트에 넣고 사냥용 칼을 꺼냈다. 그녀는 알버트를 한번 본 후 절벽 밑에 거세게 흐르는 강물을 쳐다봤다. 운에 맡겨볼 만했다. 돌도 그다지 많지 않았다. 물론 큰 나뭇가지들이 절벽 면에 박혀 있어서 부딪히는 걸 피해야 하지만 불가능한 일은 아니었다. 아무튼 스칼렛에게는 가능한 일이었다.

"알버트."

"왜?"

"뛰어내릴 거지?"

"아니."

"너 진짜 최악이구나."

스칼렛은 다가오는 남자를 뒤돌아봤다. 그는 갑자기 아주 가까워졌다. 남자가 스칼렛을 보며 웃자 수염 뒤에서 반짝이는 하얀 이가 보였다. 남자는 생각보다 젊고 댄서의 걸음걸이처럼 부드럽게 움직였다. 민병대답지 않게 빠르고 유능했다. 햇빛이 금속 칼날 위에서 번쩍였다.

"총알이 다 떨어졌군. 하지만 칼로도 충분하지." 남자가 말했다.

"그래. 동감이야." 스칼렛이 말했다.

스칼렛은 얼굴에 내려온 머리카락 한 가닥을 뒤로 넘기고 칼을 들어 준비 자세를 취했다. 남자는 빠르게 움직일 것이다. 말을 걸거나 빈손으로 쓸데없는 동작을 취하며 주의를 분산시키려 들 것이다. 진짜로 남자의 빈손이 다친 새처럼 옆으로 펄럭였다. 남자가 공격하기 위해 무게 중심을 발끝으로 옮기고 돌진해 오기 직전까지 기다렸다. 그런 다음, 스칼렛은 바로 옆으로 굴러 뱀처럼 유연한 팔놀림으로 칼을 위로 찔렀다. 하지만 남자는 운이 좋았다. 스칼렛이 제대로 균형을 못 잡아 옆으로 살짝 몸을 피할 수 있었다. 칼날이 휙 스치며 그의 재킷 앞부분을 잘랐다. 스칼렛이 다시 칼을 휘둘렀지만, 이번에는 그가 몸을 피하며 칼로 그녀의 칼을 맞받아쳤다. 팔에 가해진 충격 때문에 스칼렛은 칼을 놓칠 뻔했다. 역시 그는 평범한 민병대원이 아니었다. 스칼렛은 얼굴을 찌푸리며 그와 거리를 벌렸다.

그들은 서로 대치한 채 천천히 움직였다.

"아가씨, 꽤 하는데." 남자가 씩 웃으며 말했다. "하지만 지원군이 오고 있거든. 총도 더 갖고 오는 중이지."

스칼렛이 알버트를 흘끗 봤다. 그는 절벽 끝에 서 있었다. 아찔한 비현실감에 무심코 등 뒤로 두 손을 꽉 잡은 게 보였다. 생각에 잠긴 듯 멍한 얼굴로 절벽 너머를 응시하고 있었다. 누군가에게 쫓기는 소년이라기보다 딱정벌레를 잡으려는 시력이 안 좋은 선생처럼 보였다.

스칼렛은 다시 남자 쪽으로 고개를 돌렸다.

"저 애는 아무 상관없는 거 알지? 그냥 우연히 함께 있던 바보일 뿐이야. 너도 동의하지? 결과와 상관없이 저 애는 놔줘."

소나무 숲에서 그림자가 움직였다. 스칼렛의 주의가 잠깐 흐트러졌다. 다시 그 남자를 쳐다봤을 때, 그는 당혹스러운 표정을 짓다가 금세 우습다는 듯, 믿을 수 없다는 듯한 얼굴을 했다. 남자는 하얀 치아를 드러내며 크게 웃었다. 지난밤 농가에서 들었던 웃음소리와 똑같았다.

스칼렛이 남자를 노려봤다.

"왜 그렇게 낄낄대는 거야?"

"그냥 네가 너무 웃겨서. 사실…," 남자가 다시 웃으며 말했다. "왜 우리가 널 쫓는다고 생각한 거지?"

스칼렛은 남자의 말과 그 의미를 이해하는 데 시간이 걸렸다.

그리고 모든 게 변했다.

첼트넘 은행 사건은 순식간에 머릿속에서 사라졌다. 대신 도로 아래 뒤집혀 있던 버스와 버스 옆면에 난 구멍이 떠올랐다. 구멍을 가까이 봤을 때, 내부에서 강력한 힘이 폭발한 듯 거칠게 일그러진 금속판이 바깥을 향해 가닥가닥 휘어져 있었다. 알버트는 버스에서 스칼렛이 처음이자 마지막으로 발견한 유일한 생존자였다. 그는 거의 다치지 않은 반면, 나머지 승객들은 전부 죽거나 사라졌다.

스칼렛은 갑자기 모든 걸 깨달았다.

'왜 우리가 널 쫓는다고 생각한 거지?'

스칼렛이 주저하는 사이, 남자가 움직였다. 동작이 너무 빨라 공격을 피하지도 막지도 못했다. 하지만 스칼렛의 왼팔이 심장을 보호하기 위해 저절로 올라갔다. 칼날이 왼손 손바닥을 관통했다. 칼은 손등을 뚫고 몇 센티나 튀어나왔다. 엄청난 통증이 느껴졌다. 스칼렛도 곧바로 남자의 팔을 찌르자, 그가 손에서 칼을 놓쳤다. 스칼렛 역시 칼을 떨어뜨린 후 팔목을 꽉 잡았다. 욕설이 튀어나왔다.

남자는 뒤로 물러나며 여전히 웃고 있었다. 그가 뒤쪽 숲을 향해 신호했다. 숲에서 총성이 울려 퍼졌다.

스칼렛은 이를 꽉 물었다. 오른손으로 왼손에 박힌 칼을 뽑아 옆으로 내던졌다. 손가락을 움직여 봤다.

알버트가 당황한 목소리로 작게 소리 질렀다. "스칼렛! 손에서… 피가 나!"

"알아. 걱정 마. 아직 이런 건 할 수 있으니까."

스칼렛은 알버트에게 다가가 그를 협곡 아래로 거칠게 밀었다. 비명과 함께 알버트가 사라졌다.

이제 숲속에서 연달아 총을 쏴대기 시작했다. 스칼렛은 망설이지 않았다. 기억에 남을 마지막 인사를 던진 후, 뒷걸음질해 절벽 너머로 사라졌다.

2

생존 도시

"안녕, 알버트." 칼로웨이 박사가 말했다.

알버트는 파티션 너머에 있는 박사의 모습을 상상할 수 있었다. 단정한 검은 원피스, 벨벳 머리띠로 깔끔하게 넘겨 올린 금발 머리, 손에 쥔 펜, 다이얼 위 손가락들. 매끄럽고 창백한 얼굴에 선명한 빨간 립스틱. 언제나 박사의 모습을 완벽하게 시각화할 수 있었다. 문제는 그가 아무것도 할 수 없다는 점이었다. 철제 파티션이 막고 있어서였다.

"내 말 들리니?" 칼로웨이 박사가 물었다.

"네, 들려요."

"좋아. 손이나 발을 움직일 수 있니?"

알버트는 박사가 앞으로 무슨 질문을 할지, 어떤 순서로 정확히 무슨 단어를 쓸지도 알았다. 기관총을 쏘듯 모든 답변을 한꺼번에 다 다 쏟아내고 곧바로 다음 단계로 넘어갈 수도 있었다. 하지만 칼로웨이 박사는 알버트가 처음 듣는 질문인 것처럼 완벽하게 대답하기를 원했다. 대충 넘어가거나 건너뛰는 일은 없었다. 그랬다간 처벌만 있을 뿐이었다. 이것이 바로 박사의 과학적인 방법이었다.

알버트는 손목과 발목을 묶은 끈에 힘을 가했다.

"아뇨. 움직일 수 없어요."

"복면은 썼니?"

"네."

알버트의 얼굴에 복면을 씌운 사람은 바로 박사였다. 박사는 그를 의자에 묶고 허벅지와 이마에 전선을 연결한 후, 항상 제일 마지막에 복면을 씌웠다. 알버트는 천에 남은 박사의 향수 냄새를 맡을 수 있었다.

"앞에 뭐가 보이니?"

"아무것도 안 보여요."

부드러운 암흑만이 알버트의 눈과 코를 누르고 있었다.

"앞에 있던 테이블 기억해?"

"네, 칼로웨이 박사님."

"테이블 위에 뭐가 있었지?"

"코르크 마개가 있는 초록 병, 물병에 담긴 꽃 한 송이, 그리고 초가 두 자루 있었는데요, 하나는 불이 켜져 있었어요. 그리고 쌀 한 그릇, 돌이 담긴 항아리, 새장 안의 갈색 새 한 마리요."

"좋아."

예비 질문 중 이 부분만 답이 달라지곤 했다. 그조차도 폭이 넓지는 않았다. 간혹 새장 안에 생쥐나 드물게 들쥐가 있기도 했다. 꽃은 잘 나오지 않았다. 고작 스무 번이나 서른 번쯤 나왔을 뿐이다. 대부분은 물병 가장자리까지 물이 담겨 있다. 테이블 위에는 항상 일곱 가지의 물건과 초 두 개가 있었는데, 이건 결코 바뀐 적이 없었다. 알버트가 앉은 의자와 테이블 사이의 간격은 계속 바뀌었다. 어떨 때는 테이블이 무릎에 닿을 정도로 가까웠고, 어떨 때는 타일 바닥이 깔린 방 건너편까지 멀어지기도 했다. 오늘은 대략 중간 거리였다. 즉, 거리가 아니라 자극의 강도를 실험한다는 뜻이었다. 그는 옆머리를 따라 내려오는 전선의 부드러운 감촉을 느꼈다. 겨드랑이 밑에 땀이 났다. 힘든 실험 과정이 될 것 같았다.

"알버트, 오늘은 어때?" 칼로웨이 박사가 물었다.

"괜찮아요."

"화나거나 걱정되는 일 있니?"

"아뇨."

"뭔가 생각나는 거 있니? 지금 무슨 생각해?"

"박사님 생각이요."

알버트가 항상 하는 대답이었다. 하지만 칼로웨이 박사는 늘 그 말을 무시했다. 그녀는 빠르지도 느리지도 않은 한결같은 톤으로 다음 질문을 이어갔다.

"알버트, 머리를 비우렴. 모두 비우고 테이블 위에 있는 물건에 집중해. 머릿속에 물건을 그려볼 수 있니?"

"네."

"하나를 골라. 가장 선명하게 떠오르는 걸로."

"네."

알버트는 무작위로 물병에 든 꽃을 골랐다. 다른 것보다 선명해서가 아니라, 오히려 더 어렵고 특이해서였다. 솔직히, 뭘 고르던 그다지 신경 쓰지 않았다. 하지만 새장에 갇힌 동물은 절대 고르지 않았다. 코르크 마개가 달린 병도 거의 선택하지 않았다. 의심의 여지없이 이 모든 과정은 실험의 일부였다. 그가 머릿속으로 물건을 투시하는 게 목적이었다. 수년간 이런 실험을 하면서 그들이 유용한 정보를 얻었을지 궁금했다.

"골랐니?"

"네."

언제나처럼 딸깍 소리가 희미하게 들렸다. 알버트는 오랫동안 이 소리가 뭔지 궁금했다. 전기회로가 켜지거나, 안전장치가 해제되는 소리일 수도 있었다. 최근에는 방의 밝기 변화와 관련이 있다고 추측했다. 하지만 실험이 끝난 후, 박사가 복면을 벗기고 물을 뿌려 의식을 되살렸을 때 보면, 방은 항상 처음과 똑같아 보였다.

"아주 잘했어. 알버트, 이제 그 물건에 집중해 봐."

항상 이렇게 시작했다. 요란한 신호음도 준비 과정도 없었다. 박사가 고통을 가할 때까지 시간이 얼마나 남았는지도 알 수 없었다. 이 실험은 당연히 불확실성과 두려움을 극복하는 도전의 일부였다. 전류를 올리는 데 오 분이 걸릴 수도, 삼십 초가 걸릴 수도 있다. 간혹 그 시간 동안 알버트는 뭔가를 할 수도 있고, 못 할 수도 있었다. 하지만 박사가 다이얼을 돌리는 일만큼은 결코 막을 수 없었다.

알버트는 복면 아래에서 눈을 감고 어둠 속에 떠오르는 희미한 꽃 형상에 정신을 집중했다. 구부러진 줄기, 다섯 장의 톱니 모양 꽃잎, 꽃이 꽂혀 있는 병의 단단한 테두리 등을 시각화하는 일은 쉬웠다. 하지만 뭔가를 해낼 힘을 끌어내는 건 쉽지 않았다. 그날 알버트는 무기력했고, 단조로운 일상에 지루함을 느끼고 있었다. 밖으로 나가 곱슬머리 아이와 다시 이야기하고 싶었다.

칼로웨이 박사는 말이 없었다. 실험이 끝날 때까지 말을 거의 하지 않았다. 알버트는 뭔가 희미하게 긁는 소리를 들었다. 새가 톱니 같은 부리로 새장의 철조망을 긁는 소리라는 걸 알았다. 신경이 쓰였지만, 전에 한번 쥐를 가져왔을 때 쥐가 반쯤 인간의 옹알이 같은 소리를 냈을 때보다는 나았다. 털 없는 분홍색 종의 그 쥐는 습지에서 발견됐는데, 말을 하려는 듯이 소리를 냈다. 알버트는 쥐가 내는 끔찍하고 기형적인 울음소리 때문에 집중할 수 없었다. 그날은 그들이 아무리 고통을 가해도 아무것도 해내지 못했다.

그리고 이제… 오, 아니야, 아직은 안 돼. 관자놀이에서 따끔따끔한 통증이 시작됐다. 박사가 창백한 손가락을 다이얼에 올리고 전류를 흘려보내려 한다는 걸 알았다. 안 돼. 아직은 아니야. 이건 너무 일러. 제대로 된 시간도 주지 않으려는 걸까?

"제발요. 아직 준비가 안 됐어요." 알버트가 말했다.

문제는, 뭔가를 해내려면 집중해야 한다는 거였다. 피부 위로 거미가 지나가듯 끔찍하게 퍼지는 따끔한 통증을 차단해야 했다. 새소리를 차단하고, 박사의 향수 냄새를 차단하고, 전선의 감촉과 복면 안으로 흘러내리는 땀까지 모두….

곱슬머리 아이에 대한 생각과 아이가 한 말까지 모두.

말처럼 쉬운 일이 아니었다.

알버트는 이를 악물고 다시 정신을 제어하려 애썼다. 하지만 꽃 형상이 물속에 떨어진 잉크 자국처럼 희미하게 흩어졌다. 대신 저 멀리에서 푸른 섬을 봤다. 그의 안에서 공포가 담즙처럼 메스껍게 차올랐다.

"죄송해요. 못 하겠어요. 오늘은 안 돼요. 제발 나중에 다시 하면 안 될까요? 제가…."

역겨울 정도로 익숙한 충격이 평소보다 강하게 느껴졌다. 다이얼을 반 바퀴 넘게 돌린 게 틀림없었다. 충격이 조금만 더 지속됐다면 알버트를 결박한 끈을 끊었을지도 몰랐다. 그는 의자에 풀썩 쓰러졌다. 온몸이 떨리고 머릿속은 텅 비었으며, 눈에서는 눈물이 계속 흘러내렸다. 무심히 펜 긁는 소리가 희미하게 들렸다.

"왜 이런 걸 하는 거예요?" 알버트가 속삭이듯 중얼거렸다.

박사는 대답하지 않았다. 당연했다. 알버트조차 자신의 질문을 제대로 알아들을 수 없었다. 입안에 피가 흥건했다. 혀를 깨물었던 것이다.

"집중하렴, 알버트. 오늘 아침은 할 게 많아." 박사가 차분한 목소리로 말했다.

'할 게 많다고?' 알버트가 눈을 떴다. 천으로 된 복면 아래의 얼굴이 축축했다.

"네. 죄송해요, 칼로웨이 박사님. 최선을 다할게요. 지금 바로 박사님을 위해 최선을 다할게요."

8

울즈 고원을 지나자, 지형이 평평해지고 숲은 점차 사라졌다. 강은 수평선까지 땅과 풀이 펼쳐진 관목 습지대를 지나 남쪽으로 굽이치며 흘렀다. 햇살이 비추고, 수천 개의 물웅덩이가 흔들리는 갈대 사이에서 반짝였다. 버드나무 줄기가 마치 엉클어진 머리를 감고 있는 여자들처럼 물 위로 휘어졌다.

강물 한가운데에서 커다란 통나무가 천천히 회전하고 있었다. 드넓은 강 위, 마치 하나의 작은 점 같았다. 두 사람의 형체가 나무 위에 널브러져 있었다. 팔다리는 축 늘어져 물길에 흔들리며 오랫동안 아무 움직임이 없었다. 하늘 높이, 시체를 먹는 새들이 구름 사이에서 참을성 있게 원을 그리며 날고 있었다.

스칼렛은 잠들지 않으려 했다. 하지만 따사로운 햇살과 고요한 정적, 잔잔한 물결이 주위를 감싸자 꿈도 안 꾸고 깊은 잠 속으로 빠져들었다. 그러다 갑자기 눈부신 햇살과 고통 때문에 잠에서 깼다. 등 뒤로 뭔가 올라오는 섬뜩한 느낌이 들었다.

한쪽 눈을 뜨자 어깨 위에 커다란 검보라색 까마귀가 앉아 있는 게 보였다. 까마귀는 생각에 잠긴 듯 강을 보고 있었는데, 마치 반백의 사공이 뱃머리를 주시하듯 스칼렛의 귓불을 쪼아 먹을 수 있는지 탐색하는 듯했다. 스칼렛은 고개를 획 돌려 크게 소리 질렀다. 까마귀가 날아갔다. 통나무가 강 한가운데에서 미친 듯이 흔들렸다.

햇빛이 너무 밝아 눈을 다시 감아야 했다. 잠시 다른 곳에 있는 듯한 기분이 들었다. 다시 절벽에서 떨어지고, 코트 자락이 양 날개를 펴듯 거세게 솟아오르고….

나머지 장면들이 단편적으로 떠올랐다. 척추가 부러지는 것 같은 소리와 함께 물에 부딪혔다. 그리고 차가운 어둠 속으로 가라앉았다. 깊은 강물 속에 잠깐 멈춰 있던 스칼렛은 수면을 향해 발차기를 시작했다. 수면에는 피가 흘러 있었다. 바로 그녀의 피였다. 등 뒤의 배낭이 너무 무거웠다. 그녀는 다시 가라앉기 시작했다.

그때 손 하나가 스칼렛을 꽉 붙잡았다. 소년의 손이었다. 알버트는 떠다니는 통나무에 매달려 그녀를 끌어 올리려 애쓰고 있었다. 배낭이 뭔가에 걸렸다. 발차기하며 애쓰는 사이 배낭 옆면이 찢어졌다. 그리고 어찌 된 일인지, 스칼렛은 통나무 위에 있었다. 숨을 몰아쉬고 피를 흘리며.

스칼렛은 높은 곳에서 큰 소리와 함께 누군가가 소리치고 총소리가 뒤섞여 정신없던 상황이 떠올랐다. 절벽을 돌아봤을 때, 그 위에서 있던 사람들을 어렴풋이 본 기억이 났다. 밑을 내려다보고 있는 사람 중 한 명은 여자 같았다. 해가 너무 강해서 협곡이 구부러진 곳에서는 그들이 더 이상 보이지 않았다. 그 후로 소나무와 암벽, 그리고 부드러운 물살 소리만 기억났다. 강은 스칼렛과 알버트를 멀리 흘려보냈다.

스칼렛의 의식이 완전히 돌아왔다. 두 눈을 뜨고 몸 상태를 확인했다.

만족스러울 만큼 좋은 상황은 아니었다. 검게 변한 왼손은 갈고리처럼 딱딱하게 구부러져 있었다. 손에서 피가 흘러 나무가 엉겨 붙었다. 손바닥이 심하게 욱신거리며 아팠고, 팔은 나무의 돌출 부위에 단단히 고정돼 있었다. 이게 아니었다면 진작 미끄러져 강물에 익사했을 것이다. 스칼렛의 몸은 반은 물속에, 반은 물 위에 나와 있었다. 한쪽 다리 일부가 물에 잠겨 있었는데 아무 느낌도 없었다. 감각을 잃은 것 같았다.

온몸이 아팠다. 자세를 바꾸고 싶지만 조금만 움직여도 통나무가 빙그르르 돌며 스칼렛을 물에 빠뜨릴 것 같았다. 무엇보다 짜증 나는 건, 알버트가 마냥 편한 자세로 나무 위에 웅크린 채 쿨쿨 자는 모습이 너무도 잘 보인다는 거였다. 삐쩍 마른 다리를 구부리고 두 손을 머리 아래에 받친 채 갓난아이처럼 잘 자고 있었다. 입술에는 희미한 미소가 떠 있고, 호흡은 가볍고 편안했다. 바람이 그의 검은 머리카락을 살짝 흔들었다.

"야, 정신 차려!"

스칼렛은 목이 바짝 마르고 딱딱하게 굳어서 화내기도 쉽지 않았다. 목에서 가래 끓는 소리만 나왔다. 알버트는 꼼짝하지 않았다. 투덜투덜 욕설을 연달아 내뱉어도 아무 효과가 없었다. 결국 위태롭게 균형을 잡고 다치지 않은 손을 휘둘러 그의 머리를 쿵 쳤다.

"잘못했어요, 칼로웨이 박사님. 잘못했어요!"

깜짝 놀란 알버트가 눈을 번쩍 떴다. 멍하니 앞을 보더니, 일어나 앉으려는 듯 격렬하게 몸부림쳤다. 통나무가 한 바퀴 돌며 스칼렛을 물속으로 더 깊이 잠기게 했다.

알버트는 몇 초 동안 아무것도 없는 허공을 응시하며 몸을 떨었다. 그러더니 잠시 후 천천히 긴장에서 풀려났다.

"스칼렛, 안녕. 미안…. 여기가 어딘지 몰랐어…. 잠시 난… 곤란한 상황인 줄 알고. 하지만 아니었네. 아무 문제없었어…. 우린 괜찮아."

스칼렛이 알버트를 노려봤다. 이제 허리까지 물에 잠겼고, 피 묻은 손가락이 간신히 통나무를 붙잡았다.

"뭐? 괜찮다고?" 스칼렛이 목쉰 소리로 말했다.

"그래! 두 친구가 함께 있잖아. 세상이라는 넓은 바다를 누비는 두 명의 동료 말야!" 알버트가 느릿하게 머리카락을 쓸어 올리며 계속 떠들었다. "와, 정말 아름다운 강이네. 물소리가 정말 듣기 좋다. 햇빛이 수면에 반짝이니까 강이 황금 줄기 같아 보여…. 숲보다 훨씬 낫네. 런던이나 바다까지 이렇게 떠갈 수 있을까?"

이제는 팔이 닿지 않는 거리라 알버트를 또 때릴 수도 없었다. 스칼렛은 최선을 다해 미소를 지었다.

"나 좀 물 밖으로 꺼내줘. 도와주면 알려줄게." 스칼렛이 최대한 다정하게 말했다.

알버트가 스칼렛을 쳐다봤다. "이쪽으로 끌어당겨 달라고? 공간이 충분하지 않은 거 같아."

"공간은 충분해. 강 아래에서 뭔가가 내 부츠를 갉아 먹고 있어. 거대 물고기일지도 모른다고. 알버트, 나 좀 끌어당겨 줘, 제발."

"네 말투는 소름 끼칠 정도로 차분한데, 얼굴을 보면 꼭 날 때릴 것만 같단 말이지. 무서워."

"그렇지 않아. 너무 가까이 보다 보니 표정이 왜곡돼 보이는 것뿐이야." 스칼렛이 다치지 않은 팔을 내밀었다. "자, 친구야, 나 좀 끌어올려줘."

알버트는 여전히 망설였다. "잘 모르겠어…."

"그냥 딱 한 번만 당기면 돼."

"음…."

알버트는 약간 망설이다 손을 뻗었다. 스칼렛이 그의 손을 꽉 잡고 강물로 힘껏 끌어당겼다. 비명 소리와 함께 물보라가 튀며 알버트가 물에 빠졌다. 스칼렛은 그가 있던 자리로 올라가려 한 손으로 애써봤지만, 알버트가 떨어지면서 균형을 잃은 나무가 빙그르르 돌며 이리저리 요동쳤다. 결국 스칼렛은 다시 물에 잠겼다. 옆에서 알버트의 머리가 떠올랐다. 그는 흠뻑 젖은 채 공포에 떨며 비명을 질러댔다. 마른 팔로 스칼렛을 필사적으로 움켜쥐는 바람에 올라가려던 그녀에게 방해가 됐다. 스칼렛은 발로 그를 밀어냈다. 몇 초 동안 미친 듯이 서로 때리는 소리와 물보라와 욕설이 난무했다. 이 모든 소란이 멎었을 때는 둘 다 힘이 빠져 통나무 끝에 나란히 매달려 있었다.

알버트는 의기소침한 표정으로 비난하듯 말했다. "정말 너무했어. 나 수영 못 하는 거 알잖아."

"입 닥쳐. 좀 조용히 하라고. 상관없어."

"이제 우리 둘 다 물에 빠져 죽을 거야. 정말 런던에 가고 싶었는데…." 알버트가 한숨을 내쉬었다.

스칼렛은 얼굴에 붙은 젖은 머리카락을 후 하고 불어 넘기려 했으나 잘되지 않았다.

"런던은 이제 없어. 거기 가도 그냥 물에 빠져 죽을 뿐이야. 아무튼 우린 쉽게 강둑까지 갈 수 있어. 다음에 나올 강이 구부러진 곳에서 네 빈약한 다리근육을 좀 사용해 봐. 내 발차기를 돕도록. 그럼 통나무가 강가 갈대밭 쪽으로 갈 거야. 아직 아니야. 가까워질 때까지 기다려. 내가 말할 때 하면 돼."

침묵이 흘렀다. 햇살과 부드러운 물살 소리만 들렸다. 통나무 너머를 볼 수 없었던 스칼렛은 고개를 옆으로 돌려 강이 굽은 곳과 강둑까지의 거리를 재보려 했다. 햇빛이 수면 위에서 반짝였고, 시간은 천천히 흘렀다. 큰 강에 출몰하는 거대 물고기를 생각했다. 어쩌면 지금 이 순간 한 마리가 강 깊은 곳에서 그녀의 힘없는 발을 향해 조용히 올라오고 있을지도…. 스칼렛은 그런 상상을 밀어냈다. 대신 소나무 숲 비탈길에서 벌어진 추격전과 절벽에서 뛰어내리기 직전에 본 마지막 순간을 떠올렸다. 나무 사이의 총격전, 칼을 든 젊은 남자…. 모든 이미지가 조각나 통나무 표면처럼 미끌미끌 빠져나가는 탓에 머릿속에서 뚜렷이 잡히지 않았다. 희미한 꿈의 잔재처럼 머릿속을 스쳐갔다.

한 가지만 빼고.

'왜 우리가 널 쫓는다고 생각한 거지?'

스칼렛은 이를 꽉 물었다. 이런 짧은 기억을 떠올리는 데는 문제가 없었다. 그녀는 맹렬한 눈빛으로 강 건너를 응시했다. 바로 옆에서 알버트가 낮게 흥얼거리는 소리가 들렸다.

강은 급격하게 동쪽으로 휘어졌다. 앞에는 갈대밭이 성벽처럼 솟아 있었다. 스칼렛은 갈대밭을 응시했다. 얼마나 멀리까지 흘러온 건지 전혀 감이 잡히지 않았다. 해가 높이 뜬 걸로 보아, 잠든 채 몇 시간을 떠내려왔을 것이다. 스토우 근처는 분명 아니었다. 스토우에는 그녀가 빚을 갚기를 원하는 거칠고 성급한 남자들이 기다리고 있었다.

시급한 일부터 해결해야 했다. 강물에서 벗어나는 게 우선이었다. 강의 방향이 바뀌면서 통나무가 흔들렸다. 갈대밭이 갑자기 가까워졌다.

"지금이야!" 스칼렛이 소리쳤다. "발을 차!"

급류가 그들을 강둑 가까이 실어갔지만, 속도가 너무 빨랐다. 물보라를 튕기며 힘껏 발차기를 해도 계속 앞으로 떠밀려 갈 뿐이었다. 수면이 물거품으로 뒤덮였다. 스칼렛은 물속에 몸이 깊이 잠겨 거리를 측정하기 어려웠다. 전혀 진전이 없는 것처럼 보였다. 금세 지친 알버트가 옆에 매달려 숨을 헐떡였다. 그녀는 온 힘을 다해 필사적으로 계속 발차기를 했다. 하지만 곧 에너지가 바닥나고 머리가 빙빙 돌기 시작했다. 문득 위쪽을 올려다보니 버드나무 사이에서 무너진 다리의 그림자가 보였다. 콘크리트 돌출부가 강 위로 높이 솟아 있고, 녹슨 금속의 끝부분이 거인의 손가락처럼 펼쳐져 있었다.

바로 앞에 갈대밭이 보였다. 스칼렛은 매끄럽고 단단한 뭔가가 발에 스치는 걸 느꼈다. 갑자기 강둑이 가까워졌다. 마지막 힘을 짜내 강물을 발로 찼다. 통나무가 진흙 바닥에 부딪히며 갑자기 멈췄다. 스칼렛과 알버트는 통나무를 움켜쥔 손을 풀었다. 그들은 물에 잠긴 채 콜록거리며 바닥에 발을 딛기 위해 발버둥 쳤다. 쉬운 일이 아니었다. 수심은 얕아졌지만, 발밑 진흙이 꽤 깊었다. 아주 천천히, 꼴사납게 허우적대며 둘은 갈대밭 너머 진흙 언덕에 도착했고 힘겹게 육지로 올라섰다.

스칼렛은 무릎을 털썩 꿇고 등에 멘 배낭을 벗었다. 곧바로 배낭 속 장비를 신속하게 점검했다. 다행스럽게 총은 여전히 총집 안에 꽂혀 있었다. 물론 흠뻑 젖어서 말려야겠지만. 탄약통은 텅 비었고 절벽 끝에서 칼도 잃었다. 물병 한 개에는 총알이 깔끔하게 뚫고 지나간 구멍이 두 개 있었다. 기도 매트 통과 작은 금속 가방은 무사했다. 배낭은 언뜻 봤을 땐 멀쩡해 보였다. 하지만 다시 살펴보니 옆 주머니를 따라 구멍이 크게 나 있었다. 절벽에서 떨어질 때, 바위인지 나뭇가지인지에 걸린 곳이었다. 스칼렛은 피가 얼어붙는 듯했다. 급하게 구멍을 살펴봤다. 그리고 첼트넘 은행에서 훔친 돈을 넣어놓은 가방이 구멍으로 빠져나가 강물에 떠내려간 걸 알게 됐다.

스칼렛은 작게 성난 신음을 냈다. 욕을 퍼붓고 싶었지만 그럴 힘도 없었다. 손은 엉망이었고, 전신이 물에 흠뻑 젖은 상태였다. 몸이 떨리고 현기증이 났다. 간신히 다른 주머니에서 구급약을 찾았다. 약은 비닐 주머니에 밀봉돼 있었다. 이빨로 비닐을 뜯고 소독약을 꺼내 손바닥에 뿌렸다. 따가운 고통에 이를 악물었다.

소독약을 옆에 던진 후 자리에서 일어났다. 다친 손에서 피가 다시 흘렀다.

갈대밭과 버드나무 사이로 햇살이 환하게 비췄다. 다리 기둥 위에는 붉은 다리 황새 무리가 흑백의 깃털 망토를 걸치고 곡예사처럼 날개를 퍼덕이며 시끄럽게 몸단장하고 있었다. 무너진 다리의 콘크리트 지지대는 배설물로 뒤덮였고, 그 위는 뼈와 나뭇가지를 쌓아 만든 새 둥지가 차지하고 있었다. 스칼렛은 황새 무리를 무시했다. 경험상 황새는 죽어가는 사람만 공격했다.

그런 관점에서 말하자면….

얼마 떨어지지 않은 진흙 바닥 위에 알버트가 꼼짝하지 않고 해파리처럼 죽은 듯이 누워 있었다. 흠뻑 젖은 스웨터와 구겨진 바지에, 팔다리는 축 늘어져 있었다. 그는 드러누운 채 푸른 하늘을 보고 있었다. 얼굴은 여전히 평온하고 태평해 보였다. 구름을 관찰하거나 하늘을 빙빙 도는 맹금류 수를 세는 것만 같았다. 마치 모든 게 완벽하고 아무도 돈을 잃지 않았다는 듯이. 설명할 것도, 긴급히 논의해야 할 것도 없는 듯이 말이다.

스칼렛이 성큼성큼 걸어가 상냥함이란 찾아볼 수 없이 부츠로 알버트를 툭툭 찼다.

"일어나."

"벌써? 하지만 스칼렛, 이제 막 누웠는걸. 우리가 강변으로 올라갈 때까지 내가 얼마나 애썼는데."

"넌 별거 안 했잖아. 차라리 통나무도 너보단 더 열심히 발차기를 했겠다. 일어나. 그렇게 누운 채로는 말 못 하니까."

알버트가 휘청거리며 일어나는 걸 스칼렛이 찌푸린 얼굴로 지켜봤다. 그는 먼저 한쪽 다리에서 회색 진흙을 턴 다음 반대쪽 다리를 털었다. 그리고 몸을 쭉 폈다. 하지만 스칼렛이 미처 말을 꺼내기도 전에 다시 몸을 굽히더니 신발 끈에 엉겨 붙은 강풀을 차분히 떼어냈다.

스칼렛이 날카롭게 쏘아봤다. "다 끝났어?"

"응. 아, 잠깐…. 풀이 하나 더 붙어 있네."

"그건 중요치 않아. 말 좀 하자고. 그놈들 누구야?"

"누구 말하는 거야?"

스칼렛이 코웃음 치며 알버트에게 훅 다가가 옷깃을 꽉 움켜쥐었다.

"누군지 알잖아! 우리를 죽이려던 놈들 말야! 우리가 도망가고 절벽에서 뛰어내리게 몰아간 놈들! 내 손에 칼을 박은 놈들 말야!"

알버트는 눈을 깜빡이며 스칼렛을 쳐다봤다. 두 눈에는 순수함과 슬픔이 가득 담겨 있었다.

"손은 괜찮아? 좀 어때?"

스칼렛은 검게 변한 손을 내밀었다. 타버린 설탕처럼 검은 피딱지가 손바닥에 초라한 꽃처럼 피어 있었다. 손목에서 팔뚝까지 피가 다시 흘러내렸다.

"어떨 거 같아?"

알버트가 스칼렛의 손을 조심스레 살펴봤다.

"이런. 음…. 쓰려?"

"젠장. 손바닥 구멍으로 햇빛이 보일 지경이야! 어떨 거 같냐고? 그래, 엄청나게 쓰리다!" 스칼렛이 알버트를 노려봤다. "그리고 이 부상은 네 탓이지! 그러니까 내 질문에 대답해, 이 쥐새끼야. 대답 안 하면 패버릴 테니까."

알버트가 조심스레 입을 열었다. "그렇게 다친 손으로 주먹질하면 안 될 거 같은데."

"다친 손은 안 써. 난 양손잡이거든. 반대쪽을 쓸 거야. 정확히 이 초 후에." 스칼렛이 주먹을 들어 올렸다.

"하지만 난 그 사람들이 누군지 몰라! 처음 봤다고…. 악!"

"이건 그냥 맛보기일 뿐이야. 아직 시작도 안 했어."

"하지만 진짜 모른다고 맹세할…."

"이름이나 생일을 묻는 게 아니잖아! 왜 그놈들이 널 쫓고 있냐고! 이유가 뭐냐고! 친구야, 넌 분명 알고 있어. 그러니까 말해!"

알버트는 필사적으로 방어 자세를 취했다. 뒤로 한 걸음, 또 한 걸음 물러나다가 검은색 자갈 위로 넘어질 뻔했다.

"난 몰라! 하지만 어쩌면… 어쩌면 스톤무어에서 온 사람들일지 모르지."

"도대체 무슨 소리야. 스톤무어가 뭔데? 계속 말해."

"내가 살던 곳이야. 매우 큰 회색 저택…." 알버트의 시선이 스칼렛을 향했다가 다시 멀어졌다. "스칼렛, 날 거기로 돌려보내지 마. 돌아가느니 차라리 강물에 빠져 죽을래. 제발, 돌려보내지 말아줘."

"보내지 않을 거야. 맙소사! 난 거기가 어딘지도 모른다고. 글로스터에 있는 거야? 아니면 첼트넘? 이런 도시 이름이긴 한 거야?"

스칼렛은 답을 기다렸지만, 알버트는 당황한 표정으로 쳐다볼 뿐이었다. 스칼렛이 말한 도시 이름들을 모르는 게 분명했다. 답답해진 그녀는 얼굴을 문질렀다.

"스톤무어가 생존 도시 안에 있는 거야?"

"몰라."

"생존 도시가 뭔지는 알아?"

알버트가 활짝 웃었다. "높은 건물과 가게가 있고, 오염된 자나 짐승 같은 것들을 막기 위해 관문과 방어벽과 방어 시설이 있는 곳이지? 그 안에는 사람들이 살고."

"맞아. 그게 생존 도시야. 이런 맙소사. 그럼 스톤무어는?"

알버트가 고개를 끄덕였다. "스톤무어가 그런 장소인지는 모르겠어. 우리는 스톤무어 밖을 나가본 적이 없거든. 건물 밖에는 마당이 있고, 그 뒤로는 높고 긴 벽이 건물을 둘러싸고 있어. 창문에서도 벽 너머가 안 보여. 아주 멀리 떨어진 나무들의 푸른 꼭대기만 보여."

알버트가 완전히 거짓말하는 건 아닐지라도, 모든 진실을 말한 건 아니라고 스칼렛은 확신했다. 뭣보다 그는 스스로 버스에 올라타 스톤무어를 떠났다. 스칼렛은 눈살을 찌푸린 채 눈을 가늘게 떴다. 세상 물정 모르는 알버트의 행동은 거짓이 아니었다. 그는 확실히 산꼭대기에서 내려오는 안개처럼 순진한 분위기를 풍겼다. 하지만 분명 뭔가 더 있었다. 위험한 사람들이 그의 목숨을 노렸다.

"그 건물에 대해 말해봐." 스칼렛이 물었다. "거기에 누가 살았어?"

"나랑 마이클, 그리고⋯." 알버트가 잠깐 망설이다 말을 이었다. "칼로웨이 박사님⋯."

"그렇게 세 명만?"

"음, 다른 사람들도 있었어. 수감된 아이들이랑 돌봐주는 사람들,

의료진이랑 기술자들, 그리고 문 앞에는 경비원도 있었어. 마당 안을 돌아다니며 날아든 새를 쏘는 사람들도 있었고, 잡일꾼도 있었어. 죽었지만 곱슬머리 남자애도 있었고, 또 다른 사람들도 있었지만 기억이 잘 안 나. 난 다른 사람과 대화하면 안 됐거든. 특정 질문에만 대답할 수 있었어… 안 그랬다간 칼로웨이 박사님한테 채찍으로 맞았지." 알버트가 숨을 들이마셨다. "하지만 이제 박사님은 과거고… 마이클은 죽었어. 더 이상 스톤무어 생각은 하고 싶지 않아." 그는 마치 문제가 해결된 것처럼 미소 지었다. "스칼렛, 너 괜찮아?"

스칼렛은 사실 머리가 어지럽고 멍했다. 하늘이 반사판처럼 하얗게 빛났다. 손이 아팠고 집중하기 힘들었다.

"거기에 계속 갇혀 있었어?"

"응."

"왜?"

알버트의 미소가 딱딱하게 굳었다. 스칼렛의 시선을 피했다.

"아무도 이유를 말해주지 않았어."

"분명 이유가 있었을 거야. 넌 진실을 알고 있어. 그러니까 도망쳤겠지. 안 그래?"

"문이 열려 있어서 밖으로 나왔어. 세상을 보고 싶었거든."

"그렇구나. 참 쉽네. 그럼 버스에서는 무슨 일이 일어났던 거야?"

"버스?"

"버스가 왜 추락한 거야?"

"있잖아, 스칼렛. 너 진짜 창백해 보여. 여기 앉을래?"

"아니! 내 질문에 대답해."

"운전사가 핸들 조종을 잘 못했어. 모든 일이 순식간에 일어나서 기억이 잘 안 나."

스칼렛은 천천히 숨을 들이쉬며 알버트를 다시 때릴지 말지 고민했다. 찬물에 젖은 옷이 몸에 달라붙고, 눈 밑 통증이 욱신거렸다. 지금은 적당한 때가 아니었다.

"부끄러운 줄 알아." 스칼렛이 한 걸음 뒤로 물러서며 말했다. "동료라고 해놓고 솔직하지 못하다니. 진짜 부끄러운 일이야."

"그런 비난은 마음 아픈데. 난 재미있고 진실한 얘기를 많이 털어놨어. 그리고… 서로 솔직해야 한다면, 나도 할 말 있어. '평범한 순례자이자 신의 자녀'라더니, 아주 능숙하게 사람 머리에 총을 쏘던데?"

스칼렛이 어깨를 으쓱했다. "난 다방면에 재능이 있거든. 뭐, 그래, 좋아. 말 안 해도 돼. 칼로웨이 박사가 우리를 잡으면, 그때 박사가 제대로 된 답을 해주겠지."

스칼렛이 배낭을 집으려 돌아서는데, 눈 깜짝할 사이에 알버트가 옆으로 다가왔다. 그가 이렇게 빨리 움직이는 건 처음 봤다. 알버트는 엄청난 긴장감에 사로잡혀 두 눈이 커져 있었다.

"가볍게 말하지 마! 정말 위험한 사람이야. 끔찍한 짓을 저지른다고!"

"응?" 순간 스칼렛은 깜짝 놀라 멈칫했다. "나도 그런 짓을 하는데 뭐."

알버트의 목소리가 안 들릴 정도로 작아졌다. "만약 칼로웨이 박사님이 우리를 찾아내면, 넌 달아나야 해. 계속 달려. 숨을 곳도 찾지 말고. 박사님이 널 찾아낼 테니까. 협상하려 하지 마. 널 죽일 거야. 맞서 싸우지도 말고. 네가 몸부림치며 불탈 때, 박사님은 네 얼굴을 보며 웃을 거야. 기억해. 박사님한테 가까이 가면 죽는다고! 오직 죽음뿐이야!" 마지막으로 몸을 한번 부르르 떤 후, 그의 얼굴이 다시 평온해졌다. "하지만 박사님은 스톤무어를 떠난 적이 거의 없어. 그러

105

니까 다행히 그런 일은 일어나지 않겠지. 스칼렛, 이제… 현재를 즐길 시간이야. 우리 뭐 할까?"

스칼렛은 강물에 떠밀려가며 본 절벽 위 검은 형상에 대해 생각했다. 어떤 여자의 형체가 그들을 내려다보고 있었다.

스칼렛이 말했다. "도시로 가야 해. 손을 치료해야 하니까. 그건 즉, 많이 걸어야 한다는 뜻이지."

알버트가 놀란 얼굴로 스칼렛을 봤다. "또 걷는다고? 하지만 스칼렛, 나 너무 피곤해."

"나도 피곤해. 하지만 여기 계속 있다간, 황새 떼가 우리 뼈를 쪼아 먹을 거야. 우린 지금 너무 외딴곳에 있어. 갈대와 늪을 헤치고 나아가야 해. 물뱀과 싸우고, 발에 피가 나도록 걸어야 하지. 도시에 도착할 때까지 계속 걸어야 해. 안 그러면 죽게 될 거야. 내 말 알아들었지, 알버트? 선택의 여지가 없다고."

"맞아. 하지만 배를 탄다면 다르겠지."

스칼렛은 알버트를 보며 눈을 껌벅이다 천천히 고개를 돌렸다. 마치 꿈결처럼 그가 가리키는 방향을 바라봤다. 바로 다리 너머로 진짜 낡은 배 한 척이 갈대와 버드나무 사이의 기둥에 묶여 있었다.

"난 배를 탈게. 넌 걸어가고. 그 선택도 좋겠네." 알버트가 말했다.

스칼렛은 이미 알버트를 앞서 걸어가고 있었다. 갈대를 헤치고, 진흙에 휘청 미끄러지기도 하면서, 콘크리트 지지대 위에서 시끄럽게 우는 황새 떼도 무시하며 앞으로 나아갔다. 심장이 빨리 뛰었다. 배라니! 진짜 운이 좋았다! 강변 도시까지 저 배를 타고 갈 수 있을 것이다. 거기에는 의사도….

"봐봐. 저기 배 주인이 있어." 알버트가 말했다.

다리에서 조금 멀어지자, 갈대밭이 뚝 끊겼다. 버드나무 그늘에

다 쓰러져 가는 오두막이 하나 있었다. 낡고 검은 끈적끈적한 유황 막대가 나뭇잎 사이에 매달려 있고, 다리가 긴 닭들이 여기저기 마른 흙을 쑤시고 다녔다. 강둑 옆에는 거구의 남자가 낡은 식탁 의자에 몸을 웅크리고 앉아 낚싯대로 어설프게 뭔가를 하고 있었다. 그는 가장자리가 헤진 밀짚모자를 쓰고 낡은 청바지와 얼룩덜룩한 흰 양복 조끼를 입었다. 안에는 단추를 푼 푸른 체크 셔츠를 걸치고 있었다. 발은 맨발이었다. 머리는 희끗희끗하고 수염은 풍성했으며, 체격이 건장했다. 핏줄이 보이는 코 위에는 튀어나온 진한 눈썹이 두 눈 위로 짙은 그늘을 드리웠다. 가운데 몰린 작은 두 눈이 교활해 보였다. 스칼렛은 남자가 옥스퍼드 사우어스 지역에서 흔히 볼 수 있는 전형적인 시골뜨기임을 바로 알아차렸다.

황새 떼의 요란스러운 소리에 남자는 이미 경계를 하고 있었다. 스칼렛과 알버트가 다리 그늘에서 나오자 놀라면서도 공격적으로 으르렁거렸다. 남자가 낚싯대를 집어던지고 벌떡 일어났다. 그들을 향해 다가오며 길을 가로막은 닭을 발로 차버렸다.

스칼렛 옆에서 알버트가 주춤거렸다.

"그냥 걸어가는 게 낫겠어."

스칼렛이 남자를 바라봤다. 젊지는 않았지만 그녀보다 30센티, 어쩌면 그 이상으로 키가 컸고, 스칼렛과 알버트를 합친 것보다 덩치가 컸다. 지저분한 벨트에는 들쭉날쭉한 톱니가 달린 거대한 사냥용 칼이 꽂혀 있었다. 남자는 순식간에 알버트에 대한 평가를 마쳤다. 그리고 늑대 같은 탐욕이 깃든 눈길로 스칼렛을 날카롭게 응시했다.

"뱃삯을 요구할 거야." 알버트가 속삭였다. "스칼렛, 돈 있지? 제발 있다고 해줘. 아니면 돈 대신 줄 만한 거 있어?"

스칼렛이 입술을 꽉 깨물었다. 요 몇 시간 사이, 차마 떠올리고 싶지 않을 정도로 돈이 줄었다.

"걱정 마. 뭔가 주긴 할 거니까."

남자가 가까이 다가와 입을 여는 순간, 스칼렛이 앞으로 돌진하더니 다치지 않은 오른손으로 얼굴에 힘껏 주먹을 날렸다. 남자의 머리가 뒤로 젖혀지면서 나무가 넘어가듯 바닥으로 털썩 쓰러졌다. 대자로 뻗은 남자는 잇몸만 남은 입을 쫙 벌린 채 두 눈을 감았다. 그의 손가락이 덜덜 떨렸고, 덥수룩한 수염은 하늘을 향했다.

남자가 쓰러지자, 알버트가 소리쳤다. "불쌍해!"

스칼렛이 알버트를 바라봤다. "너 장님이야? 이 남자는 좋은 사람이 아냐. 우린 저 배가 필요하다고. 이러지 않았으면 절대 배를 내주지 않았을걸."

"물어보지도 않았잖아!"

"그럴 필요가 없었으니까. 그만 찡찡대고 빨리 배에 타."

알버트가 머리를 흔들며 경악했다. "네 행동에 정말 놀랐어. 다음은 뭐야? 쓰러진 사람을 발로 찰 거야? 아예 돈도 훔치지 그래?"

잠시 정적이 흘렀다.

"그러고 보니 마지막 제안이 아주 괜찮은데?" 스칼렛이 천천히 말했다.

9

작은 배로 이동하는 내내, 알버트와 스칼렛은 거의 대화를 나누지 않았다. 대부분 오두막에서 찾아낸 식량을 허겁지겁 집어삼키느라 바빴기 때문이다. 오두막에는 훈제 생선과 검은 호밀빵, 사과와 양파와 헤이즐넛이 든 주머니, 플라스틱병에 든 묽은 맥주가 있었다. 그들은 깡통 컵으로 맥주를 홀짝홀짝 마셨다. 빵은 좀 오래됐지만 생선과 맥주는 아주 맛있었다. 둘은 무릎이 맞닿을 정도로 가깝게 마주보고 앉아 미친 듯이 먹고 마시면서도 서로를 철저히 외면했다.

알버트는 훔친 음식에 아직 죄책감을 느끼고 있었지만, 그 때문에 먹지 못할 정도는 아니었다. 이 음식들은 여태 먹어본 중 최고의 식사였다. 마침내 배가 터질 정도로 배불리 먹고 난 후, 스웨터 소매로 입가를 닦으며 만족스럽게 트림했다. 그는 뒤로 편히 기대 스칼렛의 머릿속을 살피며 세상이 흘러가는 걸 바라봤다.

풍경이 달라지고 있었다. 갈대밭과 늪지대가 초원으로 바뀌었다. 생존 도시의 거주지 근처인 안전 구역에 들어서고 있었다. 하지만 여전히 야생 지대의 기운이 느껴지긴 했다. 강이 굽은 곳에 펼쳐진 진흙 위에 사람 키만 한 거대 갈색 수달이 햇볕을 쬐고 있었다. 둥근 배를 위로 하고 꼬리는 물에 담근 채, 검은 눈으로 지나가는 배를 뚫어 져라 좇았다. 저런 거대 짐승은 아이 하나쯤은 쉽게 죽였다. 먹이를 차가운 녹색 강물로 깊이 끌고 가 나중에 먹어치우기 위해 나무뿌리 사이에 박아놨다. 하지만 밝은 햇살이 알버트에게서 그런 공포심을 앗아갔다. 그는 반짝이는 햇살이 수달의 부드럽고 생기 넘치는 갈색 털 위를 타고 흐르는 모습을 보며 감탄했다.

알버트는 오랫동안 이런 풍경을 보고 싶었다. 갇힌 방 안에 누워 알약이 담긴 수레가 달각달각 복도를 지나는 동안, 동물과 숲과 도시 와 저 멀리서 반짝인다는 '자유의 섬'을 늘 꿈꿨다. 그는 지금 그 모든 걸 경험하는 중이었다. 물론 적들이 계속 좇아왔고, 영원히 안전할 수는 없을 것이다. 하지만 햇살이 비치고 있었고, 시작이 꽤 괜찮았 기 때문에 내면에서 '절대 공포'의 징조를 찾을 수 없었다. 스칼렛이 옆에 있어서 훨씬 더 좋았다.

스칼렛! 지금까지의 행운은 대부분 그녀 덕이었다. 뭐, 지금 당장 은 투덜댈지 몰라도 그녀는 알버트의 목숨을 여러 차례 구해줬다. 그 녀가 아무리 때리고 노려봐도 그 사실을 바꿀 수는 없었다.

스칼렛이 다른 곳을 볼 때, 알버트가 그녀를 살짝 훔쳐봤다. 망가 진 옷과 피 묻은 손에도 불구하고, 스칼렛은 완벽하게 균형을 잡고 똑바로 앉아 꿋꿋한 모습으로 앞을 보고 있었다. 긴 빨간 머리가 창 백하고 마른 얼굴 주위로 흩날렸다. 알버트가 화장실에서 그녀의 발 치로 떨어진 순간부터 그를 사로잡았던 주근깨투성이 얼굴은 강하고 당당한 모습 그대로였다. 스톤무어의 답답하고 조용한 복도에서는 스칼렛 맥케인 같은 존재를 경험한 적이 없었다. 알버트는 그들이 단 지 우연히 마주쳤다는 걸 깨닫고 그 사실에 압도당했다. 얼마나 쉽게 그녀를 만나지 못할 뻔했던가! 만신창이가 된 버스를 더 일찍 떠났거나, 스칼렛이 다른 숲길을 선택했다면…. 그런 끔찍한 생각은 절대 하고 싶지 않았다.

물론 쉽게 어울릴 수 있는 동료는 아니었다. 배에 탄 후로 스칼렛은 한마디도 하지 않았다. 침묵의 이유가 명백했기 때문에 머릿속을 읽을 필요도 없었다. 사실 그녀의 감정을 모를 수가 없었다. 둘은 너무 가깝게 앉아 있었다. 스칼렛 내면의 분노, 의심, 고통이 뜨거운 구름 떼처럼 알버트에게 밀려왔다.

스칼렛은 상처 때문에 고통스러워하며 이를 알버트 탓으로 돌렸다. 이게 지금의 가장 강력한 감정이었다. 또한 머리 위로 은행 지폐가 휘몰아치는 이미지도 보였는데, 이 이미지들이 선명해지면서 특히 알버트에 대한 짜증이 치솟는 것 같았다. 그는 그 까닭을 정확히 알 수 없었다. 이 모든 감정과 더불어 알버트와 그의 과거에 대한 분노에 찬 호기심이 내부에서 불타오르고 있었다. 왜인지, 이 부분 역시 그에게 화가 나 있었다. 심지어 스칼렛은 궁금해하는 자기 자신에게도 화가 난 상태였다. 알버트는 다른 사람들이 종종 그렇듯 스칼렛의 머릿속 또한 다소 엉망이라고 생각했다. 분명 시간이 지나면 괜찮아질 것이다.

"알버트, 멍때리지 마!"

알버트는 스칼렛의 목소리에 깜짝 놀랐다.

"거의 다 왔어."

알버트는 의자에서 몸을 돌렸다. 들판 사이로 강이 흐르고 있었다. 서쪽으로 기우는 햇빛 아래 녹색과 주황색 작물이 무늬를 만들며 들판에 펼쳐져 있었다. 그는 울퉁불퉁한 길 위로 낡은 트랙터가 천천히 움직이는 장면에 매료됐다. 멀리 어디선가 구불구불한 굴뚝 연기가 차갑고 쨍한 대기 속에 하늘로 파랗게 피어올랐다.

알버트는 짜릿한 두려움과 기대감을 느꼈다.

"스칼렛, 네 손을 꼭 잡고 흔들고 싶어. 물론 다친 손 말고. 그럼 실수지. 내가 진짜 도시에 와보다니…. 오랫동안 바라온 소원이었어. 저기에 여관이랑 케이크 가게도 있을까?"

스칼렛이 알버트를 응시하며 말했다. "응. 더 중요한 건, 의사도 있다는 거지. 그런데 넌 돈이 없지 않아?"

"없지." 알버트가 슬프게 대답했다. 스칼렛을 기쁘게 해주고 싶었지만 그럴 수 없었다. 그의 눈이 배낭으로 향했다. "너도 돈을 잃어버렸다니 유감이야."

어떤 이유에서인지 그 말이 스칼렛을 화나게 했다. 분노의 불꽃이 그녀 주위로 타오르고, 짜증 섞인 빛이 후광처럼 비쳤다. 스칼렛은 나지막한 목소리로 욕설을 내뱉었다. 그리고 천천히 알버트를 노려보며 주머니에서 동전을 찾아 목에 걸고 있는 가죽 상자에 넣었다.

"어떻게 알았어? 그래, 네 말이 맞아. 몇 푼 남긴 했지만, 이조차 의사들이 다 털어가겠지…."

스칼렛이 얼굴을 찌푸렸다. "날 계속 쳐다보네. 왜 그렇게 쳐다보는 거야?"

알버트가 예의 바르게 미소 지었다. "네가 무례한 말을 할 때마다 그 작은 상자에 동전을 넣는다는 사실을 깨달았거든. 왜 그런지 알고 싶을 뿐이야."

분노의 불꽃이 사라지고, 스칼렛이 한숨을 내쉬었다.

"세상은 불완전해. 나도 불완전하고. 욕설 상자는 바로 그 사실을 상기시켜 주는 거야. 내가 만든 기준에 못 미칠 때 동전을 넣지. 욕설 상자의 무게가 내게 앞으로 더 나아져야 한다고 일깨워 주거든."

알버트가 이해했다는 듯 고개를 끄덕였다.

"알겠어. 맞아. 넌 살인도 하고 거짓말도 하고, 도둑질도 하고 노인도 때리고 배도 훔치니까. 다만 욕설만은 참으려 한다니, 신에게 감사할 뿐이야. 욕설까지 했으면 정말 끔찍했겠다. 그 돈은 어디에 쓸 거야?"

"신경 꺼. 저기 봐…. 생존 도시야."

강이 굽은 곳을 크게 휘돌아 들판 사이를 가로질러 남쪽으로 곧게 흘렀다. 멀리 흙벽이 높게 솟아 있고, 그 위에는 형형색색의 깃발이 펄럭였다. 벽 너머로 옹기종기 모인 지붕과 뾰족한 첨탑, 두 개의 벽돌 콘크리트 탑과 연기를 내뿜는 수많은 굴뚝이 보였다. 이렇게 멀리서도 밝게 빛나는 커다란 문이 열려 있는 걸 볼 수 있었다. 강 양쪽으로 풀이 무성한 제방이 있고, 제방 위에는 돌길이 나 있었다. 돌길위로 많은 사람들이 밭일 장비를 들고 가는 중이었다. 강에는 삼각돛을 단 배들이 떠다녔고, 햇빛에 반짝이는 흰 돛들이 느릿느릿 왔다갔다 했다.

그 광경은 알버트의 상상과는 완전히 차원이 달랐다.

"너무 커…. 정말 웅장하다…. 저 뾰족한 탑 같은 건 뭐야?"

스칼렛이 얼굴을 찌푸렸다. "신앙의 집. 아마도."

"왼쪽에 있는 저 화려한 지붕은?"

"크리켓 경기장 지붕이겠지."

"대단해…. 저기엔 얼마나 많은 사람들이 살고 있을까?"

스칼렛이 어깨를 으쓱했다.

"몇천 명쯤 살겠지. 웨섹스의 생존 도시 중 하나니까. 아마 레클레이드일 거야. 몇 년 전에 와봤어." 스칼렛이 비웃듯 말했다. "알버트, 기대에 차서 들뜨기 전에 경고 하나 해줄게. 저런 깃발과 온갖 장식에 속지 마. 도시라고 해서 야생 지대보다 더 문명화된 건 아냐. 어떤

113

면에서는 더 나쁘지. 성벽 위의 검은 물체들 보여? 바로 너와 나 같은 외부인을 막는 대포야. 우리가 전염병에 걸렸거나, 신체장애가 있거나, 범죄자거나, 혹은 웨일스 앞잡이라고 생각하면, 그들은 바로 대포를 쏠걸. 혹시 우리를 들여보내 줘도 마찬가지야. 그들은 필사적으로 옛날 방식을 고수하려 하거든. 신앙의 집 최고위원회는 신체적이든 도덕적이든, 모든 종류의 일탈이나 돌연변이를 감시하거든. 만약 그런 걸 발견한다면 곧바로 우리를 죽일 거야. 생존 도시의 시민들도 그들을 돕겠지. 최소한 백 년은 그렇게 살아왔어. 우리같이 초라한 방문객 때문에 관습을 바꾸지는 않을 거야."

알버트를 응시하는 스칼렛의 눈이 가늘어졌다.

"더욱이 우리에게 숨겨야 할 비밀이 있다면 말이지."

알버트의 들뜬 기분이 약간 가라앉았다. 침을 꿀꺽 삼켰다.

"좀 가혹하게 들리는데."

"맞아. 정말 그래. 좋은 예가 저기 있네." 스칼렛이 알버트 뒤를 가리켰다.

그다지 멀지 않은 곳에 돔 모양의 잔디 언덕이 강둑 가까이 솟아 있었다. 언덕 꼭대기에는 나무 기둥 구조물이 있었는데, 마치 거대한 액자 틀처럼 보였다. 구조물 중앙에는 옅고 불규칙한 모양의 낡은 천이나 캔버스 같은 게 걸려 있었다. 팬케이크 색깔에 매우 낡아 여기저기 이상한 구멍과 찢긴 자국이 있고, 기다란 바느질 자국과 파란 표시가 곳곳에 희미하게 찍혀 있었다. 그것은 바람에 펄럭이며 강 위로 그림자를 길게 드리웠다.

"이상한 구조물이네." 알버트가 말했다. "파란 표시가 있는 저 캔버스 천 말이야⋯. 저건 마치⋯."

"사람 피부 같지." 스칼렛이 말을 낚아챘다. "맞아. 그거야. 정확히 인간의 피부는 아니지만… 오염된 자들의 피부 가죽을 한데 꿰맨 거야. 지배 가문들이 본보기로 그들의 피부 가죽을 벗겨서 경계선에 걸어놨지. 오염된 자들이 접근하지 못하도록 경고 차원에서. 외관상으로 보면 꽤 오래된 거 같네. 심지어 문신도 거의 사라졌잖아. 그래도 제 역할은 다하고 있군."

알버트는 입을 딱 벌렸다. 잠깐 공포 때문에 아무 말도 할 수 없었다.

"너무 야만적인 짓이야. 아무리 오염된 자라지만 꼭 이런 취급을 받아야 해?"

"네가 직접 봤다면 그런 질문은 안 할 텐데."

"넌 본 적 있어?"

알버트는 스칼렛의 마음의 문이 쾅 닫히는 걸 느꼈다. 그녀는 더 깊은 곳으로 물러났다.

"내게 묻는 거라면, 난 생존 도시가 유일하게 잘한 일이 오염된 자들을 죽인 거라고 생각해. 하지만 오염된 자들과 같은 운명을 맞을 생각은 없으니까, 우린 좀 더 그럴듯해 보이게 꾸며서 경비병을 통과해야 해."

스칼렛은 어디선가 빗을 꺼내더니 머리를 빗기 시작했다. 옆에서 바람이 불어왔다. 언덕 높은 곳에서 오래된 가죽이 마치 속박에서 벗어나려는 듯 날카로운 소리를 내며 몸을 비틀었다.

레클레이드 항구는 높은 흙벽 아래 목조 플랫폼과 부두, 사다리와 경사로가 혼잡하게 얽혀 있었다. 깃발과 말뚝을 줄로 엮어 장식했고, 여러 종류의 배로 가득 차서 분주한 곳이었다. 날카로운 돛을 단 다우 선, 모터보트, 낚시 요트, 둔중한 바지선, 심지어 원시적인 뗏목까지 보였다. 뱃사람들은 물고기나 옷, 혹은 다른 물건이 든 가방과 바구니를 들고 관문을 드나들었다. 높은 곳에서는 소총을 든 경비병이 경비 탑에서 아래를 감시하고 있었다. 어디선가 묵직하고 슬픈 종소리가 울려 퍼졌다.

스칼렛과 알버트는 배를 정박시킨 후, 부두를 따라 수로 관문으로 향했다. 스칼렛의 주장대로 알버트는 머리를 빗고 강가에서 묻은 진흙 덩어리를 털어냈다. 스칼렛은 배낭에서 장갑 한쪽을 찾아냈다. 다친 손을 감추기 위해 이를 악물고 손에 장갑을 억지로 씌웠다. 확실히 통증이 심해지고 있었다. 얼굴은 긴장으로 창백했고, 눈 주변은 거뭇거뭇했다.

주변 상황에 관심이 없는 스칼렛과 달리, 알버트는 돛과 돛대, 그물과 굵은 밧줄을 비롯해 복잡하고 정신없는 항구 광경에 넋을 잃었다. 그는 몰려드는 사람들에 다소 긴장한 듯 보였다. 버스에 탑승했던 날 이후 군중에 노출된 게 처음인 탓이었다. 게다가 그때는 결말이 좋지 못했다.

그들은 개방된 돌길을 따라 강 근처의 수로 관문까지 이어지는 긴 대열에 합류했다. 길가에는 작고 하얀 경비 초소가 있었다. 줄 선 사람들은 대부분 바로 문을 통과했지만, 일부는 초소에 멈춰 서서 질문을 받았다.

알버트가 두려워했던 대로 심장이 점점 세게 요동치기 시작했다. 불쾌한 이미지가 번쩍거리고, 수십 개의 인격들이 뷔페처럼 눈앞에 펼쳐졌다. 버스에 탔을 때와 마찬가지로 이런 혼란이 불편했다. 그래도 여기서는 그가 관심의 대상이 아니었다. 알버트는 그런 감정에서 벗어나려고 일부러 유쾌하게 콧노래를 부르고, 발을 구르며 신나는 곡으로 휘파람을 불었다.

"너 대체 뭐 하는 거야?" 스칼렛이 쉬쉬거리며 다가와 알버트의 팔을 꽉 쥐었다. "미친 사람처럼 몸을 실룩거리고 있잖아! 여기서 미친 사람을 어떻게 처리하는 줄 알아? 숲속에 짐승 먹이로 묶어둔다고! 괜한 관심 끌지 마! 내가 하는 대로 따라 해."

경비 초소에 거의 다 와갔다. 높다란 흙벽에 난 두 개의 철문이 활짝 열려 있고, 그 너머로 햇살이 비쳐 반짝이는 거리가 보였다. 줄은 적당한 속도로 움직였다. 꽉 찬 그물을 든 어부, 손수레를 미는 남자, 어린아이를 업은 노인….

스칼렛은 이곳의 주인인 양 당당하게 앞으로 걸어갔다. 그녀는 순식간에 관문을 통과했다. 알버트도 자신감이 밀려오는 느낌이었다. 그녀 뒤를 따라가는데….

"거기!"

경비 초소의 열린 창문 안으로 피부가 까만 젊은 경비병이 앉아 있는 게 보였다. 그가 손을 들더니 손가락 하나를 세워 까닥거렸다. 알버트는 심장이 갈비뼈에 부딪힐 정도로 크게 쿵쾅거렸고, 제자리에 우뚝 멈춰 섰다.

"그래, 너. 덥수룩 머리. 여기로 와봐."

마치 다시 스톤무어로 돌아간 것 같았다. 줄에서 끌려 나오고, 비웃는 간수의 눈길 아래 처벌실로 걸어가고…. 알버트는 천천히 창문으로 다가갔다.

경비병은 무표정한 얼굴에, 눈에는 차가운 경계심을 띠고 있었다. 빨간색과 노란색 줄무늬 넥타이에 깨끗하게 다린 하얀 셔츠를 입고 있었는데, 근육으로 옷이 팽팽했다. 팔꿈치 옆에는 커피잔이 놓여 있고, 서류 더미가 깔끔하게 쌓여 있었다. 책상에 기댄 소총의 총구도 눈에 띄었다.

경비병이 알버트를 유심히 쳐다봤다. "이름이 뭐야? 레클레이드에 온 목적이 뭐지?"

어려운 질문은 아니었지만, 알버트는 대답할 수 없었다. 눈앞에 이미지가 번쩍 떠올랐다. 경비병의 머릿속에 투사된 자신의 왜곡되고 경멸스러운 모습이었다. 아주 제대로 된 모습은 아니었다. 이미지 속 알버트의 피부는 더 창백했고, 형체는 삐뚤빼뚤 야만적으로 보였다. 자신에겐 없다고 생각하는 교활하고 타락한 모습이었다. 경비병이 자신을 어떻게 생각하는지 들여다보는 일은 썩 유쾌하지 않았다. 알버트는 한 대 맞은 것처럼 뒤로 움찔 물러섰다.

'숲속에 짐승 먹이로 묶어둔다고!'

경비병이 눈을 가늘게 떴다. "이름이 뭐냐고 물었잖아?"

"앤 빌리 존슨이에요." 순식간에 스칼렛이 옆에 나타났다. "제 조수죠. 보시다시피 조금 내성적이지만 해를 끼칠 놈은 아녜요. 며칠간 야생 지대를 지나와야 했거든요. 드디어 레클레이드에 도착하니까 너무 기뻐서 말문이 막힌 거 같아요. 진짜, 빌리와 전 하나님, 알라신, 브라흐마 신에게 감사드려요. 무사히 레클레이드에 도착했으니까요." 그녀가 팔꿈치로 알버트를 쿡 찔렀다. "그렇지?"

"응." 알버트가 대답했다.

경비병이 이로 펜을 잘근잘근 씹으며 스칼렛을 유심히 관찰했다. 알버트의 머릿속 이미지가 바뀌었다. 왜곡된 자신의 모습이 사라지고, 스칼렛의 이미지가 그 자리를 대신했다. 대체로 정확한 이미지였다. 어떤 특징은 과장됐을 수도 있지만, 적어도 알버트에 대한 반응보다는 적대감이 훨씬 적었다.

"저 애에게 신체적 결함이 있습니까?" 경비병이 물었다.

"아뇨. 겉으로만 저럴 뿐, 정신은 멀쩡해요." 스칼렛이 경비병에게 윙크했다.

"그럼, 당신 이름은 뭐죠, 아가씨?"

"앨리스 카듀요."

경비병이 펜을 들고 양식에 이름을 적어 넣었다. "웨섹스식 이름이군요. 맞죠?"

"네. 전 웨섹스 태생이에요. 말메즈버리 근처에서 자랐죠. 아버지 가문이 그곳에서 역사가 깊어요."

스칼렛은 이제 활짝 웃고 있었다. 알버트는 아픔과 피로가 모두 사라진 듯 보이는 모습에 깜짝 놀랐다. 그녀는 초록빛 눈을 반짝이며 신뢰와 건강미를 발산했다.

"직업이 뭡니까?"

스칼렛이 비밀을 털어놓듯 몸을 앞으로 기울였다. "물어봐 줘서 기뻐요. 전 신성한 유물을 공급해요."

경비병이 자세를 똑바로 고쳐 앉았다. "성물 말입니까?"

"네, 맞아요."

스칼렛이 겉옷 주머니에 손을 넣어 작고 투명한 플라스틱 상자 몇 개를 꺼냈다. 상자 안에는 몇 가지 물건이 솜 위에 조심스럽게 놓여 있었다.

"일곱 왕국의 신성한 장소에서 큰 위험을 무릅쓰고 가져온 조각들을 팔죠. 이 루비색 유리 조각 보이세요? 거대 수달이 출몰하는 앵글리아 늪지대의 일리 대성당 유적지에서 가져온 거예요. 이 파란색 정사각형 타일은 뭐게요? 물에 잠긴 브리스틀 회교 사원에서 찾아낸 파양스 도자기 진품이에요. 수심 10미터쯤 됐죠. 아, 그런데 경비병님은 작지만 경이로운 뼈 세트에 관심이 있으신 거 같네요…. 진짜 안목이 뛰어나시군요. 이건 켄트주 실라 성자의 오른발 엄지발가락이에요.

고리대금업자를 치료했던 바로 그 발가락이죠."

스칼렛은 상판 위에서 상자들이 햇살에 반짝이도록 요리조리 움직였다.

"아시겠지만, 이런 성물에는 기적의 힘이 깃들어 있죠. 모두 구매 가능하지만, 더 적은 금액으로 키스하거나 쓰다듬기만 할 수도 있어요."

경비병은 무의식적으로 상자를 향해 손을 뻗었다. 하지만 곧 손을 멈추고 얼굴을 찡그렸다.

"기적이라고 주장하기는 쉽죠. 증거는 있나요?"

스칼렛이 팔을 쫙 벌렸다.

"증거가 바로 앞에 있잖아요! 우리가 배로 야생 지대를 무사히 가로질러 왔으니까요! 아무튼, 안전하게 도착한 데 대한 감사의 표시로, 원하신다면 성의 차원에서 성자의 발가락뼈를 드릴 수도 있어요."

경비병의 생각은 더 이상 스칼렛이나 알버트를 향하지 않았다. 대신 탐욕과 신비로운 기쁨의 안개로 뒤덮였다. 표정 변화는 없었지만, 몸의 긴장은 살짝 풀렸다. 알버트는 스칼렛이 성공했고, 그들이 검문을 통과할 수 있다는 걸 알았다. 경비병이 관문의 종이 양식을 흘끗 쳐다봤다.

"진짜 고맙군요, 아가씨. 몇 가지 형식적인 질문만 하겠습니다. 오염된 자들과 접촉한 적 있습니까?"

"아뇨."

"불의 지역에 머문 적이 있습니까?"

"아뇨."

"당신은 무정부주의자이거나 선동가, 웨일스나 앵글리아, 콘월의

첩자입니까?"

스칼렛은 편안하고 선한 미소를 지었다. "아뇨. 전 그중 어디에도 해당되지 않아요."

경비병은 의자에 기대앉아 항목 몇 개에 표시하더니, 큰 잉크 도장을 종이에 찍었다. 그런 후 발가락뼈를 자기 주머니에 챙겨 넣었다.

"레클레이드에 온 걸 환영합니다, 카듀 씨. 좋은 시간 보내길 바랍니다."

그렇게 절차가 끝났다. 꿈같았다. 알버트는 스칼렛이 팔을 잡아당기는 걸 느꼈다. 수로 관문은 발톱과 이빨과 송곳니를 견디는 데 뛰어나다고 입증된 검은 금속으로 만들어진 철판 두 개가 높이 솟은 형태였다. 그들은 수로 관문과 칙칙한 회색 돌로 만들어진 아치형 입구를 지났다. 사람들이 웅성대는 소리와 새가 즐겁게 지저귀는 소리가 들렸다. 햇살이 비치는 푸르른 공간이 눈앞에 펼쳐졌다. 알버트는 그 속으로 계속 걸어 들어갔다. 스톤무어 감시인들의 노력에도 불구하고, 이런 순간을 막기 위해 목숨을 바친 그들의 노력에도 불구하고, 알버트 브라운은 자신이 기억하는 한 처음으로 생존 도시에 들어섰다.

10

레클레이드는 고대 템스강과 콜른강의 합류 지점이 내려다보이는 평지 위 타원형 모양의 부지를 차지하고 있었다. 25평방마일의 오염되지 않고 비옥한 농지가 마치 조각보처럼 도시를 둘러쌌다. 검은색 아스팔트 도로가 육지 관문부터 숲과 습지 방향으로 화살처럼 멀리 뻗어나가며 이 도시를 웨섹스와 머시아, 그 너머의 지역 사회와 연결했다. 레클레이드가 이 무역망에 공급하는 건 주로 양모와 양고기, 가죽제품이었다. 또한 이곳의 노예시장은 규모는 작지만, 웨일스 국경 지역을 습격해 잡아 온 건강한 아이들을 많이 거래하기로 유명했다.

레클레이드의 신앙의 집은 예절과 질서를 엄격하게 유지했다. 도시의 모든 사람, 심지어 지배 가문의 구성원조차 차례로 당번을 맡아 경비 탑에 근무하며 숲을 감시했다. 그들은 오염된 자와 야생 지대의 짐승, 떠돌아다니는 웨일스인 무리와 무법자들을 경계했다. 야생 지대에서 어떤 위험이 숨어들어 이 도시를 혼란에 빠뜨릴지 알 수 없기 때문이었다.

중심가에 도착한 지 얼마 안 된 시점에 알버트는 아무런 방해도 받지 않고, 누구의 눈길도 끌지 않은 채 혼자 남겨졌다.

"자, 여기 1파운드 지폐야." 스칼렛이 말했다. "배고프면 밥 사 먹어. 하지만 그 외에는 아무하고도 대화하지 마. 이건 꼭 지켜야 할 규칙이야. 각 생존 도시마다 고유의 법이 있고, 조금씩 다 달라. 잔디 위를 걷지 않기, 가족이 지나갈 때는 일어서지 않기 등등…. 뭐든 될 수 있어. 스윈든에서는 공개적인 장소에서 코를 파면 감옥에 가. 다른 사람의 행동을 보고 그대로 따라 하면 돼. 제발 쓸데없는 대화는 하지 말고. 절대 네게 적합한 행동이 아니니까. 저기 벤치에 앉아서 날 기다려. 보이지? 처벌용 철창 감옥과 정육점 사이에 있는 거. 손을 치료받고 해 질 무렵까지 올게." 스칼렛이 알버트를 노려보며 말을 덧붙였다. "그 후에 아까 못다 한 얘기를 마저 해야겠지."

알버트는 가볍게 한 방 먹은 기분이었다.

"알아. 서로 갈라서자는 얘기잖아. 도시까지 안전하게 온 후에는 각자 갈 길 가기로 했으니까."

"물론 그랬지. 하지만 그 전에 네게 몇 가지 확인할 게 있다고, 친구."

스칼렛은 장갑 낀 뻣뻣한 손을 들어 보였다. 손목에 굳은 피가 살짝 보였다.

"왜 이런 일이 내게 생긴 건지 적절한 설명을 들어야겠어."

그 말을 마친 후, 스칼렛은 뒤돌아 군중 속으로 사라졌다.

알버트는 구겨진 1파운드 지폐를 손가락 사이에 쥔 채 포장된 길 한가운데에 남겨졌다. 뭘 어떻게 해야 할지 몰랐다. 경비병을 만난 일로 마음이 불안해진 데다, 이곳 사람들에 대한 스칼렛의 경고가 뇌리에서 떠나지 않았다. 칼로웨이 박사의 부하들이 벌써 그를 따라잡았을 거라는 생각은 안 했지만, 레클레이드는 분명 그가 제대로 쉴 수 있는 곳이 아니었다. 적어도 혼자서는 불가능했다. 물론 스칼렛과 함께 있다면 다르겠지만.

동행이 떠나자 갑자기 마음에 구멍이 생겼다는 걸 깨달았다.

아무튼 드디어 도시에 들어왔다. 정말 놀라운 곳이었다. 알버트는 가장자리에 푸른 잔디가 깔린 아스팔트 로터리에 서 있었다. 사람들이 강을 통해 운송된 화물을 인력거와 휘발유 트럭으로 옮겨 싣고 있었다. 앞에는 넓은 거리가 곡선을 그리며 뻗어 있고, 낮은 이층집들이 줄지어 있었다. 붉은 지붕은 가팔랐고, 앞면의 불룩한 창문이 오후 햇살에 반짝였다. 기울어진 황금빛 햇살 속에 정육점, 야채 가게, 빵 가게, 모자 가게를 비롯해 수많은 신기한 가게들이 안개 속처럼 어렴풋이 보였다. 깨끗하게 청소된 길 위에는 저녁을 대비해 가로등이 켜졌다. 가로등에는 분홍색 꽃바구니가 장식돼 있었다.

정육점 근처에는 깨끗한 빨간 우편함과 공공 분수가 있었다. 다소 칙칙한 회색 옷차림의 어린 소년이 분수에서 물을 마시고 있었는데, 그 옆 벤치에 빗자루가 기대어 세워져 있었다. 여기도 세 개의 쇠기둥이 우뚝 솟아 있다는 사실이 불안감을 더 키웠다. 쇠기둥 사이에는 철창 감옥이 3미터 높이에 매달려 있었다. 해가 바로 뒤에서 비춰 감옥 안에 쓰러져 있는 깡마른 사람의 모습을 자세히 볼 순 없었다. 다른 사람들은 철창 감옥에 전혀 관심을 보이지 않았다. 눈에 띄지 않게 행동하라는 스칼렛의 조언을 떠올리며 알버트는 억지로 시선을 돌렸다.

알버트는 특별한 목적 없이 천천히 길을 따라 걸었다. 거리의 군중들과 부딪히지 않도록 조심했다. 사람이 정말 많았다! 다양한 색채의 옷을 입은 사람들이 웃고 떠들며 홍수처럼 가게 안팎으로 밀려다녔다. 청바지와 색깔 있는 블라우스를 입은 여자, 중산모를 쓴 신사,

건강해 보이는 소년과 소녀. 모두 온전한 모습의 사람들로 눈에 띄는 신체 변형이나 손상은 찾아볼 수 없었다. 스톤무어의 방문객들과는 너무 달랐다. 그곳에 온 사람들은 해 뜰 때부터 취침 시간까지 신음을 내거나 비명을 질렀다. 알버트는 레클레이드 주민들의 활기찬 모습에 매료됐지만, 동시에 약간 긴장감을 느끼기도 했다. 그를 둘러싼 공간에서 사람들의 생각이 서로 부딪치며 이미지들이 합쳐지고 충돌하고 왜곡되는 걸 느꼈다. 거기에 집중하는 건 미친 짓이었다. 정신이 순식간에 수십 개의 방향으로 갈라질 테니까.

알버트는 유혹을 피하고자 빵 가게로 뛰어들었다. 기쁘게도 거기서 냉동 체리케이크와 감초 사탕 한 봉지를 사는 데 성공했다. 스톤무어에서는 케이크를 배급한 적이 없었다. 케이크의 달콤함은 난생처음 느껴보는 맛이었다. 케이크를 가슴에 꼭 안은 채 한 조각씩 떼어내 입에 넣으면서 계속 길을 따라 걸었다.

조금 더 걸어가니 기둥이 인상적인 건물이 나타났다. 레클레이드 시립 은행이었다. 높다란 유리문 앞에는 콧수염을 기른 남자가 느긋하게 서 있었다. 어깨에 각이 진 양복 차림에 허리에는 권총 벨트를 느슨하게 차고 오가는 손님들을 지켜보고 있었다. 남자의 생각은 주로 술에 집중된 것 같았고, 바깥세상 사람들의 생각이 대부분 그러하듯 돈에 얽매여 있었다. 알버트는 술과 돈, 둘 다 관심이 없었다. 그저 감각을 억누르는 데 지쳤을 뿐이었다.

알버트는 사람들을 피해 길 건너의 작은 공원으로 들어갔다. 푸른 나무 사이로 오솔길과 잘 다듬어진 잔디밭이 있었다.

늦은 오후의 햇살 아래, 한 노부인이 벤치에 앉아 신문을 읽고 있었다. 노부인은 핑크빛 피부에 통통한 몸집으로 진한 파란 재킷과 회색 치마를 입고 있었다. 알버트가 옆에 앉자 밝게 빛나는 작은 눈으로 흘끗 처다봤다.

알버트가 종이봉투를 내밀었다. "감초 사탕 좀 드실래요?"

"고맙지만 괜찮단다. 그걸 먹으면 방귀가 나오거든."

알버트는 봉투를 도로 가져와 사탕 하나를 입에 넣고 조심스레 빨았다. 그들은 한동안 아무 말도 없이 앉아 있었다. 노부인의 생각은 조용했고 덧없었으며, 순식간에 공중으로 흩어졌다. 알버트는 생각을 좇으려 하지 않았다. 너무 피곤했다.

잠시 후, 노부인이 신문을 내려놨다.

"오늘의 오락거리가 끝났구나. 애야, 신문 봤니?"

"아직 안 봤어요."

노부인이 고개를 끄덕였다. "뭐, 큰 얘깃거리는 없단다. 크릭레이드에서 끔찍한 일이 있긴 했지. 오염된 자가 밭에서 일하던 여자를 끌고 가 도랑에 던진 후 잡아먹었다는구나. 노섬브리아에는 심각한 전기 폭풍이 몰아쳐서 몇몇 도시가 피해를 봤고. 첼트넘에서는 정체를 알 수 없는 여자 무법자가 은행을 털어 갔는데, 빨간 머리에 무척 야만적이었다고 하네. 그리고 그레이트 루인스의 건물 하나가 런던 석호 한가운데로 무너졌다더군. 그 탓에 쓰나미가 밀려와 호숫가 마을 하나가 통째로 사라졌대. 하지만 알다시피, 가장 최근 기사라도 한 달 전에 일어난 일이지. 여기까지 소식이 전해지는 데 오랜 시간이 걸리니 '최근' 기사라고 할 수도 없구나."

"어쨌든, 흥미로운 소식이네요." 알버트가 부드럽게 말했다.

런던이라니! 그 이름을 듣자, 마음이 설레고 들떴다. 런던! 자유의 섬! 알버트에게 런던은 꿈의 장소였다. 하지만 너무 멀었다…. 알버트는 생각에 잠겨 나무 사이로 드문드문 비치는 햇살을 바라봤다.

"여긴 정말 멋진 곳이에요."

노부인이 살짝 움직였다.

"그래. 프림로즈 공원이란다. 도시의 중심부지. 여기서 매년 건강하게 태어난 아기들을 축하하는 환영 축제가 열리지. 또 가을에는 발전기를 청소한 후 꽃 화환으로 장식하는 전기 축제도 열린단다."

알버트가 한숨을 내쉬었다. 안전하게 벽으로 둘러싸인 도시에 산다면 얼마나 기쁠까!

"레클레이드에 산 지 얼마나 되셨어요?"

"세어보니 육십육 년 됐구나. 넌 얼마나 됐니?"

"이십 분쯤이요."

노부인이 안타깝다는 듯 혀를 끌끌 차는 소리를 냈다. "생각한 대로군. 하지만 걱정하지 말아라. 난 이상한 습관이나 억양 때문에 외지인을 배척하는 사람이 아니니까. 심지어 웨일스인에게도 관대하지. 우리 가문은 15대째 이곳에 살고 있어. 신앙의 집 기록서에도 나와 있을 정도야. 그 덕에 우리 가족은 축제 날 모자에 파란 레클레이드 리본을 달 수 있지. 그래, 난 이 도시를 꽤 잘 안단다. 이 벤치에선 신앙의 집 돔지붕들과 첨탑들이 보이지. 신앙의 집에는 십여 개의 종교가 있단다. 멘토들은 매우 친절하지. 넌 개인적으로 어떤 신앙을 믿니?"

스칼렛의 경고를 기억하며 알버트가 애매하게 대답했다. "잘 모르겠어요."

"뭐, 다신교도라면 여러 조합으로 예배를 즐길 수 있지. 난 불교를 좋아하지만 이슬람교도 약간은 좋아한단다. 저쪽에는 레클레이드 시립 은행이 있어. 우리의 모든 재산이 저축돼 있지. 난 저기서 수년간 창구 직원으로 일했단다."

"제 친구가 은행에 관심이 있어요. 괜찮은 은행 같네요. 매우 안전해 보이고. 아, 밖에 총을 든 남자가 서 있던데요."

노부인이 소리 내어 웃었다. "행크는 대체로 위장용이지. 은행에
는 다른 방어 장치가 있거든."

뜻밖의 호기심으로 알버트의 두 눈이 커졌다.

"정말요? 그게 뭔데요?"

"오, 세상에! 난 말할 수 없단다."

"당연히 안 되겠죠."

알버트는 이제 노부인의 머릿속에 집중하기 시작했다. 짧았지만
아주 독특한 이미지였다.

노부인은 다른 주제로 옮겨갔다. 그녀가 레클레이드와 시 공동체
의 장점에 대해 자세히 설명하자, 알버트의 가슴은 갈망으로 부풀었
다. 동시에 햇살 아래 앉아 앞으로 자신이 혼자 가야 할 외로운 길에
대한 슬픔도 느꼈다.

"이렇게 평화로운 도시에 살다니 정말 운이 좋으시네요."

"대부분 평화롭지." 노부인이 동의하며 말했다. "물론 가끔 무법
자나 도둑 떼가 들이닥쳐 나쁜 짓을 저지르기도 하지만, 큰 문제는
아니니까. 그들을 잡으면 저기로 데려가거든." 그녀는 나무가 많은
공원 한쪽을 바라보며 고개를 끄덕였다.

알버트가 그쪽을 쳐다봤다. "어디요? 저쪽에 꽃이 많이 핀 예쁜
언덕이요?"

"그래. 처형 언덕. 거기가 그들을 화형시키는 곳이야."

"아." 알버트의 얼굴이 굳었다. "전 밴드가 연주하는 곳이라고 생
각했어요."

"예전에는 그렇게 사용했지." 노부인이 입술을 굳게 다물었다.
"정말 굉장한 볼거리야. 악당을 발가벗긴 후 힘껏 채찍질하고, 철 수

레에 묶어 불길 한가운데로 굴려 보내지." 그녀가 살짝 고개를 끄덕였다. "장담컨대, 크리켓보다 훨씬 재밌어. 비록 자주 볼 수 있는 일은 아니지만. 그렇다고 내가 불평해서는 안 되지. 경비 탑이 아주 높고, 경비병이 철저히 감시한 덕에 레클레이드의 삶이 평화롭고 조용한 거니까. 넌 어디에서 머무르니?"

"아직 모르겠어요."

"두 가지 선택지가 있단다. 토드 여관과 잉글랜드 하트 여관이지. 맥주 맛은 토드 여관이 더 좋지만, 노예 상인들이 대부분 거기서 술을 마셔. 그들은 항상 싸움에 약해 보이는 혼자 다니는 젊은이들을 건드리지. 내 말 명심하지 않으면, 포근한 침대에서 잠들었다가 패터스 거리에 있는 철창 감옥에서 눈뜨게 될 거야. 잉글랜드 하트 여관은 친절하고 사람 좋아하는 데이브 민팅이 운영해. 음식도 맛있지. 하지만 사실, 그는 밤에 천장 들보 사이를 누비며 손님들의 귀중품을 훔치는 부랑아 두 명을 고용하고 있어. 그래도 숙박비가 싸니까 감안해야지."

알버트가 턱을 문질렀다.

"두 여관 다 그다지 끌리지 않네요."

"어쨌든 길에서 밤을 보내진 말거라. 민병대가 발견하면 철창에 집어넣을 테니. 거리에서 구걸하거나 어슬렁거리지도 말고. 지정 장소가 아니면 인도에 침을 뱉어서도 안 된단다."

"여기는 철창에 갇힐 일이 참 많군요."

"마땅히 그래야지. 질서가 있는 곳이니까. 그게 계속 유지돼야만 하고." 노부인이 느릿느릿 몸을 일으켰다. "즐거운 대화였어. 이제 집에 가서 차 한잔해야겠다. 조심하렴."

그 말과 함께 노부인은 천천히 멀어졌다.

노부인은 선해 보였으나, 처벌과 철창 감옥에 대한 이야기가 알버트의 기분을 상하게 했다. 내면에서 둔탁한 공포가 타오르고 덫에 걸린 기분이 들었다. 이 생존 도시는 그의 안식처가 아니었다. 다시 스톤무어로 돌아간 것 같았다. 버스에서 탈출한 후 처음으로 예전처럼 마음이 동요하기 시작했다. 절대 공포가 조용히 꿈틀거렸다. 알버트는 한동안 가만히 앉아 공원 잔디밭 위로 그림자가 길어지는 걸 바라봤다. 낮의 열기가 사라지자 서서히 추워지기 시작했다. 계속 움직여야 한다. 도시를 떠나, 스칼렛과 헤어져 서둘러 앞으로 나아가야 한다. 적이 그를 따라잡기 전에 도망치려면. 만약 다른 버스를 찾을 수만 있다면….

알버트는 중심가로 돌아와 길을 따라 걸었다. 고개를 푹 숙이고 옆으로 양팔을 뻣뻣하게 흔들며 걸었다. 사람들은 아까처럼 바쁘게 움직이는 데다, 이제 그들과의 거리가 너무 가까워 알버트의 방어벽이 무너지기 시작했다. 사람들의 생각이 너무 시끄럽고 너무 난폭했다. 길을 따라 걸으며 행인들의 인격이 그를 스치는 게 느껴졌다. 이런 접촉에 몸이 흠칫 놀라고 떨려왔다. 마치 길을 걷는데 누군가가 실제로 그의 몸을 찌르는 것 같았다. 내면 깊은 곳에서 기묘하게 오싹했던 예전의 그 감각이 느껴졌다. 심장이 빠르게 뛰고 손바닥은 땀에 젖고…. 아, 안 돼. 좋지 않아. 알버트는 마음을 진정하려 애썼다. 다시 스칼렛을 떠올렸다.

갑자기 옆에서 그림자가 불쑥 나타났다. 거대하고 압도적이었다. 꽃냄새가 나는 애프터셰이브로션 향이 그물처럼 알버트를 덮쳤다. 그는 겁에 질려 뒤로 펄쩍 뛰었다. 숨이 가쁘고 눈알이 튀어나올 듯했다. 트위드 양복을 입은 뚱뚱한 신사가 목줄을 맨 작고 하얀 사냥개를 데리고 지나가는 동안, 알버트는 가게 창문에 딱 붙어 있었다.

아니야, 괜찮아. 괜찮아…. 모르는 남자였다. 맙소사. 하지만 마이클과 몸집이 정말 비슷했다. 똑같은 둥근 어깨에, 너무 달콤해서 끔찍했던 바로 그 향까지. 순간적으로 늙은 간수가 몸을 다시 이어 붙이고 복수심에 찬 유령처럼 쫓아온 줄 알았다.

즉시 중심가를 벗어나야 한다는 생각이 들었다. 사람이 너무 많았다. 시간이 별로 없었다. 마음이 요동치기 시작했다. 알버트 안에서 절대 공포가 자라나고 있었다. 이렇게 점점 강해지다가 잠깐 방심하면 한순간 터져 나올 것 같았다. 고개를 숙인 채 비틀비틀 앞으로 걸어갔다. 알버트는 마침 골목길을 발견하고 뛰어 들어갔다.

우연히 들어선 좁은 골목길은 훨씬 조용했다. 곧바로 마음이 안정되는 느낌이었다. 주변에는 아무도 없었다. 100미터쯤 가자, 넓은 공터가 나왔다. 걷는 속도를 줄이다 완전히 걸음을 멈췄다. 심장박동이 조금씩 느려졌다.

내면에서 요동치던 소란이 사라지고 절대 공포가 물러났다. 일단 공포심을 억누르는 데 성공했다. 다행이었다.

알버트는 담장에 둘러싸인 회색 공터 안에 있었다. 초저녁 햇살을 등지고 서로 마주한 양쪽 건물 덕분에 공터는 그늘지고 시원했다. 콘크리트 틈새를 뚫고 잡초가 자라 있었다. 공터의 어두운 물웅덩이가 노인의 피부에 난 갈색 반점처럼 보였다. 레클레이드의 다른 곳에서는 비 내린 흔적을 본 기억이 없었다. 최근에 누군가가 콘크리트 바닥을 씻은 것 같았다. 마당에서 담배 연기와 맥주, 물 냄새가 났다. 벽돌 담장에 쌓인 긴 의자 몇 개가 공터 출구를 막았고, 측면 구석에는 철창 감옥이 계단식 단상 위에 놓여 있었다. 사람 키만 한 크기의 매우 좁고 긴 철창이 검은색 방수천으로 덮여 있었다.

앞쪽 출구로 나갈 방법이 딱히 보이지 않는 데다, 공터 분위기도 마음에 안 들어 알버트는 할 수 없이 돌아나가려 했다. 알버트는 몸을 돌리다가 단상 옆 담장 그늘 속에 조용히 위치한 커다란 천막을 발견했다. 카키색 천막은 차광막이 넓고 앞면이 열려 있었다. 그리고 놀랍게도 바닥에는 카펫이 깔려 있어 고정된 장소 같은 느낌을 주었다. 천막에는 책상과 등불, 나무 의자 몇 개와 현금 상자, 보관 선반 등이 있었고, 세 사람이 보였다.

창백하고 마른 여자가 책상 뒤에 앉아 일하는 중이었다. 그녀는 노란색 중산모에 검은 셔츠와 체크무늬 트위드 재킷을 입고 있었다. 어깨가 먹이를 찾는 새의 날개처럼 높이 올라가 있고, 눈썹을 찌푸린 채 서류 더미를 살펴보고 있었다. 알버트가 지켜보는 사이, 그녀는 바로 옆 깡통 접시에 놓인 담배를 한 모금 빨았다.

여자 뒤에는 남자가 두 명 서 있었다. 한 명은 커피를 마시고 있었고, 다른 한 명은 나무 선반에 걸린 밧줄과 쇠사슬을 만지작거렸다.

머그잔으로 커피를 홀짝거리던 남자가 먼저 알버트를 발견하고는 여자를 쿡 찔렀다. 여자는 고개를 들고는 가라는 듯 손을 휘휘 흔들었다.

"너무 늦었어, 애야. 어제가 마지막 판매였거든. 다음 판매까지 한 주는 기다려야 해."

알버트는 스칼렛의 경고를 생각하며 주저주저 입을 열었다. "실례합니다. 버스 정류장을 찾고 있는데요."

"이쪽이 아니란다. 버스 정류장은 육지 관문 근처인 칩 거리에 있어. 여긴 페터즈 거리란다."

"감사합니다. 안녕히 계세요." 알버트는 그곳을 벗어나려 했다.

"칩 거리까지 가는 길은 아니? 이 도시가 처음이라면, 우리가 길을 알려줄 수 있단다." 여자가 알버트를 자세히 살펴보며 말했다.

굳이 더 머물고 싶지는 않았지만, 친절한 제안을 무시하고 가버리는 것도 실례라는 생각이 들었다. 알버트는 천막 가까이 갔다. 해가 저무는 중이었다. 책상 위의 불이 약하게 켜져 있어서 가까이 다가간 후에야 여자 옆에 서 있는 두 남자의 몸집이 엄청 크다는 사실을 알았다. 근육질에 건장한 몸집으로, 저무는 해 속에 금색 귀걸이가 살짝 반짝였다. 한 명은 피부색이 밝았고, 다른 한 명은 어두웠다. 각각 초록 가죽 코트와 검은 가죽 코트를 입고 버클이 달린 수갑을 들고 있었다. 두 남자뿐 아니라 여자에게서도 경계심이 느껴졌다. 알버트는 천막 위쪽 차양 근처에서 담배 연기와 뒤섞인 그들의 머릿속 이미지들을 엿봤다.

"중심가에서 좀 벗어난 곳에 있을 거 같은데요." 알버트가 책상에 다가가 말했다. "아마 조금 더 가면 나오겠죠?" 알버트의 목소리가 점점 작아졌다.

여자와 두 남자는 대부분의 다른 사람들처럼 돈을 생각하고 있었다. 한 가지 이상한 점은 알버트를 바라보면서 돈을 떠올리고 있다는 사실이었다.

"저기, 귀찮게 하고 싶지 않아요. 바빠 보이네요."

"오히려 방해해 줘서 고맙지. 어제 수입을 계산 중이었는데 신통치 않거든."

여자는 머리가 희끗희끗했지만 주름살 없는 얼굴 때문에 나이를 가늠할 수 없었다.

"얘야, 우리가 길을 안내해 줄게. 별일 아니니까. 이름이 뭐니?"

"알버트요." 스칼렛이 경비병에게 가짜 이름을 말했단 사실이 뒤늦게 생각났다. "알버트… 존슨."

"존슨이라고?" 여자가 당혹스러운 목소리로 말했다. "알버트, 넌 분명 레클레이드 출신이 아니겠구나."

"맞아요. 여기 출신이 아니에요."

"그래. 레클레이드에는 존슨이란 성을 가진 사람이 없거든. 아무튼, 만나서 반갑다. 난 캐리야."

"안녕하세요, 캐리 씨."

"넌 어디서 왔니?"

"서쪽 바깥에서요."

시야 끄트머리의 담배 연기 속에서 여자의 머릿속 이미지가 빨라지는 걸 느꼈다. 알버트는 그 이미지를 보지 않았다. 사람을 볼 때는 머릿속이 아니라 눈을 바라보는 게 예의라고 배웠기 때문이다. 여자 또한 그의 눈을 뚫어지게 쳐다봤다.

"여기 가족이 있니? 아니면 친구?"

"아니요."

알버트는 중심가를 향해 난 길을 돌아봤다. 거리에는 여전히 햇살이 비치고, 사람들이 걸어 다니고 있었다.

"사실, 친구와 함께 왔어요. 그냥 지나가는 길이었거든요."

"그래? 넌 몇 살이니?"

"어, 잘 모르겠어요."

여자가 의자에 깊숙이 기대앉더니, 깡통 접시에서 불이 사그라지는 담배를 집어 한 모금 빨았다. 다시 입을 열자 입술 사이로 잿빛 연기가 둥글게 뿜어져 나왔다. 알버트는 잠깐 그 모습을 지켜봤다.

"그러니까, 넌 떠돌이구나. 일정한 거주지가 없는."

알버트가 어깨를 으쓱했다. 스칼렛이 이 상황을 보면 화를 내겠지. 그는 계속 대화를 이어갈 생각이 없었다. 하지만 문제는 이 사람들이 계속 질문을 한다는 거였다.

"버스 정류장까지 가는 길을 알려줄 수 있다고 했죠? 이제 가야 할 거 같아서요…."

"그런데 네 친구는 어디에 있니?" 캐리라는 여자가 물었다. 마치 알버트의 말을 듣지 못한 것처럼. "걔도 잘생긴 남자애니?"

"주변에 아무도 안 보이는데." 남자가 말했다.

"잠시 후에 만나기로 했어요."

알버트는 남자가 끼어든 틈에 여자에게서 눈을 돌려 연기 속 이미지를 흘끗 봤다. 세 사람의 생각이 희미하게 스쳐갔다. 마치 얕은 강물 속 물고기처럼, 그림자 조각들이 깊은 곳에서 꿈틀거리듯이….

추악한 생각들이었다. 우는 아이들, 아이들의 맨몸에 난 상처, 채찍과 쇠창살, 잔인한 말과 행동에 대한 기억, 어두운 공간, 폭력적인 행동….

그 순간, 저쪽 철창 감옥에서 희미하게 끊긴 다른 생각들이 존재하는 걸 느꼈다.

알버트는 다시 여자 쪽을 바라봤다.

"말씀 잘 들었어요. 이제 가야겠어요."

알버트는 말을 흐린 후 발걸음을 옮겼다. 다리가 발사나무로 만든 것처럼 뻣뻣하고 힘이 없었다. 천막 사람들이 계속 그를 주시하고 있었다. 마치 숲속에 있는 신들의 조각상처럼 미동도 없이, 오직 알버트의 걸음을 따라 눈만 움직였다.

알버트는 공터를 가로질렀다. 중심가는 기억보다 더 먼 것 같았다. 거리에는 여전히 사람들이 있었지만 아까보다 수가 적었다.

뒤에서 쇠사슬이 달그락거리는 소리가 들렸다.

알버트는 뛰기 시작했다. 스웨터 소매가 펄럭이고, 운동화가 콘크리트 바닥을 세게 밟았다.

뭔가가 발목에 부딪혔다. 그것은 두 발목을 휘감고 꽉 묶었다. 알버트는 괴상한 자세로 넘어졌다. 어깨가 땅에 부딪히자 비명을 질렀다. 머리도 땅에 부딪혔다. 눈앞에 빛이 번쩍였다.

빛이 사라지자, 절대 공포가 깨어났다.

알버트는 몸을 뒤집고 일어나 발목을 묶은 묵직한 줄을 풀려 했다. 두 남자가 천막에서 나와 마당을 가로질러 걸어왔다. 그들은 서두르지 않고 느긋하게 걸었다. 심지어 한 명은 커피를 다 마신 후 책상 위에 컵을 올려놓고 왔다. 걸을 때마다 달그락거리는 소리가 났다. 손에는 쇠몽둥이가 들려 있고, 벨트에는 수갑과 쇠사슬이 달려 있었다.

알버트는 대화로 풀고 싶었다. 너무 늦기 전에 그들을 설득하려 했다. 하지만 절대 공포가 너무 강하게 몰려왔다. 머리에 가해진 충격으로 공포가 촉발됐고, 이제 그 공포는 맥박처럼 고동치고 부풀며 점점 더 강하고 날카로워졌다. 노예 상인들이 어슬렁어슬렁 다가오는 동안, 손가락으로 뒤엉킨 끈을 풀려 필사적으로 애썼다. 하지만 소용없었다. 끈은 풀리지 않았다. 그사이 내면에 압력이 계속 쌓이면서 온몸이 떨려왔다. 손가락이 마음대로 움직이지 않았다. 그때 한 남자가 무심하게 쇠 방망이를 들었다. 알버트는 자신을 때리려는 남자의 머릿속을 읽었다. 결국 내부의 압력이 너무 커져 더 이상 견딜 수 없었다. 걱정했던 대로 절대 공포가 폭발했다. 참고 인내하려던 알버트의 희망이 완전히 무너졌다.

11

스칼렛은 손을 치료한 후 먼저 토드 여관으로 향했다. 칩 거리에 있는 토드 여관은 슬레이트 지붕의 저층 건물로 육지 관문에 가까웠다. 맥주 라운지의 지저분한 창문을 통과한 황금빛 햇살이 비스듬히 쏟아지며 여기저기 긁힌 검은색 테이블 아래로 빛 웅덩이가 생겼다.

주인은 바 뒤에서 잔을 닦고 있었다. 모호한 분위기의 남자였다. 자줏빛 카디건과 커다란 둥근 안경이 선량한 사람처럼 보이게 했지만, 짧게 자른 흰머리와 흉터가 있는 턱, 근육질 어깨는 전혀 다른 인상을 줬다.

스칼렛은 쓸데없는 소리를 하며 시간을 낭비하지 않았다. 코트 주머니에서 사각형 금속 주화를 꺼냈다. 주화에는 손가락 네 개가 새겨져 있었다. 새끼손가락은 뿌리 부분부터 잘려나가고 없었다.

스칼렛은 딸칵 소리를 내며 주화를 카운터에 올려놓고 말했다. "오랜만에 왔는데, 누구랑 얘기해야 하지?"

주인이 잠시 주화를 살피더니 말없이 맥주를 한 병 꺼내 뚜껑을 따 스칼렛 앞에 놨다. 그리고 옆 테이블을 가리킨 후 라운지를 나갔다.

스칼렛은 벽을 등지고 앉았다. 이렇게 해야 모든 방향을 한눈에

볼 수 있었다. 총이 잘 보이도록 코트 자락을 젖혔다. 탄창이 비었지만, 형제단 사람은 그 사실을 모를 테고, 다만 그녀의 명성은 익히 잘 알고 있을 것이다.

기다리는 동안 붕대 감은 손을 살펴봤다. 새하얀 거즈와 솜으로 칭칭 둘러싼 손은 이제 괜찮아 보였다. 손가락이 자유롭게 움직였다. 손바닥은 아직 쓰렸지만 깨끗해졌으며, 이 정도는 치유되는 과정 중의 통증이었다. 스칼렛은 겨우 적시에 치료를 받았다. 의사가 진료를 시작했을 때는 완전 엉망이었다. 당시 손은 까맣고 욱신거렸으며, 황소개구리처럼 부어 있었다. 천만다행히도 칼이 힘줄을 자르지는 않았다. 조금만 더 옆으로 들어갔다면 손가락을 사용하지 못했을 거라고 의사가 말했다. 의사는 그 상태에서 스칼렛의 손을 소독하고 꿰맨 후, 돈을 받고 그녀를 보냈다.

의사가 바늘과 실로 상처를 꿰매는 동안 스칼렛은 앉아서 껌을 씹으며 그 모습을 지켜봤다. 곰곰이 생각했다. 이제야 머릿속이 명확해졌다. 그녀는 두 가지 주요 문제를 파악했고, 레클레이드를 떠나기 전에 해결해야 했다.

첫 번째 문제는 은행 돈이었고, 두 번째는 알버트 브라운이었다.

알버트…. 그는 지금까지 자신이 누구인지, 어떤 사람인지 밝히기를 애써 피해왔다. 하지만 분명히 뭔가 숨기고 있다. 폐허가 된 농가에서 일어났던 폭발을 떠올렸다. 추격대는 연기가 피어오르는 잔해에 매우 신중하게 접근했다. 대상이 평범한 소년이었다면 그러지 않았을 것이다. 그 멀리까지 야생 지대를 가로질러 쫓아오지도 않았을 테고. 알버트는 누군가에게 중요한 존재임이 틀림없었다. 그 점이 그를 가치 있게 만든 것이리라. 충분히 확인해 볼 필요가 있는 가정이었다. 어쨌든 알버트는 지금 그녀에게 큰 빚을 졌고, 무엇보다 가장 중요한 빚은 진실이었다. 빨리 그를 다시 만나 진실을 알아낼 것이다.

하지만 그 전에 첼트넘 은행 돈 문제를 해결해야 했다. 그게 바로 스칼렛이 토드 여관에 먼저 들러 형제단 사람을 기다리는 이유였다. 그녀는 비어 있는 바 너머를 주시하며 맥주를 한 모금 마시고 병을 내려놨다.

그때 한 남자가 바 뒤편의 커튼이 쳐진 공간을 지나 안으로 들어왔다.

스칼렛은 레클레이드의 손가락 형제단 대표가 어떤 생김새일지는 추측할 생각조차 하지 않았다. 그들은 온갖 모습과 다양한 형태로 나타났기 때문이다. 이번엔 남색 줄무늬 양복 차림에 어깨가 좁고 날씬한 젊은 남자였다. 깔끔한 갈색 머리가 목까지 길게 드리웠고, 얼굴은 너무 평범한 나머지 기억할 수도 없을 정도였다. 하지만 오히려 그런 평범한 모습이 역설적으로 보는 사람을 불안하게 만들었다.

그는 소리 없이 조용히 움직여 스칼렛의 테이블로 다가왔다. 남자는 스칼렛에게 고개를 끄덕인 후 의자를 꺼내 과장된 동작으로 앉더니, 양쪽 팔목의 소매 끝단을 정리했다. 그에게서 제비꽃과 계피 향이 났다.

"호출 키를 갖고 있다고 들었는데, 보여주겠소?" 남자가 말했다.

스칼렛이 주화를 들어 보였다.

"여기. 당신도 증표가 있을 거 같은데?"

"있지."

남자가 미소 지으며 왼손을 들어 올렸다. 새끼손가락이 잘린 뭉툭한 부분이 보였다.

"난 아이브스요. 어떻게 도와줄까?"

"좋아. 사업 문제로 긴급히 스토우의 손가락 형제단에 연락해야 해. 오늘 당장. 그럴 수단이 있지?" 스칼렛이 주화를 도로 넣으며 말했다.

"비둘기 메신저가 있소." 남자가 말했다. "그걸 준비할 수 있지, 오클리 씨. 제인 오클리 맞나?" 남자가 덧붙였다. "지금 내가 방금 언급한 사람을 만나는 영광과 특권을 누리고 있는 건가? 아니면 지금은 제니 블랙우드인가?"

그는 입가에 여전히 미소를 띤 채 옅은 회색 눈으로 스칼렛을 응시했다.

"당신에겐 꽤 많은 이름이 존재하지."

"맞아. 하지만 오늘은 앨리스 카듀야." 스칼렛이 무심하게 말했다.

"아, 그런가? 기억하기 어렵군. 이름도 많고 활약도 대단하고. 금고 열기, 금고실 침입, 은행 털기…. 카듀 씨는 레클레이드 일당 사이에서 꽤나 유명 인사지. 우리가 하는 일을 더 빠르고 더 월등하고 더 위풍당당하게 해내는 젊은 프리랜서니까." 남자의 눈이 가늘어지며 미소가 사라졌다. "하지만 최근 당신이 말썽꾸러기가 됐다는 소문이 돌더군. 선을 넘었다고. 죽여서는 안 될 사람들을 죽였고, 이제 피의 빚을 갚아야 한다던데. 이게 내가 들은 바요. 맞소?"

스칼렛이 남자의 시선을 받아치며 맥주를 한 모금 마셨다.

"비둘기 메신저가 필요해. 그게 다야."

"아니. 먼저 내 질문에 답해야지." 남자가 부드럽게 말했다. "질문이 하나 더 있소. 카듀 씨는 어제 첼트넘 은행을 털었어. 비둘기가 그 소식을 전해줬거든. 아주 좋은 일이야. 오늘 오후에 스토우에 있는 형제들에게 돈을 넘겨줄 예정이었으니까. 약속대로 말이야. 매우 쉽고 간단한 일이었지. 그런데 그 대신 이렇게 레클레이드에 나타났소. 왜지?"

"문제가 좀 생겼어. 방향을 틀었지."

"어떤 문제?"

스칼렛이 붕대 감은 손을 들어 보였다.

"상황이 어긋났어."

"그렇군. 그래도 물론 돈은 갖고 왔겠지?"

"아니."

남자의 몸이 굳었다.

"아니라고? 무슨 뜻이지?"

"나한테 돈이 없다고. 강에 뛰어들 때 잃어버렸어."

아이브스가 창백하고 가는 손으로 머리를 뒤로 쓸어 넘겼다. 손은 머리를 지나 목뒤까지 쓸었다. 그리고 휘파람을 불었다.

"당신이 어떤 이름을 쓰든 상관없이, 꽤 안 좋은 소식이군."

스칼렛에게도 안 좋은 소식이었지만 감정을 드러내지 않았다. 어깨를 으쓱하고는 신경 쓰지 않는 듯 무표정을 유지했다.

"그래서 내가 여기 왔잖아. 문제를 해결하러. 메시지를 보내야 해. 돈을 구할 방법은 찾을 거야. 문제없어."

아이브스의 침묵이 많은 의미를 전달했다. 그는 잠시 스칼렛을 바라보다 마침내 입을 열었다.

"문제는 소메스와 티치가 참을성이 없다는 거야…. 그들은 그들만의 기준이 있거든. 지난번에 거래를 어긴 프리랜서는 올빼미 먹이로 던져졌지."

"그래서 그들을 거스르지 않으려는 거야."

"그전의 프리랜서는 스토우 시장의 십자가 아래 산 채로 묻혔고."

"그랬지. 그래서…."

"내 기억이 맞다면, 또 그전 사람은 시체 조각만 발견…."

"이봐, 빌어먹을 메신저 새가 있어? 없어?"

스칼렛은 약간 평정심을 잃었다. 얼굴을 찌푸리고 욕설 상자에 동전을 넣으며 아이브스가 일어나는 걸 지켜봤다. 그는 침착하게 미소 지으며 따라오라고 손짓했다.

그들은 여관을 통과해 어두운 골목길로 나왔다. 한쪽 벽에 십여 개의 작은 철망 상자가 쌓여 있었다. 깃털 달린 형체들이 어두운 쇠창살 속에서 날갯짓하며 뛰어다녔다. 부드럽게 구구거리는 소리가 끊임없이 들렸다. 온통 회색으로 된 옷을 입은 어린 노예 소녀가 빈 상자를 문질러 닦고 있었다. 소녀는 아이브스를 보고는 솔을 던지고 일어나 민첩하게 인사했다.

"이 숙녀분이 메시지를 보내고 싶어 하신다. 준비할 수 있지?" 아이브스가 스칼렛을 향해 몸을 돌렸다. "카듀 씨에게 맡기도록 하겠소. 어떤 답변이 돌아올지 지켜보지. 하지만 내가 카듀 씨라면, 이 상황을 해결하기 위해 독창적인 방법을 찾을 거요. 당분간은 이 도시를 떠나지 마시오."

아이브스는 제비꽃과 계피 향을 풍기며 떠났다. 스칼렛은 비둘기 상자 옆 책상으로 갔다. 펜과 우편 용지를 집어 스토우에 있는 그들에게 상황을 설명했다. 편지를 접어 봉인한 후 돌돌 말아 작고 가는 플라스틱병에 넣고, 그 위에 신중하게 주소를 적었다.

그사이 노예 소녀는 가죽 장갑을 끼고 험악한 표정을 짓고 있는 거대한 비둘기 한 마리를 상자 밖으로 꺼냈다. 비둘기는 콘월 브롤러 종으로 지저분한 흰 깃털에 새빨간 눈동자를 갖고 있었다. 노란 부리에는 이빨 모양 금속 박차가 고정돼 있었다. 비행 안전을 위해 머리에는 철제 헬멧을, 다리 아래쪽에는 뾰족한 침이 달린 보호구를 착용했다. 비둘기는 그들을 향해 쉭쉭거리며 발톱을 휘둘렀다. 노예 소녀가 플라스틱 상자에서 꿈틀거리는 벌레를 꺼내 먹이자 이내 조용해졌다.

스칼렛이 플라스틱병을 건네자, 소녀가 비둘기 다리 버클에 병을 고정했다.

"이 비둘기 이름은 라키예요." 소녀가 말했다. "성질이 포악하고 사납지만, 열두 번의 공중전에서 모두 승리했죠. 항상 무사히 목적지에 도착했어요. 안전한 비행을 보장받도록 다리에 성스러운 부적을 달고 싶으신가요?"

"아니."

"이 도시의 멘토들이 축복한 부적이에요. 신앙의 집에 있는 우물에서 침례를 받았죠. 추가 비용은 얼마 안 들어요."

"안 해."

소녀가 고개를 끄덕였다. "대개 남자들이 사요. 바보 같은 짓이죠. 부적이 진짜 라키에게 영향을 미치는 줄 알아요. 좋아, 라키. 출발해."

소녀가 장갑 낀 손을 높이 올리고 사슬을 풀었다. 속박이 풀리자, 비둘기가 날아올랐다. 머리 바로 위를 지나는 새의 힘찬 날갯짓이 느껴졌다. 집들 사이로 재빠르게 비상하며 좌측으로 날아 지붕 너머로 사라졌다.

"스토우까지 시간이 얼마나 걸리지?" 스칼렛이 물었다.

"한 시간이요. 해 질 무렵에는 도착할 거예요."

스칼렛이 고개를 끄덕였다. "좋아. 답변이 오겠군. 내일 다시 올게." 그녀가 잠시 멈칫했다. "넌 이름이 뭐야?"

소녀는 그런 질문을 받자 놀란 듯 보였다.

"그레타요."

"그레타, 이건 네 거야."

스칼렛은 욕설 상자의 모서리 마개를 열고 동전을 한 움큼 꺼내 소녀에게 줬다.

"수고했어."

어리둥절해하며 바라보는 소녀를 거기 둔 채, 스칼렛은 배낭을 메고 다시 레클레이드 중심가로 향했다.

저녁 무렵 중심가에는 많은 사람들이 나와 있었다. 남자들은 밀짚 중산모에 양복을, 여자들은 예쁜 모자에 블라우스를 차려입고 거리를 오갔다. 신앙의 집의 대리석 계단에서 멘토들이 환한 미소를 지으며 지나가는 사람들을 지켜봤다. 벽에는 미소 짓는 부부와 멀쩡하게 생긴 아이들의 포스터가 붙어 있었다. 어떤 장애도, 어떤 결함도 보이지 않았다. 포스터는 미래의 부모들을 격려하는 동시에 유지돼야 할 가치 기준을 일깨워 주는 역할도 했다. 기준에 미달하는 아이들에게는 어떤 운명이 기다리는지 알려주는 포스터는 없었다. 이런 점이 바로 스칼렛이 도시를 혐오하는 근본적인 원인이었다. 그녀는 무표정한 얼굴로 침착하게 그 모든 것들 사이를 지나갔지만, 가슴속에는 희미해진 오랜 고통이 딱딱하게 굳어 있었다.

알버트를 찾으러 가기 전에 총포상에 들러 마지막 남은 지폐 몇 장으로 권총 탄약을 새로 샀다. 철물점에서는 날카로운 새 칼도 구매했다.

스칼렛은 조금 더 걷다 우연히 레클레이드 시립 은행을 지나가게 됐다. 은행은 대표적인 도시의 관광 명소였기에, 스칼렛은 관광객인 양 은행을 자세히 살펴볼 수 있었다. 건물은 견고해 보였다. 튼튼한 철문이 있고, 낮에는 가죽옷을 입고 총을 든 남자가 경비를 섰고, 밤에는 1층 통창 위로 금속 셔터가 내려오게 돼 있었다.

스칼렛은 옆 골목을 걸으며 은행 건물의 높은 층 창문을 흘끗 쳐다봤다. 벽면 여기저기 장식용 벽돌이 돌출돼 있었다. 다시 정문으로 돌아와 1층 로비에 슬쩍 들러 빈둥빈둥 안내 책자를 뒤적이며 주위를 살펴봤다. 은행원들은 두꺼운 유리벽 뒤에서 일했다. 두터운 문이 은행 내부로 출입하지 못하게 막았다. 유리벽 너머 계단이 보였는데, 직원들이 금속 상자를 들고 계단을 오르내렸다. 아마 지하 금고로 가는 듯했다. 애플비가 있던 첼트넘 은행과는 완전히 다른 시설로, 짜증 날 정도로 보안이 철저했다. 스칼렛은 안내 책자를 원래 선반에 되돌려 놨다. 입구에 서 있는 수염 난 남자에게 고개를 끄덕인 후 깊은 생각에 잠겨 계속 길을 걸었다.

중심가 끝에 다다르자, 트럭과 인력거가 모두 사라졌다. 교차로는 텅 빈 상태였고, 수로 관문도 닫혀 있었다. 해가 지고 있었다. 철창 감옥이 쇠기둥 사이에 조용히 매달려 있었다. 홀로 갇힌 죄수는 아까와 마찬가지로 미동도 없었다. 신앙의 집의 잔인하고 독단적인 법을 어긴 또 한 명의 불쌍한 사람이었다. 스칼렛은 정육점 앞 벤치에 도착했다. 그런데….

벤치가 비어 있었다. 알버트는 어디에도 보이지 않았다.

대체 왜 알버트가 가만히 약속을 지킬 거라고 기대했던 걸까? 알버트는 진짜 멍청이지 않나! 길을 잃었거나 강에 빠졌거나, 아니면 불빛이 예쁜 가게를 발견하고는 푹 빠졌을지 모를 일이었다. 혹은 그냥 스칼렛을 두고 떠난 걸지도…. 스칼렛은 마음속에서 가벼운 아픔을 느꼈다. 분명 실망은 아니었다! 그냥 화가 난 것뿐이었다.

뭐, 어쩌겠어? 알버트가 스칼렛의 삶에서 사라지기만 하면 모든 게 훨씬 간단해질 것이다. 사실, 좋은 기회였다. 최선의 방법은 그를 버리고 떠나는 거였다. 그래, 스칼렛은 딱 그럴 참이었다. 목욕하고,

음식을 먹고, 그동안 절실했던 휴식을 취하고. 괜히 주위를 서성이지 않을 것이다. 하지만 떠나기 전에 딱 한 번만 길을 둘러보고….

그때 아래쪽 다른 벤치에 앉아 있는 알버트 브라운을 발견했다. 등을 구부린 채 바지 주머니에 양손을 넣고 있었는데, 삐죽삐죽한 검은 머리카락이 눈썹 위로 축 처져 있었다. 얼굴 위로 이상하게 그림자가 져서 스칼렛의 기억보다 더 수척하고 거칠어 보였다. 마치 다른 사람 같았다. 그때 알버트가 고개를 들었다. 빛이 얼굴을 비추자, 그는 다시 친근하고 유쾌한 모습으로 돌아왔다.

"안녕, 스칼렛! 손은 좀 어때?"

"쓰려. 하지만 다 꿰맸어. 왜 이 벤치에 앉아 있는 거야? 저기 앉아 있기로 했잖아."

"알아. 하지만 정육점 근처에 있고 싶지 않았어. 저런 고기는 싫거든." 알버트는 피곤한 목소리에 움직임도 느렸다. "시간이 꽤 걸렸네. 지금까지 엄청나게 걱정하고 있었어."

"말한 대로 해 질 무렵에 왔잖아. 뭐 했어?"

"아, 그냥 여기저기 돌아다녔어. 쇼핑하러 가서 케이크랑 단것 좀 샀지. 예쁜 공원도 구경하고." 알버트는 손뼉을 치며 말했다. "그래도 스칼렛, 널 다시 보니까 너무 기뻐! 이제 잉글랜드 하트 여관으로 가야 해. 거기가 레클레이드에서 제일 좋대. 물론 밤에 천장을 누비며 투숙객 물건을 훔치는 부랑아들을 조심해야 한다지만."

스칼렛이 알버트를 쳐다봤다. 이번이 처음이 아니었다. 그와 함께 있으면 모든 상황이 계획을 벗어나 제멋대로 흘러가곤 했다.

"잠깐만. 아니, 여관 얘기는 뭐야? 난 여관 추천이 아니라 네 답변을 듣고 싶다고."

"물론이지. 하지만 먼저 목욕부터 하고 싶지 않아? 먹고, 잠도 자고, 옷도 빨고. 뭣보다, 어디에서 얘기를 나눌 건데? 길에서?" 알버트가 스칼렛을 보며 웃었다.

스칼렛이 불안하게 목덜미를 문질렀다. 해가 지고 밤을 배회하는 것보다 여관에 머무는 게 낫다는 건 분명했다. 게다가 도시 저 끝에서 소란스러운 소리가 들린 것 같았다. 중심가에서 비명과 고함이 났고, 누군가 뛰어가는 소리와 날카로운 민병대의 호각 소리까지…. 무슨 일이 발생한 것 같았다. 스칼렛은 문제에 휘말리고 싶지 않았다. 주저하는 동안, 알버트가 이전처럼 자신을 뚫어져라 바라보는 게 느껴졌다. 멍청하고 순수한 눈빛이지만 이상하게 선명하고 강렬했다. 그녀는 속으로 신음을 삼켰다. 어쨌든 그가 한 말 중 하나는 맞았다. 분명 여관을 찾을 필요가 있었다. 여관비가 여전히 문제이긴 했지만, 뭔가 방법이 생기겠지.

"좋아. 잉글랜드 하트 여관이 어디야?" 스칼렛이 퉁명스럽게 물었다.

알버트가 기뻐하며 웃었다. "고마워, 스칼렛. 내가 생각한 대로 말해줘서."

잉글랜드 하트는 하얗게 칠한 외관에 초가지붕을 얹은 커다란 여관으로, 레클레이드 공원에서 멀지 않은 조용한 골목에 자리 잡고 있었다. 토드 여관보다 훨씬 깨끗해 보였다. 한쪽에는 깔끔한 잔디 정원이 있고, 그 주위로 사과나무와 제라늄꽃이 경계선처럼 심겨 있었다. 밤이 되자, 발전기가 작동하면서 여관 간판 위로 전깃불이 깜빡였다. 간판에는 피처럼 붉은색 심장이 있는 카드가 그려져 있었다. 스칼렛의 방 창문으로 간판이 번쩍이는 걸 볼 수 있었다.

방은 소박했지만, 스칼렛의 요구 사항에 딱 맞았다. 침대, 옷장,

석고벽, 천장을 가로지르는 나무 들보, 아주 오래돼 보이는 짙은 녹색 벽지. 벽에는 금테 액자에 든 옛날식 판화들이 걸려 있었다. 웨섹스의 7대 불가사의인 스켈레톤 로드과 베리드 시티 등이 담긴 판화들이었다. 그녀는 공동 샤워실 열쇠를 받았다. 유사시 방 창문 바로 아래에 있는 현관 지붕을 통해 긴급 탈출도 가능했다. 늘 비상시를 대비하는 게 좋았다.

방을 두 개 빌렸는데, 여관 주인은 보증금도 많이 받지 않았고, 잔액을 지급할 능력이 있는지 증빙을 요구하지도 않았다. 돈이 없는 상황에서 운이 좋았다. 주인은 2층 방으로 안내했다. 버스에서 발견했을 당시처럼 허약하고 축 처진 알버트는 간신히 계단을 올라갔다. 그들은 두 시간 후 여관 1층 술집에서 만나기로 했다. 그는 스칼렛을 뒤에 남겨둔 채 비틀비틀 사라졌다.

스칼렛은 샤워하고 적당한 옷으로 갈아입었다. 나머지 옷은 여관에 세탁을 요청했다. 지쳐서 몸이 뻣뻣했지만, 기도 매트에 몸을 낮추고 지난 하루를 돌이켜 보려 노력했다. 쉽지 않은 일이었다. 두세 명이 죽고, 돈을 잃어버렸고, 형제단에 시간을 더 달라고 부탁해야 했다. 최고의 성과라고는 말할 수 없었다. 모든 게 알버트 때문이었다. 그는 명상 시간도 방해했다. 해결책에 생각을 집중하려 할 때마다 그를 둘러싼 위험과 의문점이 떠올랐기 때문이다. 그의 차분하고 맑은 얼굴도 생각났다.

결국 얼굴을 찌푸리며 명상을 포기했다. 공용 공간에서 들리는 사람들의 웃음소리가 바닥을 뚫고 방까지 울려 퍼졌으며, 담배와 맥주와 음식 냄새가 한데 어우러졌다. 특히 음식 냄새 때문에 명상에 집중하기 힘들었다. 스칼렛은 기도 매트를 벗어나 현실적인 문제로 눈을 돌렸다.

스칼렛은 배낭 안의 물건들을 쏟아냈다. 잃어버린 걸 확인하고, 젖은 물건을 밖에 걸어 말렸다. 부서진 버스에서 훔친 통조림과 손전등과 책은 방수 주머니에 담겨 있어 손상되지 않았다. 다행이었다. 내일 이 물건들을 팔 수 있을 것이다.

자물쇠 달린 작은 금속 가방이 여전히 배낭 뒤에 매달려 있었다. 어쩌면 돈이 될 만한 물건이 안에 있을 것이다.

스칼렛은 배낭에서 쇠지렛대를 꺼내 자물쇠를 끊고 강제로 금속 가방을 열었다. 문서나 펜, 사업 관련 서류가 나오길 기대하면서…. 가방 속 물건들은 누군가의 사업과 관련 있어 보이긴 했다. 침대에 앉아 놀란 눈으로 그것들을 바라봤다. 가방 안에는 깔끔하게 감긴 쇠사슬, 수갑, 구속용 철사 묶음이 있었다. 수면제가 들어 있는 플라스틱 통과 권총 총알도 두 줄 있었다. 또한 웨섹스, 머시아, 앵글리아를 운행하는 톰킨스 버스의 전체 시간표가 담긴 낡은 종이도 들어 있었다. 가장 이상한 건 가늘고 휘어진 금속 밴드였다. 밴드는 중간 부분이 접혀 있고, 양쪽 끝에 자물쇠와 클립이 달려 있어서 머리 크기의 타원형 고리를 만들 수 있었다. 스칼렛은 당황한 표정으로 금속 밴드를 바라봤다. 밴드는 다리 족쇄를 연상시켰다. 사슬과 수갑 옆에 있는 것으로 보아 밴드의 기능은 강제적인 구속에 있는 듯했다. 하지만 너무 가벼웠다. 이 밴드로 뭘 할 수 있는지 짐작이 가지 않았다.

마지막으로 가방 안에 종이 한 장이 접혀 있었다. 스칼렛은 제일 마지막으로 종이를 봤다. 종이를 집어 들고 펼쳐 봤다.

그리고 그대로 얼어붙었다.

종이에 흑백사진이 인쇄돼 있었다.

헝클어진 검은 머리의 소년.

클로즈업 사진으로, 머리에서 어깨까지 찍은 범죄자 수배 사진이었다. 웨섹스와 머시아 전역의 민병대 시설 밖에 붙어 있는 도망자들의 사진과 흡사했다. 하지만 덥수룩한 야만인이나 비겁해 보이는 양도둑도 아니고, 가랑이가 축 처진 바지를 입은 강도도 아니었다. 한 소년의 모습이었다. 바로 그 소년. 뾰족뾰족 솟아오른 바로 그 머리카락, 때려주고 싶게 생긴 바로 그 얼굴, 먼 곳을 바라보는 몽환적인 바로 그 큰 눈.

사진 밑에는 글도 적혀 있었다.

지명수배
생포 또는 사살 가능

알버트 브라운

최고위원회의 명령에 의거, 그가 저지른 범죄의 심각성과 과거 사건들의 성격을 고려하여 범죄자 알버트 브라운을 체포 또는 사살한 신앙의 집 요원에게는 상금이 지급된다.

(※상금은 증거 제출 시 지급되며, 다음 조건에 따라 결정됨: 생포-2만 파운드, 사살-1만 파운드)

스칼렛은 침대에 앉아, 외로운 전등 불빛 아래에서 손안의 종이를 천천히 기울였다. 몇 번이고 다시 종이에 써진 글을 자세히 읽었다. 그리고 수면제와 금속 밴드를 바라봤다. 피 묻은 버스 잔해 속에서 정확히 어느 지점에서 가방을 발견했는지 떠올려 봤다. 종이를 계속 기울이자, 종이 표면이 불빛에 반사됐다. 종이 속 얼굴에 때로는 그림자가 지고, 때로는 지지 않았다. 지난 이틀 동안 그녀 주위를 맴돈 바로 그 얼굴이었다. 다만 사진 속 알버트는 웃고 있지 않았다. 카메라를 응시하는 까만 두 눈에는 평상시의 미소가 전혀 담겨 있지 않았다.

12

땅거미가 지고 레클레이드에 어둠이 내려앉았다. 신앙의 집에 있
는 교회 첨탑과 이슬람 사원의 돔에서 종소리와 기도 알림이 울려 퍼
졌다. 잉글랜드 하트 여관 창문에 따뜻한 불빛이 비쳤고, 여관 1층의
술집은 저녁 손님들로 가득했다. 키 작은 소년 종업원이 맥주와 올리
브가 든 쟁반을 들고 손님 사이를 바쁘게 돌아다녔다. 주방에서 생선
튀김 냄새가 풍겨왔다.

8시 직전, 스칼렛이 술집에 들어와 구석진 곳에 자리를 잡았다.
알버트는 아직 오지 않았다.

민병대나 다른 위험인물이 있는지 훈련된 눈길로 실내를 훑어봤
지만 모두 괜찮아 보였다. 부두에서 온 상인과 어부들이 테이블에서
맥주를 마시거나 바 옆에 무리 지어 서 있을 뿐이었다. 젊은 여성 두
명은 도미노 게임을 하고 있었고, 다른 한 명은 구멍 자국이 많이 난
다트 판에 다트 핀을 던지고 있었다.

스칼렛 옆 테이블에는 노인과 여자아이가 식사 중이었다. 호기심
을 불러일으키는 조합이었다. 노인은 어두운 피부색에 희끗희끗한
머리카락이 산발이었고, 흰 피부에 배가 통통하게 튀어나온 어린아

이는 반항적인 표정을 짓고 있었다. 아이 앞에는 접시가 없었다. 아이는 입에 넣은 음식을 다 삼킬 때마다 노인을 열심히 쳐다봤다. 노인은 팔꿈치를 밖으로 내밀고 무표정한 얼굴로 스테이크를 잘랐다. 아이는 어쩔 수 없이 입을 벌리고 입속을 가리켰다. 그러면 노인이 감자칩이나 고기 조각을 포크로 집어 테이블 너머로 던지듯 줬다. 아이는 음식을 낚아채듯 물고는 부지런히 씹어 삼켰다. 이 과정이 계속 반복됐다. 스칼렛은 홀린 듯 그들을 바라보다가 문 근처에서 기척이 느껴져 시선을 돌렸다. 알버트가 들어왔다.

알버트는 환하게 웃으며 다가왔다. 팔을 너무 심하게 휘저으며 인사한 나머지 건장한 상인의 손에서 맥주잔을 떨어뜨릴 뻔했다. 허우적대며 앞으로 걷다가 소년 종업원과 충돌할 뻔하고, 도미노 게임 하는 여자의 발에 걸려 넘어질 뻔하기도 했다. 이리저리 사람들에 부딪히다 간신히 사고를 피하며 사과의 말을 중얼거렸다. 그렇게 위태로운 모습으로 스칼렛이 앉은 테이블에 간신히 도달했다.

알버트가 맞은편 자리에 주저앉았다.

"휴! 겨우 왔네. 스칼렛, 안녕. 잘 잤어? 난 푹 잤어. 행복하게 퍼진 통나무처럼 말야. 샤워를 하러 갔는데 문 잠그는 걸 깜빡했지 뭐야. 비누를 집으려고 몸을 구부린 사이에 어떤 여자가 들어와서는 깜짝 놀라더라. 그 여자를 진정시키려고 복도까지 따라갔는데, 그때에야 수건을 안 걸친 걸 알았어. 여자가 원숭이처럼 마구 소리 지르면서 방에 들어가더라고. 방문을 계속 두드렸는데도 밖으로 안 나왔어. 엄청난 저녁이었어. 음, 여기 멋지다. 좀 북적이긴 해도 너랑 같이 있을 때는 괜찮아. 우리 뭐 먹을까?"

알버트가 마침내 말을 끊고 숨을 쉬었다. 스칼렛은 그를 뚫어져라 바라봤다. 그리고 말없이 주머니에서 종이를 꺼내 테이블에 놨다.

알버트가 눈을 깜박거리며 종이를 봤다.

"어, 나네."

스칼렛은 아무 말도 하지 않았다.

"사진이 잘 안 나왔네. 어디서 났어?" 알버트가 덧붙여 물었다.

"버스에서 발견한 작은 금속 가방 안에서. 가방 기억하지? 네가 버스 승객의 물건이라고 했던 걸로 기억하는데. 그런데 그 승객이 너와 함께 여행 중이었다는 말은 안 했지."

할 말을 고민하느라 알버트가 눈동자를 이리저리 굴렸다.

알버트가 천천히 말하기 시작했다. "어, 정확히 말하자면, 함께는 아냐. 내가 먼저 탔고, 그 두 명은 다음 정류장에서 탔어. 내 근처에 앉더니 이것저것 질문하면서 말을 걸더라고. 솔직히 난 그 남자들이 별로였어. 어쨌든, 지금은 둘 다 죽었지만."

"맞아. 둘 다 죽었지. 알버트, 이 종이에 글이 몇 줄 쓰여 있어. 글 읽을 수 있어? 아니면 내가 대신 읽어줄까?"

알버트가 머뭇거렸다. "나도 읽을 줄 알아."

다 읽고 난 후, 알버트는 몸의 근육을 처음 사용해 지친 사람처럼 의자에 기대앉았다.

"글쎄…." 알버트가 입을 열었다.

"글쎄?"

"글쎄, 이 두 남자가 날 싫어하는 건 느꼈어. 이따금 날 엄청 이상한 표정으로 보는 걸 알아차렸거든."

"알버트, 그들은 널 죽이려고 했어! 아니면 생포해서 스톤무어인지 뭔지 네가 있던 곳으로 돌려보내거나! 둘은 신앙의 집 요원이라고! 얼마나 거친 작자들인지 알아? 대체 너 무슨 짓을 한 거야?"

알버트가 고개를 저었다. "아무것도. 난 아무것도 안 했어."

스칼렛이 알버트를 노려봤다. "그래, 그렇단 말이지." 그녀는 테이블 밑으로 손을 뻗었다. "좋아, 다른 방식으로 물어야겠네. 그럼 이건 뭔지 말할 수 있겠지."

스칼렛이 금속 밴드를 꺼냈다. 밴드는 여러 개의 고리가 연결돼 타원형을 이루고 있었다. 알버트의 입에서 짧게 헉하는 소리가 났다. 그는 두들겨 맞은 것처럼 몸을 움츠렸다.

"너무해. 그걸 보여주다니 나빠, 스칼렛. 나한테 그걸 쓰라고 하지 마. 아프단 말이야. 좋지 않아."

스칼렛이 몸을 굽히고 알버트의 팔목을 거칠게 쥐었다.

"난 이게 쓰는 거라고 말한 적 없어. 제길, 그런 거야? 머리에 쓰는 거냐고? 나도 알아야겠어. 핑계 대거나 거짓말하지 마. 이제 진짜 대답해야 할 때니까. 안 하면 밖으로 나가버릴 거야."

"그건 구속구야." 알버트의 목소리가 약해졌다. 스칼렛의 귀에 가까이 대고 속삭이듯 말했다. "정신 구속구."

"그래? 계속 말해봐. 무슨 역할을 하는데?" 스칼렛이 알버트를 가까이 끌어당겼다.

"안녕하세요! 잉글랜드 하트에 오신 걸 환영합니다!"

소년 종업원이 갑자기 테이블 옆에 나타났다. 매우 작고 말랐으며 털이 많았다. 나이를 가늠할 수 없는 외모였다.

"제가 두 연인에게 와인 한 병 갖다드려도 될까요? 배가 고프시면 커플 음식 세트도 있습니다. 템스강에서 갓 잡은 뱀장어를 요리해 하트 모양으로 꾸몄죠. 작은 포크도 두 개 드리니까, 두 분이 팔짱을 낀 채 서로 먹여줄 수도 있습니다."

종업원이 강조하듯 손가락을 두 번 튕기며 스칼렛에게 윙크했다.

"정말 아름답고 낭만적이죠. 자, 귀여운 아가씨, 뭘 주문하겠어요? 둘을 위한 뱀장어 요리와 와인?"

스칼렛의 표정이 일그러졌다. 알버트의 손목을 놓고 허리 벨트로 손을 가져갔다. 알버트는 종업원을 뚫어지게 바라보며 생각에 잠긴 듯 말했다.

"이 작은 아이가 밤에 천장을 타고 사람들 방에 침입해 귀중품을 훔치는 걸까?"

"아니길 바라. 난 잠귀가 밝거든. 잠을 방해받으면 이렇게 하곤 하지."

스칼렛은 벨트에서 단도를 꺼내 빙그르르 위로 던졌다가 공중에서 다시 낚아채더니 테이블에 내리꽂았다. 칼은 무시무시한 소리와 함께 테이블 깊숙이 박혔다.

종업원이 튀어나올 듯한 눈으로 아직도 떨리는 칼자루를 바라봤다.

"전 절대 아녜요."

"그렇다니 다행이네. 이제 내 말 잘 들어. 우린 와인 안 마셔. 엉터리 뱀장어도 필요 없고. 최고의 커피와 엄청 맛있는 피시앤칩스를 가져와. 지금 당장. 요금은 우리 방에 달아두고."

종업원은 올 때보다 더 빠른 속도로 사라졌다. 스칼렛은 시선을 알버트에게 돌리며 의미심장하게 단도를 두드렸다.

"이제 솔직해질 시간이야. 네가 누구고 뭘 하는지 말해. 어서."

스칼렛은 순간 알버트가 또 그녀를 속이고 시간을 지체할 거라고 생각했다. 그녀가 그랬듯, 알버트가 특이한 방식으로 스테이크를 먹고 있는 노인과 아이를 넋이 빠져 곁눈질했기 때문이다. 하지만 그는 곧 한숨을 내쉬고 스칼렛에게 다시 시선을 돌렸다.

"아까 말한 그대로야. 내가 기억하는 한 난 계속 스톤무어에 갇혀 있었어. 다른 사람들과 함께. 구속구는 우리를 조용히 시키는 데 쓰였지. 밤에는 수면제를 줬지만, 난 자기 싫었어. 손바닥에 약을 숨겨 마루 밑에 감춰놓곤 했지. 그러던 어느 날 밤, 탈출구를 발견했어. 다들 내가 잔다고 여길 때까지 기다렸다가 스톤무어를 빠져나왔어. 마을을 찾아 이틀이나 걸었지만 숲이랑 언덕밖에 안 보였지. 배가 무척 고팠어. 부엌에서 들고 나온 거라곤 빵 조각 하나뿐이었거든. 그러다 도로를 발견했고, 때마침 운 좋게 버스가 오고 있었어. 손을 흔들어 버스를 세우고 표를 샀지. 거기까지는 괜찮았어. 그런데….”

"잠깐, 뭘로 표를 산 거야? 갇혀 있었다며. 돈이 어디서 났지?”

잠시 주저하는 기색을 보이더니, 알버트가 말했다. "아, 스톤무어 어딘가에서 동전을 몇 개 주웠거든. 지금은 정확히 기억이 안 나. 아무튼 버스에 탔는데, 스톤무어와 칼로웨이 박사에게서 멀어진다니 정말 기분이 좋았어. 그런데 두 남자가 버스에 올라탔어. 승객들을 훑어보다가 날 발견하고는 천천히 다가와 내 양옆에 앉더라고. 내가 누군지, 통행 서류는 있는지 물었어. 솔직히 말해서 좀 불편했지.”

알버트의 이야기는 스칼렛의 양말보다도 구멍이 더 많았다. 그중 단 하나라도 진실이 있는지는 알 수 없었다. 스칼렛은 붕대 감은 손을 평평한 테이블 위에 올려놨다.

"그럼 버스는? 어떻게 추락시켰어? 거짓말할 생각 마. 네가 그랬다는 거 아니까.”

"추락하길 바란 건 아냐. 난 그냥 내리고 싶었어. 그런데 그 남자들이랑 말다툼이 벌어졌어. 엄청 소리 지르고, 소동이 일어났지. 모두 흥분했고, 나도 화가 났어. 운전사가 정신이 없어서 중요한 순간에 핸들을 제대로 조종 못 한 거 같아. 버스가 난간에 부딪혔고 도로 아래로 떨어졌어. 나머지는 너도 알잖아. 스칼렛, 왜 그렇게 무섭게 웃는 거야?"

"네가 여전히 진짜 중요한 말은 안 하니까. 그런 장소에 갇힌 이유가 있을 거잖아. 그들이 널 쫓는 이유. 머리에 금속 장치를 씌우고, 진정제를 먹이고, 그런 짓들을 네게 하는 이유 말이야. 이제 진짜 흥분되네. 이제 네 입에서 나올 말이 진짜 진실일 테니까." 스칼렛은 칼자루 위로 손을 스치며 덧붙였다. "… 그럴 거지?"

알버트가 잠시 망설이더니 말했다. "알았어. 맞아. 내게 어떤 능력이 있거든."

"좋아. 뭐야? 빨리 말해."

"말해줄게. 스칼렛, 널 믿고 존중하니까. 또, 말하지 않으면 정신을 잃을 정도로 맞을 거 같기도 하고."

"모두 맞는 말이야. 그래서?"

"난 다른 사람의 머릿속을 읽어."

스칼렛이 알버트를 빤히 응시했다. 갑자기 머릿속이 백지처럼 텅 비었다. 맞은편 어디에선가 웃음소리가 들렸다. 옆 테이블 아이가 입을 벌리고 감자칩을 낚아챘다. 말소리, 웃음소리, 유리잔과 포크가 부딪치는 소리 등 술집 안 모든 소리가 희미해지더니, 문득 목소리 하나가 말하는 게 들렸다. 바로 자신의 목소리였다.

"생각을 읽는다고?"

"응."

"누구든? 언제라도?"

"대부분 그래. 상황에 따라 다르지만."

"여기 있는 사람들 생각도 읽을 수 있어?"

"글쎄, 여긴 너무 시끄러워. 너무 뭐가 많아서 이미지를 분리하기 힘들어. 하지만 옆 테이블에 있는 노인이 지금 하는 생각은 알지. 그는 강 하류로 내려가는 이번 항해에 손님을 태우고 싶어 해. 아이는 마지막 스테이크 조각을 먹고 싶어 하고. 그 너머 테이블의 여자는 작은 타일로 하는 게임에서 이길 거라고 생각 중이야. 알았지?"

알버트가 스칼렛을 향해 어깨를 으쓱했다.

"그건 도미노 게임이라고 해." 스칼렛이 말했다. "그리고 아니. 잘 모르겠는데. 전혀 모르겠어. 진부 꾸며낸 걸 수도 있잖아."

알버트가 신중하게 고개를 끄덕였다. "아, 의심하는구나. 난 그것도 알 수 있지."

"그래! 방금 막 내가 말했으니까! 또 내가 입술을 삐죽거리고 손가락으로 테이블을 두드리는 것도 볼 수 있으니까! 네 능력을 지금보다는 더 잘 증명해야 할 거야."

"그래?" 알버트가 코를 긁적였다. "좋아. 스칼렛, 넌 지금 배가 고파. 피곤하고. 나 때문에 짜증이 났지. 이 정도면 됐어?"

"아니."

"그리고 레클레이드 시립 은행을 어떻게 털지 아직 확실한 방법을 못 찾았어. 위층 창문을 통해 침입할 순 있겠지만 지하에 수준 높은 보안장치가 있을 거야. 그게 뭔지 정보가 없는 상황에서 일을 벌이는 걸 걱정하고 있어. 특히 손이 아직 다 낫지 않은 상태에서. 하지만 돈을 못 구하면 그 험악한 빚쟁이들이 엄청나게 화를 내겠지. 게다가 우리 숙박료도 못 낼 테고." 알버트가 몸을 의자 뒤로 기댔다. "스칼렛, 지금 넌 완전히 충격받았어. 아, 저기 봐. 우리 음식이 나왔어."

알버트가 또 한 번 맞았다. 소년 종업원이 쟁반을 들고 북적북적한 손님들 사이를 빠져나왔다. 쟁반에는 커피 한 주전자와 피시앤칩스 두 접시가 있었다. 노랗게 잘 튀겨져 바삭바삭한 생선은 얇게 썬 감자칩과 완두콩 위에 놓여 있었다. 종업원은 스칼렛과 알버트 앞에 음식을 멋들어지게 놓고 테이블 주변을 서성거렸다. 얼굴이 창백했다.

"실례합니다, 선생님들. 혹시 한 말씀 드려도 될까요?"

스칼렛은 종업원에게로 주의를 돌리는 데 잠깐 시간이 걸렸다.

"뭐야?"

종업원이 망설였다. "말씀드려도 괜찮을까요? 칼이 다시 등장하는 건 원치 않습니다만."

"안 그럴 거야. 생선이 맛있어 보이네. 뭔데 그래? 지금 대화 중인데."

"방금 민병대가 와서 민팅 씨에게 말한 소식이 있어요. 제가 다니면서 그 소식을 모든 손님들께 전해야 해서요." 종업원이 목을 가다듬고 무력하게 그들을 바라봤다. "그게⋯ 오늘 밤은 숙소 밖으로 나가는 걸 조심하셔야 합니다. 살인사건이 발생했거든요. 야생 지대에서 짐승이 침입했을 수도 있어요. 오염된 자일 수도 있고요. 아무도 정확하게는 모릅니다."

"살인사건? 레클레이드에서?"

스칼렛이 의자에 기대어 종업원을 쳐다봤다. 테이블 맞은편에서 알버트는 열심히 음식을 구경하고 있었다. 그는 감자칩을 하나 집었다.

"민병대는 세 명이 죽었다고 추측하고 있습니다. 알아보기 힘들 정도로 시체가 조각조각 난 상태라⋯. 피해자들은 꽤 존경받던 시민으로, 노예 상인들입니다. 도시 한가운데서 이런 일이 일어나다니. 몸이 완전히 찢겼대요. 끔찍한 일이죠. 중심가를 봉쇄했지만 아무것도 발견하지 못했어요. 그 괴물이 어디서든 나타날 수 있다는 거죠. 저 밖에 있을 수도 있어요. 지금 이 순간 우리를 보고 있을 수도 있고요." 종업원이 창 너머의 깜깜한 정원을 가리키며 말했다. "어떻게 방어벽을 넘어왔는지는… 하늘만 알겠죠. 하지만 민팅 씨가 여관 술집에서 밤을 지새우고 싶은 사람은 누구나 환영이라고 했습니다. 전 이말을 모두에게 전해야 해요."

스칼렛이 고개를 끄덕였다. "고마워. 우린 방을 잡았지만, 그래도 조심할게."

종업원이 재빨리 물러나 노인과 아이에게 다가갔다. 스칼렛은 포크로 완두콩을 찌르고 있는 알버트를 봤다.

"이 초록색 좀 봐. 정말 예쁘지 않아?" 알버트가 말했다. "이제 먹어도 돼?"

"아니. 알버트, 너 어떻게…." 스칼렛이 목소리를 낮추고 몸을 기울였다. "어떻게 안 거야…. 은행에 대해서? 심지어 지금은 그 생각을 하지도 않았는데."

"지금은 아니지. 하지만 아까 했잖아. 벤치에서 만났을 때."

"그때 내 생각을 읽은 거야?"

"읽는다기보다 그냥 보는 거에 더 가까워. 말처럼 명확하거나 구체적인 건 아니고, 이미지를 보고 느끼지. 하지만 너무 빨리 지나가서 항상 완벽하게 볼 순 없어. 피곤하면 아무것도 안 보여. 누군가 화가 나거나 집요해질 때면 이미지가 생생하고 강하게 떠오르지. 스칼렛, 넌 자주 화내고 자주 집요해져." 알버트가 스칼렛을 보며 웃었다. "그래서 네 생각은 알기 쉬워."

스칼렛이 손등으로 입을 문질렀다.

"지금 내 머릿속을 읽고 있어?"

"안 그러려고 노력 중이야. 무례한 행동 같아서."

"젠장. 다른 건 뭘 봤어?"

"너? 별거 없어. 나쁜 것도 없었고. 걱정하지 마."

"그래."

"그냥 은행 강도 계획이랑 시체 몇 구. 그게 다야."

"그래, 아주 훌륭하네! 목소리 좀 낮출래?"

"그리고 날 노예로 팔 생각도 했었지. 그건 좀 별로였어."

알버트가 이 말을 덧붙이자, 스칼렛이 의자에서 벌떡 일어났다.

"그런 생각은 절대 안 했어!"

스칼렛은 얼굴이 빨개지는 걸 느꼈고, 무안함에 머리를 문질렀다.

"그래, 좋아. 어쩌면 잠깐 했을지도 모르지. 하지만 나쁜 생각은 아니었어. 안 지 얼마 안 됐을 때였잖아? 지금은 그런 생각 안 해."

"알아. 하지만 날 칼로웨이 박사에게 넘기고 빨리 돈을 구하려는 헛된 생각을 했을 수도 있지. 그건 좋은 생각이 아냐. 난 아주 불행해 질 거고 너도 슬퍼질 거야. 게다가 칼로웨이 박사가 널 죽일걸? 날 먼 저 죽이고 너도 죽일 거야. 우리의 좋은 협력 관계를 낭비하는 셈이 지. 그렇잖아?"

스칼렛은 알버트의 말을 전부 이해하기까지 잠시 시간이 걸렸다. 곧 혼란이 분노로 바뀌었다.

"협력 관계? 이걸 그렇게 부른다고? 이 관계에서 내가 얻는 이득 은 뭔데? 너 때문에 난 돈을 잃었어! 거의 죽을 뻔했고! 이 손은 또 어 떻고? 네 탓이잖아. 기억나지?"

"그래, 맞아. 미안해. 내가 목숨을 빚졌다는 거 알아. 꼭 갚고 싶어. 근데 이제 너만 괜찮다면… 정말 감자칩을 하나 먹어보고 싶은데." 알버트가 크고 검은 눈으로 바라봤다.

알버트가 식사를 시작했을 때, 스칼렛은 굳은 표정으로 꼼짝하 지 않고 앉아 있었다. 그는 감자칩을 마요네즈에 푹 찍더니 금을 캐 는 광산업자처럼 집요한 시선으로 관찰했다. 감자칩을 입에 넣자 알버트의 얼굴 가득 완벽하게 만족스러운 웃음이 퍼졌다. 스칼렛은 그 모습을 지켜봤다. 몸에 비해 너무 큰 스웨터를 입은 남루하고 깡마른 소년. 특별한 능력을 지닌 소년. 그가 스칼렛의 마음을 열고 아무렇지 않게 안을 들여다보는 모습을 상상했다. 그 순간 스칼렛은 섬뜩하고 소름이 끼쳤다.

"맞아, 스칼렛. 어째선지 사람들을 무섭게 하지." 알버트가 완두콩을 한입 입에 넣었다.

스칼렛이 몸을 부르르 떨었다.

"진짜 끔찍하네. 내겐 그 능력 쓰지 마."

"미안."

"스톤무어에 있는 다른 사람들도 그런 능력이 있어?"

"응. 비슷한 뭔가 있어." 알버트는 테이블 가장자리에 놓여 있는 정신 구속구를 가리켰다. "칼로웨이 박사님은 늘 우리를 위험한 존재라고 했어. 대부분 저걸 쓰고 있어야 했지. 금속 장치가, 뭐랄까, 머릿속 이미지를 들여다보는 걸 방해해. 차단하는 거 같아. 박사님은 내가 머릿속을 보는 걸 싫어했어. 사악한 행동이라고 했지. 내가 보면 화를 냈어."

"박사가 신앙의 집을 위해 일한다면 당연한 거야."

스칼렛이 술집 안의 왁자지껄한 남녀 무리를 훑어봤다. 입을 벌리고 깔깔 웃는 사람들, 그들의 입술과 이빨, 전등 아래 붉게 달아오른 얼굴들. 비정상인도 돌연변이도 없었다. 그들이 알버트에 대해 알면, 그는 이곳을 살아서 빠져나갈 수 없을 것이다.

"알버트, 내 말 잘 들어. 널 뒤쫓는 사람들 말이야. 최고위원회는 일곱 왕국에 있는 모든 신앙의 집을 관리해. 도시는 각 지역 지배 가문이 다스리지만, 건강한 사람에 대한 정의를 내리고 법을 세우는 건 최고위원회야. 몸에 모반이 있거나, 손가락이 다섯 개 이상이거나…
이런 유전적 특이점은 환영받지 못해. 너 같은 돌연변이는… 음, 솔
직히 말해서 그들이 널 진작 죽이지 않은 게 놀라워. 물론 나쁜 뜻으
로 하는 말은 아냐."

"괜찮아." 알버트는 노릇한 생선튀김을 먹고 있었다.

"알버트, 난 신앙의 집에 대한 감정이 별로 안 좋아. 사실, 증오할
만한 이유가 있지. 그러니 신앙의 집을 화나게 하거나 짜증 나게 하
는 사람이라면 누구든 괜찮아. 그렇기 때문에 당장 널 그들에게 넘기
고 기쁜 마음으로 보상금을 받을 생각은 없어…. 그렇다고 네 문제에
휘말리고 싶단 건 아냐. 넌 나도 위험에 빠뜨렸으니까. 게다가 아직도
네가 진짜 어떤 존재인지 솔직하게 다 말했다는 생각이 안 들거든."

알버트는 고개를 끄덕인 후 접시를 옆으로 밀었다.

"알았어. 그럼 다른 사실도 알려줄게. 난 런던에 가고 싶어."

"런던이라고?"

"응. 진심이야."

알버트의 얼굴은 마치 케첩을 달라고 부탁하는 것처럼 평온했다.

"이미 말했잖아. 런던은 사라지고 없다고. 오래전에 가라앉았어.
지금은 존재하지 않아."

"하지만 그곳에 섬들이 있다고…."

"아니. 난 이미 그쪽까지 가봤어. 앵글리아와 머시아까지 고속도
로를 이용한 후, 템스강이 석호로 흘러드는 강어귀까지 갔었지. 하지
만 아무것도 없었어. 거대한 폐허 빌딩 몇 개가 물 위에 튀어나와 있
을 뿐이야. 아, 바닷새와 소용돌이와 폭풍도 있지. 그리고 아침 식사
로 배 반 척을 한입에 삼키는 거대 물고기도 있고. 정말 최악의 장소
야. 누가 봐도 영국 지역에서 최악의 장소라 할 만해. 대체 넌 왜 그런

곳에 가고 싶은 거야?"

"그곳에 공동체가 있거든." 알버트가 말했다. "나 같은 사람들이 모여 사는 곳이래. 웨섹스의 일부가 아니라, 뭐였지…. 앵글리아랬나?"

"앵글리아, 머시아…. 하지만 알버트, 그건 말도 안 돼. 거긴 어떤 공동체도 없었어. 폐허가 된 빌딩들이랑 석호 주변에 사는 미친 어부들뿐이었다고. 그런 헛소리는 어디서 들었어?"

"거길 '자유의 섬'이라고 불렀어. 그곳 섬들은 어떤 사람이든, 어떤 능력이 있든 제한 없이 누구나 환영한대. 특이한… 사람이라도. 어딘가 남들과 다른 사람 말이야. 도시와 다르게. 스톤무어와는 더더욱 다르게." 알버트가 애처로운 표정을 지었다. "거기라면 안전할 거야. 스톤무어에서 아주 멀어질 테니까…."

"그래, 멀어지겠지. 그건 확실해. 하지만 '자유의 섬'이라니…. 아니. 난 들어본 적도…."

"어쨌든, 내가 바라는 건 그거야. 스칼렛, 넌 어때? 이제 나에 대해 많이 알았잖아. 너에 대한 얘기는 뭐야? 감자칩 하나 먹고 전부 말해줘."

스칼렛이 알버트를 쳐다봤다. "난 얘기할 거 없어. 감자칩도 먹고 싶지 않고."

"빚쟁이들은 누구야?"

"무슨 상관인데? 그냥 지역 사업가들이야."

"범죄자?"

"그렇게 생각하던가."

"하지만 너도 범죄자잖아. 서로 관계가 좋을 거 같은데."

"아, 위대한 싯다르타여! 알버트! 세상은 그렇게 돌아가지 않아."

스칼렛은 불만스러운 표정으로 의자에 기대앉았다. 어차피 알버트에게 말해도 상관없을 것이다. 그녀가 모르는 사이에 그가 이미 절반은 '읽었을' 테니까.

"손가락 형제단이라고 스토우라는 도시에 있는 조직이지. 웨섹스와 머시아 전역에 걸쳐 조직적으로 특수한… 활동을 해. 그들은 나 같은 프리랜서를 반기지 않아. 내가 형제단의 영역을 좀 침범했거든. 형제단이 원치 않는 곳을 털고, 형제들 몇 명을 죽였어. 별건 아녔어…. 하지만 형제단을 꽤 신경 쓰이게 한 거 같아."

스칼렛은 커피 주전자를 들고 자기 컵에 커피를 따랐다.

"보상을 요구하더라고. 아니면 내가 곤란해질 거라고. 물론 혼자 해결할 수도 있지만, 그냥 돈으로 해결하고 싶었어. 그게 더 쉬우니까. 이게 다야."

스칼렛이 고개를 흔들며 커피를 한 모금 마셨다.

"너한테 왜 이런 얘기를 하는지 모르겠다."

"난 알지."

알버트가 갑자기 환한 미소를 지었다. 미소 속 힘과 확신은 스칼렛을 놀라게 했다.

"내가 널 도와줄 수 있어. 스칼렛, 지금까지 날 도와준 걸 열 배로 보답할게…."

알버트가 몸을 가까이 숙이더니 갑자기 교활하고 은밀한 표정을 지었다.

"레클레이드 시립 은행… 말하는 거야."

"맙소사. 알버트, 제발 좀 조용히 말해."

스칼렛이 주위를 둘러봤지만 근처에는 아무도 없었다. 옆 테이블의 노인은 식사를 마치고 아이 손을 잡고 나가고 있었다.

"무슨 헛소리야? 넌 날 도와줄 수 없어."

알버트의 까만 눈이 흥분으로 빛났다. "도울 수 있어. 스칼렛, 네가 침입하는 걸 도와줄게."

알버트의 황당한 생각에 스칼렛은 평소 같지 않게 웃음을 터뜨렸다. 정말 오랜만에 웃는 거였다.

"알버트, 은행에 대해 알려줄게. 큰 은행은 모두 보안장치를 갖추고 있어. 덫, 올가미, 함정, 폭발하는 가짜 금고까지. 그걸 모두 통과하려면 힘과 민첩성, 거기에 똑똑한 머리까지 있어야 해."

스칼렛이 감자칩을 집으며 웃었다.

"오해하지 말고 들어. 그 특별한 능력을 빼면, 넌 쓸모가 없어. 이 술집 안을 가로질러 여기까지 오는 데만도 연신 비틀거리면서 겨우겨우 왔잖아. 내 일을 도와주기는커녕 넘어져서 경보장치만 울릴 거야."

알버트가 고개를 끄덕였다. "그럴 수도 있겠지. 레클레이드 시립 은행에는 어떤 보안장치가 있어?"

"그게 문제지. 아직 모르거든."

"어떻게 알아낼 생각이야?"

"알아내지 못할 수도 있어. 그럼 더 위험한 모험이 되겠지."

"좋아. 그럼 내가 그 은행의 비밀 보안장치를 모두 알고 있다고 하면?"

스칼렛이 알버트를 뚫어져라 바라봤다. "무슨 뜻이야?"

"거기서 창구 직원으로 근무했던 노부인과 얘기를 나눴다는 뜻이지. 훌륭한 숙녀였어. 소화 문제로 고생하고 있긴 했지만. 은행 보안장치에 대해 전부 알고 있던걸. 금고 열쇠가 어디 숨겨져 있는지 알아. 그 사람들이 금고를 지키는 방식도 알고."

알버트가 미소 지었다.

"그 여자가 말해줬어?"

"그렇다고 볼 수 있지. 충분히 확신할 만한 머릿속 이미지를 봤거든."

스칼렛이 혀끝으로 입술을 핥았다. 자신도 모르게 심장박동이 빨라졌다. 그녀는 뜨거운 커피잔을 너무 꽉 쥐고 있다는 걸 깨달았다. 손가락이 화끈거려서 잔을 내려놨다.

"뭘 제안하려는 거야?"

"일종의 거래라고 생각해. 돈 꺼내 오는 걸 도와줄게. 전보다 더 많이 가져올 수 있을 거야. 대신 날 런던 석호에 있는 자유의 섬까지 가는 배에 태워주고 뱃삯만 내줘. 다른 조건은 없어. 이게 내 제안이야."

알버트는 다시 음식을 먹기 시작했다. 스칼렛이 그를 바라봤다. 버스에서 처음 직감했던 대로 미친놈이 분명했다. 알버트의 제안도 미친 짓이었다. 물론, 알버트를 강 하류로 데려다줄 사람을 고용할 수 있을 것이다. 어부나 상인 같은 사람을 고용하면 된다. 하지만 왜 이 이상하고 미친 소년이 말도 안 되는 꿈을 이루도록 도와줘야 하는 거지?

"왜냐하면 뭣보다 넌 열쇠를 결코 못 찾을 테니까." 알버트가 말했다.

스칼렛이 눈을 깜박였다. "내 생각 엿보지 마."

스칼렛은 커피를 한 모금 마시며 실내를 흘끔거렸다. 보호구를 착용한 메신저 비둘기가 지금쯤 스토우에 도착했을 것이다. 이제 손가락 형제단은 그녀가 돈을 잃었다는 사실을 알았겠지….

스칼렛이 결국 입을 열었다. "그래서 은행에 대체 뭐가 있는데?

사람 잡는 함정이나 별도의 경비 초소 같은 거?"

알버트가 고개를 저었다. "은행 안에? 그런 건 아냐. 훨씬 심각한 거지."

알버트가 케첩 쪽으로 몸을 기울이며 연극적인 과장된 톤으로 속삭였다. 다른 때였다면 한 대 때려주고 싶었을 것이다.

"돈은 모두 금고에 숨겨져 있어. 금고는 지하에 있지. 그리고 지하에는…."

알버트의 눈이 반짝였고, 목소리는 거의 들리지 않을 만큼 작아졌다. "지하에는 짐승이 있어."

스칼렛이 멍하니 바라봤다. "짐승?"

"더 말하기 전에 먼저 계약 조건을 정해야 할 거 같은데." 알버트가 말했다. 순진하게 묻는 듯한 미소를 지었다. "우리, 거래 성립인 거지?"

스칼렛이 얼굴을 찌푸린 채 포크를 집었다. 갑자기 배가 무척 고프다는 사실을 깨달았다.

"뭘 물어? 넌 이미 답을 알잖아."

13

알버트의 난생 첫 은행 강도 건은 시작부터 기대와 아주 달랐다. 운동선수처럼 멋있게, 심지어 영화처럼 스릴 넘치게 은행에 잠입하는 백일몽을 한가롭게 꿈꿨다. 고양이처럼 지붕을 날쌔게 가로지른 후, 채광창을 통해 은행에 들어가 바로 금고 앞까지 밧줄을 타고 부드럽게 내려가는 자기 모습을.

하지만 현실의 알버트는 춥고 더러운 뒷골목 웅덩이 속에서 이십 분간 냄새나는 생고기 꾸러미를 들고 서 있어야 했다.

"스칼렛, 정말 이게 필요한 거야?" 알버트가 잠깐 말을 멈추고 숨을 한번 몰아쉰 후 말했다. "왜 창문으로 올라가지 않는 거야."

스칼렛의 얼굴 일부가 어둠 속에서 창백한 초승달처럼 보였다. 그녀는 알버트 옆에서 벽에 몸을 바싹 붙인 채 몇 걸음 떨어진 중심가의 환하고 넓은 아스팔트 길을 바라보고 있었다.

"말했잖아. 민병대 순찰병이 지나갈 때까지 기다려야 한다고. 조용히 좀 해. 그 고기 좀 내 옆에서 치우고."

"냄새가 너무 역겹지 않아? 왜 내가 이걸 들고 있어야 해?"

"그게 네 역할이니까. 네가 계속 말했잖아. 우린 파트너라고. 각자 능력에 맞는 일을 담당하는 거지. 네 역할은 동물 내장을 들고 있는 거야, 친구 씨. 쉿, 이제 진짜 조용히 해! 민병대가 왔어."

실제로 알버트는 중산모를 쓴 두 남자가 지나가는 걸 봤다. 손전등 빛이 골목길을 따라 잠시 스쳤지만, 스칼렛과 알버트는 움푹 들어간 벽 사이에 바짝 숨어 있어서 눈에 띄지 않았다.

발소리가 점점 멀어졌다. 스칼렛은 조심스레 밝은 쪽으로 가서 손목시계를 흘끗 봤다.

"좋아. 일정표대로 딱 맞춰 움직이는군. 멍청하고 꽉 막힌 도시 놈들 같으니. 삼십 분 안에는 다시 오지 않을 거야. 그때쯤 우리는 탈출해서 사라졌을 테고. 빨리 와. 네 위치로 가자."

스칼렛은 아주 조용히 길모퉁이로 다가갔다. 알버트는 다소 느리게 뒤를 쫓아갔다. 작지만 무거운 가방 때문에 그의 걸음이 느렸다. 두 사람은 골목길 밖을 살펴봤다.

불 켜진 가로등이 양쪽 길에 줄지어 빛났다. 불빛은 멀리 발전기의 파동에 따라 가늘게 떨리고 있었다. 프림로즈 공원 건너편에는 기름등이 나무에 매달려 있었다. 육지 관문으로 향하는 민병대의 모습이 희미해졌다. 그 외의 중심가는 조용했고, 주변 마을은 잠들어 있었다. 레클레이드 시립 은행은 난공불락의 엄숙한 모습으로 레클레이드의 풍경을 지배했다. 육중한 기둥이 받치고 있는 은행 현관 지붕은 밤하늘을 향해 우뚝 솟아 있었다.

모퉁이 바로 앞에 창문이 하나 있었다. 창문은 밤에만 내려오는 야간 철제 셔터 뒤에 가려져 있었다. 스칼렛은 그 옆에 섰다. 온통 검은색 옷차림이었으며, 가방 깊숙한 곳에서 꺼낸 얇은 운동화의 밑창마저 검은색이었다. 한 손에는 검은 장갑을 꼈고, 다른 손에는 흰 붕대가 감겨 있었다. 어깨에는 가벼운 천 가방 하나만 둘러멨고, 총을 찬 벨트 위로 고리와 주머니가 여러 개 달린 벨트를 하나 더 찼다. 옆 구리에는 금고 털이 도구들이 달려 있었다.

"알버트, 넌 여기서 기다려. 준비됐지?"

"그런 거 같아…."

이제 막상 실행할 때가 되니, 알버트는 혼자 남는다는 계획이 마음에 들지 않았다.

알버트가 손안의 고기 꾸러미를 바라보며 말했다. "내장에서 뭔가 뚝뚝 흘러내려."

"안 그래. 하지만 혹시 흘러내리면 내려놔."

"분명 이 근처에 늑대가 있을 거야. 그것도 아주 사나운 놈 말이야. 냄새에 이끌려 여기로 오겠지. 네가 다시 창문을 열고 나오면 내가 사라지고 없을걸? 운동화만 남아 있을 거야. 내 작은 발이 운동화 안에 남아 있겠지…."

"레클레이드에는 늑대가 없어. 그래도 혹시 나타난다면, 널 잊지 않도록 할게. 기념으로 네 발을 간직해 주지. 어라, 그렇게 서글픈 표정 짓지 마. 네가 자발적으로 이 강도 건에 가담한 거잖아. 기억하지? 그냥 기다리기만 해. 오 분 안에 끝날 거야."

머리 뒤로 단단히 묶은 머리카락, 빛나는 피부, 활기차고 자신감 넘치는 모습. 이처럼 당당하게 옆에 서 있는 스칼렛을 보면 그녀를 쉽사리 믿을 수밖에 없었다. 스칼렛의 생각들이 그 어느 때보다 선명하고 생생하게 머리 위에서 반짝거렸다. 어떻게 벽을 타고 은행 내부로 잠입해 그를 데리러 올지 보여주면서…. 스칼렛은 본인의 재능을 절대적으로 믿었다. 그 믿음은 알버트 역시 그녀를 믿게 했다.

"알았어." 알버트가 말했다. "준비됐어."

"좋아. 너무 긴장하지 마. 누가 오면 지나갈 때까지 골목에 다시 숨어 있으면 돼."

"응."

"그게 네가 겪을 가능성 있는 유일한 위험이야."

"응."

"가방은 건드리지 마. 젤리그나이트 폭약이 들어 있어. 폭약이 터지면, 네 머리가 지붕 너머로 날아가 굴뚝 사이에서 이리저리 부딪힐 거야." 스칼렛이 가볍게 손을 흔들었다. "오 분 후에 보자."

알버트는 배낭이 벽에 스치지 않도록 조금씩 앞으로 움직였다.

"스칼렛, 빨리 돌아와."

알버트는 위험한 모험에 함께 뛰어들기 전에 스칼렛에게 행운을 빌어주고, 친구나 동료 사이에 나눌 법한 말을 더 하고 싶었다. 하지만 스칼렛은 이미 골목의 그림자 속으로 사라져 버렸다. 알버트는 길모퉁이로 다가가, 은행 맞은편 건물 벽의 배수관까지 6미터 거리를 획획 가볍게 움직이는 소녀의 형상을 지켜봤다. 어둠 속에서 마치 하나의 점처럼 보였다. 스칼렛은 눈 깜빡할 사이에 위로 올라갔다. 몸을 구부렸다 흔들더니 순식간에 평평한 1층 지붕 너머로 사라졌다. 알버트는 머릿속으로 천천히 숫자를 세면서 기다렸다···. 잠시 후, 스칼렛을 보고 심장이 미친 듯이 두근거렸다! 그녀가 맞은편 건물의 지붕 가장자리에 다시 나타나더니 넓은 골목길을 활처럼 가로지르며 날았다.

쿵 소리와 함께 숨죽인 욕설을 내뱉은 스칼렛은 은행 측벽의 수직면에 착지했다. 분명 떨어질 것 같았는데, 아니었다! 멀쩡했다! 스칼렛의 계산이 정확했다. 그녀는 벽면의 첫 번째 장식용 돌출부에 도달했다. 손가락으로 돌로 만든 돌출부를 꽉 움켜쥐었다. 온몸의 근육이 팽팽해지도록 힘을 줘 벽에 붙은 자세를 유지했다. 잠깐 다리가 공중에서 버둥거리며 신발 바닥이 벽을 긁었다. 그녀는 균형을 잡은

173

후 숨을 돌리기 위해 잠깐 멈췄다가 다음 돌출부를 향해 손을 뻗었다. 이제 발도 균형 잡힌 자세를 취했다. 그리고 다시 한 팔 한 팔 뻗으며 점점 위로 올라갔다. 알버트는 그녀가 한 발 한 발 안전하게 올라가길 기도했다.

알버트 곁을 떠난 지 이 분도 채 안 돼 스칼렛은 벽을 다 올랐다. 알버트는 은행의 3층 창턱에 웅크린 그녀를 봤다. 스칼렛은 벨트로 손을 뻗었다. 아마 유리 자르는 칼을 꺼내려는 것 같았다. 어떻게 저렇게 균형을 잘 잡을 수 있는 거지? 와, 결국 칼을 찾았네! 이제 스칼렛은 몸을 기울여 창문 안으로 들어가며 알버트의 시야에서 사라졌다.

알버트는 감탄하며 지정된 위치로 돌아갔다. 스칼렛의 움직임은 아주 강인하고 우아하며 확신에 차 있었다. 더욱 놀라운 건 그녀가 생각하고 의도한 대로 몸이 따라준다는 점이었다. 보기에 아름다운 광경이었다.

스칼렛이 얼른 내려와 1층 창문을 열고 들어갈 수 있게 해주면 좋을 텐데.

알버트는 고요한 거리에 귀를 기울이며 서 있었다. 길 건너편, 노부인과 이야기를 나눴던 공원의 나무들은 은은한 등불에 부드럽게 그려진 선처럼 보였다. 우연히 나눈 대화에서 알버트의 대단한 아이디어가 싹튼 지 사흘이 지났다. 사흘 동안 스칼렛은 은행 강도 일을 함께하려는 그에게 여러 이유를 들어 반대했다.

하지만 결국 상황이 스칼렛을 궁지로 몰았다. 시간이 부족했기 때문이다.

레클레이드에 머무는 동안, 알버트는 스칼렛의 위험하고 아슬아슬한 삶을 엿볼 수 있었다. 둘이 거래를 맺은 바로 다음 날 아침, 그녀는 혼자 나가 몇 시간 동안 사라졌다. 여관에 돌아왔을 때는 창백하고 멍한 상태였다. 손에는 종이쪽지 하나가 들려 있었다.

"이건 손가락 형제단으로부터 온 메시지야." 스칼렛이 말했다.

쪽지에는 빨간 잉크로 글이 적혀 있었다. 깔끔하고 화려한 필체로, 매우 장식적이고 둥글린 글씨체였다. 쫙 펼쳐진 손바닥 도장이 찍혀 있었는데, 새끼손가락은 밑동부터 잘려나가고 없었다.

네 보잘것없는 목숨을 돈과 맞바꾸겠다는 호의를 장담해 놓고,
계획이 실패하자 뻔뻔하게 우리에게 자비를 요구하지 말도록.
진짜 마지막으로 딱 한 번만 더 자비를 베풀어주겠다.
새로운 기한을 정했으니, 나흘 후 자정까지 레콘에이드 지부의
아이브스에게 돈을 건네라. 기한을 맞추지 못하면
어떤 결말을 맞이할지 알고 있겠지.

"'어떤 결말'인지 묻지 마." 스칼렛이 어두운 목소리로 덧붙였다. "알고 싶지 않을 거야."

"나도 절대 알고 싶지 않지. 근데 형제단이 정말 자기들이 키우는 부엉이에게 사람을 먹이로 줘?" 알버트가 쪽지를 돌려주며 물었다.

스칼렛이 얼굴을 찡그렸다. "제길, 내 머릿속 좀 그만 엿볼래? 그래, 그놈들은 진짜 그렇게 해." 그녀가 종이를 구겨 옆으로 던졌다. "이제 빨리 은행 일에 착수해야 해."

실제로 죽음과 신체 절단의 위협은 스칼렛에게 강한 자극제가 됐다. 알버트는 그녀를 따라잡으려 힘들게 발버둥 치는 한편, 감탄할 수밖에 없었다. 스칼렛은 절망에 빠져 있기는커녕 회오리바람처럼 활동적으로 움직였다. 다친 손은 완전히 잊었고, 온몸에 에너지가 넘

쳤다. 이후 이틀 동안 강도 높은 준비 과정이 이어졌다.

우선, 스칼렛은 레클레이드 시장에 가서 즉시 현금을 마련했다. 배낭 속에 있던 물건 몇 가지를 처분했다. 책 두 권, 성물 네 개, 심지어 신앙의 집 요원의 가방에서 나온 쇠사슬과 수갑까지 팔았다. 모두 합쳐 꽤 괜찮은 가격을 받았다. 금속 가방은 자물쇠가 부서졌지만, 그래도 노점 상인에게 동전 몇 개를 받을 수 있었다. 알버트는 악마 같은 정신 구속구를 처분하지 않았다는 사실을 알았지만, 그걸로 뭘 했는지는 볼 수 없었다.

다음으로, 스칼렛은 직접 나서서 은행 정보를 수집했다. 은행 로비와 길 건너편 카페에서 출입문과 자물쇠 위치, 은행원들의 근무 일과와 민병대 순찰 시간 등을 자세히 관찰했다.

"물론 네 정보원이 있지. 하지만 나도 나만의 정보가 필요해. 큰 그림을 볼 수 있어야 하거든. 은행이 도시 전체와 어떤 연관성이 있는지 알아야 해. 완벽하게 훔친 후 길에 나서자마자 순찰대에 붙잡히면 아무 의미가 없잖아? 도시가 어떻게 돌아가는지 알아야지."

스칼렛은 도시를 가로지르는 가장 빠르고 은밀한 최적의 루트를 찾기 위해 레클레이드의 모든 골목길과 도로를 치밀하게 공부했다. 특히 부두로 가는 길에 관심을 많이 쏟았다. 저녁 시간대 수로 관문의 경비 일정을 관찰하고, 부두가 조용해지면 경비 초소가 비는 걸 확인했다.

모든 일이 순조롭게 진행되면, 은행을 턴 후 부두로 향하게 될 것이다.

"돈을 빼낸 즉시 가장 먼저 할 일은 손가락 형제단에 돈을 갖다주고 빚을 갚는 거야. 그다음, 도시를 떠나야지. 아침에 은행 돈이 없어진 걸 발견하는 즉시 바로 관문이 닫힐 거야. 그때쯤엔 멀리 도망가 있어야 해. 그 시점부터 런던으로 향하는 네 미친 계획이 시작되는 거지. 빠른 배를 가진 사람을 고용해서 한밤중에 떠날 거야. 난 다음 강가 도시까지만 함께 갈게. 그다음부터는 난 빠질 거야. 너 혼자 가면 돼.”

스칼렛 없이 혼자 간다고 생각하자, 알버트는 우울한 기분이 들었다. 하지만 어쩔 수 없었다. 그는 계속 가야만 했다. 레클레이드에 머무는 시간이 길어질수록 불안한 감정이 더 커졌다. 싸늘한 긴장감이 몰려왔다. 이곳은 잘 가꾸어진 화단과 깨끗한 가게 이면에 잔인함이 도사린 도시였다. 평범한 어른과 아이들은 감옥에 갇혀 있는 반면, 노예상과 범죄자들은 값비싼 옷을 입고 대낮에 길거리를 활보하는 도시였다. 생각만 해도 속이 울렁거렸다. 게다가 근처 어딘가에서 칼로웨이 박사의 부하들이 그를 추격하고 있었다. 그들은 결코 알버트를 포기하지 않을 것이다. 그들이 바로 코앞까지 다가왔음을 느꼈다. 그를 다시 잡아가 접이식 의자에 묶고 전선을 연결해 다시 실험하겠지…. 두 번째 탈출 기회는 없을 것이다. 자유의 섬이 유일한 희망이지만, 적이 다가오고 있었다. 그는 자신도 모르게 군중 속 얼굴들을 초조하게 훑어봤다.

“아, 스칼렛. 런던까지 데려다줄 사람을 한 명 알아. 흰머리 할아버지…. 어젯밤 여관에서 옆 테이블에 앉아 밥 먹던 할아버지 말이야.”

스칼렛이 그 사람을 생각해 내기까지는 몇 초가 걸렸다.

“누구? 아이랑 함께 있던 그 이상한 노인? 정말이야?”

“그 사람은 강 하류로 갈 승객을 찾고 있어. 겉으로는 훈제 생선 장사를 하지만, 평소에는 강가 도시를 오가며 담배 밀수도 해. 하지만 올해는 담배 공급이 부족해서 돈이 급하게 됐거든. 손녀딸을 어떻게 돌볼지 걱정하고 있었어. 딱 그 할아버지가 우리가 찾는 사람 같아.”

스칼렛의 입이 살짝 벌어졌다. “노인 옆에 앉아 있기만 했는데 그 모든 정보를 알아낸 거야? 네가 나랑 얘기만 하고 있는 줄 알았는데."

"거의 그랬지. 하지만 그 할아버지 머릿속이 너무 시끄러웠어."

그들은 부둣가에서 노인을 발견했다. 노인은 경비 초소에 한 줄로 늘어선 시끌벅적한 사람들을 피해 값비싼 석유통이 쌓인 철조망 뒤에 앉아 있었다. 하얀 방수포에 난 구멍을 수선하면서 허리에 찬 휴대용 병 안에 든 걸 한 모금씩 마시고 있었다. 알버트가 전날 밤 관찰했던 것처럼, 노인은 매우 말라서 뼈만 남은 듯 앙상했다. 피부는 어두운 갈색이었고, 흰 머리카락이 머시아의 야생 고양이처럼 작은 두상 주위로 마구 뻗쳐 있었다. 금발의 작은 여자아이가 노인의 발치에 앉아 나무 블록으로 탑을 쌓고 있었다.

스칼렛은 인사치레 없이 바로 요구 사항을 말했다. 노인은 조용히 들었다. 얼굴엔 세월의 흔적이 깊이 파여 있었고 옷은 낡고 해졌지만, 알버트는 노인의 자세에서 어떤 위엄을 느꼈다. 노인의 눈빛은 꿰뚫듯 날카로웠다.

스칼렛이 말을 마치자, 노인이 고개를 끄덕이며 어깨 너머의 강쪽으로 침을 뱉었다.

"너희가 말한 '런던 석호에 있는 섬들'이 그레이트 루인스를 가리키는 거라면, 거기까지 가는 길을 제공할 수 있겠구나. 하지만 싸게는 안 돼. 템스강은 머시아와 웨섹스 사이를 가르는 국경인데, 그 주변이 온통 황량한 야생 지역이지. 도적 떼, 거대 흡혈 수달, 늑대 무리가 들끓는단다. 게다가 '오염된 자'가 있다는 보고도 있거든. 그것들은 매년 문명사회에 점점 더 가까이 접근해 오고 있어. 방어 무기가 없는 배를 습격하고 승객을 잡아먹는다더군. 그리고 소용돌이와 방사능 오염 지역도 있잖니. 거기 빠진 사람들은 모두 피부가 벗겨져서, 위에서 보면 다리 달린 거대한 분홍 연꽃잎처럼 물 위에 떠 있는 걸 보게 된다지."

노인이 잠시 말을 멈췄다. 코를 쿵쿵거리더니 휴대용 병을 한 모금 마셨다.

"거기에 런던 석호의 위험성에 대한 말은 아직 시작도 안 했고. 즉, 템스강을 여행하는 건 바보가 목숨을 거는 일이나 다름없어. 물론 돈만 있다면 그건 당사자 몫이지만. 어쨌거나 어떤 바보가 그런 여행을 원하는 게냐?"

알버트가 목청을 가다듬고 말했다. "저요."

노인이 놀라서 눈을 깜박였다. "너희 둘이 노예인 줄 알았는데…. 시내에 있는 주인을 대신해서 알아보는 건 줄 알았지. 그렇다면 어린 신사분, 칭찬할 만한 선택이구나. 망가진 우리 땅에서 매력적인 풍경을 보게 될 거란다. 역사적으로 중요한 유적지와 폐허를 많이 지나게 될 게야. 대재앙과 대멸종 이전 시대로 거슬러 올라가는 거지. 그곳으로 닷새면 편안하게 데려다줄 수 있지만, 비용은 5백 파운드야. 여기서 한 푼도 깎아줄 수 없단다. 야간 출발은 추가 비용이 들고. 그리고 클라라를 준비시키려면 이틀의 시간이 필요해."

스칼렛이 작은 소녀를 쳐다봤다. "노인장, 왜 그렇게 오래 걸리지? 그냥 배에 태우면 안 되나?"

노인이 비웃듯 콧방귀를 꼈다. "쟨 내 손녀인 에티야. 클라라는 저쪽에 정박해 놓은 내 배 이름이지. 아주 빠르고 믿음직한 배야. 내 자랑이자 기쁨이고."

노인이 애매모호하게 뒤쪽을 가리켰다. 알버트가 노인을 따라 뒤돌아보니 햇살에 눈부시게 반짝이는 여러 대의 모터보트가 부두에 줄지어 있었다.

"할아버지, 클라라를 탈 수 있다니 정말 기뻐요. 감사합니다." 알버트가 말했다.

"그럼, 난 출항 준비를 해야겠군."

배까지 마련됐지만, 스칼렛은 어딘지 노인이 불안했다.

스칼렛은 부두를 떠나며 말했다. "저 노인 말이야. 죽음의 문턱에 있는 거 같잖아. 전에 내가 본 해골이 더 건강한 거 같은데. 한쪽 다리가 뚝 떨어져서 조타 장치로 쓴대도 이상하지 않을 거 같지만, 네가 만족한다면 나야 상관없지."

그렇게 며칠이 지나 은행 강도 건의 계획이 모두 완성됐다. 셋째 날 오후, 그들은 여관비를 계산하고 그곳을 떠났다. 어둠이 내리자, 스칼렛은 수로 관문 근처 덤불에 가방을 숨겼다. 그들은 미리 점찍은 뒷골목을 통해 공원을 지나 은행 옆 샛길로 건너갔다. 자정 무렵, 작전이 시작됐다. 알버트는 벽면에 자리를 잡았다.

귓가에 날카로운 금속성 소리가 들리자, 알버트는 화들짝 놀랐다. 펄쩍 뛰어오르다 고기 꾸러미를 떨어뜨릴 뻔했다. 가방이 돌에 부딪히기 일보직전이었다. 금속 셔터가 삐걱거리며 창문이 열렸다. 깊이를 알 수 없는 어두운 내부에서 스칼렛의 짜증 난 얼굴이 유령처럼 떠올랐다.

"왜 그렇게 놀라는 거야? 내가 이 창문을 열 거란 건 너도 알고 있었잖아. 본래 계획이 그거였으니까. 인생에서 이렇게 예측하기 쉬운 일도 없을 거라고." 스칼렛이 속삭이는 목소리로 화를 냈다. 비어 있는 거리를 훑어보며 말했다. "알버트, 빨리 들어와. 이미 심장마비로 죽은 게 아니라면 팔다리를 제대로 움직여서 안으로 들어올 수 있겠지."

스칼렛은 알버트의 손을 잡아 일으켰다. 알버트가 판단하기로는 이후의 모든 과정이 순조로웠다. 창턱에서 한 번 비틀거린 것만 빼면. 그가 뒤로 넘어지려 하자, 스칼렛이 재빨리 그의 스웨터 목덜미를 잡았다. 알버트는 잠시 공중에 매달려 팔을 허우적대다 앞으로 넘어지며 스칼렛 위로 엎어졌다. 스칼렛은 생각보다 부드러웠다. 그녀는 바로 알버트를 밀쳐냈다. 알버트는 어둠 속에서 스칼렛 옆에 섰다. 손에는 고기 꾸러미를 쥔 채 땀을 뻘뻘 흘리며 숨을 헐떡였다.

은행 내부에서 가구 광택제와 잉크 냄새가 났다. 이 냄새는 칼로웨이 박사의 사무실을 떠올리게 했다. 그곳에서 받은 여러 가지 처벌과 그로 인한 모욕감이 연상되자, 알버트는 심장이 빠르게 두근거렸다. 스칼렛은 재빨리 야간 셔터와 창문을 닫았다. 손에는 휴대용 손전등이 들려 있었다.

"알버트, 꼴이 엉망이네. 그물에라도 걸린 거 같아." 스칼렛이 속삭였다.

"음, 잠입은 처음이니까. 긴장한 것뿐이야."

"창문을 타고 오른 게 다잖아! 지하실의 짐승 앞에서는 어쩌려고 그래?"

알버트가 침을 꿀꺽 삼켰다. "그 짐승 일은 너한테 맡기고 싶은데."

"그래?" 스칼렛이 알버트에게 손전등을 던졌다. "그럼, 먼저 네가 맡은 일부터 끝내. 지하실 열쇠를 찾아와."

알버트는 눈가에서 축축한 머리카락을 치우고 손전등으로 주변을 비췄다. 그들은 보안 벽 너머 로비 안에 있었다. 벽은 목제 판자로 돼 있었고, 바닥은 크림색 바탕에 붉은 줄무늬가 있는 대리석이었다. 직원 책상과 서류 서랍장, 찻잔과 코트 걸이가 보였다. 문과 아치형 통로가 더 많은 방과 이어져 있었고, 한쪽 벽에는 지하실로 내려가는 문이 잠겨 있었다. 참나무와 철판으로 된 엄청나게 크고 화려한 문이었다.

알버트가 앞으로 다가갔다. 손전등 불빛이 가구를 스쳐 벽과 모서리를 비췄다. 노부인의 머릿속 이미지를 통해 지하실 열쇠가 보관된 곳을 그려낼 수 있었다. 노부인에게서 본 이미지대로라면, 열쇠는 판자벽 내부에 숨겨진 칸 안에 있었다. 크고 검은 서랍장 아니면 책상 모서리 바로 위였다. 천천히 찾으면 어렵지 않게 발견할 것이다.

"열쇠가 어디 있는지 안다고 하지 않았어?" 스칼렛은 움직이지 않고 지켜만 봤다.

"이미지만 볼 뿐이라 정확한 위치까지는 몰라."

숨겨진 장소는 일반인이 다니는 구역 밖에 있을 것이다. 그게 논리적인 생각이었다. 알버트는 문을 통과해 뒤쪽 방으로 들어갔다. 책상이 더 많이 있고… 그래, 목제 판자로 된 벽이 있었어…. 목표물에 점점 가까워지고 있었다. 스톤무어에서 간수들의 머릿속을 점차 투시해 감옥 구조를 파악하고, 충돌은 최소화하면서 바깥세상에 나갈 수 있는 경로를 짜맞추던 일과 크게 다르지 않았다. 솔직히 더 간단했다. 아무도 죽일 필요가 없었으니까.

"여기서 시간이 지체될 줄 몰랐네." 알버트를 따라온 스칼렛이 말했다.

목소리에서 초조함이 느껴졌다. 배수관을 타고 오르고 골목길을 뛰어넘는 일을 빼면, 이런 식의 기다림은 스칼렛을 짜증 나게 만들었다.

"뭐 하는 거야? 대체 왜 그 의자에 앉는 거지?"

"정확한 각도에서 벽을 봐야 해. 노부인이 봤던 그대로 말이야…." 알버트가 벌떡 일어났다. "그래, 이 방법이 통했어. 알아낸 거 같아."

머릿속 이미지와는 약간 달랐다. 아마 다른 책상에 앉았던 것 같다. 하지만 조각된 책장 모서리는 동일했다. 뒤쪽의 벽은 판자 처리

돼 있었고, 서랍 바로 위 벽을 누르자 고리가 튀어나오면서 열렸다. 두 개의 열쇠 세트가 벽 안쪽 못에 걸려 있었다.

알버트가 웃으며 열쇠를 건넸다. "여기."

처음에는 스칼렛의 표정에 변화가 없었지만, 알버트의 능력을 본 충격의 여파가 내부에서 점차 퍼지는 걸 느낄 수 있었다. 스칼렛의 머릿속이 소용돌이치며 방금 본 걸 처리 중이었다. 갑자기 그녀가 씩 웃었다. 알버트도 따라 웃었다.

"좋아. 너도 쓸모가 있긴 하구나. 잘했어. 상으로 고기를 다시 돌려줄게."

이 말이 전부였다. 스칼렛은 열쇠와 손전등을 쥐고 다소 떨어진 벽 쪽 문으로 다가갔다. 거기서 망설이며 자물쇠와 열쇠를 번갈아 쳐다봤다. 이젠 알버트가 기다릴 차례였다.

알버트가 얼굴을 찌푸렸다. "그냥 열쇠를 꽂아보면 안 돼?"

"왜냐하면 알버트, 간혹 가짜 열쇠와 폭탄이 있을 때도 있거든. 잘못된 열쇠를 넣고 잘못 돌리면 얼굴 앞에서 폭탄이 빵 터지는 거지…. 한번 해볼래?"

"어…, 아니."

"뭐, 다 비슷해 보이니까 그냥 골라볼게. 한번 가보자고."

스칼렛이 열쇠를 넣고 단호하게 손목을 돌렸다. 운명을 건 균열음이 달칵 들렸다. 알버트가 움찔했다.

아무 일도 일어나지 않았다.

스칼렛이 문을 잡아당겨 열었다.

낮고 둥근 천장 아래 곧장 어둠 속으로 내려가는 계단이 보였다. 공기 중에 어떤 냄새가 희미하게 감돌았다. 지하에 갇혀 있는 야생 짐승의 악취였다. 스칼렛이 손전등으로 어둠 속으로 사라지는 계단을 비췄다. 완벽히 고요했다.

알버트가 정중하게 손짓했다. "먼저 가."

"정말 친절하네."

스칼렛은 계단을 비추도록 손전등을 잡고 어깨에 멘 천 가방의 끈을 조이고선 조심조심 발을 내디디며 일부러 천천히 내려갔다. 알버트가 뒤를 바짝 따랐다.

알버트가 부드럽게 말했다. "총은 안 꺼내는 거야?"

"아직은 아무것도 안 나올 거야. 직원들도 이 아래까지는 내려오잖아. 그 짐승은 어떻게든 갇혀 있어야겠지."

알버트는 스칼렛의 자신감에 완전히 공감할 수는 없었지만, 계단 방향이 바뀌는 곳까지 안전하게 갈 수 있었다. 공중에 퍼진 냄새가 이제 더 강해졌다. 진하고 시큼한 동물 냄새가 절망과 분노로 무겁게 가라앉아 있었다.

"그 노부인은 여기까지 내려와 본 적이 없었어. 보안 등급이 해당 안 됐거나, 무서워서 그랬거나. 아무튼 아무 이미지도 건지지 못했거든. 하지만 이 밑에 뭔가 있다는 건 노부인도 알고 있었어." 알버트가 속삭였다.

"그래, 알버트. 당연히 뭔가 있네."

계단이 그곳에서 끝났다. 둘은 석회를 칠한 작은 방에 들어섰다. 안에는 금속 덮개로 보강한 문 하나만 보였다. 무겁고 단순한 모양이었다. 섬세하고 우아한 은행 로비와는 완전히 다른 세상이었다.

알버트는 전혀 기쁘지 않은 표정으로 문을 바라봤다.

"이 문을 통과해도 안전할까?"

"아니. 전혀 아닐 거야."

스칼렛이 벽에 붙어 있는 종이를 손전등으로 비췄다. 종이에는 휘갈겨 쓴 서명이 여러 줄 있고, 옆에는 볼펜이 끈에 매달려 있었다.

"일정표야. 봐봐. 오늘 아침 일찍 프랭크가 '먹이 주기와 가두기'를 했고, 클라이브가 오늘 저녁에 '풀어주기'를 맡았어. 클라이브가 운이 좋은걸. 무슨 뜻인지 알지? 이 뒤에 있는 게 뭐든 간에, 지금쯤은 우리에서 풀려나 굶주린 채 우리가 들어오기만을 기다리고 있단 거야."

"뭐일 거 같아?"

"뭐든 될 수 있지."

알버트가 스칼렛을 흘끗 봤다. "지금 늑대라고 생각하잖아."

"내 생각 엿보지 마. 자, 우리를 잡아먹으려는 게 뭔지 볼까? 고기를 잘 갖고 있었길 바라."

알버트는 고기 꾸러미를 잘 들고 있었다. 스칼렛이 고리에서 두 번째 열쇠를 고르는 걸 지켜봤다. 다시 한번 그녀의 생각은 짧고 간결하며 명확했다. 스칼렛은 망설임 없이 생각을 바로 행동으로 옮겼다. 극도로 조심조심 열쇠를 돌렸다. 하지만 곧바로 문을 열지는 않았다. 지하실 안에서는 아무 소리도 들리지 않았다. 스칼렛은 총을 꺼냈다. 방아쇠를 돌려 탄약을 확인한 후 다시 벨트에 꽂았다. 그녀가 손짓으로 신호를 보내자, 알버트가 유산지에 싸인 꾸러미를 건넸다. 포장을 뜯자 엄청난 양의 잘게 다진 동물의 간이 드러났다. 스칼렛은 다치지 않은 손으로 내장 꾸러미를 쥐었다.

"클라이브가 제대로 일했는지 궁금하네." 스칼렛이 부드러운 목소리로 말했다. "알버트, 이제 문 열어."

이날 저녁의 일 중 딱히 기억하고 싶은 순간은 아니었다. 알버트는 손을 뻗어 문 걸쇠를 들어 올렸다. 문은 안쪽으로 열리게 돼 있었다. 문을 밀자 너무 쉽게 열렸다.

지하실 안은 깜깜했다. 깊고 어두운 지하실에 그림자들이 보였다.

바로 그 순간, 스칼렛의 손전등이 깜빡거리다 꺼졌다. 그녀는 욕하며 손전등 몸체를 두드렸다. 다시 불빛이 나왔다. 희미하고 가는 불빛은 앞으로 쭉 뻗으며 반대편 벽에 서 있는 뭉툭하고 검은 은행 금고를 비췄다.

알버트가 코를 찡그렸다. 미지근하고 답답한 공기와 함께 불쾌한 냄새가 이제 더 강해졌다.

아무것도 보이지 않았다. 금고와 그들 사이에 보이는 거라곤 없었다.

알버트는 스칼렛을 지켜보며 기다렸다. 그녀는 고기를 쥔 채 가만히 서서 귀를 기울였다. 아무 소리도 안 들리는 듯했다. 아니, 곧 무슨 소리가 들리긴 했다. 희미하지만 돌 위를 발톱으로 긁는 듯한 소리였다.

손전등을 천천히 왼쪽으로 돌렸다. 형체를 알 수 없는 하얀 형상 세 개가 어둠 속에서 튀어나왔다. 놀란 알버트가 펄쩍 뛰었다. 손전등 불빛이 흔들렸다. 스칼렛의 손조차 살짝 떨렸기 때문이다.

"낡은 의자들이야." 스칼렛이 중얼거렸다. "가구 위에 천을 덮어 놨어…. 하나님 맙소사, 진짜 소름끼치잖아?"

스칼렛은 금고를 지나 손전등 빛을 오른쪽으로 향했다. 한쪽 구석에서 뭔가가 흔들리며 흐릿하게 시야에 들어왔다. 예상치도 못한 크기의 나무 상자였다. 상자 덮개가 열려 있고, 짚이 돌바닥 위에 흩어져 있었다.

알버트가 천천히 숨을 내쉬었다. "어…."

"드디어 나왔네." 스칼렛이 내장 덩어리를 들었다. "이제 해야 할 일은…"

공포에 찬 비명과 함께 검은 형체가 어둠 속에서 뛰쳐나왔다. 거대한 칼날 같은 발톱이 스칼렛의 머리를 향해 날아왔다.

14

스칼렛의 예상은 완전히 빗나갔다. 알버트의 말대로 지하실 짐승
이 어린 늑대일 거라고 추측했었다. 늑대는 은행에서 가장 많이 선택
하는 짐승이었다. 특히 머시아와 서쪽 지역이 그랬다. 하지만 레클레
이드 시민들은 조금 색다른 걸 선택해 그녀를 놀라게 했다. 거대한
형체가 문틀에 쾅 부딪혔다. 스칼렛은 깜짝 놀라 문 뒤로 물러나다
그만 손전등을 떨어뜨렸다. 옆에서 비명을 지르던 알버트가 시야에
서 사라졌다. 거대한 발톱이 돌바닥을 긁으며 불꽃이 튀었다. 쇠사슬
소리가 요란하게 울렸다. 또 한 번 소름 끼치는 쇳소리가 났다. 스칼
렛은 총을 쏘고 싶은 충동을 참았다. 순간 빈틈을 노려 앞으로 뛰어
들어 굴러가는 손전등을 낚아챘다. 거대하고 휘어진 발톱 앞부분이
밑으로 내리치는 순간 다시 몸을 뒤로 피했다.

스칼렛이 떨리는 손으로 손전등을 쥐고 지하실 안으로 돌아가는
짐승을 비췄다. 날지 못하는 거대한 새였다. 키는 그녀만 했고, 기다
란 S 자형 목 위에는 단단한 근육질 머리가 붙어 있었다. 비늘이 덮인
다리는 튼튼했고, 깃털은 금빛 나는 녹색이었다. 분노에 찬 커다란 두
눈이 그녀를 뚫어져라 쳐다봤다. 손전등 불빛이 새를 더 화나게 했다.

새는 다시 문으로 돌진했고, 쇠사슬이 뱀처럼 바닥을 가르며 내리쳐졌다. 팔뚝만큼 길고 쇠 절단기처럼 생긴 부리가 크게 벌어졌다…. 스칼렛은 손전등을 이빨 사이에 물고 내장 덩어리를 문 너머 지하실 깊숙이 던졌다. 새는 몸을 홱 돌리더니 고기를 따라갔다. 부리가 두 번 딸깍거리더니 내장이 모두 사라졌다. 새는 스칼렛을 찾아 다시 몸을 돌렸다. 그녀는 즉시 문을 꽝 닫고 열쇠를 돌려 문을 잠갔다.

새가 엄청난 힘으로 문에 부딪히는 게 느껴졌다.

스칼렛은 이를 악물고 힘겹게 숨을 몰아쉬었다. 알버트는 어디에 있는 거지? 손전등으로 주변을 둘러봤다. 그는 계단 옆에 누워 허공에 다리를 허우적대고 있었다. 정말 알버트다웠다.

"알버트, 일어나." 스칼렛이 날카롭게 말했다. "다치지도 않았잖아. 아픈 척하지 마."

알버트는 엄청나게 허우적댔다. 딱정벌레가 몸을 바로 뒤집으려고 애쓰는 모습 같았다. 그는 드디어 일어나 스칼렛 옆으로 왔다. 새가 문에 쿵쿵 부딪히는 소리가 계속 들리자, 알버트는 몸을 움츠리며 눈을 깜박였다.

알버트는 쏟아져 내린 앞머리 사이로 스칼렛을 바라봤다. "저게 뭐야?"

"거대 뿔부리새. 처음 봐?"

"응."

"주로 노섬브리아 북부 지역에서 잡히지. 거기에 대규모로 무리지어 살거든."

알버트가 잠시 그 말뜻을 헤아려보고는 말했다. "새가 문을 부수고 나올 수 있을까?"

"아니. 어쨌든 쇠사슬에 묶여 있잖아. 일단 기다리자."

알버트가 고개를 끄덕였다. "안에 수면제를 얼마나 넣었어?"

"스무 개. 딱 알맞은 개수라 생각했지. 넌 몇 개면 잠들어?"

"하나면 멍해지고 두 개면 쓰러졌어."

"그럼 스무 개면 충분할 거야."

"그래." 알버트가 문을 쳐다봤다. "만약 수면제 효과가 없으면?"

"쏴야지."

"아…." 알버트는 잠시 말을 멈췄다. "불쌍해…."

"그래. 하지만 안 그러면 돈도 못 구하겠지. 알버트, 넌 런던에 못 가는 거고."

"죽인다니까 그냥 안타깝다는 거야. 안타까운 거 같다고. 그게 다야."

스칼렛이 손목시계를 봤다. 문에 가해지던 충격이 멈췄다. 무턱대고 갔다 박던 쿵쿵 소리가 점점 희미해졌다. 신앙의 집 요원의 가방에서 꺼낸 수면제가 효과를 발휘하고 있다는 의미였다.

"왜 그렇게 런던 석호에 가고 싶은 거야? 거긴 아무것도 없다니까."

알버트는 대답하지 않았다. 그들은 어둠 속에 조용히 서 있었다. 스칼렛이 막 다시 말하려는데, 알버트가 몸을 움찔하더니 갑자기 입을 열었다.

"남자애가 하나 있었어. 그들이 스톤무어로 데려온 애였지. 하얗게 땋은 머리에, 반짝이는 눈을 하고 움직일 때마다 버석버석 소리가 나는 가죽 재킷을 입고 있었어. 나보다 나이가 많았고. 그들은 실험하는 동안 어떤 능력이 있는지 알아내려고 그 애를 한동안 내 방에 넣어놨거든. 그때 걔가 런던 석호에 있는 자유의 섬에 대해 말해 줬어."

"걔는 대체 어디서 들은 거래? 다른 정신 나간 놈한테?"

"걔가 거기서 왔어. 본인이 자유의 섬을 떠났다고 했지. 하지만 그건 실수였다고, 후회한댔어. 다시 돌아가려고 영국 절반을 가로지르는 중이었는데, 칼로웨이 박사한테 붙잡힌 거야. 이름은 알아내지 못했어. 그 애는 거기로 돌아가려고 애썼어. 거기선 누구나 환영받는대. 특별한 능력이 있든 없든 상관없이. 난 그때 정신 구속구를 차고 있었는데, 그 아이가 자유의 섬에서는 그런 게 필요 없댔어. 아무도 날 평가하거나 가두지 않는다고." 알버트의 목소리는 너무 부드러워 거의 들리지 않을 정도였다. "그 말이 내겐 너무 멋졌어…."

지하실 너머에서 아주 큰 충격음이 났다. 이윽고 조용해졌다. 스칼렛은 손을 들어 올렸다. 문에 귀를 기울였지만 아무 소리도 들리지 않았다.

"자유의 섬에 사는 사람들도 너처럼 특이한 능력이 있대?" 스칼렛이 물었다.

"아마 그런 거 같아."

"그 아이는 어떻게 됐어?"

한순간 정적이 흘렀다.

"아, 그 애는 죽었어." 알버트가 말했다.

여전히 지하실 안쪽에서는 아무 소리도 들리지 않았다. 스칼렛은 손잡이를 잡고 조심스레 문을 열다가 거대한 새의 머리에 문을 부딪칠 뻔했다. 새는 금고실 바닥 위에 고장 난 인형처럼 쭉 뻗어 있었다. 유리알 같은 커다란 한쪽 눈이 위를 응시하고 있었고, 휘어진 칼처럼 생긴 부리 윗부분에 난 콧구멍에서 희미하게 쉭쉭 소리가 들렸다. 스칼렛은 꿈틀대는 새의 목을 넘어 재빨리 금고 앞으로 다가갔다. 예상한 대로 저 멀리 웨섹스 반대편에서 만들어진 루이스 듀러블 금고였다. 즉 견고하고 이동시키기 어렵다는 의미였다. 하지만 작은 젤리그나이트 폭약 한 조각이면 해결될 문제였다.

"알버트, 손전등 들어봐. 가방은 내게 주고."

알버트는 지시대로 했다. 스칼렛이 폭약을 준비해 금고 자물쇠와 경첩 옆으로 밀어 넣는 동안, 알버트는 의식 없는 새를 계속 내려다봤다. 이해할 만한 반응이었다. 이건 정말 보기 드문 광경이었기 때문이다. 노섬브리아 구릉지대에는 뿔부리새가 무리 지어 다니며 양떼와 주민을 습격한다고 알려져 있었다. 스칼렛은 그렇게 먼 곳까지 가보진 못했다. 머시아 북부도 안 가봤다. 하지만 언젠가는 가볼 것이다. 북부 도시들이 부유하진 않다지만, 거대 뿔부리새 무리는 볼 만한 가치가 있었다.

스칼렛은 신발에 성냥을 그어 폭약 뇌관에 불을 붙인 후 알버트 옆으로 걸어갔다.

"손으로 귀 막아." 스칼렛이 말했다. "자, 하나, 둘, 셋…."

세 번의 날카로운 굉음과 함께 불길이 세 번 치솟았다. 새의 깃털이 펄럭였고, 발밑에서 지하실 바닥이 흔들렸다. 천장에서 석회 가루가 떨어지고 금고에서 연기가 뭉게뭉게 올라왔다. 다시 금고로 다가간 스칼렛은 벨트에서 쇠지렛대를 꺼내 공중에서 빙빙 돌려 잡은 후 검게 타서 연기가 나는 금고 문 구멍을 쑤셨다. 그리고 금고 문이 깔끔하게 바닥에 떨어지는 걸 바라봤다. 어깨에서 천 가방을 내려놓은 후 가방 문을 열고 준비했다. 이때가 작업 중 가장 신나는 순간이었다. 생일 선물 상자를 여는 기분 같달까. 몸을 굽혀 안을 들여다봤다. 예상대로 가죽 상자들이 쌓여 있고, 상자 안에는 은행에서 발행한 지폐와 웨섹스 수표가 들어 있었다. 여러 보석류가 든 주머니도 있고, 심지어 훌륭하게도 작은 금괴가 세 개나 있었다.

훌륭해. 손가락 형제단이 만족할 것이다. 꽤 괜찮은 전리품이었다.

스칼렛은 금고 안의 내용물을 모조리 가방에 쓸어 담았다. 그리고 빈 상자만 자리에 남겨놓고 문으로 향했다. 알버트가 새 옆에 쪼그리고 앉아 있는 걸 봤다. 그는 아름다운 곡선을 그린 부리를 쓰다듬으며 황갈색 각질층의 매끄럽지만 다소 오돌토돌한 표면의 감촉을 느끼고 있었다. 새는 비참한 상태였다. 가슴 깃털은 절반이 사라졌고, 밑의 솜털은 엉클어지고 이가 들끓었다. 두 눈은 멍하니 위를 바라봤고, 동공은 손전등 불빛에 따라 커졌다 작아졌다 했다.

알버트가 부드러운 깃털을 쓰다듬으며 말했다. "그들이 네게 무슨 짓을 저지른 거니?"

스칼렛은 재빨리 알버트 옆을 지나갔다. 작업 시간이 예상보다 조금 더 걸렸다. 물론 여전히 빠르고 여전히 괜찮게 해치웠지만, 밤이 더 깊어지기 전에 배를 타고 레클레이드에서 멀어지고 싶었다.

"알버트, 어서 움직여. 돈은 다 챙겼어. 작업 끝났다고."

알버트는 반쯤 일어나다 주저했다.

"스칼렛, 새의 족쇄를 풀어주면 어떨까? 너무 잔인하잖아. 우리가 자유롭게 해주자. 제발."

스칼렛은 거절하려 했다. 알버트의 어리석고 감성적인 생각을 비웃으려 했다. 하지만 그런 충동을 참았다. 뭐, 안 될 게 뭔가? 새의 아름다움이 이렇게 훼손된 모습을 보자니 마음이 이상했다. 스칼렛은 도로 몸을 돌렸다. 무릎을 꿇고 쇠지렛대를 비틀어 커다란 비늘무늬 다리를 구속한 족쇄를 단번에 부쉈다. 새는 무거운 사슬에서 자유로워졌다. 그녀는 의자를 끌고 와 문을 활짝 열어젖혔다.

"아침에 프랭크와 클라이브를 반겨줄 작은 선물이야. 새가 그때까지 깨어나야 하겠지만."

"고마워." 알버트가 말한 후 마지막으로 새를 쓰다듬었다.

그들은 계단을 올라 로비 층으로 돌아왔다. 스칼렛은 지하실 문을 잠그고, 알버트가 열쇠를 원래 숨겨져 있던 장소에 다시 돌려놓는 걸 지켜봤다. 이번 작전을 통틀어 가장 충격적인 광경이었다. 알버트가 열쇠를 찾아내는 모습. 저게 그 증거였다. 바로 저게, 그의 능력을 증명하는 증거인 것이다. 만약 저런 능력이 있다면, 단지 누군가의 옆에 서서 머릿속 깊은 비밀을 엿볼 힘이 있다면…, 만약 제대로 능력을 조절하기만 한다면 어떤 일까지 해낼 수 있을까?

분명 뭐든지 할 수 있을 것이다.

물론 세상 물정 모르는 알버트는 자신이 가진 능력의 의미를 제대로 깨닫지 못했다. 스칼렛은 어둠 속에 서서 얼굴을 찌푸렸다. 그와 이대로 헤어진다는 게 다소 유감스럽기도 했지만….

지금 당장은 이 작전을 깔끔하게 마무리하는 게 우선이었다. 그래야 아침까지 아무도 은행이 털린 사실을 모를 것이다. 즉 알버트를 먼저 내보내야 했다. 그들은 알버트가 들어온 창문으로 다가갔다. 길에는 아무도 없었다. 스칼렛은 창문과 셔터를 열고 의자를 끌어다 알버트가 창틀에 올라설 수 있게 도왔다.

알버트는 불안한 모습으로 머뭇거렸다. "내가 높은 곳에 좀… 익숙지 않거든."

"그래. 알지. 맙소사, 너무 잘 알지. 아무튼, 선택지는 두 가지야. 스스로 뛰어내려 두 발로 착지하든가, 내가 널 밀어서 머리로 착지하든가. 어떻게 할까?"

"아, 알았어."

억 하는 둔탁한 소리와 함께 알버트가 사라졌다. 잠시 후 그는 멀쩡히 서서 웃으며 열심히 몸에서 먼지를 털어냈다.

"봐, 내가 해냈어. 해냈다고!"

"훌륭하네. 한 1미터 정도 뛰어내렸구나. 세계신기록감이네. 이제 약속대로 해. 수로 관문으로 돌아가서 배낭을 찾고 기다려. 내가 갈 때까지 그 노인한테 가지 마. 우리가 레클레이드를 떠나는 걸 아무도 눈치채면 안 되니까."

"알았어. 비밀스럽게, 조용히, 눈에 띄지 않게…. 그게 바로 나야!"

"좋아."

스칼렛은 셔터에 손을 얹고 떠날 준비를 했다. 알버트의 큰 눈이 올려다보고 있었다. 그녀는 서로 입장이 바뀌었다면 자신은 어떤 생각을 할지 한번 상상해 봤다.

"알버트, 걱정 마. 약속을 어길 생각은 없어. 관문으로 꼭 갈게. 뱃삯을 충분히 가지고."

알버트가 스칼렛에게 웃어 보였다. "아, 난 걱정 안 해. 알고 있으니까."

그래, 당연히 알고 있겠지. 스칼렛은 자신도 모르게 등골이 오싹해졌다.

스칼렛은 셔터를 내리고 창문을 닫았다. 이제 민병대가 다시 지나가도 모든 게 전과 같아 보일 것이다. 의자를 제자리에 돌려놓고 가방을 어깨에 멘 후, 그녀가 들어왔던 지붕 밑을 향해 빠르게 다시 계단을 올랐다. 달이 떠 있었다. 그녀가 창문에서 잘라낸 둥근 유리 조각이 바닥에서 달빛에 빛나고 있었다. 스칼렛은 주저 없이 창틀에 올라가 몸을 돌린 후, 올라왔던 방법과 동일하게 벽면 돌출부를 이용해 내려가기 시작했다. 한 층 정도 내려가 조심스레 왼쪽으로 나아갔다. 올라오면서 눈여겨본 기회를 이용하기 위해서였다. 은행 건물 후면 아래쪽으로 지붕 경사가 가파른 별채가 하나 있었다. 석탄 창고 같은 건물이었다. 건물 지붕은 미끄러운 돌로 만들어져 있었다. 올라올 때와 달리, 내려갈 때 이용하기에는 안성맞춤이었다. 그녀는 조금 더 가까이 다가갔다. 신발 바닥이 돌 위로 미끄러졌다. 스칼렛은 드디어 걸음을 멈추고 다리를 허공에 내맡긴 채 건물 끝에 매달려 아래를 내려다봤다.

스칼렛은 그 어느 때보다 이런 순간, 비밀스럽고 모험적이며 위험에 직면한 순간에 진정한 만족감을 느꼈다. 그녀는 동적이고 본능적인 존재, 매끄럽게 대응하는 총체, 매번 새로운 위협과 도전에 나서는 주인공이 됐다. 스칼렛은 단순함을 좋아했다. 건물에 침입하고, 돈을 훔치고, 살아서 탈출하는 것. 그녀라는 존재 안의 다른 복잡한 것들과 멀어졌다. 내면에서 들끓는 분노, 차마 말할 수 없는 격렬한 슬픔, 목을 무겁게 짓누르는 죄책감 등. 스칼렛은 수로 관문 근처에 배낭과 욕설 상자, 기도 매트와 함께 그 모든 감정을 내려놨다. 일시적으로 자유로워졌다. 무게가 거의 느껴지지 않았다. 현재만 생각하며, 그 현재가 지속되는 동안은 오직 강렬한 기쁨만 느꼈다.

스칼렛은 긴장을 풀고 어둠 속으로 몸을 던졌다. 경사진 검은 지붕 위로 4미터가량 뛰어내린 후, 지붕 타일을 따라 미끄러져 내려갔다. 처마 끝을 지나 드디어 골목 바닥으로 낙하했다. 무릎 관절을 굽히고, 근육으로 충격을 흡수 완화하며 소리 없이 착지했다. 가방 속 금괴가 등에 세게 부딪혔다. 분명 멍이 생길 것이다. 그 외에는 모두 괜찮았다. 스칼렛은 골목길을 쏜살같이 달려 중심가 모퉁이에 도달했다. 길 반대편에는 나무 사이로 반짝이는 등불이 보였다. 주위에는 아무도 없었다. 재빨리 길을 건너 공원으로 들어갔다. 어깨에서 천 가방이 통통 튀었다. 이제 은행과 멀어졌다.

스칼렛의 심장박동이 점점 느려지며 정상으로 돌아왔다. 손목시계를 흘끗 봤다. 작업 시간은 총 이십육 분이 걸렸다. 차질 하나 없이 끝냈다. 그녀는 살짝 미소를 지었다.

그때 두 남자가 어둠 속에서 등불 속으로 순간이동을 한 것처럼 갑자기 나타났다. 한 명은 권총을 높이 들었고, 다른 한 명은 팔을 힘 껏 휘둘러 스칼렛을 길 밖으로 내동댕이쳤다. 그녀는 풀밭을 가로질 러 벤치에 세게 쿵 부딪혔다. 충격에 거의 정신을 잃을 뻔했다. 머리 가 핑핑 돌고 눈앞에 별이 반짝였다. 하지만 바로 벨트에서 칼을 꺼내 남자들이 접근한 방향으로 정확하게 휙 던졌다. 스칼렛의 움직임을 예상한 듯 남자는 이미 몸을 옆으로 피했다. 칼은 그의 왼쪽 겨드랑이 를 아슬아슬하게 스쳐 뒤쪽 나무에 박혔다. 남자는 총을 들어 스칼렛 의 심장을 겨냥했다. 그녀는 즉시 동작을 멈추고 두 손을 들어 올렸 다. 남자가 칼을 피한 방식은 그녀가 알아야 할 모든 것을 말해줬다.

두 남자 모두 따뜻하거나 친절한 것과는 거리가 멀어 보였으며, 덩치가 컸다. 스칼렛을 팔로 내려친 남자는 키가 크고, 몸집이 황소 만 했다. 가슴통이 엄청났고, 팔뚝 두께가 그녀의 허리만 했다. 얼굴 은 미술에 재능 없는 아이가 급하게 그린 것처럼 둔하고 험악했다. 검정 중절모 아래 목뒤로 기름진 머리카락이 늘어져 있었다. 단정한 검은 양복, 검은 셔츠, 검은 넥타이 차림이었지만, 이는 오히려 키와 덩치를 더욱 강조할 뿐이었다.

그의 동료는 키는 작지만, 가슴이 굉장히 넓었다. 커다란 몸통 때 문에 지퍼를 채운 검은 가죽 재킷이 터질 듯이 팽팽했다. 거의 삼각 형 모양의 두 다리는 말도 안 되게 급격히 가늘어지며 작고 검은 부 츠로 이어졌다. 밝은 금발 머리는 뒤로 찰싹 붙어 있었고, 얼굴은 슬 레이트처럼 거칠어 부드러움과 섬세함이라곤 찾아볼 수 없었다. 그들은 스칼렛을 향해 권총을 겨누고 있었다. 그녀는 꼼짝도 하지 않았다. 두 남자는 의도적으로 스칼렛을 가운데 놓고 서로 마주 보는 위치를 택했다. 스칼렛이 한 명은 쏠 수 있겠지만, 돌아서기도 전에 다른 한 명이 손쉽게 그녀를 쏴 죽일 것이다.

키 큰 남자가 모자를 고쳐 썼다. 스칼렛을 세게 친 반동으로 모자가 비뚤어져 있었다. 남자의 손가락에 낀 반지가 달빛에 반짝였다. 그가 권총의 총구를 살짝 움직였다.

"벨트에서 총을 꺼내시지, 카듀 씨. 천천히 해. 이제 순순히 총을 잔디 위로 던져. 우리를 놀라게 하지 말라고. 갑자기 움직이지도 말고. 여기 있는 리는 콘월 조랑말처럼 겁이 많아서 반사적으로 방아쇠를 당길지도 몰라."

남자는 스칼렛이 명령대로 하는 걸 지켜봤다.

"자, 이제 훨씬 낫군. 그렇지, 리?"

"응." 리가 대답했다.

리가 느릿하게 스칼렛을 쳐다봤다. 둘 중 이 남자가 더 위험인물이라는 걸 알 수 있었다. 리라는 남자는 더 안정적인 자세로 총을 쥐고 있었고, 말수가 적었다.

스칼렛은 두 남자를 바라봤다. "강도질하려는 거야? 그렇다면 시간 낭비야. 나한텐 뺏어갈 만한 게 없어."

"없다고?"

스칼렛의 말에 키 큰 남자가 짧게 웃었다. 특이하게 생긴 이가 보였다. 두 앞니 사이의 틈이 넓고, 거꾸로 된 V 자형 이가 바깥쪽으로 튀어나와 있었다.

"그것참 놀랍군. 카듀 씨가 금고에서 훔친 현금 가방을 메고 은행 건물 밖으로 뛰어내리는 모습을 본 거 같은데. 불과 이 분도 채 되기 전에. 안 그런가, 리?"

"응." 리가 대답했다.

스칼렛이 어깨를 으쓱하며 말했다. "시력이 나쁜가 봐. 난 저녁 산책 중이었어. 어디서도 뛰어내린 적이 없다고. 하지만 당장 민병대 초소로 뛰어가서 이 터무니없는 폭행을 신고할 생각은 있지." 그녀가 키 큰 남자를 흘끔 쳐다봤다. "중심가에 치과도 있어. 당신이 치과를 찾는 거 같아서 말이야."

"와우, 참 못됐네." 키 큰 남자가 말했다. "괜찮아. 우린 앨리스 카듀를 찾고 있거든. 혹은 제인 오클리나. 가명이 여러 개라 말이지. 킬러이자 은행 강도이자 프리랜서 무법자지. 이제 인정하겠지?"

"아니."

"가방에 뭐가 있는지 보여줘."

"아무것도 보여주지 않을 거야. 적어도 당신들이 누군지는 알아야지. 당신은 내 이름을 두 개나 알고 있는데, 난 당신 이름을 하나도 모르잖아?"

키 큰 남자가 고개를 숙였다. "맞네. 타당한 말이야. 내 이름은 포프야. 사무엘 포프. 리와 난 레클레이드에서 손가락 형제단을 위해 일하지. 암시장 물건을 유통 관리하고, 수금을 정리하고, 거래하면서 생기는 작은 문제들도 처리하고…. 하지만 이런 일들만 하진 않아. 다른 일도 하거든. 다양한 기술을 활용해서. 그렇지, 리?"

"응." 리가 답했다. 그의 총구는 전혀 흔들림이 없었다.

스칼렛이 얼굴을 찌푸렸다. "이해가 안 되네. 진짜 손가락 형제단 소속이라고?"

"물론이지. 이 여자애는 꽤 예리한걸. 그렇지, 리?"

"응. 칼날처럼 날카롭군."

스칼렛이 리를 쳐다봤다. "세 마디나 했네? 그렇게 길게 말했으니 이제 누워서 쉬지 그래? 이봐, 오해가 있는 거 같네. 빚진 돈은 갚을 수 있어. 지금 막 아이브스를 만나러 가는 중이었다고."

포프가 웃자 하얀 이가 드러났다. "그래? 네 말만 믿으라는 거야? 아이브스가 계속 널 주시하라더군. 네가 여기서 도망칠 계획이랬어."

"먼저 돈부터 갚고 떠날 거야. 그게 거래니까. 아직 이십사 시간이나 남았고 돈도 다 준비했어. 문제없다고. 이제 총 내려놓고 같이 토드 여관으로 가면 돼."

"그럴 필요 없어. 그냥 가방만 건네. 천천히."

"그 후에는 어떻게 되는 거지?" 스칼렛이 물었다. "어떻게 되냐고."

두 남자는 아무 대답도 하지 않았다. 리의 총은 하늘 한가운데 떠 있는 매처럼 제자리에서 꼼짝도 안 했다. 냉정한 그의 의지가 느껴졌다. 스칼렛은 입이 종이처럼 바싹 마르고, 온몸의 근육이 물처럼 흐물흐물해지며 힘이 빠지는 듯했다.

"토드 여관으로 가면 된다니까. 아이브스가 원하는 건 돈 아냐?" 스칼렛이 재차 말했다.

"아이브스가 돈을 원하긴 하지." 포프가 동의했다. "하지만 핵심은 너의 죽음도 원한다는 거야." 그의 얼굴에서 웃음기가 사라졌다. "그래서 이제 널 쏠 거야."

15

그 말은 들을 필요도 없었다. 스칼렛은 이미 발끝으로 균형을 잡고 두 남자를 동시에 지켜보면서 어떻게 움직일까 머리를 굴리고 있었다. 총알 두 개가 X 자를 그리며 공중을 가로지르는 순간, 구르고 회전하며 그 사이를 빠져나가 자신의 총에 닿을 수 있을까? 두 남자가 자신을 조준하기 전에 둘을 모두 쓰러뜨릴 수 있을까…. 그녀가 쓰러지고 눈앞이 점점 캄캄해지며 생명이 꺼져갈 확률이 더 높았다.

스칼렛은 그 이미지를 머릿속에서 몰아냈다.

"이건 배신이야. 손가락 형제단은 명예도 없어?"

"우리에겐 상식이 있어." 포프가 말했다. "카듀 씨, 넌 위험하고 예측 불가능한 존재야. 전에도 우리 사업에 피해를 줬잖아. 살려두면 분명 또 그럴 거야. 그러니까 여기서 끝내는 거지."

스칼렛은 포프의 말이 꽤 논리적이라고 생각했다. 그녀는 마른 입술을 핥았다.

"날 보내주면 돈을 나눠줄게."

"하, 이제 날 열 받게 하네! 야생 지대에서 흘러들어 온 쓰레기 같은 계집애가 레클레이드의 두 신사를 매수하려 하다니! 그만해! 차라리 네 피부 껍질을 강가에 매달아 놓을 테니까."

"그냥 한번 생각해 본 거야."

"아주 나쁜 생각이지. 뭐, 반가웠고, 우리 대화는 여기까지인 거 같네." 포프의 총구가 움직였다.

스칼렛이 몸을 움찔하는데… 갑자기 어둠 속에서 낮은 목소리가 들렸다.

"거기 너무 서두르지 말지. 잠깐 멈추라고, 친구들."

두 남자의 손가락은 방아쇠를 당기기 직전이었다. 손가락 하나가 모기 허리띠만큼만 힘을 살짝 더 줘도 총알이 발사될 것이고, 스칼렛은 땅을 구르며 입에 흙을 가득 문 채 죽을 것이다.

포프가 고개를 약간 돌리고 말했다. "누가 말한 거지? 당신 누구야? 뭘 원하는 거야?"

근처에서 조용히 옷 스치는 소리가 나더니, 목소리가 대답했다. "그냥 이 일에 관심이 있는 친절한 신사지."

"야밤에 덤불 속에 숨어서 정직한 시민의 일에 관심 있다고 나불대는 게 대체 누구야? 말도 안 되는 소리군. 진짜 모욕적이야. 조용히 물러나! 꺼지라고!"

포프가 외치자, 스칼렛도 바로 소리쳤다. "아니, 아니. 이리 와서 함께하시죠! 누구든 대환영입니다! 지나가는 사람 있으면 더 데려와요!"

포프가 얼굴을 찌푸렸다. "뜻밖의 변수네. 리, 계집애를 계속 감시해."

근처 진달래 덤불에서 한 남자가 나타났다. 키가 작고 다부진 몸집의 중년 남자로, 어두운 피부색에 검은 머리를 짧게 깎은 모습이었다. 갈색 중산모, 갈색 양복에 노란색 넥타이를 매고, 긴 갈색 외투를 걸치고 있었다. 외투는 권총 벨트에 바로 손이 닿을 만큼 느슨하게 열려 있었다. 작고 뭉툭한 코 위에 테 없는 둥근 안경을 썼고, 깨끗하게 닦은 부츠가 등불에 반짝였다. 옷은 모두 선이 깔끔하게 각 잡혀 있었으며, 가장자리까지 잘 관리돼 있었다. 마치 종교 선택에 대한 조언을 해주려는 레클레이드 신앙의 집 멘토 같았다. 하지만 움직임은 정확하고 목적의식이 뚜렷했다. 스칼렛은 말로 설명할 수 없었지만, 그가 레클레이드 사람이 아님을 알아챘다. 즉시 그에 대한 경계심이 들었다.

하지만 지금은 그런 생각을 할 때가 아니었다. 그는 스칼렛이 개처럼 총에 맞아 죽는 걸 막아줬다. 이는 호의적인 행동으로 볼 수 있었다. 스칼렛은 긴장감을 늦추지 않고 그대로 서서 기다렸다.

새로운 인물은 덤불 밖으로 완전히 나와 길 한가운데 섰다. 스칼렛의 맞은편이자 형제단 사람들 사이의 중간 지점이었다. 그는 외투 한쪽을 뒤로 젖혀 상아색 권총 자루를 드러냈다. 그리고 권총 벨트에 엄지손가락을 걸치고 가만히 서 있었다.

침묵이 흘렀다.

"내가 방해하지 않도록 해주시지, 친구들. 뭐 하고 있던 건지 알려주겠나." 남자가 깊고 부드러운 목소리로 말했다.

"날 막 죽이려던 참이었죠." 스칼렛이 말했다.

"그래, 저 계집애는 무법자니까. 도둑이라고." 포프가 말했다.

포프의 자세가 미묘하게 바뀌었다. 스칼렛은 그가 긴장한 걸 눈치챘다. 포프의 눈이 스칼렛과 새로운 인물 사이를 오갔다.

"백 퍼센트 합법적인 행동이야. 지나가던 행인이 신경 쓸 일 아니라고."

새로 나타난 남자가 미묘하게 웃었다. 안경에 빛이 반사돼 눈빛을 읽을 수 없었다.

"저 소녀는 죽이면 안 돼."

남자의 말에 스칼렛이 바로 소리쳤다. "드디어! 진짜 상식이 있는 사람이 나타났네!"

포프가 험악한 표정으로 말했다. "형씨, 그냥 입 다물고 있으라고. 저 계집애 뒤로는 도난당한 금고와 죽은 남자들과 울부짖는 은행 지점장들이 줄을 서 있으니까. 소 떼 뒤에 떨어진 소똥처럼 흔적이 남았지. 예쁘고 어려 보이는 외모에 속으면 안 돼. 레클레이드에 들어온 놈들 중에서 가장 악랄하고 막가는 놈이라고. 동정할 가치도 없어. 제길, 하지만 형씨처럼 살금살금 숨어 다니는 족제비에게는 설명할 필요도 없겠지. 형씨는 뭘 원하는 거야?"

"내 이름은 실링이네."

남자가 깔끔한 둥근 안경을 살짝 고쳐 쓸 때, 셔츠 소매의 커프스 단추가 반짝였다.

"나도 저 소녀에게 관심이 있거든. 하지만 반드시 살아 있어야만 하지."

스칼렛이 격렬하게 고개를 끄덕였다. "좋아요."

"지금 당장은 말이야."

"아…."

"형씨, 은행에서 고용했나? 저 계집애에게 현상금이 걸렸나 보지." 포프가 물었다.

"그럴 수도 있겠군. 하지만 난 은행에서 고용한 게 아냐."

"그럼 뭐, 형사 같은 건가?"

"그것도 아니야."

포프는 남자의 말을 곱씹어 보느라 잠깐 머뭇거리다 말했다. "그렇다면 예의 바르게 덤불 속으로 도로 들어가시지. 그리고 우리가 합법적인 일을 마무리하도록 내버려둬."

실링의 외투 모서리가 가벼운 바람에 흔들렸다. 손은 여전히 권총 벨트에 걸려 있었다.

"신사분들은 신앙심이 있으신가? 선과 악을 믿나?" 실링이 물었다.

침묵이 흘렀다. 포프는 눈살을 찌푸리며 어리둥절해했다. 처음으로 리의 시선이 스칼렛을 떠나 옆을 흘끗 본 후 다시 제자리로 돌아왔다. 스칼렛은 천천히 숨을 내쉬었다. 역시 실링은 레클레이드 사람이 아니었다. 민병대도 아니고 형사도 아니었다. 은행 쪽 사람도 아니었다. 첫 직감이 맞았다. 이 남자는 신앙의 집 소속이다. 요원이 틀림없었다. 그건 즉, 그가 매우 민첩할 거란 이야기였다.

스칼렛은 뛸 준비를 했다.

"두 예쁜이에게는 선과 악의 개념이 좀 어려울 거 같군." 실링이 말을 이었다. "놀랄 일도 아니지. 난 한눈에 범죄자를 알아볼 수 있거든. 시간이 있었다면, 너희 둘 다 민병대 초소로 끌고 가서 쇠창살 감옥에 가뒀을 거야. 하지만 지금은 너희보다 사악한 존재를 쫓고 있어서 말이야. 사악하고 불경한 걸. 저 소녀가 그것의 위치를 알거든. 그녀가 너희 도시에 부패한 걸 가져왔어."

실링은 스칼렛을 보며 말하고 있었다. 눈은 보이지 않았지만, 스칼렛은 직감으로 알았다. 그는 지금 알버트에 대해 말하고 있었다. 불쌍하고, 이상하고, 운도 없는 알버트. '사악하고 불경한 것'이라니…. 그래. 신앙의 집 멘토들은 돌연변이에 대해 항상 저런 식으로 말했다. 그들은 생존 도시에서 잡초를 제거하듯 원치 않는 사람을 제거하는 잔인함을 이렇게 정당화했다. 조용히 사라진 아기들, 숲으로 끌려간 아이들…. 신앙의 집에 대해 생각할 때마다 자연스럽게 솟아

나는 차가운 분노가 배 속을 꽉 채웠고, 스칼렛의 생존 의지와 목적 의식을 더욱 단단하게 만들었다. 스칼렛은 어두운 풀밭에서 총의 위치를 가늠했다. 이제 곧 기회가 올 것이다. 너무 오래 긴장하며 준비 태세를 갖췄더니 근육이 아파왔다.

"신사분들, 사실 말이야." 실링이 계속 말했다. "저 소녀는 레클레이드에 위험인물을 숨겼다네. 평범한 돌연변이도 아니고, 우리 모두에게 파멸을 불러올 수 있는 소년을 말이야."

스칼렛이 깜짝 놀랐다. "당신 지금 알버트 말하는 거 맞아? 정말이야? 확실해?"

"나와 내 고용주는 그를 잡기 위해 먼 길을 왔어. 하지만 그 사악한 존재가 레클레이드에서 이미 사람을 죽이기 시작했더군. 이게 바로 두 신사에게 물러날 기회를 주는 이유이기도 하지. 더 캐묻지 않으면 문제될 거 없네. 아직 늦지 않았으니 즉시 떠나."

사람을 죽였다고? 스칼렛은 머릿속이 혼란스러웠다. 잠깐 집중력을 잃었지만 맹렬하게 마음을 가다듬으며 혼란을 삼켰다. 안 돼! 이럴 때가 아니야! 침착해. 남자들의 손에 집중해서 살아남아야 해. 몇 초 만에 결판이 날 테니까.

리는 어둠 속에서 커다란 조각상처럼 움직이지 않았다. 실링의 제안에 아무 반응도 보이지 않았다. 하지만 포프의 입에서 분노에 찬 씩씩거리는 소리가 새어 나왔다.

"하, 시건방지군. 형씨, 우린 아무 데도 안 갈 거야. 앞으로 일어날 일을 알려주지. 널 쏴 죽여 저 계집애 옆에 눕혀줄게. 아주 간단하지."

포프가 턱을 내밀었다. 그의 말은 공중으로 흩어졌다.

"말이 꽤 거칠군."

실링이 부드럽게 말하자, 포프가 웃었다. 실링 역시 미소 지었다.

리는 누구에게도 미소 짓지 않았지만, 고통을 예고하듯 얼굴에 일순간 찡그린 표정이 지나갔다.

"뭐, 그렇다면." 실링이 말했다.

포프의 총이 움직였다.

눈 깜짝할 사이에 실링이 손에 권총을 쥐었다. 그는 포프에게 총을 발사하고, 옆으로 몸을 틀며 리가 총구를 틀어 발사한 총알을 피했다. 포프가 거친 비명을 질렀다.

스칼렛은 이미 옆으로 몸을 날렸다. 권총이 놓여 있는 곳을 향해 풀밭 위를 굴렀다. 뒤로 쓰러지는 포프의 그림자를 통과했다.

리가 한쪽 무릎을 꿇었다. 양손에 모두 총을 쥐고 있었다. 그는 팔을 뻗어 총을 세 번 더 발사했다. 한 발은 스칼렛에게, 두 발은 실링에게.

부츠 사이로 총알이 스치자, 스칼렛은 구르던 동작을 멈추고 뛰기 시작했다.

포프는 땅에 쓰러졌다. 팔다리가 고무처럼 흐느적거렸고, 모자가 빙그르르 굴러갔다.

실링도 몸을 날렸다. 높이 뛰며 옆으로 몸을 기울이자, 외투가 공중에서 펄럭였다. 리가 쏜 총알 한 발이 외투를 뚫고 지나갔다. 다른 한 발은 빗나갔다. 실링이 착지해 바닥을 구르며 팔꿈치 밑으로 리를 향해 권총을 쐈다.

스칼렛은 한밤의 차갑고 딱딱한 바닥에서 권총을 집어 들었다. 계속 달려 가장 가까운 나무 뒤에 몸을 숨겼다.

포프의 모자는 더 이상 구르지 않고 고요히 누워 있었다.

스칼렛은 눈앞의 머리카락을 쓸어 넘기고 나무 기둥 뒤에서 조심스럽게 밖을 살폈다. 등불이 공원 나무 사이를 부드럽게 비췄다. 포프는 죽었다. 리는 가슴에 총을 맞아 입에서 피가 흘러나왔다. 리가 일어나려 했다. 약하고 고통스러운 동작으로 손에서 떨어진 총을 집으려 했다. 총은 불과 몇 센티 떨어져 있지 않았지만 잡을 수 없었다.

실링은 일어나 바닥에 떨어진 모자와 작고 둥근 안경을 집으려고 몸을 굽혔다. 스칼렛이 권총을 들었다. 실링이 보지도 않은 채, 그녀가 있는 방향으로 두 발의 경고 사격을 했다. 스칼렛은 깜짝 놀라 다시 나무 뒤로 숨었다. 나무 기둥 뒤에서 반격을 가했지만, 그가 이미 위치를 바꿨음을 직감했다.

스칼렛 역시 위치를 바꿀 필요가 있었다. 공원 출입구가 가까웠고, 그 너머에 중심가가 있었다. 움직이기 전에 마지막으로 실링을 엿봤다. 예상대로 실링은 총에 맞지 않았다. 그는 포프의 시체를 넘어 리에게 다가가고 있었다. 손은 총을 쏠 준비가 돼 있었다.

스칼렛은 머리를 숙이고 풀밭을 가로질러 공원 출입구로 달려갔다. 출입구의 벽돌 기둥 뒤에 재빨리 몸을 웅크린 채 앞머리를 쓸어 넘겼다.

뒤에서 총소리가 울렸지만, 어둠 속은 아무 반응도 없었다. 공원은 조용해졌다. 기둥 뒤에 몸을 숨긴 스칼렛은 쇠 울타리 사이로 시선을 돌려 그림자가 얽힌 바닥과 어둠 속에 드러난 사물들의 표면의 미세한 차이까지 샅샅이 훑어봤다.

실링이 올 것이다. 어디에서 나타날까?

나무 사이 가려진 곳에서 뭉툭한 형체가 잠깐 나타났다. 예상보다 훨씬 가까웠다. 스칼렛이 두 발을 쐈다. 형체는 옆으로 몸을 홱 숙이고 사라졌다.

스칼렛은 거리를 향해 내달렸다. 등에 멘 천 가방이 마구 흔들렸다. 거리엔 안개가 자욱이 피어오르고 있었다. 모자, 신문, 케이크, 과자 등을 광고하는 가게 간판들이 위로 획획 지나갔다. 은행에서 얼마 떨어지지 않은 곳에 우체통이 보였다. 스칼렛이 우체통 뒤로 몸을 숨긴 순간, 총알이 날아와 근처 철물점 유리창을 산산조각 냈다.

개들이 짖기 시작했다. 중심가를 따라 가로등 불빛이 하나씩 켜졌다. 스칼렛은 철제 우체통에 등을 기대고 쪼그려 앉아 권총을 열었다. 벨트 고리에서 총알 세 개를 꺼내 빈 탄창에 넣은 후 총을 꽉 닫았다. 눈을 감고 실링의 입장에서 생각해 봤다. 실링은 지금 공원 출입구 근처에 있을 것이다. 우체통을 주시하며 그녀가 살금살금 나오는 순간을 노리고 있겠지. 하지만 안개가 시야를 가리는 데다, 그녀를 산 채로 잡아야 했다. 결국 스칼렛의 하체를 조준해야겠지만 달리는 다리를 맞추기는 쉽지 않을 것이다. 이 정도 거리에서 쏘면 총알이 빗나가기 십상이었다. 결국 그는 더 가까운 위치를 찾을 것이다. 사람들이 몰려들기 전에 빨리 움직이겠지. 불빛을 피해 어둠 속에 숨어 움직일 것이다. 그 말은 그가 맞은편 길을 따라 조용히 이동할 거란 의미였다. 목표물에서 너무 멀지 않게, 그 자신이 노출되지도 않게….

스칼렛은 실링이 코를 파든 뭔가 다른 일을 하든 잠깐 멈췄을 경우를 고려해 몇 초 더 기다렸다. 그리고 천천히 숨을 크게 들이마셨다. 우체통 뒤에서 앞으로 나가며 맞은편 길을 향해 무작위로 총을 여섯 발 쐈다. 네 발은 돌과 콘크리트에 맞았고, 두 발은 과자 가게 옆 그림자 속을 조심스레 지나가던 실링에 맞았다. 총에 맞은 반동으로 실링의 몸이 튀어 오르며 전면 유리창을 뚫고 가게 안쪽으로 날아갔다. 과자와 병들, 막대 사탕이 마구 쏟아지고 구르는 한가운데에 등을 대고 쓰러졌다. 실링은 신음하며 일어나려 몸부림쳤다. 스칼렛이 다가갔다. 바로 그때 근처 건물에서 문이 열리는 소리가 들렸다. 목이 쉬고 화난 목소리가 들렸다. 스칼렛은 실링을 포기해야 했다. 그녀는 총을 벨트 안에 집어넣고 길을 따라 달렸다.

수로 관문의 아치형 출입구는 높은 흙벽을 깊게 파낸 원형의 검은 굴처럼 보였다. 관문은 열려 있었다. 문을 향해 뛰면서 강둑 너머를 어렴풋이 볼 수 있었다. 안개가 실타래처럼 얽혀 있고, 물 위에서 춤추는 달빛이 기름방울처럼 보였다. 여기가 바로 약속 장소였다. 하지만 알버트는 보이지 않았다.

결국 스칼렛은 달리기를 멈췄다. 폐가 타는 듯했다. 들썩이는 옆구리에 손을 짚고 섰다. 머리카락이 폭포수처럼 얼굴에 쏟아져 내렸다. 저 멀리 중심가에서 고함과 개 짖는 소리가 들렸다. 도시 경비대가 움직이는 징조였다. 오 분이면 여기까지 올 것이다.

"스칼렛, 여기야. 빨리 왔네!"

수로 관문의 어둠 속에 인영이 보였다. 갈대처럼 가늘고 깡마른 형체가 그 너머의 강물을 배경으로 모습을 드러냈다. 그 사람은 헐렁한 스웨터 소매를 펄럭이며 손을 흔들었다.

"와우. 이렇게 빨리 일을 끝낼 줄 몰랐네. 스칼렛 맥케인이니까 당연한 거겠지만. 뭐든 순조롭고 자신감 넘치고, 마지막까지 프로다운 모습! 그런데 왜 이렇게 숨이 가쁜 거야?"

스칼렛이 몸을 바로 세우며 말했다. "일을 끝내지 못했으니까. 돈도 아직 내가 가지고 있고. 배신당했어. 형제단 두 명이 날 죽이려 했고, 지금 도시 전체가 들끓고 있어. 당장 여길 빠져나가지 못하면, 밤이 끝나기도 전에 쇠로 된 수레 안에서 불에 타 죽을 거야."

"아, 그러니까 일이 완전 엉망진창이었단 거지?" 알버트가 스칼렛에게 배낭을 건넸다. "뭐, 아무튼. 여기 네 욕설 상자야. 이게 필요할 거 같네. 이제 배로 갈까?"

스칼렛이 손을 올렸다. "잠깐. 질문이 하나 있어. 괜찮다면 말이야."

"그럴 시간이 있어?"

"금방 끝나." 스칼렛이 알버트에게 가까이 다가갔다. "알버트."

"응?"

"우리가 레클레이드에 온 후, 누군가를 죽인 적 있어?"

그 말에 알버트가 바로 얼어붙었다. 얼굴에 그림자가 드리워졌다. "나 말이야?"

"그래."

"아니."

"확실해? 단지 혹시나 네가 잊은 건 아닌가 해서."

"그렇다니까! 확실해!" 알버트는 잠시 주저했다. "어, 음, 그게… 중요한 사람은 아니었어."

"계속해."

"노예 상인이 몇 명 있었던 거 같아…."

"제길, 이럴 줄 알았어."

"스칼렛, 하지만 그들이 날 사슬로 묶고 철창에 가두려 했어! 아무튼 진짜 내가 한 게 아냐. 절대 공포가 몰려왔어. 한계치를 넘어버렸다고. 그런 일이 일어나면…."

스칼렛이 분노에 차 소리 질렀다. "이럴 줄 알았어! 네가 뭔가 숨기고 있을 줄 알았다고. 알버트, 이 사실을 알고 싶을 거야. 네 덕분에 스톤무어 친구들이 우리 뒤를 바짝 쫓고 있단 걸. 방금 그중 한 명과 온 동네를 가로지르며 총격전을 벌였어. 그놈이 혼자 오지는 않았겠지. 분명…."

알버트는 스칼렛의 말을 듣고 있지 않았다. 넋이 나간 채 스칼렛 뒤를 보고 있었다. 얼굴에 떠오른 공포가 너무 극심해서, 불의 지역을 본 적도 있고, 한밤에 오염된 자들의 사냥터에 간 적도 있는 스칼렛조차 숨을 멈출 수밖에 없었다. 그녀는 알버트의 시선을 따라 몸을 돌렸다. 알버트처럼 머릿속을 읽지는 못했지만 정확히 뭘 보게 될지 예측할 수 있었다.

안개 속에서 한 여자가 길 한가운데를 걸어오고 있었다. 검은 코트를 펄럭이며 빠르지만 조용히 걸어왔다. 창백한 얼굴은 희미하게 빛이 났고, 백금발은 뒤로 묶여 있었다. 무기는 보이지 않았지만, 멀리서도 마음을 움츠러들게 만드는 힘과 강한 카리스마가 느껴졌다.

"알버트…." 공중에 부드러운 목소리가 울렸다. "내게로 와."

'박사님한테 가까이 가면 죽는다고! 네가 몸부림치며 불탈 때, 박사님은 네 얼굴을 보며 웃을 거야.'

순간, 스칼렛은 꼼짝할 수 없었다.

안개가 갈라지며 여자 뒤에서 과장되게 절뚝거리는 남자가 나타났다. 다부진 체격의 남자는 중산모에 긴 회색 코트를 입고 옆구리에 총을 쥐고 있었다.

"알버트, 넌 나와 함께 가야지." 스칼렛이 말했다.

알버트의 소매를 잡았지만 아무 반응이 없었다. 마치 배터리가 다 닳았거나 스프링이 끊어진 듯 움직임이 전혀 없었다. 그의 눈은 여전히 여자를 바라보고 있었다. 스칼렛은 억지로 그의 몸을 돌려세웠다. 가방을 들어 올리며 알버트를 아치 쪽으로 끌고 갔다.

흙벽 아래 부두로 나갔다. 안개가 부표 주위를 휘감고, 정박한 배들이 낮게 떠 있었다. 돛대가 달빛이 비치는 물을 갈랐다. 부두 가장자리를 따라 불 켜진 기름등 몇 개가 기둥에 달려 있었다. 네 개의 기둥 위로 나무로 만든 감시탑이 입을 벌린 채 우뚝 서 있었다. 그 옆에는 철조망 뒤로 휘발유통이 피라미드처럼 쌓여 있었다.

텅 빈 경비 초소를 지나자, 자갈길이 평평한 나무판자 길로 바뀌었다. 희미한 박수 소리처럼 나무판자가 발밑에서 텅 텅 울렸다.

스칼렛은 앞쪽 부두를 살피며 사람 흔적을 찾았다.

"노인장! 노인장! 어디 있는 거야?"

아무 대답이 없었다. 스칼렛은 욕설을 내뱉고 다시 외쳤다.

"알버트, 그 노인 보여? 배는 어디 있지?"

스칼렛은 옆을 흘끗 바라봤다. 알버트는 뻣뻣하고 불안정한 걸음으로 걷고 있었다. 스칼렛은 계속 그의 팔을 붙잡았다. 헐렁한 스웨터에 바지를 입고 큰 신발을 신은 알버트. 언제나처럼 무기력했고 희망조차 잃은 모습이었다. 얼굴은 공허했고, 검은 머리는 바람에 흩날렸다.

"노예 상인들, 존경받던 시민… 세 명이… 알아보기 힘들 정도로 시체가 조각조각 난 상태…."

"노인장!"

"짐승이 침입했을 수도 있어요."

안개 너머에서 툴툴대는 목소리가 들렸다. "누가 소리치는 거야?"

"노인장의 승객이지! 지금 상황이 좀 곤란하다고!"

"너희가 안 오는 줄 알았지. 자기 전에 막 코코아를 타고 있었다고."

"당장 떠나야 해! 지금 바로!"

"먼저 돈부터 확인해야겠어. 선금을 받아야 하니까."

"좋아. 잠시만! 일단 망할 시동부터 켜라고!"

스칼렛과 알버트는 길이 구부러진 곳에 이르렀다. 스칼렛은 뒤에서 그 여자와 실링이 수로 관문 출입구를 통과해 나오는 걸 알아챘다. 스칼렛은 걸음을 멈추고 알버트를 앞으로 밀었다. 절망스럽게도 그는 바로 멈춰 섰다. 알버트는 여전히 충격에 휩싸여 있었고, 모든 생명력이 빠져나간 듯 보였다.

"그만 정신 차려! 배에 얼른 타!" 스칼렛이 으르렁거리듯 소리쳤다.

하지만 알버트는 아무 반응도 보이지 않았다. 스칼렛은 강물 너머를 돌아봤다. 여자가 부두를 따라 그들을 향해 오고 있었다. 실링이 걸음을 멈췄다. 얼굴은 무표정했고, 안경알엔 아무것도 비치지 않았다. 아주 잠깐 실링과 스칼렛은 강물을 사이에 두고 서로를 응시했다. 그는 긴 회색 외투 주머니에 손을 넣더니 가는 유리병을 꺼냈다. 그리고 스칼렛이 미처 반응하기도 전에 팔을 구부리더니 유리병을 던졌다.

유리병이 하늘에서 사라지는 순간, 모든 게 정지 화면처럼 보였다. 실링, 그 여자, 어룽거리는 달빛, 레클레이드의 흙벽까지. 그 위로 밝고 선명하고 차가운 별이 높이 떠 있었다.

쨍그랑, 쨍그랑, 펑 펑. 가장 가까운 돛단배가 불길에 휩싸여 사라졌다.

폭발로 인해 스칼렛은 바로 옆 배 기둥에 부딪혔다. 쓰러지며 머리를 다쳤고, 순간 눈앞이 캄캄해졌다. 눈을 깜박이자 다시 앞이 보이기 시작했다.

얼굴을 타고 피가 흘러내렸다. 알버트가 스칼렛을 내려다보며 서 있었다.

"스칼렛!"

"윽, 너 정신이 돌아왔구나? 난 괜찮아. 배에 타."

"그들이 널 죽였어!"

"아냐. 못 죽였어. 노인장은 어디 있는 거야? 소란 피우지 마. 시간 없어."

하지만 알버트는 더 이상 스칼렛을 보고 있지 않았다. 대신 연기 너머 실링과 다가오는 여자를 노려봤다. 주먹을 꽉 쥐고 이를 드러낸 그는 작은 분노의 화신 같았다.

알버트는 완전히 시야에 드러나서 겨냥하기 쉬운 표적이었다. 커다란 화살표가 머리 위를 가리키며 깜박이는 것과 같았다. 스칼렛은 알버트의 스웨터를 부여잡고 일어서려 했다.

"바보야, 엎드려!" 스칼렛이 거의 울듯이 소리쳤다. "놈이 총을 쏠…."

그 순간, 뭔가가 일어났다.

강물 건너편에서 엄청난 충격음이 들렸다. 휘발유통이 은빛 섬광에 휩싸이더니 삽시간에 잇달아 폭발하며 전체가 불에 휩싸였다. 순간 수십 개의 불꽃이 국화처럼 화르르 피어났고, 부두 끝이 산산조각 났다. 스칼렛은 불타오르며 부서지는 폭발에 휘말려 부두 쪽으로 날아갔다. 화염 미사일이 돛대를 뚫고 지나가자, 배 기둥이 회전하며 부러졌다. 감시탑은 폭발의 위력으로 말이 뒤로 쓰러지듯 휘청댔다. 감시탑의 기둥 다리가 부서졌고, 지지대가 기울어지며 한쪽으로 쓰러졌다. 감시탑은 관문 옆쪽 흙벽에 충돌했다. 조금 전까지 화염에 휩싸인 실링과 검은 옷을 입은 여자가 서 있던 곳을 이제 불바다가 삼켰다.

스칼렛은 굴러가다 나무판자 길 위로 튕겨나가 바닥에 등을 대고 떨어졌다. 아이 손가락만 한 나뭇조각들이 위에서 비처럼 떨어졌다.

스칼렛은 간신히 일어섰다. 매캐하고 짙은 냄새가 공기를 가득 채웠다. 앞이 보이지 않았다. 배들이 불타고, 주변에는 온통 굉음과 딱딱거리는 소리가 울려 퍼졌다. 마른 가지가 뜨거운 열에 불타며 터지는 높고 날카로운 소리와 쉭쉭거리는 소리였다.

부두 끝은 불꽃 지붕으로 변했다. 불길을 배경으로 다부진 형체가 몸을 일으키며 중산모를 머리에 얹고 있었다.

젠장. 알버트는 어디에 있지? 노인은?

부두 일부가 무너져 내렸다. 스칼렛은 균형을 잃을 뻔했다. 발밑 구조물 전체가 기울어지는 걸 느꼈다. 아직도 폭발 중인 휘발유통 더미에서 날아오는 숯불 나무 미사일을 피하며 가파른 선착장을 따라 달렸다. 저쪽 불길 속에 알버트의 검고 가는 모습이 나타났다! 스칼렛보다 아래쪽에 있었는데, 어떤 배 위에 서서 손짓하고 있었다. 뼈가 앙상한 형체로 보아 노인도 옆에 있는 듯했다.

스칼렛이 그들 옆으로 뛰어내리자마자 부두가 완전히 무너지며 검은 물결이 치솟았다. 그들이 탄 배가 솟구쳤다가 흔들리며 어두운 밤 속을 달려나갔다. 열린 수문에 잠깐 부딪혔다가 문을 통과해 템스 강으로 들어갔다.

스칼렛은 다리가 휘청거려 어두운 갑판 위에 주저앉았다. 근처에서 알버트의 기침 소리가 들렸다. 그녀는 멍하니 반쯤 의식을 잃은 상태로 레클레이드의 수로 방벽을 돌아봤다. 부두는 높은 불길과 연기에 휩싸여 있었다. 배들이 불타고, 돛대가 쓰러졌다. 전나무만큼 높이 솟은 불꽃이 하늘을 배경으로 춤추며 빙글빙글 돌았다.

3

템스강

창틀을 헐겁게 만든 건 곱슬머리 소년이었다. 그날 아침 소년은 힘의 최대 한계치를 넘겼다. 휴게실이 폭발하면서 간호사, 간수 두 명, 그리고 그 자신도 목숨을 잃었다. 보통 최대 한계치의 힘을 써도 본인은 안 다치는 게 일반적이지만, 이번은 상황이 달랐다. 천장이 무너지며 소년을 덮쳤기 때문이다.

마이클은 이번 일이 다른 아이들에게 분노 조절의 중요성을 일깨운다고 알버트에게 말했지만, 스톤무어 당국에도 교훈이 된 게 분명했다. 이 일이 있고 난 뒤로 누군가 식당 테이블 너머로 갑자기 우유 잔을 던지거나, 약간이라도 침착성을 잃으면, 여섯 명의 경비원이 뛰어들어 말도 쓰러뜨릴 만큼 강력한 진정제를 엉덩이에 주사했다. 손가락만큼 굵고, 길이는 90센티쯤 돼 보이는 주삿바늘이 경비원 허리띠에 줄지어 달린 모습은 감정을 진정시키는 효과가 있었다. 그 모습은 한 번 보기만 해도 영국 귀족처럼 몸을 단정히 하고 솟구치는 감정을 억누르게 했다.

그들은 곱슬머리 아이의 침대를 일주일 동안 그대로 뒀다. 그 아이의 감방 문도 열려 있었고, 가죽 재킷도 여전히 의자에 걸려 있었다. 마치 모든 게 평소와 같고, 그 아이가 잠깐 화장실이라도 갔다 올 것처럼. 하지만 사실 그 아이는 뒷마당에 묻혀 있었다. 알버트는 이 것 역시 또 다른 교훈인 것 같다고 옆방의 모에게 말했다. 모도 그럴 가능성이 있다고 했지만, 저녁 약을 먹은 탓에 나중에는 이 대화를 기억하지 못했다. 그 무렵 그들은 모에게 많은 약을 투여하고 있었 다. 이 주 후, 모는 곱슬머리 아이를 기억조차 못 했다.

곱슬머리 소년의 일이 발생한 다음 날 저녁, 알버트는 스튜도 먹 지 않고 휴게실로 내려가 엉망진창이 된 현장을 살펴봤다. 문이 있 던 출입구는 판자로 막혀 있었다. 알버트는 슬며시 뒤로 들어가 부서 지고 그을린 마루 위를 돌아다니며 타고 남은 잔해와 녹아내린 유리, 반은 타버린 소파 등을 지나갔다. 무너진 천장은 이미 치워져 있었지 만, 그 아이가 서 있던 자리는 손대지 않고 남아 있었다.

힘이 미치는 영향권 밖에 있던 서쪽 창문은 손상되지 않았다. 유 리도 그대로였고 창살도 부서지지 않았다. 하지만 알버트는 벽돌과 창틀 사이에 생긴 작은 틈으로 저녁 햇살이 새어 들어오는 걸 알아차 렸다. 창틀을 밀자, 창 전체가 썩은 이처럼 흔들거렸다. 가까이 다가 가자 창틀 틈새로 어린아이의 숨결처럼 상쾌하고 부드러운 바람이 아주 미세하게 들어오는 게 느껴졌다.

가치 있는 발견이었다. 알버트는 심장이 쿵쿵 뛰기 시작했다.

알버트는 조심스레 비밀을 간직했다. 아무에게도 말하지 않았다. 말할 엄두조차 내지 못했다. 하지만 칼로웨이 박사는 절대 속일 수 없었다. 적어도 완벽하게 속이는 건 불가능했다. 박사 혹은 다른 누 군가가 알버트의 주의가 산만해진 걸 알아차렸다. 점호 후에도 마당 을 어슬렁거리며 벽 너머 언덕을 쳐다본다는 걸. 얼마 지나지 않아 알버트는 박사의 서재로 불려갔다.

"알버트, 왜 그렇게 들떠 있지?"

"들떠 있다니요, 박사님?"

"여기를 떠날 생각인 거니?"

"아뇨."

"이런, 알버트…."

박사는 책상 위에 놓여 있는 자작나무 지팡이를 만지려고 손을 움직였다. 서재 창문의 쇠창살은 책상 위의 햇살을 작은 사각형 안에 가뒀다. 칼로웨이 박사가 지팡이 위치를 미세하게 조정하자 그녀의 손톱이 반짝였다.

"거짓말을 하려거든 품위 있게 하렴. 멋진 얘기를 꾸며내 봐. 모두가 기뻐할 만한 얘기 말이야. 네가 벽 너머를 바라보는 걸 봤단다. 밖에 나가고 싶은 거지?"

"모르겠어요, 박사님."

말속 함정을 눈치챘기에 너무 열광적으로 반응하거나 부정하고 싶지 않았다. 박사가 뭘 믿을지도 모르는 상황이었다.

"가끔 나가고 싶기도 해요. 숲속 나무 색이 좋거든요. 하지만 감독관님이 숲속에는 나쁜 게 많다고 하셨어요. 조금 무섭게 들리던데요."

"그래. 바깥세상은 네게 안전하지 않아. 스톤무어 주변에도 나무가 있잖니."

"네. 저도 여기 사과나무를 좋아해요. 하지만 나무에 새가 있었으면 좋겠어요."

박사는 창틀 모양을 따라 조각나 보이는 파란 하늘을 흘끗 쳐다봤다.

"알버트, 하늘에 새가 안 보이니?"

알버트가 고개를 끄덕였다. "보여요. 하지만 가까이 오면, 경비원들이 새를 쏘잖아요."

박사가 또 뭔가 말했지만, 알버트의 머릿속은 어렸을 때 본 이빨 부리새에 대한 생각으로 넘어갔다. 스톤무어에 온 지 얼마 안 됐을 때였다. 경비원이 죽인 새는 대부분 벽 바깥으로 떨어졌지만, 이 새는 월계수 울타리와 벽 사이에 떨어졌다. 새는 죽은 지 오래돼 살이 검게 쪼그라졌고 눈은 사라졌으며, 깃털은 검푸르게 뭉개져 있었다. 그래도 느슨하게 벌어진 부리 안쪽 작은 톱니 모양으로 돌출된 이빨은 여전히 칼처럼 날카로웠다. 손가락으로 이빨을 만지자 손에 피가 났다. 알버트는 새의 부리에 매료됐다. 부리 아랫부분은 거의 떨어져나가기 일보직전이었다. 그는 부리를 비틀어 완전히 떼어내 호주머니에 넣었다. 며칠 후 다시 새를 보러 갔지만, 그때는 이미 경비원이 사체를 발견해 치운 후였다.

박사가 대답을 기다리고 있다는 걸 깨닫고, 알버트가 말했다. "죄송해요, 박사님. 질문을 못 들었어요."

작고 붉은 입술이 일자로 굳게 다물어졌다.

"정신 구속구가 귀를 막고 있니? 나사가 조금 풀렸나? 알버트, 더 단단하게 조여줄까? 널 위해 더 조여줄게. 머리에서 피가 날 정도로 꽉 조일 수도 있어."

알버트가 몸을 부들부들 떨었다.

"안 돼요. 제발요. 그러실 필요 없어요."

박사의 머리카락은 부서진 밀짚처럼 옅은 색이었지만, 햇살이 그 위를 비추자 불길이 타오르는 듯 보였다. 박사가 의자 앞으로 몸을 기울였다.

"알버트 브라운, 내가 묻고 있잖아. 여기서 행복한지."

"네. 행복해요, 칼로웨이 박사님."

"감독관이 말한 대로 약 먹고 있지?"

"네, 박사님. 매일 밤 먹고 있어요."

"잘했어."

하지만 박사는 확신이 안 드는 듯 알버트를 바라봤다. 그 문제에 대해 또 뭔가 말하려는 걸 알아차리고, 알버트는 재빨리 말을 끊었다.

"약이 너무 써요. 특히 파란색이요. 그래도 어쨌든 전 약을 전부 씹어서 삼켜요."

알버트는 박사를 향해 힘없고 흐트러진 미소를 지어 보였다. 고통을 참으면서도 박사를 기쁘게 해주고 싶다는 열망이 담긴 듯한 미소였다. 마이클과 간호사에게는 잘 먹혔지만, 칼로웨이 박사는 부드러운 검은 눈으로 가만히 바라볼 뿐이었다. 알버트는 너무 과했다는 생각이 들기 시작했다.

"씹어 먹지 마. 그냥 우유와 함께 통째로 삼키면 돼. 그러면 아무 맛도 안 나. 감독관에게 부탁해서 제대로 먹게 해야겠구나."

이제 박사가 미소 지을 차례였다. 짧고 날카로운 미소였다. 그녀는 창백한 흰 손으로 펜을 재빨리 움직이며 책상에 놓인 종이에 뭔가를 기록했다. 피부가 유산지처럼 얇아서 피부 밑 파란 핏줄이 보일 정도였다. 얼굴이나 목과 마찬가지로 손에도 티 하나 없었다. 스톤무어 사람들에게 많이 있는 모반도 전혀 보이지 않았다.

박사는 펜을 옆에 내려놨다.

"널 왜 이곳에 둔다고 생각하니?"

"모르겠어요."

"우리는 널 보호하려는 거야. 안전하게 지켜주는 거지."

박사가 의자를 돌린 후 옷을 가다듬었다.

"알버트, 창을 좋아한다면 이 창으로 밖을 봐도 돼."

이 높이에서는 외벽과 정문의 경비실 너머를 볼 수 있었다. 언덕의 굴곡을 따라 울창한 덤불 사이로 하얀 자갈길이 사라지는 모습이 보였다. 외벽 근처의 땅은 보안상의 이유로 개간됐다. 검고 곳곳이 상처 입은 땅에는 탄화된 나무뿌리가 박혀 있었다. 그 너머로는 먼저 관목 덤불이 우거졌고, 그다음에는 짙은 녹색 숲이 솟아올랐다. 숲은 계속되는 언덕의 물결을 넘어 푸른 하늘과 만나는 먼 거리에서 사라졌다.

"감독관의 말이 맞단다. 저 땅은 거칠고 이상해. 알버트, 옛날에 끔찍한 사건이 벌어졌고, 아직도 그 영향이 남아 있지. 세계는 변하고 있어. 원래 속도보다 훨씬 빠르게. 동물과 인간도 변하고. 숲에는 거대 늑대와 거대 곰을 비롯해 여러 육식 짐승이 살고 있어. 물론 여행자를 습격하려고 숨어 있는 오염된 자들도 있고. 진정한 인간 문명은 쇠퇴하고 있지. 알버트, 넌 벽 밖을 나서면 오 분도 못 버틸 거야." 하트 모양의 창백한 얼굴이 그를 올려다봤다. "우리가 널 돌봐주는 방식에 만족하지 못하는 거니?"

"아니요, 박사님. 정말 감사하고 있어요."

"짐승이나 식인종뿐 아니라 평범한 영국 사람들도 널 죽이려 할 걸. 그들은 사방에서 위협받고 있으니 도시의 벽 너머에서 온 비정상적인 존재에 친절을 보일 리 없어. 네 그 끔찍한 병은 사람들을 폭력으로 이끌 거야."

"사람들이 어떻게 알까요?"

박사가 부드럽게 웃었다. "네 머리에 씌운 금속 구속구가 단서가 되겠지. 하지만 구속구를 없애면…. 알버트, 네가 얼마나 해악을 끼치는지 알지? 넌 스스로를 통제하지도 못하고 그럴 의지력도 없어. 네 안의 사악함은 순식간에 밖으로 터져 나올 거야. 저번에 그 바보 같은 애가 그랬듯이."

박사는 몸을 부르르 떨었다. 아마 혐오감이나 분노 때문일 것이다.

"알버트, 그 애와 대화한 적 있니?"

"한두 번이요."

"하지 말았어야지. 너도 그 애처럼 역겹고 기형적인 존재니까. 치료 효과가 있을 때까지 여기 스톤무어에 머물러야 해. 알아들었니?"

"네, 칼로웨이 박사님."

"넌 어떤 존재라고?"

"전 역겹고 기형적인 존재입니다."

"그게 바로 몇 년 전 네 부모님이 널 여기에 맡길 때 한 말이란다. 스톤무어는 네가 있을 유일한 장소야. 다시는 바깥세상에 대해 생각하다 들키는 일이 없도록 해."

그래서 알버트는 박사에게 들키지 않도록 조심했다. 몇 주 후 휴게실이 다시 개방됐을 때, 창문 옆 갈라진 틈은 여전히 그대로였다. 여느 때와 달리 그들이 이 틈새를 놓친 것이다. 알버트는 몇 달 동안 그 틈 가까이 가지 않도록 조심했다. 간혹 커튼을 닫을 때만 잠깐 다가서곤 했다. 그러면 틈새로 바람이 다시 느껴졌다. 석고벽 가까이 뺨을 대면, 바람이 피부를 스쳤다. 순간적으로 그는 건물 아래 언덕에 있는 너도밤나무 숲의 향기를 맡을 수 있었다. 잎이 무성하고 나무 수액이 풍부한, 뭔가 싱그러운 향이었다.

하지만 더 좋은 건 창틀을 누르면 여전히 창이 흔들린다는 점이었다.

16

어떤 밤은 영원처럼 길고, 어떤 밤은 손가락 사이로 빠져나가는 물처럼 빨리 지나간다. 이 밤도 순식간에 사라졌다.

알버트는 움직이는 갑판 위에 누워, 강물이 소용돌이치는 소리와 가끔 난데없이 울리는 스칼렛의 코골이 소리를 가까이에서 들었다. 그 외에는 깊고 축축한 침묵만 흘렀다. 눈을 뜨고 있어도 아무것도 보이지 않았다. 새벽은 거친 회색 안개에 싸여 찾아와 장막처럼 그를 감쌌다.

언제나 절대 공포가 몰아치고 난 뒤 그렇듯 두통과 함께 머릿속이 텅 빈 느낌이었다. 절대 공포의 잔여물이 아직도 가슴을 짓누르는 것 같았다. 희뿌연 안개를 바라보며 검은색 긴 코트를 입은 백금발의 여자를 떠올렸다. 박사는 불기둥에 둘러싸여 알버트에게 다가오고 있었다. 불기둥 그 자체처럼 보였다. 초인적인 속도로 빠르게 움직이며 점점 커지고, 점점 가까워지는….

알버트는 두 눈을 꽉 감았다. 그는 결국 박사에게 잡힐 것이다. 박사는 지금껏 알버트가 살아온 동안 한 일과 원하는 일을 전부 알고 있었다. 절대 박사를 피해갈 수도 없고, 지금도 그렇게 될 거라 생각하지 않았다.

스톤무어에 돌아가면 박사가 얼마나 끔찍한 처벌을 준비해 놨을까!

불안감이 밀려와 알버트는 자세를 바꿨다. 몸을 일으켜 앉은 자세로 숨을 크게 들이쉬며 주위를 둘러봤다. 안개가 점점 옅어지고 있었다. 이제는 단단한 장막이 아니라, 겹겹이 얽힌 실타래 같았다. 갑판 위 그의 옆에 큰 상자나 궤짝이 있다는 걸 알아차릴 만큼 옅어져 있었다. 알버트는 상자에 등을 기댄 채 기다렸다.

서서히 또 다른 어두운 덩어리가 자고 있는 스칼렛의 모습으로 변했다.

스칼렛은 옆으로 웅크려 한쪽으로 뻗은 팔 위에 머리를 얹고 입을 벌린 채 누워 있었다. 긴 머리카락이 해초처럼 얼굴 위로 쏟아졌다. 몸과 옷은 온통 재로 회색이 됐고, 다친 손에 감긴 붕대는 검었다. 은행 돈이 든 가방을 가슴에 꼭 끌어안고 있었다.

칼로웨이 박사의 모습이 알버트의 머릿속에서 사라졌다. 대신 그는 앉아서 스칼렛을 응시했다.

알버트는 지난 며칠 동안 스칼렛의 여러 가지 모습을 연달아 봐왔다. 숲에서는 단호하고 현실적인 여행자가 돼 그를 이끌었고, 매트 위에서는 까다로운 고행자가 돼 명상을 했다. 강가 숲속에서는 차가운 눈빛의 명사수가 돼 칼로웨이 박사의 부하들을 망설임 없이 해치웠다. 레클레이드에서는 처음에는 출처가 의심스러운 성물을 파는 상인이었고, 그다음에는 한없이 우아하고 대담한 은행 강도가 됐다. 그리고 부두에서는… 뭐라고 해야 할까? 그녀는 또 한 번 그를 안전하게 인도했다. 전혀 그럴 필요가 없었는데도. 스칼렛은 그냥 뒤돌아 도망칠 수도 있었다.

이 짧은 시간 안에 얼마나 다양한 스칼렛의 모습을 봤는지! 의식 없이 쓰러져 있는 지금에서야 드디어 그녀는 변신을 멈췄다. 또한 지금에서야 알버트는 스칼렛이 얼마나 어린지 깨달았다. 겨우 그와 비슷한 나이대의 소녀일 뿐이었다.

스칼렛의 머리 주위로 이미지들이 왕관처럼 희미한 후광을 빛내며 펄럭였다. 이미지들은 불규칙하게 반짝거리며 매우 빠르게 움직였다. 알버트는 자세히 관찰하려 하지 않았다. 수면 중에는 결코 의미 있는 정보를 얻을 수 없었다. 이미지들이 뒤죽박죽돼 혼란스러울 뿐이었다. 그래도 언제 잠에서 깨기 시작하는지는 알 수 있었다. 알버트는 한가롭게 스칼렛의 꿈을 바라봤다. 예상대로 스칼렛의 꿈속 의식의 흐름이 느려지기 시작했다. 이미지에 일관성이 생기고 다시 선명하게 보였다. 알버트는 밝고 하얀 길 위에 서 있는 어린아이를 봤다. 아이는 환영 인사나 작별 인사를 하듯 팔을 높이 들고 있었다. 아이 이미지가 사라지고, 이제 최근의 일이 스칼렛의 머릿속에 나타났다. 레클레이드가 불타고 있었다. 화염과 폭발과 요란한 총성, 뛰어오르고 비명을 지르며 죽어가는 사람들, 입에서 핏방울을 흘리는 남자, 밤에 그녀를 뒤쫓는 중산모를 쓴 악마 같은 형체….

스칼렛이 기침을 하더니 침을 뱉으며 눈을 떴다.

"안녕, 스칼렛. 잘 잤어?"

다소 웅얼거리는 소리였지만, 알버트가 알아들을 수는 있었다. 할머니가 어리둥절해하며 자기 고양이들을 불러모으듯 스칼렛은 멍하니 안개 속을 응시하며 생각을 끌어모았다. 현실을 붙잡고 모든 것이 사라지지 않도록 막았다. 그동안 알버트는 가만히 기다렸다. 스칼렛은 이제야 모든 일이 기억났고 잠에서 완전히 깨어났다. 일어나 앉으며 얼굴에 묻은 재를 털어냈다. 이 때문에 오히려 일어난 모습이 누위 있을 때보다 더 엉망이 됐다.

"알버트, 네가 지금 뭐 하는 중인지 아니까 그만해. 우리 지금 어디에 있는 거야?"

"안개 속에."

"안개 말하는 게 아니잖아. 그 노인네는 어디 있어?"

"아마 어딘가에서 자고 있을 거야. 스칼렛, 이제 안개가 걷히고 있어. 곧 앞이 보일 거야."

스칼렛이 고개를 끄덕였다. 상처 난 얼굴과 불에 타서 여기저기 구멍 난 검은 옷, 흠뻑 젖고 더러워진 채 축축한 갑판 위에 무릎을 꿇고 앉아 있는 스칼렛의 모습은 그다지 멋져 보이지 않았다. 하지만 머릿속은 이미 생생한 활기와 의지로 빛나고 있었다. 그녀는 맑은 하늘 아래 날렵한 뱃머리를 뽐내며 하얀 거품과 함께 빠른 속도로 물살을 가르며 나아가는 배의 모습을 그리고 있었다.

"알버트, 엔진을 켜야 해. 이제 날이 밝았으니, 미처 불에 타지 않은 배를 발견할 거야. 그놈들이 금세 우리를 뒤쫓겠지."

알버트는 칼로 찌르는 듯한 통증을 느꼈다. "응."

"실링, 그놈은 신앙의 집 요원이야. 분명 폭발에서 살아남았을 거야. 아주 위험하고 능력도 뛰어나. 손가락 형제단의 두 명을 손쉽게 처치했지. 그놈은 반드시 다시 나타날 거야. 하지만 그 여자는 잘 모르겠네."

"아, 분명 박사님도 나타날 거야."

"확실해? 폭발이 일어났을 때 그 여자는 휘발유통 더미 바로 옆에 있었어. 감시탑이 쓰러지며 덮쳤고. 죽었을 가능성이 높아."

알버트는 암울한 표정으로 스칼렛을 바라봤다. "스칼렛, 넌 그렇게 생각하는구나."

스칼렛이 어깨를 으쓱했다. "곧 알게 되겠지. 우리가 어떤 종류의 배에 탄 건지 봤어?"

"아니. 마지막에는 연기 때문에 모든 게 흐릿했어."

스칼렛의 시선이 잠시 알버트에게 향했다. "그래…. 정말 연기가 많았지? 뭐, 사실 어떤 모터보트든 빠르기만 하면 상관없어."

스칼렛이 말하는 동안 강가에서 갑자기 옆바람이 불어와 다행히 주변 안개를 날려 보냈다. 그녀와 알버트는 뻣뻣한 몸으로 일어났다. 온몸의 타박상 때문에 신음하며 타고 있는 배를 제대로 살펴보기 시작했다.

"아…." 알버트가 그만 탄성을 내뱉었다.

스칼렛은 맥 빠진 얼굴로 허리에 손을 올린 채 그냥 배를 보고만 있었다.

그들이 탄 배는 모터보트가 아니었다. 그냥 통나무로 엉성하게 만든 뗏목 배였다.

긍정적인 측면은, 그래도 당장 가라앉지는 않을 것 같다는 점이었다. 배는 볼품없이 골격만 큰 사각 구조물로, 기다란 하얀 나무를 밧줄로 엇갈리게 묶어 만든 거였다. 거칠게 다듬은 모서리와 측면을 따라 일정 간격으로 고정한 화려한 주황색 플라스틱 부유물은 분명 집에서 만든 모양새였다.

갑판은 대부분 매끄럽게 다듬어진 나무판자로 덮여 있었고, 가운데 몇 개만 부서져 있었다. 중앙에는 사각형으로 된 별도의 구역이 있었는데, 천막 모양의 구조물로, 검은색 방수포가 네 개의 다리 위에서 흔들리며 균형을 겨우 유지하고 있었다. 천막 아래 쉼터에는 의자 두 개, 쿠션 더미, 조각조각 이어 붙인 거대한 이불이 있었다. 그리고 이불 아래에는 노인의 덥수룩한 흰 머리카락이 살짝 삐져나와 있었다.

뗏목 뒤쪽에는 여러 차례 수리한 거대한 노가 나무와 고무로 만든 단순한 방향타에 고정된 채 병든 다리처럼 물속으로 뻗어 있었다. 근처에는 조타수를 위한 나무 상자뿐 아니라 빈 맥주병도 많았다. 이슬에 젖은 맥주병들은 배가 물살을 따라 부드럽게 흘러가자 이리저리 구르며 쨍그랑 소리를 냈다. 뗏목 앞쪽에는 갑판 의자와 플라스틱 상자 한 줄이 있었다. 남은 공간은 꽤 큰 나무 상자 몇 개가 차지하고 있었는데, 알버트가 이 중 한 상자에 기대어 있었다.

배는 온통 잿빛 가루와 검게 타버린 부두의 나뭇조각들로 얇게 덮여 있었다. 황량한 폐허 같은 광경이었다.

알버트가 목을 가다듬었다. "어, 상황이 더 안 좋을 수도 있었어."

"어떻게?"

"사실은 나도 몰라."

강 너머의 풍경도 썩 좋지 않았다. 덤불과 어린나무들로 뒤덮인 채 버려진 습한 밀밭이 양쪽 강가에서 안개를 뚫고 나타났다. 레클레이드 안전지대의 끝자락이거나, 다른 도시에서 버린 땅일 것이다. 사람이 사는 기척이 전혀 없었다. 알버트는 템스강을 따라 안개 낀 쓸쓸한 풍경을 뒤돌아봤다. 저 뒤 어딘가에서 칼로웨이 박사가 그의 뒤를 급히 쫓아오고 있을 것이다.

"최악은 우리가 너무 천천히 움직이고 있단 거야. 할아버지는 분명 배가 빠르다고 했는데." 알버트가 말했다.

스칼렛이 기분 나쁜 표정으로 고개를 끄덕였다. "그래, 그 노인장이 그랬지."

스칼렛은 천막 그늘로 다가가 이불 아래 비스듬히 삐져나온 늙은 발을 잡고 세게 잡아끌었다. 거친 기침 소리가 났다. 이불이 들썩이더니 옆으로 거칠게 젖혀졌다. 헝클어진 머리카락과 앙상한 몸이 나타나더니 복잡한 방식으로 서서히 펴졌다. 뗏목의 주인이었다. 노인은 일어나서도 여전히 기침을 하면서 무자비한 빛에 눈을 깜박였다.

"음? 누구요?"

"소중한 승객이지. 얘기 좀 해."

"얘기하기엔 아직 이른 시간 아니야? 해도 다 안 떴구만."

"이 정도면 해는 충분히 떴어. 뗏목의 처참한 현실을 볼 수 있을 정도로. 이 뗏목을 우리에게 어떻게 설명했더라…. 알버트, 이 노인장이 뭐라고 했었지?"

"'강에서 제일 빠르고 가장 믿음직한 배'라고 했어."

"맞아. 그래서 말인데, 배가 산산조각 나서 목숨을 구하려고 강물로 뛰어들기 전에 그 빈약한 설명에 대해 얘기 좀 나누고 싶군."

노인이 대답하기도 전에 그의 옆자리에서 작은 소란이 일었다. 창백한 피부의 작은 여자아이가 일어나 통통하고 동그란 주먹으로 졸린 눈을 비볐다. 아이는 알버트와 스칼렛을 다소 혐오스럽게 올려다보더니, 노인을 쿡 찌른 후 손가락으로 자신의 코를 톡톡 쳤다.

노인이 고개를 끄덕였다. "에티, 잠깐 기다려라. 알아, 알아. 나도 배고파. 하지만 먼저 이 바보들을 상대해야 해."

노인은 머리를 쓸어 넘겼지만, 머리카락은 전처럼 다시 거칠게 뻗쳤다.

"좋아. 소중한 고객이니 얘기 나눌 수 있지. 하지만 불평은 하지 마. 훌륭한 뗏목 클라라호는 깔끔하고 격조 높게 운영되거든. 이제 서쪽으로 돌아서. 내가 일어나려는데 바지를 안 입었거든. 강에다 볼일도 봐야겠고."

노인이 단호하게 움직이기 시작했다. 그들은 원치 않게 잠옷 차림과 삐쩍 마른 맨다리를 언뜻 보고 말았다. 알버트가 잽싸게 돌아섰다. 뒤이어 불쌍한 스칼렛도 얼른 돌아섰다. 둘은 나란히 선 채 뒤에서 들려오는 희미한 소리를 못 들은 척했다.

스칼렛이 알버트에게 가까이 다가가 다른 사람 귀에 안 들릴 정도로 작게 말했다. "네 잘못이야. 여관에서 저 노인의 생각을 읽을 때 몰랐던 거야? 돈이 필요하고, 승객을 원하고, 그 외에 이런저런 사실도 알아냈잖아? 그런데 노인의 배가 낡고 형편없는 뗏목이라는 사실은 대체 왜 전혀 몰랐던 거야?"

"나라고 모든 걸 볼 순 없어." 알버트가 소근거렸다. "능력은 그런 식으로 작동하지 않아. 난 할아버지가 자기 배를 사랑하고 배의 능력을 훌륭히 여기는 이미지를 봤어. 당연히 그게 제일 중요하잖아. 태도가 조금 거칠지만 훌륭한 항해사인 거 같아. 그리고 우리에겐 이 할아버지밖에 없잖아. 그러니까 때리거나 총으로 쏘고 싶다는 마음이 들어도 좀 참아줘."

잠깐 침묵이 흘렀다. 알버트는 스칼렛이 눈을 가늘게 뜨고 바라보는 걸 눈치챘다.

"좋아." 스칼렛이 한숨을 내쉬며 말했다. "그럼 하는 김에 기본 규칙을 세우자. 너도 레클레이드에서 노예 상인 세 명을 잔인하게 죽인 것처럼 노인을 죽이거나 부두에서처럼 폭파시키지 마. 이 점 확실히 하자고."

알버트는 날카로운 시선에 몸을 움츠렸다. 항상 이런 순간이 두려웠다. 스칼렛이 그의 정체를 간파한 것 같은 이런 순간. 그녀는 알버트가 어떤 존재인지 알게 됐다. 역겹고 사악한 존재…. 알버트는 비참해졌다.

"나, 난 안 그럴 거야. 하고 싶어도 못 해. 오늘은 그럴 힘이 없어."

사실이었다. 알버트는 온몸이 아팠다. 부두에서 힘을 너무 많이 썼다. 최대 한계치까지는 아니지만 거의 비슷한 수준까지 써야 했다. 그 탓에 절대 공포가 힘을 전부 쥐어짜 냈다. 회복하려면 며칠은 걸릴 것이다.

알버트는 스칼렛을 뚫어지게 바라보고 있다는 걸 깨달았다.

"미안해, 스칼렛."

"뭐가 미안한데? 노예 상인들? 알버트, 그놈들은 아이들을 가뒀어! 부두 폭발? 누가 신경 쓴데? 우리는 도망쳐야 했어. 아니…. 그런 건 걱정 마. 하지만 어떻게 한 건지는 알고 싶어."

스칼렛의 목소리에는 전에는 들어본 적 없는 어조가 담겨 있었다. 감탄하는 듯한 말투였다.

스칼렛이 말했다. "알버트, 휘발유통 말이야. 어떻게 휘발유통 더미를 그냥 터뜨릴 수 있는지…. 그런 광경은 처음 봤어."

"계획한 건 아니야. 그냥 일어난 거지. 난 그러고 싶지 않았어."

"그럴 수도 있겠지. 하지만 정말 대단한 광경이었어."

"그건 끔찍한 느낌이야. 제어력을 잃고 절대 공포가 내 안에 서서히 쌓이면서…."

알버트가 말을 멈췄다. 스칼렛은 그의 말을 듣지 않고 혼잣말처럼 중얼거리고 있었다.

"그놈들이 널 죽이거나 다시 가두려는 게 놀랍지도 않군. 이제 이해가 가…. 알버트, 스톤무어라는 곳에 대해 자세히 말해줘. 칼로웨이 박사에 대해서도."

여러 가지 면에서 알버트는 자신의 진짜 인생이 닷새 전 버스가 숲길로 굴러떨어지면서 뒤집힌 금속 소용돌이에서 시작됐다고 생각했다. 그 전의 시간을 떠올릴 때마다 해묵은 두려움이 물안개처럼 피어났다. 유령들이 안개와 강을 넘어 과거를 나르듯 기억들이 몰려왔다. 스칼렛의 과도한 관심은 그를 불안하게 했다. 알버트는 애처로운 눈빛으로 그녀를 보며 아무 말도 못 했다.

뒤에서 기침 소리가 났다. 노인이 뒤에 서 있었다. 다행히도 이제 바지를 입고 있었다. 위에는 체크무늬 면 셔츠와 소매 없는 청 재킷을 걸치고, 지저분한 파란색 갑판용 신발을 신었다. 꼬마 아이는 맨발에 더러운 면 원피스 차림이었다. 아이는 뗏목 앞쪽에서 플라스틱 상자 위에 앉아 쪼그라든 사과를 맛있게 깨물어 먹고 있었다. 천막 밑에 있던 담요와 베개는 치웠고, 그 자리에 낡은 갑판 의자 두 개가 있었다. 재 일부가 바람에 날려가 뗏목이 아까보다 나아 보였다.

하지만 좋은 소식만 있는 건 아니었다. 안 좋은 소식은 노인이 끝이 둥근 검은색 장총을 쥐고 정확하게 그들을 겨냥하고 있다는 거였다.

알버트가 눈을 껌벅거리며 노인을 봤다. "그게 뭐예요?"

"나팔총이지. 둘을 한 방에 구멍 낼 수 있으니까, 아무 짓도 하지 마." 노인이 불길한 눈초리로 그들을 봤다. "뱃삯은 어디 있지?"

스칼렛이 배낭을 가리켰다. "여기 있어. 소중한 고객이라던 말은 어디로 간 거야?"

노인은 눈을 부릅뜨고 성난 턱을 사납게 내밀며 말했다. "조급해하지 말라고, 아가씨. 이건 납치에 대비한 보험이니까. 처음 계약했을 때는 너희를 정직한 처녀와 순진한 청년으로 생각했지. 아마 엉뚱한 여행 계획을 세우는 신혼부부일 거라고. 그런데 지금 밝은 햇살 속에서 내가 보고 있는 게 뭐지? 억지웃음 짓는 멍청이와 머리는 엉망진창에 지저분한 도둑이군. 불명예스럽게 레클레이드를 떠나놓고, 이제는 내 배에 무례한 말을 던지는 커플. 너희에게서 절망적인 악취가 풍기는구나. 둘의 대화를 들어보니, 곧 누군가에게 추격을 당하겠군.

사실 너흰 선량한 승객이 아니잖아. 그러니 내가 조심하는 게 당연하지 않겠나?"

알버트는 스칼렛의 인내심이 다해가는 걸 느꼈다. 그는 노인을 달래려는 손짓을 했다.

"선생님, 걱정 마세요. 우선 당연히 돈도 지불할 생각이에요. 지금 당장 드릴게요. 그리고 급하게 떠나느라 불편하게 한 점에 대해 추가 비용도 낼게요. 두 번째로, 이처럼 훌륭한 배를 모욕한 점에 대해 사과드려요. 아직 우리 소개도 제대로 못 했네요. 제 이름은 알버트고, 여기는…." 알버트가 머뭇거리며 스칼렛의 귀에 대고 크게 속삭였다. "스칼렛, 오늘은 스칼렛 맥케인이나 앨리스 카듀 중에 뭐로 하고 싶어?"

스칼렛이 알버트를 쳐다봤다. "네가 방금 다 떠벌렸으니 스칼렛으로 하면 되겠네."

"좋아! 아, 여긴 스칼렛이에요. 선생님처럼 연륜 많은 분을 만나게 돼 영광이에요. 분명 엄청난 지혜의 보고이실 거 같아요. 함께 지내는 동안 많은 걸 배우고 싶네요. 가능하시다면 선생님의 존함도 알려주실 수 있을까요?"

알버트는 최대한 환하게 웃었다. 긴장되는 순간이었다. 노인의 머릿속에는 분노가 소용돌이쳤지만, 저항 의지가 점점 약해지는 걸 볼 수 있었다. 추가 비용에 대한 말이 상황을 완화시킨 게 분명했다. 그는 노인의 머릿속에서 통통한 손녀가 성장한 미래의 이미지를 흘끗 봤다. 손녀는 아름답고 키가 컸으며, 예상 밖의 화려한 옷을 입고 있었다.

알버트가 얼른 덧붙였다. "손녀가 아주 예쁘네요. 에타라고 불렀죠? 앞으로 훌륭한 여성으로 자랄 거예요."

노인이 잠깐 알버트를 마주 봤다. 그러더니 코를 훌쩍이며 총을 내렸다.

"흥, 그럴 수도 있고. 지금은 집 안 음식을 모조리 먹어치우는 골 첫덩어리이긴 하지만…. 좋아, 계약대로 하지. 내 이름은 조야. 그럼 이제 돈을 내야 하지 않겠니?"

"물론이죠, 조 할아버지! 지금 바로 드릴게요! 아, 한 가지 부탁이 있어요. 조금 더 빨리 갈 수 있을까요? 클라라에 타서 목적 없이 떠다니는 것도 재밌지만, 뒤를 쫓는 사람들이 있어서요. 혹시나…." 알버트가 잠시 말을 더듬었다. "… 그… 잡히면 모두 불편해질 수 있으니까요."

조가 투덜거렸다. "가장 가까운 나무에 너희 둘을 매달아 놓으면 어떻겠냐. 알았다. 이제 엔진 시동을 켜도록 하지."

조는 방향타 밑에 있는 나무 상자 쪽으로 휘청휘청 걸어갔다. 뚜껑 고리를 풀고 상자를 열자 금속 엔진과 녹슨 전선 더미가 드러났다. 조가 버튼을 누르고 레버를 당겼다. 휘발유 냄새가 풍기더니 갑자기 연기와 연료 분사음이 났다. 뗏목은 노새처럼 날뛰며 미친 듯이 앞으로 돌진하진 않았지만, 속도가 확실히 빨라졌다. 조는 방향타를 조정한 후 손녀를 돌보러 갔다. 갑판엔 알버트와 스칼렛 둘만 남겨졌다.

"잘했어. 저 바보 노인을 훌륭하게 구슬렸네. 때리는 것보다 훨씬 낫군. 막 때려눕히려던 참이었거든." 스칼렛이 속삭인 후, 배낭을 열고 뭉칫돈을 꺼내 숙련된 속도로 지폐를 세기 시작했다. "이건 노인 장 몫. 지금 이십 퍼센트를 주고, 우리가 런던에 도착한 후 나머지를 주자. 어쨌든 나눌 돈은 충분하니까."

"스칼렛, 동료 악당들과 일이 잘 안 풀렸다니 유감이야. 미처 이 말을 할 시간이 없었네. 그들이 그렇게 비겁하다니 놀랐어."

스칼렛이 코웃음 쳤다.

"손가락 형제단 말이야? 걱정하지 마! 먼저 거래를 어긴 건 그쪽
이니까. 운이 나쁜 건 그들이지. 난 돈을 챙겼고, 형제단 부하들은 죽
었으니까."

스칼렛이 알버트를 보며 웃었다. 갑자기 기분이 좋아 보였다.

"하지만 형제단이 네 목숨에 현상금을 걸 거야. 그럼 너무 위험하
지 않을…." 알버트는 갑자기 뭔가 생각난 듯 멈칫했다. "잠깐. 아까
'우리가 런던에 도착한 후'라고 했지?"

스칼렛이 양팔을 들어 올리더니, 햇살 속의 강아지처럼 느긋하고
여유롭게 팔을 쭉 뻗었다.

"내가 지금 웨섹스의 형제단 구역을 돌아다닐 수는 없잖아? 안 그
래? 형제단은 물론이고 레클레이드나 첼트넘, 그리고 다른 사람들도
날 노릴 테니까. 거기에 칼로웨이 박사와 실링까지. 마침 동쪽으로
여행을 떠날 때인지도 모르지. 잠깐 사라져서 야생 지대 외곽의 풍경
이나 둘러볼까…."

스칼렛은 다시 한번 씩 웃으며 조에게 돈을 주러 갔다. 알버트는
그녀가 걸어가는 모습을 지켜봤다. 스칼렛의 생각을 완전히 파악할
시간은 없었다. 하지만 그녀가 특별히 동쪽 땅이나 그들을 뒤쫓는 적
에 대해서는 생각조차 안 했다는 사실을 알고 있었다. 스칼렛은 주로
알버트에 대해 생각하고 있었다.

알버트는 피곤했다. 뗏목에 앉아 멍하니 강을 응시했다. 동쪽 안
개 속에서 태양이 연한 레몬색 원을 그리며 나타났다. 양쪽 강둑은
낮은 숲으로 둘러싸여 있고, 보랏빛 갯벌이 넓게 펼쳐져 있었다. 인
간이 거주하던 흔적은 없었다. 인간 키보다 큰 검은색 사슴 한 마리
가 강가에 서서 물을 마시고 있었다. 뗏목이 지나가자, 사슴이 머리

를 들었다. 새까만 뿔이 반짝였다. 사슴은 껑충껑충 가볍게 뛰어올라 두 걸음만에 덤불 속으로 사라졌다.

저 앞 어딘가에 자유의 섬이 있다. 영국 끝자락에 있는 은신처…. 아직 갈 길이 멀었지만, 스칼렛만 옆에 있다면 어쩐지 그곳에 도달할 수 있을 것 같았다. 알버트는 전날 밤의 괴물들이 갑자기 덜 위협적으로 보였다. 레클레이드를 떠난 이후 처음으로 마음속에 작은 희망의 불씨를 느꼈다. 온몸의 긴장이 풀렸다. 그는 가만히 미소 지으며….

"거기, 젊은이!" 조가 소리쳤다. "그만 빈둥거려. 바로 앞에 위험물이 있거든. 몇 분 후, 큰 이빨 창새 떼가 서식하는 폐허를 지날 거란다. 지금이 번식기라 꽤 사납지. 미리 대비하지 않으면, 창새 떼가 공격해 올 거야. 에티를 낚아채고, 우리를 피투성이 고기 조각으로 갈가리 찢어놓겠지. 그래도 거기 그냥 계속 앉아 있고 싶니?"

알버트가 한숨을 내쉬었다. 모든 걸 고려해 볼 때, 그만 일어서야 할 것 같았다.

17

옥스퍼드 사우어스의 저지대 외곽에는 과거 대재앙으로 인해 땅
한쪽이 융기돼 있었다. 충격이 가해진 석영과 각암과 녹아내린 검은
유리 덩어리로 이루어진 산맥은 가파르게 휘고 깃대처럼 뾰족했다.
지속적으로 이 산맥을 가로질러 흐르던 템스강은 결국 산맥에 길을
뚫었다. 협곡 위 돌출부에는 개척 전쟁 당시 지어진 콘크리트 포탑이
높게 우뚝 서 있었다. 강을 감시하는 동시에 지나가는 배들의 통행료
를 징수하기 위해 지어졌지만, 이 포탑 역시 폐허로 변했다. 검회색
성벽이 격렬하게 흐르는 물 위로 기울어져 있었고, 뒤틀린 금속 잔해
들이 하늘을 배경으로 황량하게 솟아 있었다.

최근 몇 년 동안 육식성 창새 떼가 이 탑에 서식지를 형성했다. 탑
의 틈새와 창문마다 더러운 둥지가 튀어나와 있어서 폐허의 상단부
가 연기에 휩싸인 것처럼 흐릿하게 보였다.

뗏목이 협곡에 다다르자, 스칼렛은 창새 둥지를 날카롭게 지켜
봤다.

지금 당장은 머리 위의 하늘이 텅 비어 있었지만, 미리 대비할 필
요가 있었다. 스칼렛은 뗏목 머리에 섰다. 코트와 머리카락을 뒤로

펄럭이며 숙련된 동작으로 권총을 점검했다. 총알을 장전하고, 탄창을 돌리고, 딸깍 소리와 함께 닫았다…. 근처 상자 위에는 탄약통이 놓여 있었다. 출렁이는 강물에 뗏목이 덜컹덜컹 요동쳤지만, 스칼렛은 여전히 꿋꿋하게 서 있었다. 부츠를 신은 두 발을 넓게 벌리고 등을 곧게 세운 채 단호한 표정으로 차분히 껌을 씹었다.

사실 스칼렛은 레클레이드 은행 침입 이래, 그 어느 때보다 편안한 기분이었다. 명확하고 직접적인 목표, 맞서야 할 단순한 위험. 바로 그녀가 선호하는 상황이었다. 그리고 무엇보다 지금은 의도대로 일이 흘러가는 느낌이었다. 배낭에는 지폐가 잔뜩 들었고, 적들보다 앞서갔으며, 손에는 총이, 앞에는 야생 지대가 펼쳐져 있었다. 인생이 다시 순조로워졌고, 하늘에는 해도 빛났다. 그리고 가까운 곳에 그녀에게 매료되고, 그녀에게 빚을 지고, 그녀에게 자신의 생존을 의지하는, 놀라운 능력을 가진 알버트 브라운을 데리고 있었다.

뗏목 뒤를 흘끔 보고, 모두가 제 위치에 있는 걸 확인했다. 자신을 조라고 소개한 노인은 방향타 자리에 서서 머리를 낮췄다. 갈기 같은 머리카락이 바람에 날려 마치 후광처럼 보였다. 그는 한 손으로 쇠사슬 끝에 매달려 불타고 있는 암모니아 막대를 쥐고 있었다. 쓴 내 나는 연기가 템스강 위로 구불구불 피어올랐다. 조는 청 재킷을 벗고 셔츠 소매를 말아 올렸다. 노를 저으며 뗏목이 양쪽 암벽에 부딪히지 않도록 섬세하게 조종하고 있었는데, 정말 놀라운 솜씨였다. 적어도 스칼렛에게는 놀라웠다. 알버트에게는 아니었겠지만. 알버트는 조가 훌륭한 항해사라고 했었다. 그의 말이 맞았다. 왜냐하면 알버트는 이런 사실을 미리 알 수 있었으니까.

조의 손녀인 에티는 천막에 앉아 낡은 나무 블록 세트로 즐겁게 놀고 있었다. 검정 플라스틱 그물이 천막 차양 꼭대기에서부터 사면으로 펼쳐져 뗏목 바닥에 고정돼 있었다. 이 그물은 밀폐된 사각 공간을 만들어 안쪽에 있는 에티를 안전하게 보호해 주었다. 여러모로 에티에게 최고의 공간이었다. 스칼렛은 어린아이들을 귀찮아했다. 아이들은 성가시고 주의를 분산시키며 방해만 될 뿐이었다. 예상대로, 알버트는 천막을 준비하는 동안 아이에게 바보 같은 모습으로 미소 지으며 잘 보이려 하고 있었다. 하지만 스칼렛은 알버트의 이런 행동이 툴툴대는 조를 달래는 효과가 있다는 걸 인정할 수밖에 없었다.

알버트는 두 상자 사이에 끼어서, 뗏목이 요동칠 때마다 같이 흔들리며 비틀거렸다. 머리카락이 얼굴을 가렸고, 안색이 상당히 창백했다. 조가 새 떼를 쫓도록 냄새가 독한 유황 막대와 칼을 쳤지만, 알버트는 그것들을 힘없이 쥔 채 어디가 위인지도 모르겠다는 듯 멍하니 바라보고 있었다. 스칼렛은 입술을 굳게 다물었다. 사실 알버트는 에티와 함께 천막 안에 있는 게 나았다. 협곡에서 대체 무슨 도움이 되겠는가. 알버트는 실전에서 완전히 무용지물이었다. 하지만….

스칼렛은 껌을 씹으며 부두에서의 일을 다시 떠올렸다. 위쪽에 가만히 서 있던 알버트의 모습, 휘발유통이 폭발하던 모습….

그때 목격한 충격적인 장면을 잊을 수 없었다.

뗏목은 강 중앙의 협곡으로 들어갔다. 절벽에서 떨어진 그림자가 뗏목 위를 덮쳤다. 물은 더욱 탁해졌고, 무너져 내린 콘크리트 조각들로 곳곳이 막혀 있었다. 스칼렛은 높은 곳에 있는 얽히고설킨 둥지들 사이에서 움직임을 발견했다. 등이 휜 거대한 형체들이 몸을 풀고 있었다. 구부렸던 긴 목을 곧게 펴고 총알 모양의 민머리들이 템스강 아래를 살폈다.

"위를 봐!" 스칼렛이 소리쳤다.

스칼렛은 양손으로 권총을 장전했다. 협곡의 찬 공기 속에서 천막 가장자리에 있는 금속 조명설비 안 유황 막대 여섯 개가 타고 있었다. 유황 막대는 불꽃을 튀기며 쉭쉭 소리를 내뿜었다. 운이 좋으면 유황과 암모니아가 가장 공격적인 새 몇 마리를 제외한 나머지를 모두 막아줄 것이다. 막지 못한 새들은 총으로 처리해야겠지.

알버트…. 백금발의 여자는 분명 알버트를 겁먹게 했다. 의심의 여지가 없었다. 알버트가 한 이야기는 대부분 사실일 것이다. 부두에서 그 여자를 본 순간, 알버트는 무력해진 나머지 혼수상태나 다름없었다. 몇 분 동안 움직이지도, 제대로 생각하지도 못했다. 그러다 정신이 깨어났을 때, 알버트의 힘이 폭발했다.

알버트의 힘.

그 힘을 제어할 방법만 안다면 무슨 일이든 할 수 있겠지….

스칼렛은 천천히 껌을 씹으며 생각에 잠겼다.

뗏목이 급류에 휘말리며 빙글빙글 돌았다. 앞쪽 바위에는 빛바랜 뼛조각들이 가루처럼 덮여 있었다. 탑 위 높은 곳에서 검은 형체들이 소용돌이치듯 연속해서 하늘로 날아올랐다. 모닥불 위로 불타오르며 흩어지는 종잇조각들처럼. 검은 형체들은 바로 위로 떠올랐다가 보이지 않는 천장에 닿은 것처럼 천천히 옆으로 퍼지며 협곡의 지형을 따라 움직였다. 날개가 돛처럼 날카로운 소리를 내며 펴졌고, 긴 목이 구부러졌다. 부리와 발톱에 햇빛이 반사됐다.

"저기 온다!" 조가 소리쳤다.

스칼렛은 알버트가 준비됐는지 확인하려고 옆을 흘끗 봤다가 눈이 마주쳤다. 알버트의 표정을 읽을 수 없었다. 무표정하게 생각에 잠긴 듯도 하고, 평가하는 것 같기도 했다. 표정 속의 뭔가로 인해 스칼렛은 얼굴을 붉혔다.

스칼렛은 머리카락을 쓸어 올리고, 알버트를 엄한 눈빛으로 쏘아

보며 외쳤다. "집중해! 계속 위를 쳐다봐!"

지금 알버트가 새에게 잡아먹힌다면 엄청난 낭비일 것이다.

검은 형체 몇이 급강하하며 뗏목 안쪽으로 날아들었다. 스칼렛은 붉은 눈과 두꺼운 목을 봤다. 창새는 유황 연기 끝에 이르자 갑자기 옆으로 방향을 틀었다.

스칼렛은 천천히 몸을 돌리고 총을 반쯤 들어 올렸다. 지금까지는 순조로웠다.

"오 분! 오 분만 있으면 여길 벗어날 수 있어!" 조가 소리쳤다.

대기가 움직였다. 머리 위로 그림자가 나타났다. 그림자는 갑판 위를 빠른 속도로 가로지르며 점점 커졌다. 스칼렛이 위를 보자 새의 모습이 잠깐 보였다. 강하 중인 망토 같은 두 날개와 밖으로 뻗은 늑골 사이의 하얀 근육질 다리, 벌어진 톱니 모양 부리…. 긴 발톱이 얼굴을 향해 날아왔다. 스칼렛이 총을 쐈다. 순간 발톱이 비틀리며 휙 스쳐 지나갔다. 새는 갑판 위로 급히 방향을 틀다 상자에 부딪힌 후 회전하며 골짜기를 가로질러 사라졌다.

스칼렛이 주위를 둘러봤다. 방향타 앞에 선 조는 한 손으로는 뗏목을 조종하고, 다른 손으로는 사슬 끝에 달린 암모니아 막대를 휘두르고 있었다. 쓰고 매캐한 연기 덩어리를 만들기 위해 암모니아 막대를 위아래로 크게 흔들어댔다. 두 검은 형체가 연기를 피해 주위를 날고 있었다. 알버트는 머리 위를 맴도는 새를 향해 미친 듯이 유황 막대를 흔들었다. 새는 부리로 딱딱 소리를 내며 장어처럼 목을 이리저리 움직였다. 스칼렛은 제자리에서 빙글빙글 돌며 계속 총을 쐈다. 머리카락이 휘날리고 코트가 펄럭였다. 공중에서 총을 맞은 창새 세 마리가 깃털 달린 돌처럼 강물에 풍덩 떨어져 사라졌다.

"알버트, 괜찮아?" 스칼렛이 물었다.

알버트는 유황 막대 끝부분을 쳐다보고 있었다. 발톱에 움푹 파인 흔적이 보였다. 유황 기름이 밀랍처럼 갑판 위로 뚝뚝 떨어졌다.

"괜찮아!" 알버트가 스칼렛을 보며 크게 웃었다. "이 창새 떼들, 흥미롭지 않아? 부리가 얼마나 긴지 봤어? 톱니 모양 쇠발톱은 강에서 물고기를 잡기 위해 진화한 걸까…. 인간은 창새가 평상시에 먹는 먹이가 아닌 거 같아."

알버트는 창새를 관찰하다 목숨을 잃을 뻔했다. 다행히 다음 창새가 정면으로 날아왔기에 마지막 순간에 겨우 몸을 피할 수 있었다. 새 부리가 알버트의 머리카락을 물었다. 총성이 울려 퍼졌다. 새가 갑판 위에 떨어져 핏자국을 남기며 스칼렛을 향해 미끄러져 왔다. 긴 목이 격렬하게 흔들렸고 부리를 힘없이 쪼았다. 스칼렛은 발로 새를 뗏목 밖으로 걷어찼다.

"알버트, 대체 왜 그러는 거야?"

"미안해. 새의 부리 구조에 대해 생각하고 있었거든."

"그래. 그리고 그놈의 부리가 네 얼굴을 거의 물어뜯을 뻔했지."

"물론 네 말이 맞아! 말 잘 듣고 잘 따를게! 이제부터 최대한 경계심을 가지고 집중할 거야!"

사실 알버트는 더 이상 경계심을 가질 필요가 없었다. 이미 포탑을 거의 지났기 때문이다. 양쪽의 절벽은 금세 멀어졌고, 휘몰아치던 강의 흐름이 잦아들었다. 앞에는 금빛 햇살 한 줄기가 언덕 사이의 커튼처럼 계곡을 비스듬히 비추고 있었다. 뗏목은 갑자기 환하고 따뜻한 곳에 들어섰다. 천막 위를 맴돌던 작은 이빨 창새 한 마리가 그물을 뚫고 에티를 채가려고 입질했으나, 계속 실패하자 좌절감에 난폭하게 깍깍거렸다. 새는 날갯짓을 한 번 한 후 위로 날아갔다. 뗏목은 계속 흘러갔다. 다른 창새들도 울부짖으며 방향을 선회해 상승기류를 타고 협곡의 둥지로 돌아갔다.

조가 엔진을 껐다. 뗏목은 물살을 타고 흘러갔다. 갑자기 놀라울 정도로 주위가 조용해졌다. 앞에는 태양 아래 숲이 우거진 평지가 펼쳐져 있었다.

창새 떼의 공격이 끝난 후, 뗏목에 있던 사람들은 피해 정도를 점검했다. 스칼렛과 에티는 다친 곳이 없었다. 알버트는 머리카락 일부가 뽑혀 쓰라렸다. 실질적으로 다친 사람은 조 한 명뿐이었다. 한쪽 귀에서 피가 많이 났다.

스칼렛은 배낭에서 응급처치 상자를 꺼내 조에게 솜과 소독약을 건넸다.

조가 고개를 저었다. "괜찮아. 난 필요 없다."

"노인장, 고집부리지 마. 물렸잖아. 이게 도움이 될 거야."

"작은 상처일 뿐이야."

"귀가 반쯤 떨어져 나갔어. 애가 소리 지르면서 도망갔으면 좋겠어? 입 다물고 치료해."

"흥, 배를 몰다 보면 늘 더 심각한 일이 생기곤 하지. 호들갑 떨지 마라. 상처는 곧 마를 거야. 자, 이제 아침 먹을 사람? 싸웠더니 배가 고프구나."

뗏목 클라라호에서의 아침은 예상외로 맛있었다. 조가 갑판 중앙의 바닥 아래 숨겨뒀던 프라이팬으로 스크램블드에그와 커피를 만들어냈다. 에티는 우유를 마시자 윗입술 가장자리에 크고 하얀 수염 자국이 났다. 할아버지의 감시하는 눈빛 아래, 그녀는 자기 몫의 계란을 허겁지겁 먹어치웠다. 다들 말없이 앉아 낡은 금속 접시를 들고 아침을 먹었다. 모두 완전히 지쳐버린 상태였다.

스칼렛은 이 기회를 이용해 조와 에티를 관찰했다. 자세히 뜯어 봐도 그 둘에 대한 생각은 나아지지 않았다. 아이의 머리카락은 반투명에 가까울 정도로 밝은색의 직모였는데, 마치 추수 후 들판에 남은 밀짚 같았다. 배는 둥글고 머리는 컸으며, 바깥으로 벌린 통통한 두 다리가 그녀를 지탱했다. 크고 검은 눈과 빨간 뺨으로 보아 감정의 변화가 많은 성격 같았다. 작은 입은 앙다문 상태였다. 스칼렛은 변덕스러워 보이는 입이라고 생각했다. 사실 에티는 완전히 무력해 보이면서도 동시에 강철 같은 의지를 지닌 것처럼 보였다. 스칼렛은 이렇게 의존적인 면과 단호한 면이 뒤섞인 성격을 좋아하지 않았다.

노인으로 넘어가면, 조는 궁지에 몰린 무법자 한 패와 함께 있는 사람이 보여줄 법한 온순함이나 경계심이 전혀 없었다. 여기저기 떠도는 가난한 뗏목 유목민치고 놀랍도록 당당했다. 예리한 두 눈은 잠시도 쉬지 않고 차갑고 계산적인 시선으로 두 승객을 이리저리 훑어 봤다. 스칼렛은 얼굴을 찌푸렸다. 확실히 여정 내내 그를 면밀히 감시할 필요가 있었다.

조는 마침내 접시를 옆으로 치웠다.

"잠시 쉬는 시간이니 상황을 정리해 보자꾸나. 너희 둘은 겁쟁이 개처럼 처벌을 피해 도망치는 범죄자들이고, 난 도망을 돕는 대가로 큰돈을 받는 배 주인인 거지. 원하는 대로 그레이트 루인스에 너희를 내려주고 나면, 그 도착지에서 나머지 돈도 다 준다는 거고. 맞지?"

스칼렛이 얼굴을 찌푸렸다. "정확하진 않네. 다 쓰러져 가는 난파선에서 수세미 머리의 쇠약한 노인과 코끼리 다리를 가진 아이와 강제로 같이 지내야 한다는 부분은 빼먹었잖아. 정확하게 말하자고."

"'겁쟁이 개'라는 부분에는 저도 동의하지 못하겠어요." 알버트가 입을 열었다. "사실 전 긍정적인 탐구 여행 중이에요. 런던 석호에 사

는 자유민들을 찾아 억압적이고 잔인한 손길이 닿지 않는 곳에서 충
만한 인생을 살아보려는 거예요. 스칼렛은 약간 복잡한 사업 문제를
해결해야 하고요. 제 문제에 휘말려서 한두 가지 부차적인 오해가 생
기긴 했지만…. 그냥 문제를 찬찬히 살펴보고 적절한 조처를 할 수
있는 장소를 찾는 중이에요. 그래야 적당한 때에 친구와 동료의 품으
로 돌아갈 수 있으니까요. 스칼렛, 내 말 맞지?"

"뭐, 말하자면 그런 거지."

조가 커피를 한 모금 홀짝 들이켰다.

"간단히 말해 둘 다 도피 중이라는 거지. 아주 명백하구나."

"글쎄. 뭘 하든지 간에 빨리 움직여야 해." 스칼렛이 말했다. "문제
를 피해야 하니까. 생존 도시의 거주민들은 우리 친구가 아니야. 레
클레이드에서 벌어진 일에 대한 소문이 곧 퍼질 거야. 비둘기 메신
저가 사방으로 날아갈 테니까. 노인장, 우릴 런던 석호까지 안전하고
은밀하게 데려다줄 수 있어? 못 한다면 다른 교통수단을 찾을게."

"하, 잘해보렴." 조가 더러운 손가락으로 이를 쑤셨다.

"스칼렛, 걱정하지 마!" 알버트가 말했다. "조 할아버지는 템스강
을 구석구석 잘 알아! 옥스퍼드 대홍수 지역을 통과해서 런던 석호까
지 가는 수많은 길을 아주 잘 알아. 다른 사람은 모르는 비밀 경로까
지. 그렇죠, 할아버지?"

"그렇긴 하지. 그런데 네가 어떻게 안 건지 모르겠구나…." 조가
알버트를 쳐다보고는 어깨를 으쓱했다. "에티와 난 강어귀의 청어 양
식장에서 크리클레이드 늪지대까지 템스강을 따라 돌아다니지. 그리
고 생존 도시에서 훈제 청어를 판매해. 그게 우리가 사는 방식이지.
이런 얘기는 더 할 필요 없지만…." 그가 청 재킷 안쪽 주머니에 손을
넣고 말을 이었다. "즉, 난 템스강을 내 앞마당처럼 잘 안다는 얘기지.

248

모든 단점과 예상하기 힘든 세부적인 것들까지 전부 상세하게…. 여기 색상 지도표가 있어.”

“템스강인가요?”

“당연히 템스강이지. 그밖에 뭐가 있겠니?”

조가 접혀 있는 양피지를 건넸다. 종이는 낡고 얼룩졌으며 여러 번 때운 흔적이 있었는데, 가죽 제본에 붙어 있던 것 같았다. 지도를 아코디언처럼 펼치자, 서쪽에서 동쪽으로 흐르는 긴 템스강의 모습 전체가 드러났다. 강은 파란색과 검은색으로 깔끔하게 그려져 있고, 붉은 벽에 둘러싸인 작은 건물 그림은 생존 도시를 표시하고 있었다. 템스강이 휘어진 곳에 레클레이드가 있었고, 찰그로브, 레딩, 말로우 등 나머지 도시들도 보였다. 대홍수 지역은 실개천과 수로가 복잡하게 얽히며 강으로 연결됐다. 강둑과 폭포와 위험 지역들은 초록색으로 표시돼 있었다. 주변 땅에는 산과 숲이 그려져 있고, 그 안에는 작은 짐승뿐 아니라 뼈 무더기 위에 앉아 있는 깡마른 인간 비슷한 형상도 그려져 있었다. 동쪽 끝을 보면, 강이 넓어지며 런던 석호로 이어졌다. 얕은 물 위로 솟아 있는 붉은 벽의 폐허들에는 거대 물고기와 물에 사는 괴물의 스케치가 있었다. 그 너머는 바다였다.

“꽤 정확해 보이는군. 빨리 출발해야겠어. 누가 우리를 추격하고 있을지도 몰라.”

스칼렛의 말에 알버트의 얼굴에 그림자가 드리웠다.

조의 귀에 문제가 생겼다. 그는 엔진에 시동을 걸기 전, 상처를 씻고 붕대를 감기 위해 먼저 일어났다. 에티는 갑판 가장자리에서 한가롭게 물에 손가락을 집어넣으며 놀았다. 알버트가 에티 옆에 앉았다. 잠시 후, 스칼렛이 기도 매트를 꺼냈다. 스칼렛은 레클레이드에서 은행을 턴 이후 한 번도 명상을 못 했다. 너무 오랜만이라 풀리지 않은 긴장감이 온몸을 팽팽하게 휘감았다.

낡은 천의 감촉만으로도 마음이 다소 진정됐다. 다른 사람들과 최대한 멀리 떨어져 뗏목 앞쪽에 매트를 펼쳤다. 얼룩덜룩한 빨강과 주황 무늬의 매트가 갑판 맨바닥에 딱 맞게 깔렸다. 스칼렛은 앉아서 가부좌를 틀었다. 그리고 명상을 돕기 위해 껌을 입에 넣고 눈을 감았다.

스칼렛은 이번 명상이 쉽지 않을 거라고 생각했다. 완전히 자신을 내려놓고 몰입하기 힘들 것이다. 생각할 게 너무 많았고, 양심의 가책을 느끼는 문제도 몇 가지 해결해야 했다. 게다가 명상을 시작하자마자 알버트가 조에게 스칼렛의 은혜로운 상태를 방해하면 어떤 일이 벌어질지 큰 소리로 경고하는 바람에 더욱 집중하기 어려웠다. 스칼렛은 외부의 모든 걸 차단하려 최선을 다했다. 심장박동이 서서히 느려지며 팽팽하던 긴장감이 점차 풀렸다. 그녀는 지난 며칠간의 일을 되짚어 봤다. 손가락 형제단의 배신, 실링과 백금발 여자와의 만남…. 그리고 알버트. 항상 알버트가 있었다. 모든 일의 중심에는 늘 그가 있었다.

그때 어떤 소리가 스칼렛의 명상을 방해했다. 어딘가에 갇혀 화가 난 파리처럼 먼 곳에서 윙윙거리는 소리가 들렸다. 스칼렛은 찌푸린 얼굴로 명상에 계속 집중하려 애썼다. 알버트의 과거나 그를 뒤쫓는 사람들에 대해 아직 모르는 게 너무 많았다. 스톤무어, 칼로웨이 박사, 신앙의 집…. 모든 게 불분명했다. 알버트의 능력은 광범위한 영향을 미쳤다. 가능한 한 그것을 자세히 알아내야만 했다. 어떤 식으로든, 템스강을 따라 내려가는 동안 더 많은 걸 밝혀낼 수 있을 것이다.

여전히 윙윙거리는 이상한 소리가 계속 들려왔다. 스칼렛이 눈을 뜨자 1미터도 채 안 되는 거리에 조가 서 있었다. 피 묻은 수건을 귀에 두르고 눈을 부릅뜬 채 그녀를 내려다봤다. 사실 그는 사과를 먹으면서 은밀한 부위를 긁는 등, 동시에 여러 가지 행동을 하고 있었다. 스칼렛이 욕설을 내뱉고 벌떡 일어났다. 총을 찾기 위해 서두르다 기도 매트에 발이 걸려 넘어질 뻔했다.

"알버트! 이것 보라고! 은혜로운 상태를 망쳤잖아! 이 노인이 바로 코앞까지 오도록 그냥 두면 어떡해!" 스칼렛이 소리를 질렀다.

넋을 잃고 지도를 들여다보던 알버트가 고개를 들었다.

"네가 명상을 하니까, 할아버지는 그냥 흥미를 보인 것뿐이야. 당연하잖아. 나도 그랬으니까."

"무기를 들었을 수도 있잖아!"

"사과 하나 들었을 뿐이야."

"뭘 들고 있는지는 중요하지 않아! 이 쓸모없는 녀석!" 스칼렛이 화난 몸짓으로 소리쳤다. "그리고 노인장, 뭘 원하는 거야?"

"조."

"그래, 조. 뭘 원해?"

조가 사과를 한 입 베어 물고 아삭아삭 씹으며 어깨를 으쓱했다. "새들이 다시 날아오르더구나."

"무슨 새들?"

"협곡에 있던 찬새 떼 말이야."

스칼렛이 바로 상황을 알아차렸다. 햇빛이 강과 적갈색 갯벌, 양쪽 강둑의 나무가 울창한 야생 지대를 비추고 있었다. 그녀는 강줄기가 휘어지는 방향을 따라 높이 솟은 서쪽 산맥을 바라봤다. 폐허가 된 탑 위로 검은 형체들이 해를 등지고 빙글빙글 돌고 있었다. 지켜보는 동안 처음엔 한 마리가, 그다음에 또 한 마리가 공중을 선회하다 어딘가로 곤두박질쳤다.

"뭔가 협곡을 통과해서 오고 있어." 조가 말했다.

조용한 대기 속 보이지 않는 곳에서 희미한 소리가 들렸다. 멀리서 들리는 윙윙거리는 소리였다. 부드럽고 끊임없이 윙윙대는 소리. 바로 엔진 소리였다.

"그래. 모터보트 같구나." 조가 말했다.

18

'코에 주먹을 날리고, 엉덩이를 걷어차고, 뼈만 남은 목을 낚아채 강물에 던진다.'

알버트는 이런 스칼렛의 머릿속 생각을 읽었다. 조는 느긋하게 상황을 알린 행동을 크게 후회할 뻔했다. 하지만 겉보기에 스칼렛은 스스로를 잘 통제하고 있었다.

"조, 엔진 좀 켜줘. 바로 떠나야 해."

스칼렛은 조에게 말한 후, 알버트 곁으로 다가왔다. 알버트는 협곡 쪽 강 상류를 응시했다. 뗏목 뒤에는 아무것도 보이지 않았지만, 윙윙거리는 소리가 상황을 말해줬다. 멀지만 아주 멀지 않은 곳에서 엔진이 부드럽게 돌아가는 뭔가가 반짝이는 강을 가르고, 뱃머리로는 강물을 분수처럼 쏟아내며 다가오고 있었다.

스칼렛이 말했다. "속도가 꽤 빠르네. 노인장 생각엔 저게…."

"맞아."

스칼렛이 조를 흘끗 봤다. 그는 엔진 상자 위로 몸을 굽힌 채 찌푸린 얼굴로 조절판을 헛되이 당기고 있었다.

"문제가 생긴 거야?"

"시동이 안 걸리는군."

"나도 그건 알겠어. 뭐가 문젠데?"

"기름 문제는 아니야. 어젯밤에 손을 봤으니까. 곳곳에 윤활유를 칠했거든. 아주 완벽하게."

"그러면 기름 문제는 아니네. 다른 게 뭐가 있지?"

"점화장치가 늘 문제를 일으키곤 하지." 조가 엔진 상자 안을 들여다봤다. "그래…. 이 작은 놈이 떨어져 나갔군. 접착제나 본드 같은 거 있나?"

"아니. 없어."

"하긴 살인강도들이 갖고 다닐 만한 물건은 아니지. 창자 가르는 칼이나 너클을 빌려달라고 했으면, 당연히 더 자신 있게 말했을 거야." 조가 말한 후 손가락으로 엔진 상자 옆을 두드렸다. "뭔가 끈끈한 게 필요한데. 좋아. 자…." 그가 손을 내밀었다. "지금 씹고 있는 껌을 주거라."

스칼렛은 입에서 껌을 꺼내 조에게 건넸다. 알버트는 여전히 뒤쪽을 바라보고 있었다. 창새 떼가 탑의 둥지로 돌아가는 중이었다. 거리가 멀어 확실치는 않았지만, 이제 물 위에 뭔가가 보였다. 은빛 물 위에 떠 있는 작은 점…. 속눈썹에 붙어 있는 먼지처럼 보였다.

알버트는 누군지 알고 있었다. 박사가 오고 있다. 마음속에 공포가 녹물이 스며들 듯 퍼져갔다.

조가 조절판에 껌을 붙인 후 점화장치를 당겼다. 이번에는 굉음과 함께 엔진의 시동이 걸렸다. 뗏목이 갑자기 흔들리자 에티가 넘어졌고, 알버트는 강물에 빠질 뻔했다. 하지만 스칼렛은 완벽하게 균형을 유지했다. 팔짱을 끼고 차분한 표정으로 먼 상류에서 달려오는 보트를 응시했다.

"좋아. 이제 두고 보자고." 스칼렛이 말했다.

뗏목은 계속 앞으로 나아갔다. 템스강은 아침 햇살에 우윳빛으로 반짝였다. 뗏목은 놀랍도록 빠른 속도로 물 위를 스치듯 달려갔다. 모터보트와 충분히 대적할 만한 속도였다. 뒤쪽의 점이 단숨에 작아지며 시야에서 사라졌다. 알버트는 불안감에 휩싸여 한참 동안 지켜봤지만, 모터보트는 다시 보이지 않았다. 뗏목의 엔진 프로펠러가 자신만만하게 돌며 물거품을 뿜어냈다.

강은 나무가 울창한 구릉 사이로 길고 완만한 고리 모양을 형성하며 흘러갔다. 언덕 아래에는 작은 마을들이 자리 잡고 있었다. 철이나 나무로 만든 울타리가 마을을 둘러쌌고, 지붕에는 거대 톱니 이빨 새를 막기 위해 그물이 쳐져 있었다. 고기잡이배들이 템스강의 얕은 물 위를 천천히 움직였고, 사람들은 밭에서 뗏목이 지나가는 걸 지켜봤다.

조는 방향타를 잡고 있었고, 스칼렛은 상자에 앉아 햇살 아래 총을 닦았다. 에티는 뗏목 중앙에 있는 천막 주위를 빙빙 돌며 네 개의 기둥을 차례로 만지는 놀이를 하고 있었다. 에티의 행동에 명확한 이유가 있는 건 아니었지만, 생각과 행동이 일치했기 때문에 이런 놀이는 그녀의 기분이 좋다는 걸 의미했다. 알버트는 에티를 바라보며 긴장이 다소 누그러지는 걸 느꼈다. 쫓기고 있다는 생각에서 벗어날 수 있었다.

스칼렛이 다가왔다. 햇살이 머리카락을 비췄고, 눈이 초록빛으로 반짝였다.

"알버트, 걱정돼?"

"응. 조금."

"음, 솔직히 이 형편없는 고물 뗏목이 예상보다 훌륭하네. 최소한 우리 뒤를 쫓는 보트만큼 빠르긴 하니까. 진짜 그놈들을 따돌릴 수도 있겠어….” 스칼렛은 떠보려는 듯한 눈빛으로 알버트를 바라봤다. “물론 너 같은 능력이 있다면 크게 신경 쓰지 않겠지만. 놈들이 가까이 왔을 때 폭파하거나 가라앉혀 버리면 되니까.”

알버트가 몸을 부르르 떨었다. “난 못 해.”

“어젯밤에는 더 큰일도 했잖아.”

“아냐. 그냥 휘발유통 하나를 폭파했을 뿐이야. 게다가 완전히 지쳐버렸는걸. 오늘은 손가락 하나 까딱할 힘도 없어. 게다가…” 알버트는 혐오감에 고개를 저었다. “힘이 있다 해도 항상 잘되진 않아. 가끔 실험에서 아무 힘을 못 쓸 때도 있었거든. 아무리 박사가 날 고통스럽게 해도. 어떨 때는 절대 공포가 밀려오는데… 이건 더 안 좋아.”

“절대 공포?”

“내가 힘을 통제할 수 없을 때면 그게 몰려와. 엄청나게 겁에 질릴 때 생겨서 그렇게 불러. 그리고 그것 때문에 벌어지는 일이 너무 무섭기도 하고. 스칼렛, 난 간혹 화가 나. 그리고 화가 나면….”

알버트의 목소리가 흐려졌다. 그는 순간 노예 상인들과 있던 골목으로 되돌아갔다. 조금 전까지만 해도 세 사람과 있던 공간이었는데, 순식간에 혼자 남아 있었다. 알버트는 애써 눈을 깜박이며 다시 햇살 속으로 돌아왔다.

“그런 건 보고 싶지 않을 거야. 그게 다야.”

스칼렛이 알버트를 뚫어져라 쳐다봤다. “그래서 그 여자가 널 실험한 거야? 그 칼로웨이라는 박사가?”

알버트는 전선과 의자와 하얀 타일이 깔린 텅 빈 방을 떠올렸다. “응….”

“이유는 말했어?”

"날 치료하기 위해서래. 힘을 통제하는 법을 가르치려고. 칼로웨이 박사님은 내게 제어력이 전혀 없다고 했어. 너무 위험하고 예측 불가능한 존재라고…. 그래서 내게 정신 구속구를 채운 거야."

"글쎄. 지금 넌 정신 구속구를 안 하고 있지만, 우리 모두 괜찮은 거 같은데?" 스칼렛이 알버트를 보고 가볍게 미소 지었다. "조의 말로는 대홍수 지역에 도착하면 숨을 만한 지류가 엄청 많대. 그러니까 벌써부터 조바심 내지 마."

뗏목은 계속 앞으로 향했다. 강변 마을이 점점 뒤로 멀어졌다. 수많은 구릉 너머로 울창한 숲이 계속 펼쳐졌다. 거대 짐승의 척추처럼 숲 위로 높이 솟아 있는 커다란 폐허를 지났다. 정오가 되고부터 해는 서쪽으로 기울기 시작했다. 나무 꼭대기에는 해가 밝게 비췄지만, 땅에는 검은 그림자가 웅덩이처럼 고였다. 지난 몇 시간 동안 모터보트가 추격해 오는(정말 추격자들이라면) 모습이 보이지도 않았고, 엔진 소리가 들리지도 않았다.

나무가 더욱 울창해졌다. 엄청나게 나이를 먹은 굵은 참나무들이 양쪽 강가에 군락을 형성했고, 거대한 가지를 밖으로 뻗어 머리 위로 단단한 지붕을 이뤘다. 강은 에메랄드 터널을 뚫고 앞으로 계속 나아갔다. 초록빛 물에는 어두운 얼룩이 졌고, 햇살 조각들이 반짝였다. 공기는 후덥지근하고 답답했다. 알버트는 점점 졸음이 몰려오기 시작했다.

나른한 분위기가 뗏목을 감쌌다. 조는 방향타를 잡은 채 반쯤 졸고 있었다. 피 묻은 천이 이마 위로 비스듬히 내려왔다. 스칼렛은 팔짱을 끼고 앞쪽 갑판 의자에 앉아 다리를 꼬고 있었다. 머리카락이 눈 위를 덮었다. 알버트는 천막 차양 아래 에티 옆에 앉았다. 에티는 꽤 바빴다. 지금은 갑판 위로 나무 공을 굴려 색색의 벽돌을 맞히고 있었다. 알버트가 노란색 벽돌을 찾아 내밀었다. 에티가 잠시 망설이다 받아 들고는, 곧 다른 벽돌을 가져와 엄숙한 의식을 치르듯 그에게 건넨 후 귀엽게 춤추며 멀어졌다.

알버트는 에티와 함께 있어 기분이 좋아졌다. 에티와 어울리는 게 좋았다. 에티는 스톤무어에 살던 작은 아이들을 떠올리게 했다. 마당을 배회하다 봤던 어린아이들. 하지만 스칼렛의 생각은 다르다는 걸 알았다. 에티를 전혀 아는 척하지 않았고, 심지어 거의 쳐다보지도 않았다. 알버트는 에티에 대한 그녀의 딱딱한 반응에 놀랐다. 스칼렛은 보통 훨씬 유연했기 때문이다.

그때 갑자기 조가 손에 나팔총을 들고 지나가는 게 보였다.

조는 스칼렛에게 다가가 쿡 찔렀다. 그녀는 곧바로 정신을 차렸다. "뭐야?"

"앞을 좀 봐."

알버트도 일어나 앞을 봤다. 왼쪽 강기슭의 나무 사이로 회색 연기 한 줄기가 대낮의 빛 속을 맴돌며 구불구불 피어오르고 있었다. 연기는 아주 가늘고 흐릿해 초록빛 배경 속에서 거의 인식하기 힘들 정도였다. 알버트는 별일 아니라고 생각했지만, 스칼렛과 조는 나란히 서서 연기를 유심히 지켜봤다. 미동도 없는 그들의 모습을 보고서야 알버트는 심각한 문제가 생겼다는 걸 눈치챘다.

"뭐가 문제야?" 알버트가 물었다. "무슨 일인데? 적은… 아니겠지? 우리가 따돌린 줄 알았는데."

스칼렛은 알버트에게 대답하지 않고 조에게 물었다. "조, 다른 무기는 없어?"

조가 손가락으로 가리켰다. "배 끝 쪽에 있는 저 상자 안에 소총이 하나 있긴 해."

스칼렛이 상자로 다가가 뚜껑을 열어젖혔다. 총구가 긴 총을 꺼내 능숙하게 탄약을 장전하기 시작했다. 조는 갑판 위에서 공을 쫓는 에티에게 서둘러 달려갔다. 예상보다 민첩하게 에티를 들어 올리더니 가장 가까운 상자로 들고 갔다. 알버트가 놀라서 바라보는 가운데, 그녀를 상자 안으로 집어넣었다. 조는 긴장한 얼굴로 상자 뚜껑을 닫고 자물쇠를 걸었다. 에티는 아무 소리도 내지 않았다.

"초 할아버지, 왜 그러는 거예요? 에티가 화낼 거예요."

"알버트, 입 다물어." 스칼렛이 말하며 소총을 들고 알버트를 지나쳐 조 옆에 섰다. "조, 엔진은 계속 켜놓을 거야?"

"끄고 싶지만, 물살이 느려도 너무 느려."

"그럼 계속 켜놓자고."

조는 방향타로 가서 뗏목이 왼쪽 강둑에서 멀어지도록 조정했다. 뗏목은 소리를 내며 계속 앞으로 나아갔다. 햇살이 푸른 나무 꼭대기를 부드럽게 비췄다. 스칼렛은 소총을 어깨에 대고 뗏목 왼편 숲을 향해 총구를 겨눴다. 거대한 검은 줄기들이 지하 세계의 기둥처럼 어둠 속으로 길게 뻗어 있었다. 두껍게 쌓인 적갈색 나뭇잎 더미가 강물 속으로 기울어져 흘러내렸다. 희미하게 타는 냄새가 뗏목까지 풍겨왔다. 독특하게 달콤하면서도 날카롭게 톡 쏘는 냄새였다. 알버트가 코를 찡그렸다. 갑자기, 털털거리는 엔진 소리를 빼면 숲이 너무 조용하다는 걸 깨달았다. 숲은 쥐 죽은 듯 완전히 침묵했다.

일 분이 지났다. 뗏목은 가는 연기 기둥과 나란한 지점에 도달했다. 연기가 강둑에서 약간 떨어져 있어서 연기의 원인은 알 수 없었다. 조는 몸을 웅크린 채 방향타를 잡고 있었다. 스칼렛은 소총을 쥐고 석상처럼 꼼짝하지 않았다.

알버트는 심장이 쿵쿵 뛰었다. 느낌이 좀 이상했다. 이건 전적으로 다른 사람들의 반응 때문이었다. 스칼렛의 머릿속을 읽고 두려움의 정체를 알고 싶었지만, 지금은 주변 상황에 집중해야 했다. 하지만 뭔가 이상했다. 특별히 눈에 보이는 게 없는데….

갑자기 스칼렛의 소총이 옆으로 빠르게 움직였다. 깜짝 놀란 알버트가 뒤쫓아 눈을 돌렸다. 저 멀리 숲속에, 빛이 끊겨 초록 그림자가 생긴 곳에 두 형체가 서 있었다. 인간만 한 크기였지만 매우 가늘고, 빛을 발하듯 창백했다. 알버트는 그들의 얼굴도, 옷도, 들고 있는 것도 알아볼 수 없었다. 그들은 아무 소리도 내지 않았다. 뗏목이 지나는 걸 지켜보고 있다고 추측했지만, 움직임이나 반응이 전혀 없었기 때문에 확신하지는 못했다. 스칼렛은 그들에게 계속 총구를 겨냥했다. 강줄기가 휜 곳을 따라 뗏목이 움직이자, 그녀는 뗏목의 움직임에 맞춰 천천히 몸을 돌렸다. 하지만 총을 쏘지는 않았다. 두 개의 하얀 형체가 점점 작아지다 나무 너머로 희미하게 사라졌다. 스칼렛은 여전히 소총을 강둑에 겨누고 있었다. 뗏목이 숲을 빠져나와 햇빛이 다시 그들을 제대로 비출 때까지 이십 분 동안 그 자세를 유지했다. 그 후 한숨을 내쉬며 소총을 내려놨다.

조는 엔진 속도를 올리고 에티를 상자에서 꺼내주러 갔다. 뗏목의 속도가 빨라졌다.

알버트는 스웨터가 땀으로 축축해진 걸 깨달았다. 그는 마침내 스칼렛과 눈을 마주칠 수 있었다.

"오염된 자들이야. 알버트, 운 좋은 줄 알아. 그들이 배를 채운 지 얼마 안 된 게 분명해."

그 후 얼마 지나지 않아 끝없이 계속될 것 같던 숲이 놀라울 정도로 갑자기 관목 지대로 변했고, 관목 지대는 곧 갈대 습지와 물이 차 있는 저지대 초원으로 바뀌었다. 뗏목에 달콤한 안도감이 퍼졌다. 알버트도 그 감정 변화를 느꼈지만 이유를 완전히 이해하지는 못했다.

조가 노란 손수건으로 이마를 훔쳤다.

"오늘은 두 번이나 재난을 피했구나. 이보다 더 좋을 수 없을 만큼 운이 따랐어." 조는 소총을 정리 중인 스칼렛에게 감사의 의미로 엄숙하게 고개를 끄덕였다. "폭력에 익숙한 거 같던데. 어디서 그런 솜씨를 익혔지?"

스칼렛이 어깨를 으쓱했다. "여기저기 다니면서."

"그런 거 같구나. 죽음과 살육의 현장을 겪고서도 이렇게 기운이 넘치다니…. 하지만 어린 나이에 안된 일이지."

"그래?"

스칼렛의 얼굴에는 감정이 전혀 드러나지 않았지만, 알버트는 과거를 언급할 때마다 항상 그녀의 마음의 문이 닫히는 걸 느꼈다.

"난 지금 살아 있어. 그게 중요한 거지. 살아 있는 것, 그리고 세상을 내 방식대로 자유롭게 사는 것."

"그래. 하지만 그 방식이 널 어디로 이끌겠니? 더 많은 강도질과 더 나쁜 악행, 그리고 비참하고 끔찍한 결말이겠지…." 조는 기분이 좋은 듯이 양손을 비볐다. "하지만 추측은 그만하지. 지금 당장의 좋은 소식은 대홍수 지역 근처에 도달했다는 거야. 일단 거기 도착하면 갈대밭 사이에 숨어서 쉴 수 있겠지. 곧 노를 저어 가야 해. 뱃전 밑에 보면 노가 있을 거야. 꺼내서 준비하거라."

스칼렛은 하루 종일 보여줬던 냉정하고 차분하며 능률적인 모습으로 노를 찾으러 갔다. 알버트가 뒤따라갔다. 지나온 길을 흘끔흘끔 돌아보며 다시 한번 긴장감을 느꼈다. 돌처럼 무거운 불안감이 그를 짓눌렀다. 깨어난 이후 계속 이런 느낌이 들었다. 숲속에서는 약해졌지만, 지금은 다시 강해졌다. 알버트는 텅 빈 강과 굽은 갯벌을 응시했다. 강에는 아무것도 없었다. 햇살, 떠다니는 나뭇가지, 작은 흰 물새만 보일 뿐이었다. 그럼에도 강에서 눈을 떼기 어려웠다.

템스강이 대홍수 지역에 들어섰다. 강가에는 인간의 거주 흔적이 다시 나타났다. 검은 소들이 초원에 포대처럼 웅크리고 누워 있었다. 뗏목이 지나가자, 소들이 뗏목을 따라 천천히 고개를 돌렸다. 작은 마을들이 굽은 강변을 따라 바싹 붙어 있었다. 갯벌 진흙 위로는 단층 목조 주택들이 콘크리트 받침대 위에 서 있었다.

조는 마을을 지나가며 각 마을의 이름을 알려줬다. 위트니, 아인섬, 얀톤….

"저곳 주민들은 갈대나 가지로 엮은 제품을 주로 거래하지. 일반적인 상황이라면, 갈대 바구니나 새우 통 혹은 재미있게 생긴 모형 당나귀를 사기 위해 들리기 좋은 곳이란다. 하지만 너희들은 평범한 여행객이 아니니까 그냥 지나가야겠지."

마지막 마을을 지날 때, 뗏목의 모터가 소화불량에 걸린 듯 덜컥거리며 펑펑 소리를 냈고, 간혹 연기도 내뿜었다. 스칼렛과 알버트는 놀라서 서로 마주 봤다. 뗏목의 속도가 이전보다 확연히 느려졌다.

조가 어깨를 으쓱했다. "엔진이 과열됐어. 클라라는 온종일 도망가야 하는 범죄자들을 태우는 데 익숙하지 않거든. 기름도 부족한 거 같고. 당분간은 속도를 줄여야겠다."

"그래. 뭐, 갈대밭에 거의 다 왔으니까. 아마 문제없을 거야." 스칼렛이 말했다.

알버트는 신음과 한숨이 반반 섞인 소리로 작게 말했다. "있잖아. 문제가 있을 거 같은데. 저기 봐봐."

알버트가 손으로 강을 가리켰다. 먼 곳에서 반짝이는 밝고 하얀 빛이 보였다. 빛이 다시 나타났다. 앞 유리에 반사된 햇빛일 수도 있었다.

멀리 보이던 점이 점점 커졌다.

"스칼렛…." 알버트가 말했다.

스칼렛이 욕설을 내뱉고는 욕설 상자에 동전을 넣었다.

"나도 보여. 조…."

조가 엔진 속도를 올렸다.

"흥, 귀찮게 하지 마. 최선을 다하는 중이니까."

뗏목이 빨라졌다가 다시 느려졌다. 엔진이 변덕을 부리듯 때로는 용감하게 속도가 올랐다가, 때로는 아무 이유 없이 힘을 잃기도 했다. 점은 흐릿한 윤곽이 됐고, 흐릿한 윤곽은 이제 보트 모양이 됐다. 앞쪽이 뭉툭하고 몸이 총알처럼 날렵한 모터보트가 물거품을 화살처럼 가르며 오고 있었다. 알버트는 보트에서 시선을 뗄 수 없었다.

"그들이 쫓아오고 있어요." 알버트가 말했다. "안 돼. 우릴 따라잡 겠어."

공포가 몸 안으로 밀려오는 걸 느꼈다. 스칼렛은 옆에서 차분히 권총을 점검하고, 벨트 고리에 있는 탄약통을 확인했다. 피 튀기는 사태가 벌어지기 전에 하는 일들이었다. 아무 말도 하지 않았다. 다만 머리카락 한 가닥을 씹고 있었는데, 그녀도 긴장했다는 유일한 표시였다.

뗏목이 강의 굽은 곳을 돌아, 추격해 오던 보트의 시야에서 일시적으로 벗어났다. 양옆으로 갈대가 여우 가죽처럼 두껍고 빽빽하게 나 있었다. 흙탕물이 흐르는 작은 수로들이 갈대밭 속에 핏줄처럼 깊숙하게 뻗어 있었다. 조는 일이 분 정도 항로를 유지하더니 곧 엔진 조절판을 껐다. 엔진이 맥박처럼 깊게 고동치다 거의 정지했다. 그는 방향타를 움직였다. 뗏목이 90도 가까이 방향을 틀더니 갈대밭을 향해 뱃머리를 들이밀었다.

"노를 잡아! 서둘러." 조가 외쳤다.

알버트는 긴 손잡이가 달린 노를 잡았다. 스칼렛의 지시에 따라 뗏목 앞에 서서 장애물들을 막았다. 노를 이용해 갈대를 살살 밀며 뚫고 나가 갈대밭 안쪽까지 파고들었다. 조는 탁 트인 강물에서 더 멀어지도록 뗏목 방향을 갈대밭 안쪽으로 더 틀었다. 그리고 엔진을 완전히 껐다. 조용하고 푸른 곳이었다. 깃털처럼 가벼운 갈대 끝이 머리 위에서 부드럽게 흔들렸다. 스칼렛과 알버트는 노를 저어 갈대 사이로 더 깊이 들어가기 시작했다. 그들은 지그재그로 천천히 나아갔다. 넓은 강에서 멀어졌지만, 아직 강둑이 나올 기미가 보이지 않았다.

조가 셔츠 앞쪽을 뒤적거리더니 은색 사슬에 매달린 물건을 꺼냈다.

"너희 중 누구 폐활량이 더 좋지?"

"물어볼 필요가 있나? 당연히 나지." 스칼렛이 대답했다.

"그럼 이 호루라기를 가져가거라. 음이 너무 높아 인간 귀에는 안 들리지만, 템스강에 서식하는 흡혈 수달이나 물뱀 같은 괴물들을 막아주니까. 이게 내 목숨을 수없이 구해줬지. 잃어버리면 가만 안 둘 거야." 조가 호루라기를 던졌다. "지금부터 불어. 여기는 흡혈 수달의 구역이야. 이 강에서 너 같은 여자애쯤은 통째로 삼킬 만큼 거대한 수컷 수달도 봤지."

일 분간 혹은 그 이상 뗏목은 서서히 녹음 속으로 더 깊이 들어갔다. 스칼렛은 호루라기를 계속 불었지만, 아무 소리도 들리지 않았다.

마침내 조가 한 손을 들었다. "이제 가만히 기다려."

에티는 갈대밭에서 불안해했다. 상상 속 녹색 갈대 커튼이 괴물

같은 형체로 살아나 그녀를 붙잡을 것처럼 위협했다. 에티는 훌쩍이기 시작했고, 곧 더 크게 울 것 같았다. 조는 조용히 상자로 다가가 빵조각을 떼어 왔다. 에티는 빵을 받더니 훌쩍거리며 입에 집어넣었다.

그들은 기다렸다. 갈대는 움직이지 않았고, 뗏목은 갈대 그림자 속에 흐릿하고 조용히 떠 있었다.

햇빛에 반짝이는 물길을 따라 모터 돌아가는 소리가 들렸다. 보트가 가까워지며 소리도 더 커졌다. 알버트는 갈대 사이로 밖을 살펴봤다. 넓은 강물은 갈대에 가려 잘 보이지 않았지만, 반짝이는 햇빛 한 조각이 거의 강 건너편까지 뻗어가는 게 보였다. 내면의 긴장감과 가슴을 짓누르는 돌덩이가 점점 커졌다. 소리는 이제 매우 크게 들렸다. 소리는 컸지만, 실체는 보이지 않았다. 그때 갑자기 하얀 보트 뱃머리가 시야에 나타났다. 마치 소리와는 별개로 움직이는 것 같았다. 보트는 힘들이지 않고 매끄럽게 아주 빠른 속도로 앞으로 향했다. 선체 곡선을 따라 깨끗하고 하얀 물보라가 춤을 췄다. 배는 몇 초 만에 앞을 지나치며 멀어졌다. 알버트는 아주 짧은 순간 그들을 볼 수 있었다. 회색 긴 외투에 중산모를 쓴 남자가 조종석에 서 있었다. 그 옆에 창백한 얼굴로 굳은 표정을 하고 꼿꼿하게 앉아 있던 여자는 바로 칼로웨이 박사였다.

박사는 뗏목을 보지도, 눈치채지도 못했다. 하지만 알버트는 스톤무어의 실험실 의자에 다시 묶인 것처럼 꼼짝도 못 한 채 얼어붙었다. 모터보트가 시야에서 사라졌다. 윙윙거리는 모터 소리도 점점 작아졌다. 잔물결이 갈대숲 사이로 밀려와 뗏목 옆면을 때렸다. 뗏목은 힘없이 위아래로 흔들렸다.

19

갈대밭 피난처에 도달한 건 스칼렛에게 있어 성공적인 하루의 정점을 찍은 거였다. 적을 피하고, 몇 차례의 소규모 전투에서 살아남았으며, 템스강을 따라 꽤 먼 거리를 이동했다. 무엇보다 오염된 자들과의 싸움을 피했던 게 가장 안도할 만한 일이었다. 뗏목은 잘 조종됐고, 조도 기술이 꽤 좋았다. 심지어 아이도 예상보다 덜 귀찮게 굴었다. 정말 이보다 상황이 좋기는 힘들 것이다. 레클레이드에서 간신히 위험을 모면한 후, 감사해야 할 게 정말 많았다.

알버트를 지켜보는 일도 흥미로웠다. 더 이상 엄청난 능력을 보여주지는 않았지만, 실링과 칼로웨이 박사가 끈질기게 추격해 오는 것으로 보아, 그가 얼마나 가치 있는 존재인지는 이미 증명됐다. 알버트는 확실히 칼로웨이 박사에게 극도의 공포심을 갖고 있었다. 배가 지나간 지 오 분이 흐르고 박사의 모습이 진작 사라졌는데도, 여전히 산토끼처럼 떨고 있었다. 스칼렛은 거의 강제로 알버트의 손에 노를 쥐여줘야 했다.

노로 뗏목을 조금 더 밀었다. 뗏목은 갈대가 벽처럼 주위를 완전히 둘러싼 강의 빈터에 도착했다. 밤을 보낼 은신처로 완벽했다. 어두워지는 하늘은 돔지붕 같았고, 뗏목은 돔지붕 아래의 갈대밭 한가운데 떠 있었다. 마치 고래 배 속에 있는 것처럼 외부 세계와 완전히 차단됐다.

조가 닻 대용으로 사슬 끝에 벽돌을 매달아 강물로 내렸다. 그리고 훈제 생선과 잘게 썬 감자를 프라이팬에 볶았다. 맛있는 냄새에 스칼렛은 정신이 혼미해질 지경이었다. 에티가 나무 블록을 들고 앉아 있는 천막에 등불을 건 스칼렛은 알버트에게 다가갔다. 그는 자리에 앉아 어둠 속을 바라보고 있었다.

"이 말 해주려 했는데. 알버트, 오늘 정말 잘했어." 스칼렛이 말했다.

"오늘?"

"추격전이랑 오염된 자들이랑 이것저것 전부 다."

"아." 알버트가 얼굴을 찌푸렸다. "사실 내가 뭔가 해낸 거 같진 않은데."

"바로 그거야. 강에 빠지거나, 노로 날 치거나, 중요한 순간에 귀찮게 꽥꽥대거나 하지 않았잖아…. 일을 엉망으로 망치지 않고 잘 끝냈다는 게 핵심이지."

알버트의 찌푸린 얼굴이 힘없는 미소로 바뀌었다. "고마워, 스칼렛."

"칼로웨이 박사는 우리 뒤를 놓쳤어. 이제 우린 안전해."

"정말일까? 그렇다고 믿고 싶어."

스칼렛이 건너편의 조를 바라봤다. "조! 추적자들이 우리보다 앞에 있잖아. 내일 어떻게 피해 가야 할까?"

조는 프라이팬 앞에 쪼그리고 앉아 나무 숟가락으로 음식을 휘저었다.

"그놈들은 찰그로브로 갈 확률이 높지. 거기가 다음번에 나올 큰 강변 도시거든. 어느 순간 우리를 놓쳤다는 걸 깨닫고 나면, 거기서 우릴 기다릴 거야. 다행히 대홍수 지역은 선택지가 여러 개라서, 우리는 다른 길로 가면 된다."

"좋아. 어느 길로 갈 거야?"

"템스강은 갈대 섬들 사이에서 수로가 여러 개로 갈라지지. 가장 남쪽 수로는 디드콧 배런을 지나가. 으스스하지만 사람이 살지 않는 곳이지. 그리고 다시 블레이든 포인트에서 본류와 다시 합치고. 거기에 상품 거래소가 있어. 나도 몇 번 간 적이 있지. 열 명에서 열두 명 정도의 남자들이 요새 안에 거주하고 있어. 상인인 동시에 군인들로, 거친 녀석들이지만 나름 정직하더구나. 언덕 양쪽에 부두를 운영하고 있으니까, 거기서 음료와 연료를 구한 후 런던 석호로 계속 항해할 수 있을 거야. 적들은 훨씬 뒤처질 테고."

"들었지?" 스칼렛은 알버트를 향해 다시 몸을 돌렸다. "칼로웨이 박사에게 안녕히 가시라고 해. 이제 박사는 그만 잊어버려. 네 운명은 다시 네 거라고."

알버트의 얼굴에 예전의 그 낙천적인 표정이 돌아왔다. "네 말이 맞았으면 좋겠다. 그리고 마지막에는 자유의 섬에 꼭 도착할 수 있기를…."

"그래. 황량하고 바람이 휘몰아치는 강변에서 다른 미치광이들과 꼭 껴안을 수 있기를."

스칼렛은 알버트의 변함없이 순진한 생각과 계획에 대한 고집스러운 집착에 갑작스레 짜증이 치솟았다. 저렇게 능력을 낭비하다니…. 하지만 무심히 어깨를 으쓱했다.

"어쨌든 네 인생이니까. 원하는 대로 해."

프라이팬 앞에서 조가 킬킬 웃었다. "잘도 현명한 말을 하는구나.

쓸모없는 강도 살인범이! 애야, 이 무법자의 말을 잘 들어보렴. 그리고 코트와 바지의 꿰맨 자국들을 유심히 들여다봐. 이 무법자가 인생에서 내린 선택들이 얼마나 훌륭했는지 보여주는 거니까!"

스칼렛은 코웃음을 쳤지만 대응하지 않았다. 알버트가 깜짝 놀라 눈을 깜박였다.

"할아버지는 스칼렛에게 너무 야박한 거 같아요. 스칼렛은 단순한 강도가 아녜요. 살인자이자 방랑자이자 도둑이 맞긴 하지만…. 신성한 매트 위에서 명상하는 모습도 봤잖아요?"

조가 비웃듯 콧방귀를 뀌었다. "흥, 그게 뭘 증명하니? 형편없이 낡은 매트 하나 갖고 있다고 해서 무슨 의미가 있지? 그게 이 강도를 거룩하게 만들어주나? 천만에. 내 팬티 속 벼룩들도 이 강도보다는 훨씬 거룩할걸. 저 더러운 매트 통 역시 아무것도 못 바꾸지. 장담컨대 저걸로 사람 머리통을 때렸을 거다." 그가 진한 눈썹 한쪽을 추어올리며 스칼렛을 흘끔 봤다. "내 말이 맞지? 분명 그랬을 거야."

실상 스칼렛은 스윈던 거리에서 싸웠던 기억이 희미하게 떠올랐다. 그때 어쩔 수 없이 매트 통의 끈을 목 조르는 데 써야 했었다. 그녀는 찌푸린 얼굴로 일어섰다.

"맞아. 그리고 십 초 안에 당장 똑같은 일을 되풀이할 수 있지. 그러니 이제 남 욕은 그만하고 요리에 노력을 더 기울이지 그래."

조는 킥킥대며 요리를 계속했고, 덕분에 적당한 때에 식사할 수 있었다. 음식은 냄새만큼이나 정말 맛있었다. 모두 만족한 식사였다. 조와 에티는 담요 아래 누웠고, 알버트 역시 멀지 않은 갑판 위에 누워 곧 잠이 들었다.

스칼렛은 상자에 몸을 기댔다. 습지에서 개구리 떼가 울었다. 머리 위로는 무수히 많은 별들이 하늘 여기저기에 박혀 빛났다. 잠시 후, 주위로 과거가 몰려왔다. 과거의 이미지는 간혹 밤이 부드럽게 스며드는 시간에 그녀를 괴롭히곤 했다. 그것은 작은 발로 뗏목 주위를 맴돌았지만, 절대 뗏목 주위 갈대를 벗어나 빛 속으로 나오지는 못했다. 스칼렛은 죄책감이 내면을 할퀴는 동안 꼼짝하지 않고 앉아 있었다. 그대로 두는 게 옳았다. 지금은 죄책감을 느낄 시간이었다.

가까운 곳에서 물소리가 풍덩 부드럽게 났다. 마치 거대한 뭔가가 민첩하고 능숙하게 얕은 물속으로 들어가는 소리 같았다. 순간 스칼렛은 현실로 돌아왔다. 뗏목 옆면에 잔물결이 밀려오는 걸 느끼고 총으로 손을 뻗었다. 하지만 그 소리는 사라졌고, 별들만 빛났다. 곧 그녀의 집중력이 흔들렸고, 더 이상 아무것도 듣거나 보지 못했다.

푸른 새벽빛 속에 안개가 물 위로 짙게 깔렸다. 그들은 조용히 갈대밭을 빠져나와 뗏목을 다시 템스강 한가운데로 몰고 갔다. 엔진은 여전히 꺼놓은 상태였다. 그들은 저지대의 갈대 섬들 사이를 지나 강이 여러 갈래로 확연히 나뉘는 지점에 이르렀다.

"제일 오른쪽 수로로 갈 거야." 조가 속삭였다. "왼쪽은 정직한 사람들이 가는 길이지. 우리는 무법자와 도덕적 일탈자의 길을 선택할 거야. 에티, 눈을 가리거라!"

에티는 침구 속에서 알버트와 숨바꼭질 놀이를 하면서 알버트의 과장된 표정에 배꼽을 잡고 웃었다. 에티는 어떤 길로 가든 신경 쓰지 않는 것 같았다.

삼십 분이 지나도록 위험한 징조는 없었다. 주위엔 여전히 갈대와 안개만 있었기에 조는 엔진을 켰다. 이제 스칼렛이 방향키를 잡았다. 조는 다친 귀가 밤사이 심하게 부어올라 열이 날 기미가 보였다. 그는 스칼렛의 응급처치 상자에서 항생제 약병을 들이마시고 의자로 가서 쉬었다.

강은 계속 흘렀다. 조용히 하루가 지났다. 스칼렛과 알버트는 번 갈아 뗏목을 조종했다. 칼로웨이 박사의 모터보트는 물론이고 다른 배도 보이지 않았다. 드넓은 대홍수 지역은 텅 비어 있었다. 뗏목은 그 한가운데에 있을 법하지 않은, 떠다니는 색깔 있는 점 같았다.

오후 중반쯤, 남쪽에 낮은 구릉 산맥이 나타났다. 가장 가까운 구릉은 맨살이 드러난 황무지 위에 검은 유리 조각들이 점점이 박혀 있었고, 오래전 번개에 채찍질을 당한 것처럼 목탄 자국이 십자형으로 나 있었다. 구릉을 지날 때 뗏목이 보이지 않는 조류에 흔들리며 요동쳤다. 뗏목 기둥이 덜컹거렸다. 스칼렛은 이가 다 흔들리는 느낌이었다. 조류를 통과해 구릉에서 멀어지자, 강둑에 갈대밭이 다시 나타나며 강물의 흐름이 부드러워졌다.

"스칼렛, 그거 느꼈어? 심장이 멈추는 줄 알았다니까." 알버트가 말했다.

얼굴이 창백해진 스칼렛이 고개를 끄덕였다. "죽은 지역이야. 대재앙의 잔재지. 그런 지역은 피하는 게 좋아. 심신에 모두 좋지 않거든. 아마도 여기가 디드콧 배런인 거 같네. 조가 말한 게 사실이라면, 곧 상품 거래소에 도착할 거야."

조의 말은 사실이었다. 한 시간도 채 지나지 않아, 늦은 오후의 황금빛 햇살 속에서 바위투성이의 낮은 절벽이 강 위로 솟아 있는 게 보였다. 템스강의 굵은 수로 하나가 반대편에서 언덕을 돌아 나왔고, 강물이 서로 합류하며 동쪽으로 휘어졌다. 절벽 꼭대기에는 울타리가 세워져 있었는데, 보랏빛 하늘을 배경으로 다소 으스스한 실루엣을 연출했다. 사각형 요새였다. 요새 창문이 햇빛에 반짝였다. 새 여러 마리가 그 위를 맴돌고 있었다. 그 장면은 황량한 분위기를 풍겼다. 단정한 요새의 모습은 오히려 광활하고 텅 빈 주변 공간을 더욱 부각시킬 뿐이었다. 스칼렛은 울타리 위 높은 깃대에서 노란색과 초록색 깃발이 펄럭이는 걸 발견했다. 그 외에는 생명의 흔적이 보이지 않았다. 언덕 아래 강둑에는 갈대와 졸참나무가 늘어섰고, 콘크리트 부두가 강 쪽으로 튀어나와 있었다.

스칼렛은 부두에 뗏목을 정박했다. 조는 온종일 담요 밑에서 덜덜 떨었다. 알버트와 에티는 상자 주위에서 숨바꼭질을 시작했고, 삐걱거리는 소리와 유쾌한 웃음소리가 흘렀다. 스칼렛은 가방에서 은행 지폐를 한 뭉치 꺼냈다.

"좋아, 알버트. 블레이든 포인트에 도착했어. 연료를 구하러 가야 해. 식료품도."

알버트가 상자 뒤에서 일어나 얼굴을 가린 머리카락을 뒤로 넘겼다.

"훔칠 거야?"

"군인이 가득한 곳이야. 정직한 돈을 써야지. 뭐, 우리가 슬쩍한 정직한 돈이긴 하지만. 어서 가자."

"에티는 어쩌고? 아픈 할아버지를 깨울 순 없어. 에티랑 여기 있어야 할 거 같아."

"안 돼. 물건 드는 걸 네가 도와야지. 아이는 괜찮을 거야."

스칼렛이 부두로 뛰어내렸다. 거의 이틀 만에 처음으로 밟는 단단한 땅이었다. 알버트가 천천히 뒤를 따르며 눈썹을 찌푸린 채 흘끗흘끗 뒤를 돌아봤다. 에티가 크고 진지한 푸른 눈으로 그가 가는 걸 지켜봤다. 그러더니 갑자기 활짝 웃으며 놀라울 정도로 민첩하게 뗏목에서 기어 내려와 부두로 굴러떨어졌다. 에티는 벌떡 일어나 알버트를 쫓아왔다.

스칼렛이 신음을 냈다. "알버트⋯."

알버트가 허리에 손을 올리고 섰다. "에티, 넌 정말 돌아가야 해."

아이는 훨씬 더 환한 미소를 지으며 양팔을 벌리고 알버트에게 달려왔다.

스칼렛의 머릿속에 한 가지 생각이 떠올랐다. 신앙의 집에서 보낸 비둘기 메신저가 지금쯤 요새에 도착했을 수도 있다.

"따라오라고 해." 스칼렛이 갑자기 말을 바꿨다. "아이가 있는 게 유리할지도 몰라. 부두 방화 소식이 여기까지 퍼졌더라도, 아이에 대한 언급은 없었을 거야. 아이가 우리에게 눈가림용 존재가 돼줄 수도 있어. 뭐, 해로울 게 있겠어?"

알버트가 망설이는 눈빛으로 에티를 바라봤다. "잘 모르겠어. 조 할아버지가 뭐라고 할까?"

"조가 깨기 전에 돌아올 거야. 늦어도 삼십 분이면 돼. 봐, 저 꼬마가 안아달라네…."

"좋아. 내가 에티를 잘 돌볼게." 알버트가 에티를 들어 올려 품에 꼭 안았다.

졸참나무 사이로 길이 깊숙하게 뻗어 있었다. 키가 작은 졸참나무는 굵은 가지들이 벌어지며 머리 위로 낮게 굽어 있었다. 나뭇잎은 노란색과 갈색이었고, 공기 중에 야생 마늘 냄새가 풍겼다. 에티는 알버트의 가슴에 몸을 푹 묻었다. 안겨 가서 기분이 좋은 듯했다.

"얘가 조의 손녀 같아?" 스칼렛이 물었다. "내 말은, 진짜 손녀 같냐고?"

"당연하지. 왜 아니겠어?"

"그냥. 둘이 안 어울리잖아. 그게 다야. 아무튼, 얘는 좀 별나. 말을 안 하잖아. 한마디도 안 하지."

"아냐. 아직 어려서 그래."

스칼렛 일행은 계속해서 나무 사이를 통과해 위로 올라갔다. 길가에 일정 간격으로 놓인 콘크리트 지지대를 지났다. 거기에는 통나무 더미, 모래주머니, 시멘트 등 무거운 물품들이 쌓여 있었다. 모든 물품 위로는 노란색 잎들이 담요처럼 덮여 있었다. 나무 사이로 올려다보니 요새 꼭대기에서 하늘을 배경으로 펄럭이는 형형색색의 깃발을 볼 수 있었다. 그날 오후에는 요새 난간에 아무도 없었다.

에티가 점점 졸려했다. 언덕 꼭대기에 다다를 무렵에는 눈이 감겨 있었다. 스칼렛은 놀라서 알버트를 쳐다봤다.

"잠깐. 얘 정말 잠든 거야? 진짜네. 너한테 안겨서 잠이 들다니 믿을 수가 없군."

알버트는 둥글게 말린 작은 등을 두드리며 아무 말도 하지 않았다. 몇 분간 오르막길이 가팔라졌지만, 그들은 튀어나온 검은 암벽 사이를 지그재그 형태로 느릿하게 움직여야 했다. 뒤를 돌아보니 졸참나무 아래로 어두운 잿빛의 템스강이 보였다. 그들은 이제 잔디가 있는 강둑으로 나왔다. 그 너머로 각진 요새의 콘크리트 벽이 솟아 있었다. 바람이 셌다. 가까이 가보니, 방어 태세는 잘 갖춰놨지만 요새의 규모가 생각보다 훨씬 작았다. 요새 아래쪽에는 창문이 없었고, 위쪽에는 총을 배치해 둔 창이 몇 개 있었다. 길은 벽에 설치된 철문 앞에서 끝났다.

길가에는 최근에 나무를 자른 흔적이 보였다. 작업이 끝난 통나무들과 잘라낸 가지들과 나무껍질이 보였다. 반쯤 다듬은 통나무는 받침대 위에 놓여 있었다. 하얀 나뭇조각들이 바람에 날려가 타원 형태로 언덕에 반쯤 걸쳐져 있었다. 도끼가 통나무에 박혀 있었다. 주변에는 아무도 없었다.

"대부분의 거래소가 이렇게 조용해? 별로 활기차지가 않네." 알버트가 물었다.

전에 가본 적 있는 묘지가 차라리 더 생기 넘칠 지경이었다. 스칼렛은 텅 빈 벽을 올려다보며 고요 속에 귀를 기울였다. 요새 위를 맴돌던 새들도 사라졌다. 저 먼 아래에 우거진 나무 너머로 대홍수 지역의 평야가 저녁 하늘과 어우러지며 푸른색과 갈색으로 짙게 물든 채 펼쳐져 있었다. 곧 밤이 될 것이다.

"아마 다들 안에서 저녁을 먹고 있나 봐. 아니면 언덕 반대편의 부두에서 일하거나. 여긴 정문이 아니라서 거의 사용하지 않는 거 같아…."

스칼렛 자신이 듣기에도 확신이 부족한 목소리였다. 의심을 떨치고, 문으로 다가가 쇠못 박힌 철문을 세게 두드렸다.

"자, 알버트. 우리 얘기는 이래. 우리는 정직한 훈제 청어 상인이고, 필요한 물품을 사야 해. 말은 조리 있게 할 수 있는 내가 다 할게. 넌 평소처럼 조용히 있는 게 나아."

그들은 기다렸다.

"스칼렛, 누가 물어보면 우리가 동료라고 해, 아니면 가족이라고 해?"

스칼렛이 시계를 흘끔 보고 다시 문을 계속 바라봤다.

"뭐든 상관없어."

"좋아. 알았어. 가족이라고 할게. 그러면 에티는 우리 아이야?"

"악! 그러지 마! 그냥 그런 얘기가 나오지 않길 기도해."

스칼렛이 다시 문을 두드렸다.

"이상하네…. 문에 종이 왜 없는 거지?"

"그냥 문을 열어보면 어때?"

"그것도 가능하지."

스칼렛이 차가운 철문을 밀었다. 문은 기름칠한 경첩을 중심으로 부드럽게 안으로 열렸다. 스칼렛과 알버트는 거구의 문지기가 걸어 나올지도 모른다는 예상을 반쯤 했기 때문에 여전히 들어가길 주저했다. 하지만 아무 일도 일어나지 않았고, 아무도 나오지 않았다. 그들은 안으로 들어갔다.

요새 내부는 중앙에 천장 없이 하늘이 뻥 뚫린 네모난 안마당이 있는 형태였다. 바닥은 청회색 콘크리트에, 벽도 콘크리트로 거칠게 마감된 완전히 실용적인 모습이었다. 삼면에 하나씩 있는 아치형 문은 외벽 안쪽의 1층 공간으로 연결돼 있었다. 맞은편에는 철문이 또 하나 있었는데, 닫힌 채 막대가 걸려 있었다. 외부 계단은 총 쏘는 구멍이 있는 흉벽 옆면을 따라 2층 통로로 나 있었다. 그곳에는 대포 세 대가 막 뛰어오르려는 거대한 검은 두꺼비처럼 웅크리고 앉아 아래쪽 강을 향해 포구를 겨냥하고 있었다. 네 번째 면에는 이 층짜리 건물이 있었는데, 건물 위 탑에서 블레이든 포인트의 깃발이 저물어가는 햇빛을 환하게 받으며 펄럭였다. 옅어진 햇살이 탑 꼭대기를 비스듬히 스쳤다. 그 외 나머지 것들은 모두 단조롭고 차갑고 음산했다. 안마당 중앙에는 둔탁한 검은색 쇠 펌프가 서 있었다. 펌프 아래에 콘크리트 통이 있었다. 천막 아래에는 반쯤 만들어진 보트가 뼈대만 드러낸 채 놓여 있었다. 고무 시트 더미와 접혀 있는 방수포와 어쩐지 배에서 쓸 것 같은 물건들도 쌓여 있었다. 하지만 어디에도 사람은 보이지 않았다.

"여보세요!" 스칼렛이 소리쳤다.

텅 빈 공간에 메아리가 울려 퍼지다 고요 속으로 사라졌다. 알버트의 목덜미에 파묻혀 있던 에티가 꿈틀거리더니 눈을 뜨고 주위를 둘러봤다.

"조가 여기서 몇 명이 일한댔지?" 스칼렛이 물었다.

"적어도 열 명쯤."

스칼렛이 미심쩍어하며 턱을 긁었다. "어쩌면 다들 강에 갔을 수도 있고…."

"스칼렛, 탑에서 내려다볼 수 있을 거야."

"꼭 그들을 만나고 싶은 건 아니야. 그냥 물건만 사고 싶을 뿐. 하지만 이상하네. 무슨 이유가 있어서 이곳이 버려진 걸 수도 있어."

"아주 최근에 버려진 거 같아." 알버트가 말했다.

주변의 황량함에 스칼렛은 뭔가 불안이 천천히 스며드는 걸 느꼈다. 냉철함과 행동력을 되찾기 위해 고개를 흔들었다.

"상관없어. 빨리 둘러보자. 분명 여기에 연료와 식료품이 있을 거야."

스칼렛은 재빨리 아치형 출입구로 향했다. 문이 두 개 달린 넓은 출입구 안에 뭔가 있을 것 같았다.

알버트는 바로 따라가지 못했다. 잠에서 깬 에티가 품에서 내려가고 싶어 발버둥 치고 있었기 때문이다. 에티는 팔다리를 위아래로 쭉 뻗치더니 몸을 길게 흐느적흐느적 늘어뜨렸다. 알버트는 에티를 붙잡고 있기 힘들었다. 결국 에티를 바닥에 내려놓을 수밖에 없었다.

"내려와도 돼. 하지만 옆에 바싹 붙어 있어야 해. 이리 와." 알버트가 엄하게 말했다.

알버트의 말을 따르려던 에티는 금세 펌프의 존재를 알아차렸다. 기쁨에 젖어 입을 엄청나게 큰 O 자 모양으로 벌렸다. 뒤뚱뒤뚱 다가가 여물통 안을 들여다보고, 커다란 검은 손잡이를 움직이려 했다.

알버트가 주저했다. "에티를 지켜봐야겠어. 물 옆에 혼자 두면 안 돼."

스칼렛은 문 앞에 서서 양 문을 당겨 열었다.

"알버트, 안전 난간도 없는 뗏목에서 평생을 보낸 애야. 말 여물통 정도는 문제없을 거야. 아하, 그렇지. 와서 봐봐. 우리가 찾던 게 여기 있네."

스칼렛의 예상대로 이 방은 요새의 창고였다. 외벽에 높이 달린 총구멍에서 희미한 빛줄기가 들어왔다. 어렴풋한 빛 속에서도 원하는 걸 정확히 알아볼 수 있었다. 삼베 자루와 두꺼운 상자로 가득 찬 금속 선반이 줄지어 있고, 엄청난 양의 장작과 석탄 더미가 있었다. 그리고 끝에는 플라스틱 휘발유통들이 가지런하게 쌓여 있었다. 휘발유통은 분명 가득 차 있을 것이다.

스칼렛과 알버트는 서둘러 선반으로 갔다. 아주 만족스럽게도 자루와 상자 안에는 말린 과일, 귀리, 채소, 통조림 수프, 매달아 놓은 소시지와 절인 고기 등 여러 가지 식료품이 가득 들어 있었다. 순식간에 배낭을 가득 채웠다. 스칼렛은 자신도 모르게 열려 있는 문 너머로 안마당을 계속 흘끗흘끗 뒤돌아봤다. 에티가 좋아하며 펌프 손잡이에 매달려 있는 게 보였다. 다른 사람은 아무도 없었다. 요새는 텅 비어 있었다. 하지만 스칼렛은 신경이 곤두섰다. 이 고요가 불안감을 부추겼다.

마침내 스칼렛이 몸을 폈다. "이 정도면 충분해. 더는 못 들고 가. 네가 배낭을 메고 아이를 데려갈 수 있지? 내가 휘발유통을 두 개 들고 갈게."

알버트 역시 에티와 안마당 쪽을 흘끔흘끔 보고 있었다. "좋아. 그런데 상황이 좀 거북하긴 하네."

"뭐 때문에?"

"훔치는 거잖아. 마음이 편치 않아. 누군가에게 돈을 내야 해."

"은행은 즐겁게 털었으면서."

"그래, 나도 알아. 하지만 그건 그 도시니까. 그들은 불쌍한 뿔부리새를 잔인하게 취급했어. 하지만 여기는 모든 게 아주 깔끔하게 정리돼 있어. 이걸 자랑스럽게 여기는 거 같아. 여기 사는 사람들이 누구든 그들에게 중요한 것들이 분명해."

"하지만 지금은 다 떠나갔잖아. 안 그래?" 스칼렛이 얼굴을 찌푸렸다. "자, 우리는 물건을 가져갈 거야. 누가 오면 돈을 지불하고, 아무도 안 오면 그냥 가는 거야. 알았지? 쉽고 간단한 문제야…."

스칼렛은 눈으로 창고를 훑어보며 유용한 물건을 더 찾아야 할지 고민했다. 하지만 이곳의 쥐 죽은 듯한 고요가 마음에 걸려 그럴 의욕이 생기지 않았다.

"쉽고 간단하네…. 걱정할 게 전혀 없어." 스칼렛이 되뇌었다.

알버트가 스칼렛을 쳐다봤다. "왜 그렇게 작게 말해?"

"몰라. 넌 왜 그러는데?"

"나도 모르겠어. 물건 챙겨서 출발할까?"

"그래, 가자."

스칼렛이 연료통 두 개를 들고, 알버트가 어깨에 가방을 둘러멨다. 둘은 안마당으로 나갔다.

"에티는 어디 있어?" 스칼렛이 물었다.

그들은 펌프와 주변 문과 계단 등 안마당을 둘러봤다. 하지만 에티는 없었다.

"이상하네. 방금 전까지만 해도 여기 있었는데." 알버트가 서둘러 여물통 쪽으로 다가가 안을 들여다봤다. "괜찮아. 여기 있는 건 아냐."

"다행이네. 그럼 어디 갔을까?"

"몰라. 탐험하러 갔나 봐."

스칼렛은 낮게 욕설을 내뱉고 욕설 상자에 동전을 넣었다.

"대체 어떻게 된 애니? 아무 데나 막 돌아다니다니."

"애들은 다 그래. 그래야 애들이지 뭐."

"네가 어떻게 알아? 넌 평생 갇혀 있었잖아…. 제기랄, 알버트, 개를 계속 지켜보겠다며!"

"꼭 나만 지켜봐야 하는 건 아니지. 그게 왜 내 일이야? 에티를 데려오자고 한 건 너였어."

"그건 중요하지 않아. 어쨌든 개를 찾아야 해. 성벽에 올라간 걸까?"

"아니야."

"그럼 저 문 중 하나로 들어갔을 거야."

그들은 처음 들어온 철문 근처에 가방과 휘발유통을 내려놓은 후 가장 가까운 문으로 서둘러 달려갔다. 하지만 그곳은 방수복, 부츠, 보트의 갈고리 장대 등이 걸려 있는 또 다른 창고였다. 깔끔하고, 물건이 잘 정리돼 있었지만… 어린아이의 모습은 전혀 보이지 않았다.

다음 문은 잠겨 있었고, 그다음 문은 화장실로 밝혀졌다. 두 개의 문을 더 조사해 봤지만 소용없었다. 에티가 완전히 사라졌다.

이제 알버트도 초조해지기 시작했다.

"이 사실을 조 할아버지가 알면 뭐라고 할까? 분명 좋아하지 않겠지! 손녀를 잃어버렸으니 우리한테 화를 낼 거야!"

"닥쳐. 조 얘기는 그만할래?" 스칼렛은 침착하게 말하려 했다. "알버트, 조는 절대 이 사실을 모를 거야. 우리가 에티를 찾을 테니까. 안 그래?"

"맞아."

"그러니까 집중해. 그 애는 저 안에 있는 게 틀림없어."

스칼렛이 아직 열어보지 않은 유일한 문을 가리켰다. 그 문은 안 마당의 서쪽 방향에 있었다. 탑 바로 아래의 이 층짜리 건물로 들어 가는 문이었다.

스칼렛과 알버트는 조용히 이 층 건물로 뛰어갔다. 탑 위에는 마 지막 햇살 몇 가닥이 깃대 끝에 달린 깃발을 비추고 있었다. 하지만 이 빛도 금세 사라질 것이다. 곧 블레이든 포인트의 하루가 완전히 저물 것이다.

열려 있는 문에 다다랐다. 안쪽으로 넓은 방이 있었다.

"애 혼자 이렇게 먼 거리를 왔다는 게 믿기지 않네. 다리도 짧고 뚱뚱한데 빨리 움직일 수 있을까? 아무튼, 바로 이 안에 있을 거야. 찾아내서 붙잡아 가자."

안으로 들어갔지만, 방은 황량하고 조용했다. 긴 나무 테이블이 방의 대부분을 차지했고, 갈라진 녹색 가죽 의자들이 테이블 주위에 놓여 있었다. 요새 사람들의 식당 같았다. 테이블 위에는 반쯤 먹다 만 샌드위치 접시와 차갑게 식은 찻잔이 놓여 있었다. 앉아 있던 사 람들이 급히 일어나 자리를 뜬 것처럼 의자 대부분이 테이블 뒤로 밀 려나 있었다.

식당 오른쪽에는 쭉 뻗은 어두컴컴한 복도가 보였다. 왼쪽에는 부 엌으로 가는 통로와 위층으로 올라가는 나무 계단이 있었다. 천장에 는 전구가 있었지만, 불은 꺼져 있었다. 발전기가 작동하는 듯 윙윙 거리는 소리만 희미하게 들렸다. 스칼렛은 아이 발소리나, 누구든 사 람 소리가 들리는지 귀를 기울였지만 아무것도 들리지 않았다.

"여보세요오! 에티!" 알버트가 목청껏 외쳤다.

스칼렛은 깜짝 놀라 펄쩍 뛰며 알버트의 팔에 손을 얹었다.

"그렇게 크게 소리 지르지 마. 이유는 모르겠지만 그냥 하지 마."

"하지만 스칼렛, 에티를 찾아야 해."

"나도 알아."

스칼렛이 테이블로 걸어가 끝이 마른 샌드위치를 만졌다. 도마뱀 코처럼 건조하고 거칠었지만, 그녀가 바랐던 만큼 단단하게 굳은 상태는 아니었다. 며칠 전이 아니라, 몇 시간 전까지 먹다 만 음식이 분명했다. 그녀는 생각에 잠겨 테이블 위를 가볍게 손가락으로 두드렸다.

"스칼렛, 샌드위치 중에 먹을 만한 게 있어? 에티를 찾으면, 애가 배고파할 거야."

"엉덩이 맞을 각오나 해야지…."

스칼렛은 어둠 속을 바라봤다. 가슴속에 긴장감이 커지는 걸 느꼈다. 점점 더 떠나고 싶은 마음이 강해졌다. 하지만 먼저 에티를 찾아야 했다.

알버트가 스칼렛을 바라보고 있었다. "너 괜찮아?"

알버트가 스칼렛의 머릿속을 들여다보고 있는 걸 알았지만(하늘만 그가 무엇을 보고 있는지 알겠지.) 지금은 그걸 따질 때가 아니었다.

"응. 괜찮아. 수색을 빨리 끝내야 해. 넌 위층을 확인해. 난 복도를 확인할게. 그리고 알버트, 조용히 행동해."

알버트는 후다닥 계단으로 뛰어갔다. 스칼렛은 조용히 복도로 들어섰다. 복도에는 두꺼운 요새 벽 쪽으로 난 문이 몇 개 있었다. 그중 문 하나가 살짝 열려 있었다. 안쪽은 텅 비고 깜깜했으며, 잉크와 종이 냄새가 났다.

"에티?"

스칼렛이 안으로 들어갔다. 전등을 켜자 하얀 벽면에, 카펫이 깔린 작은 사각형 방이 모습을 드러냈다. 선반 위에 어지럽게 쌓인 종이 더미, 서류함, 책상, 의자가 있었다. 책상 위에는 시장이 선 마을의 모습을 보여주는 판화가 액자에 들어 있었다. 벽에는 공놀이를 위한 고리가 나사로 박혀 있었고, 그 주변 하얀 벽면 위로 검은색 흠집이 여러 개 나 있었다. 아마도 이 사무실을 사용했던 물품 거래소의 관리자가 꽤 지루했던 모양이다. 에티의 흔적은 보이지 않았다. 스칼렛은 몸을 돌려 나가려 했다.

하지만… 스칼렛은 아이들이 때때로 잘못된 장난기 때문에 숨곤 한다는 걸 알았다. 에티가 가구 뒤에 숨었을 가능성도 있었다. 실제로 근처 책상 다리 너머로 뭔가 작고 둥근 물체가 보였다.

스칼렛은 확인하기 위해 방 안으로 한 걸음 더 들어갔다. 딱 한 걸음 간 후 멈췄다.

에티가 아니었다. 공도, 가방도, 휴지통도, 외딴 물품 거래소에서 지내느라 지루했던 남자들의 사무실에서 찾을 법한 물건도 아니었다.

그것은 약간 기울어져 있었다. 책상 다리에 삐딱한 각도로 기대어 있었지만, 방향은 스칼렛을 향하고 있었다. 스칼렛은 그것의 얼굴을 볼 수 있었다.

얼굴은 약간 놀란 표정이었다.

그 아래에는 피 웅덩이가 괴어 있었다.

그것은 바로 사람 머리였다.

20

순간 스칼렛은 첼트넘 호숫가 잔디에 놓여 있던 잘린 토끼 머리
를 떠올렸다. 거의 일주일 전 새벽의 일이었다. 지금 이곳에도 피 웅
덩이가 있고, 두 눈은 유리알처럼 위를 응시하고 있었다. 하지만 이
건 사람 머리였다. 푸른 눈과 붉은 피부, 적갈색 수염을 가진 남자였
다. 벗겨져 가는 머리 위에는 옅은 갈색 머리카락 몇 가닥이 보였다.
그날 남자가 빼앗긴 건 목숨만은 아니었다. 사소하고 슬픈 상상이지
만, 탈모를 감추기 위해 얼마나 열심히 머리를 빗어 내렸을까. 스칼
렛은 몇 가닥의 머리카락을 바라봤다. 갑자기 두려움이 몰려오기 시
작하자 무턱대고 멍하니 그곳에 시선을 고정했다. 피부가 차갑게 식
고 손바닥과 목 안쪽에서 땀이 솟았다. 곧 몸이 떨릴 걸 알았고, 실제
로 떨려오기 시작했다. 관자놀이에서 맥박이 쿵쾅쿵쾅 세게 울렸다.
마치 텐트 말뚝을 망치로 박는 것 같았다. 몸을 움직이지 않은 채 계
속 숨을 깊고 일정하게 쉬면서 격렬한 초기 발작이 멈출 때까지 기다
렸다. 다시 스스로를 통제할 수 있게 되자 천천히 뒤로 물러섰다. 조
심스럽게 스위치로 손을 뻗어 사무실 불을 껐다. 그리고 방에서 완전
히 빠져나와 부드럽게 문을 닫았다.

스칼렛은 복도를 바라봤다. 그다음으로 한 일은 긴 칼을 꺼내 든 것이다.

"에티." 부드럽게 이름을 불렀다.

아무 대답이 없었다. 위층에서 알버트가 물소처럼 쿵쿵 돌아다니며 아이 이름을 시끄럽게 외치는 모습이 그려졌다. 얼마나 큰 소리를 낼지, 그러면 그들이 얼마나 쉽게 알버트를 찾아낼까…. 스칼렛은 입술을 꽉 깨물었다. 지금은 마음대로 상상할 때가 아니었다. 빠르게 복도를 걸어갔다. 복도의 고요가 그녀를 에워쌌다. 스칼렛은 그들이 아래층에 있을 것 같지 않았다. 에티도 마찬가지였다. 하지만 그래도 확인은 해야 했다. 작업은 일 분도 채 걸리지 않았다. 방마다 불은 켜지 않은 채 에티의 이름을 부르고 귀를 기울이며 잠깐 기다렸다가 밖으로 나왔다.

복도를 다시 지나 식당으로 돌아갔다. 이제 모든 진실을 안 후 식당을 둘러보니, 콘크리트 바닥의 먼지 사이에서 핏자국들이 보였다. 그들이 여기에서 남자의 머리를 옮겨간 거였다. 왜 살인한 방에서 머리만 꺼내 특정 사무실로 가져갔을까? 이유를 알 수 없었다. 그들은 왜 그런 행동을 한 걸까? 고대 의식 중 하나일 수도 있고, 죽은 남자의 유령을 두려워한 걸 수도 있었다. 아니면 이유 따윈 없이 그저 마음대로 저지른 미친 짓일 수도 있었다. 사실 오염된 자들이 하는 짓에 대해 깊이 생각하다간 똑같이 미쳐버릴지도 모를 일이었다.

냉랭한 식당에는 불쌍한 운명을 맞이한 거래소 남자들이 반쯤 먹다 남긴 샌드위치와 흩어진 의자들이 그대로 남아 있었다. 스칼렛은 나무 계단을 향해 걸어갔다. 걸어가는 도중 열려 있는 문과 황혼이 내린 안마당을 보며 눈을 깜박였다. 아주 잠깐, 졸참나무 아래로 언덕을 조용히 내려가는 자신의 모습을 상상했다. 혼자, 자유롭게, 절대 뒤 한번 돌아보지 않고. 그 순간, 스칼렛은 다시 만신창이가 된 버스 안에 있었다. 알버트를 발견하기 직전에 버스에서 나와 원래 가려던 길을 갈 수 있었던 순간, 이 모든 문젯거리에서 자신을 구해낼 분기점이 되는 순간. 그건 인생의 중요한 갈림길 중 하나였다. 그리고 여기 또 하나의 갈림길이 있었다. 두 상황이 거의 똑같았다. 버스에서는 구해야 할 멍청이가 하나였다면, 지금은 둘이라는 점이 다를 뿐이었다. 그게 유일한 차이점이었다. 솔직히 말해, 두 상황 다 선택지가 없었다.

나지막이 욕을 내뱉었지만 욕설 상자에 손을 대지는 않았다. 동전을 갖고 놀 때가 아니었다. 동전을 넣으면 소리도 날 것이다.

스칼렛은 어둠의 한 조각이 해방된 듯, 풀려난 그림자가 움직이듯 스르륵 계단을 올라갔다. 첫 번째 모퉁이에서 잠깐 멈춰 모퉁이 너머로 고개를 길게 뺐다. 계단이 더 있었고, 경사진 천장이 보였다. 계단 통로는 기울어진 관의 형태였고, 빛이 스칼렛을 향해 흘러내렸다. 아무 소리도 들리지 않았다.

벽에 몸을 딱 붙이고 나머지 계단을 조심조심 올라갔다. 지금은 너무 느리게 움직여서는 안 됐다. 멈추고 싶은 유혹을 참아야 했다. 주저함은 두려움을 불러올 뿐이고, 그러면 정신에 좋지 않았다. 식인종이 있는 집일지라도 계속 움직이는 게 최선이었다. 신속하게 일을 끝내는 게 목표였다.

위층에 도착한 스칼렛은 칼을 꺼내 들고 복도에 발을 내디뎠다. 조용하다는 건 좋은 일이기도 나쁜 일이기도 했다. 서로 상쇄되는 면이 있었다. 거의 확실하게 좋은 일은 그들이 식사 중일 거라는 점이었다. 식사 중일 때, 그들은 산만해지며 살인한 방에만 갇혀 있는 경향이 있었다. 몇 시간 동안 포식 중일 수도 있다. 그러면 그녀가 움직일 여유가 생길 것이다. 나쁜 일은 그들이 먹고 있는 게 알버트와 에티일 수도 있다는 거였다. 둘 다 찾지 못할수록 그럴 확률이 더 커질 것이다.

복도 왼쪽에는 문들이, 오른쪽에는 안마당이 내려다보이는 창문들이 있었다. 짙은 땅거미가 무자비하고 거칠게, 마치 액체처럼 모든 걸 무겁게 덮고 있었다. 점점 앞이 잘 안 보였지만, 스칼렛은 절대 불을 켤 생각이 없었다. 첫 번째 문으로 다가갔다. 그때 마침내 앞쪽에서 무슨 소리가 들렸다. 부드럽게 쿵 하는 소리였다.

스칼렛은 잠시 멈춰서 귀를 기울였다.

그 소리가 또 들리지는 않았다. 스칼렛은 이를 악물었다. 다시 조용히 앞으로 다가가 문간에 도착했다. 문은 활짝 열려 있었고, 안은 매우 캄캄했다. 방 안은 대놓고 조용했다. 스칼렛이 좋아하지 않는 종류의 조용함이었다. 안으로 들어가지 않고 입구에 선 채 내부를 들여다봤다. 등 뒤에서 창문으로 들어오는 희미한 빛의 끝자락을 빌려, 나무 침대와 구겨진 리넨 천에 감싸인 빈약한 매트리스만 겨우 볼 수 있었다. 매트리스를 감싼 리넨 천은 바닥까지 늘어져 있었다. 알버트나 에티에게 그럴 만한 기지가 있다면(없을 것 같긴 하지만) 나쁜 놈들로부터 숨기 좋은 장소였다.

아무튼 확인은 해야 했다.

방 안으로 들어갔다.

그 순간 문 뒤에서 한 형체가 어둠 속에 갑자기 나타났고, 놀라운 속도로 스칼렛의 등에 달려들었다. 스칼렛은 움찔하며 몸을 아래로 숙였다. 머리 위로 무거운 것이 휙 스쳐 지나가는 소리가 들렸다. 그녀는 즉시 칼을 쥔 팔을 뒤로 휘둘렀다. 하지만 곧바로 공격을 멈추고 돌아서서 상대방의 목을 낚아챘다. 상대방은 높게 신음하며 무기로 사용하던 빗자루 손잡이를 떨어뜨렸다.

"알버트, 조용히 해. 나야!" 스칼렛이 쉿 하고 말했다.

"스칼렛!" 알버트가 눈을 크게 뜨고 거의 들리지 않을 정도로 작게 말했다. "난 혹시 네가…."

"그래. 나도 네가 그건 줄 알았어. 그래서 거의 반 토막 낼 뻔했지."

알버트가 목을 움켜쥐고 뒤로 물러섰다. "어떻게 나인 걸 알았어?"

"내가 뒤를 보였잖아. 그런데 커다란 몽둥이로 이렇게 쉬운 표적조차 빗맞히다니. 그걸 보면 뻔하지. 에티는 찾았어?"

알버트가 몸을 떨면서 스칼렛을 쳐다봤다. "스칼렛, 이 요새에 뭔가 끔찍한 게 있어…."

"알아. 조용히 말해. 에티는 찾았어?"

"못 데려왔어."

"어디에 있는지 알아?"

"복도 끝에 있어." 알버트의 목소리에 괴로움이 여실히 드러났다. "데려오려고 했는데, 그때 옆방에서 뭔가가 나왔어. 눈에 띄지 않으려고 숨는데, 그런데 그걸 봤어…. 스칼렛, 그것의 머릿속을 봐버렸다고. 그건 아주 말랐는데, 주위를 둘러보더니 다시 안으로 들어갔어."

"그게 에티를 잡아갔어?"

"아니…." 알버트가 스칼렛의 팔을 꽉 잡았다. "너무 끔찍할 정도로 말랐어. 그리고 손에 쥐고 있던 건, 손에 쥐고 있던 건…." 그가 몸을 떨며 침을 꿀꺽 삼켰다.

"진정해. 그게 널 봤어?"

알버트가 고개를 저었다. 물론 못 봤을 것이다. 머리가 아직 목에 붙어 있는 게 그 답이었다.

"좋아. 에티는 어디에 있어? 저기 어딘가에?"

"복도 끝에. 방이 하나 더 있어. 에티가 안으로 슬쩍 들어가는 걸 봤어. 작은 그림자를 봤을 뿐이지만, 어쨌든 에티인 거 같아. 에티가 숨어 있는 거면 좋겠어. 하지만, 하지만 우리는 그들이 있는 문 앞을 지나가야 해…."

"'우리'가 아니야." 스칼렛이 팔을 알버트의 손에서 빼냈다. "나만 갈 거야."

"나도 같이 갈게. 내가 필요할 거야."

"진심으로 말하지만, 필요 없어. 네가 당장 능력을 쓸 수 있는 게 아니라면." 스칼렛이 알버트를 쳐다봤다. "안 되지? 그럼 그냥 여기 서 기다려. 그리고 미친 듯이 도망갈 준비나 해."

스칼렛은 알버트가 대답하기도 전에, 그리고 스스로 무슨 짓을 하는 건지 너무 깊이 생각하기 전에 몸을 돌렸다. 복도는 건물 측면을 따라 길게 이어졌다. 아주 길지는 않았지만, 지금의 상황에서 본다면 꽤 긴 길이였다. 복도 끝이 보이지는 않았지만, 아직 거기까지 관심을 둘 단계가 아니었다.

스칼렛의 시선은 앞에 있는 두 번째 방의 입구에 고정돼 있었다.

한 걸음씩 점점 더 가까워졌다. 나무판자 위에 뭔가 짙은 색의 흔적들이 있었다. 흔적은 문 쪽으로 휘어지며 약간 번졌고 반짝였다. 스칼렛은 더 가까이 다가갔다. 칼을 쥔 손이 축축했다.

무슨 소리가 들리기 시작했다.

문제의 문은 닫혀 있었다. 문 밑으로 불빛이 보이진 않았지만, 안에서 부드럽게 움직이는 소리가 여럿 들렸다. 희미하게 쿵쿵대는 소리, 어둠 속에 잔치를 벌이는 것처럼 술에 취한 소리였다. 낮게 중얼거리는 소리도 들렸는데, 그 소리는 웃는 것도, 투덜대는 것도, 신음하는 것도 아닌 이상한 소리였다. 사람의 언어와도 거리가 먼 어떤 울림이었다. 하지만 끔찍하게도 사람이 내는 모든 소리의 특징을 미세하게 전부 가지고 있었다. 이런 특징 때문에 스칼렛은 목덜미에 소름이 돋았다.

스칼렛은 소리 없이 걸어 그 방을 지났고, 몇 분 후 복도 끝에 있는 방에 도달했다. 휴게실 같았다. 안락의자와 당구대가 있었고, 외벽의 좁은 창문 옆에는 기관총이 받침대에 나사로 고정돼 있었다. 하지만 요새 사람들에게 큰 도움이 되지 않은 듯했다. 스칼렛은 오염된 자들이 어떻게 요새 안으로 들어왔는지 궁금했다.

창문은 서쪽을 향해 있었다. 수평으로 뻗은 마지막 옅은 햇빛 한 줄기가 창문을 통해 비스듬히 들어왔다. 해는 안락의자 옆을 비췄다. 빛 끝자락에 몸을 웅크린 작은 소녀가 보였다. 아주 작고 미동도 없었으며, 한쪽 뺨을 무릎 위에 괸 채 팔로 다리를 꽉 감싸고 있었다.

"에티, 안녕. 쉬…, 지금은 조용해야 해. 나랑 같이 나가자." 스칼렛이 작게 속삭였다.

앞으로 다가서자, 아이가 움찔하더니 엉덩이를 질질 밀며 의자 뒤편의 어둠 속으로 멀어졌다. 스칼렛이 입술을 꽉 깨물었다.

"뗏목에 있는 할아버지한테 다시 데려다줄게." 스칼렛이 속삭였다. "하지만 지금은 조용히 해야 해. 알지? 근처에 나쁜 것들이 있으니까."

에티가 다시 몸을 움찔했다. 양쪽 볼이 떨리고 동그란 눈이 촉촉이 젖어갔다. 곧 울 것만 같았다.

에티의 자기보호 본능이 스칼렛의 유일한 희망이었다. 지금까지 어떻게든 발각되지 않고 버틴 걸 보면, 분명 그런 본능이 있을 것이다. 스칼렛은 위험을 감수하기로 했다. 자신의 미소가 아이를 안심시키고 자연스럽게 보이길 바라며 에티 가까이 몸을 굽혔다. 하지만 에티는 여전히 그녀를 의심스러워했다. 에티는 분노에 찬 울음소리를 내지르려는 듯 갑자기 숨을 크게 들이켰다.

"알버트도 여기 있어!" 스칼렛이 필사적인 목소리로 작게 말했다. "널 기다리고 있거든. 바로 저쪽에서!"

아이의 가슴은 여전히 부풀어 있었지만 숨을 내뱉지도, 울음을 터뜨리지도 않았다. 스칼렛 역시 몸이 얼어붙었다.

"자, 꼬마 천사님, 이리 와."

스칼렛은 손을 내밈과 동시에 에티를 안아 올려 복도를 되돌아갔다. 에티의 입을 막지는 않았지만, 차분하고 확실한 자신감을 보여줌으로써 아이가 계속 조용히 있기만을 바랐다. 문이 닫혀 있는 문제의 방 근처까지 왔다. 문 뒤에서 우적우적 씹어 먹는 끔찍한 소리가 계속 들렸다. 스칼렛은 바닥의 얼룩을 넘어 계속 걸었다. 발걸음이 아주 빨랐지만, 심장박동에 비할 바는 아니었다. 에티는 그녀의 팔에 꼼짝하지 않고 안겨 있었다.

스칼렛은 첫 번째 침대 방으로 재빨리 들어갔다. 알버트가 침대 옆에서 기다리고 있었다. 에티를 보자마자 안아주려 팔을 뻗었지만, 스칼렛은 걸음을 멈추지 않았다.

"잠깐만, 나갈 때까지 기다려." 스칼렛이 작게 속삭였다.

스칼렛은 계속 움직이려고 했지만, 에티가 고개를 저으며 알버트에게 뛰어들려 하는 바람에 그녀를 떨어뜨리지 않으려 고군분투했다. 화가 난 에티가 외마디 비명을 질렀다.

스칼렛은 에티의 벌어진 입을 한 손으로 틀어막았다. 다른 팔로는 에티를 꼭 끌어안고 붙잡으려 애썼다. 아이의 머리 위로 알버트를 바라봤다.

그들은 어두운 방 안에서 숨죽인 채 기다렸다.

아무 소리도 나지 않았다. 침묵만이 흘렀다.

스칼렛은 천천히 숨을 내쉬었다. 알버트의 어깨가 축 처졌다. 그는 스칼렛에게 희미하게 웃어 보였다.

그때 삐걱, 문 열리는 소리가 났다.

다시 한순간이 흘렀다. 아주 짧았지만 매우 길게 느껴지는 시간이었다. 알버트의 얼굴이 공포에 질렸다. 두 눈을 꼭 감은 채 뜨지 않았다. 스칼렛은 몸부림치는 아이의 머리 위로 알버트를 계속 응시했다. 그렇게 하면 아이가 낸 치명적인 소음의 결과를 뒤집을 수 있다는 듯이.

그러나 문이 도로 닫히는 소리는 나지 않았다.

이제 뭔가가 복도를 따라 걷듯 부드럽고 규칙적으로 덜컹거리는 소리가 들렸다.

스칼렛이 몸을 움직였다. 손가락으로 침대를 가리켰다. 다행히 알버트가 이해했다. 침대 밑으로 들어가 몸을 꿈틀대며 안쪽으로 기어갔다. 알버트가 말라서 다행이었고, 침대 밑에 이미 다른 게 없어서 다행이었다. 알버트의 운동화가 시야에서 사라지자마자, 스칼렛은 무릎을 꿇고 에티를 밀어 넣었다. 입에서 손을 떼야 했지만, 바로 알버트의 손이 그 자리를 이어받았다.

덜컹거리는 소리가 더 가까워졌다. 스칼렛은 재빨리 몸을 낮추고 알버트 옆으로 조금씩 움직였다.

셋은 먼지와 쓰레기와 어둠 속에 나란히 누웠다. 아이는 스칼렛과 알버트 사이에 꽉 끼어 있었다. 스칼렛은 열려 있는 문 쪽을 바라봤다. 머리카락 몇 가닥이 눈 위로 흘러내렸지만, 복도 혹은 그녀가 복도로 추측하는 곳은 여전히 잘 볼 수 있었다. 문틀 너머로는 빛이 거의 없어 추측할 수밖에 없었다.

덜컹거리는 소리의 장본인이 문가에 나타났다. 마르고, 거칠고, 아주 창백한 두 발이 움직였다. 발은 너무 마른 나머지 생기 없이 창백한 가죽 주머니 안에 뼈들이 연결된 것처럼 보였다. 발가락은 길었고, 발가락 끝부분에 돋아난 발톱은 날카롭게 휘어 있었다. 피부는 각질이 일어나고 굳은살이 박여 있었다. 왼쪽 발목 위에는 하얀 물질로 만든 발찌 두 개가 서로 부딪히며 소리를 냈다. 발이 움직임을 멈췄다. 잠시 후, 문이 열린 방 쪽을 향해 돌자 부드럽게 딸깍이며 땡그랑 하는 소리가 났다.

발이 멈춰 섰다. 보이지는 않았지만, 턱과 이빨이 뭔가를 씹는 소리가 났다. 짙은 색 액체가 바닥에 뚝뚝 떨어지는 소리가 들렸다.

스칼렛은 입을 벌린 채 소리 없이 숨을 쉬었다. 바로 옆에서 알버트의 숨소리가 필요 이상으로 크고 빠르게 들려왔다.

저것의 지능은 정확히 알 수 없었다. 어떤 사람들은 저들이 인간보다 동물에 가깝다고 했고, 어떤 사람들은 타락한 변종이라고 했다. 또는 저들이 능력 면에서는 인간과 동일하지만, 식인 습성과 끔찍한 죄악 때문에 미쳐버린 것뿐이라는 사람들도 있었다. 진짜 인간이라면 호기심 때문에 소리의 원인을 찾아 방 안으로 들어와 침대 밑을 들여다볼 것이다. 짐승이라면 더 다가오지 않고도 뛰어난 청각과 후각을 이용해 세 명의 위치를 찾아내겠지.

스칼렛은 문가에 서 있는 저것의 능력이 그 둘 사이 어디쯤이기를 바랐다.

발은 움직이지 않았다. 뭔가를 질겅질겅 씹는 소리가 들렸고, 검은 핏방울이 또다시 떨어지며 오른발 발가락에 튀었다.

스칼렛은 칼을 들고 있었지만 이렇게 앞이 막혀 있어서는 사용이 불가능했다. 그들이 발각되는 순간을 상상했다. 침대가 뜯겨나가고….

뼈 발찌의 땡그랑 소리와 함께 두 발이 방 안으로 들어왔다.

그때, 복도에서 낮은 휘파람 소리가 났다. 텅 비고 영혼 없는 호출 소리였다. 곧바로 발이 움직임을 멈췄다. 그리고 방향을 돌려 복도로 물러나더니 터벅터벅 시야에서 사라졌다.

스칼렛, 알버트, 에티는 조용히 누워 있었다. 스칼렛과 알버트는 완전히 공포에 질려서, 에티는 둘 사이에 무자비하게 끼어 있어서였다. 알버트는 그들 사이에 꽉 끼어 에티가 질식할까 봐 걱정한 듯했다. 에티의 입을 막고 있던 손을 살짝 늦췄다. 그러자 아이가 바로 몸부림치며 작게 소리를 냈다. 알버트는 다시 에티의 입을 막았다.

땡그랑 소리가 복도를 따라 멀어졌다. 잠시 후, 문이 닫히는 소리가 들렸다.

스칼렛은 소리 없이 천천히 셋을 세며 자신을 최대한 진정시켰다. 그리고 침대 밑에서 몸을 밀며 빠져나왔다. 몸을 구부려 나머지 둘도 나오도록 도왔다. 복도의 어둠이 등 뒤를 덮쳐왔다. 에티를 나오게 하는 건 쉽지 않았다. 결국 알버트가 먼저 나와야 했고, 그가 잘 달랜 후에야 질질 끌려 밖으로 나오게 하는 데 성공했다. 알버트는 말없이 에티를 안았다. 스칼렛은 너무 빠르지도 너무 느리지도 않은 걸음으로 그들을 데리고 방을 나와 계단을 내려갔다. 어두운 식당을 조심스럽게 가로질러 안마당으로 나왔다.

요새 위로 막 떠오른 별들이 반짝이고 있었다. 저녁 공기가 깨끗하고 상쾌했다. 그때서야 요새 내부의 공기가 얼마나 부패했는지 깨달았다. 콘크리트 마당을 뛰어가면서 숨을 깊게 들이마셨다. 걸어가면서도 스칼렛은 권총을 점검했다. 스칼렛은 알버트와 눈이 마주쳤다. 그들은 서로를 보고 웃었다. 에티 또한 기분이 좋아졌는지, 알버트의 목에 꼭 붙어 별을 보며 즐겁게 웃었다.

어쩌면 너무 크게 웃었을 수도 있고, 아니면 그냥 마침내 운이 바닥난 것일 수도 있다.

몇 초 후, 날카로운 비명이 바람을 타고 들려왔다. 증오로 가득 찬 높은 비명은 성벽 사이에 메아리치며 울려 퍼졌고, 달아나는 그들을 강타했다.

스칼렛이 뒤를 돌아봤다. 가늘고 하얀 몸체를 가진 것이 위층 창가에서 몸을 내밀고 있었다. 그것은 그들을 향해 미친 듯이 격렬하게 두 팔을 흔들었다. 오랫동안 못 본 친구나 연인을 만난 것처럼. 비명 소리가 더 커졌다. 건물 깊숙한 곳에서 울부짖는 소리가 응답했다.

스칼렛 일행은 요새 출입구를 향해 달려갔다. 그것은 창을 긁어대며 몸을 빼내려 했다. 스칼렛은 그것이 거미처럼 뚝 떨어져 마당을 가로질러 쫓아올 것만 같았다. 그렇게 추락하고도 살아남을 수 있는지 모르겠지만 굳이 알고 싶지도 않았다. 그녀는 걸음을 멈췄고, 일부러 건물에서 두 걸음 뒤로 물러났다. 양손으로 총을 잡고 창가에 있는 형체를 향해 총알을 다 쏟아부었다. 그 형체는 작은 창구멍에서 미친 듯이 퍼덕였다. 힘없이 몸을 꿈틀거리며 비명을 질러댔다.

문가에 이르자, 스칼렛은 가방이 아니라 휘발유통 하나를 잡아챘다. 음식은 없어도 견딜 수 있을 것이다.

철문 통로를 지나 희미하게 빛나는 언덕 꼭대기의 잔디밭으로 나왔다. 처음에는 길이 하얗게 보여 따라가기 쉬웠지만, 나무들 사이로 들어가니 그렇지 않았다. 하지만 스칼렛과 알버트는 아랑곳하지 않고 마구 달렸다. 에티는 알버트가 비틀거릴 때마다 재미있다고 몸을 팅기며 까르륵 웃었다. 뒤에서 오염된 자들이 울부짖는 소리가 잠깐 약해졌다가 다시 커졌다. 스칼렛은 그들이 통로를 넘어 우르르 쫓아오고 있다는 걸 알았다.

졸참나무 아래의 내리막길을 따라 끝없이 지그재그로 이어진 길을 달렸다. 스칼렛은 땅거미 진 숲속 어둠에 눈이 익숙해지자, 이리저리 굽은 길을 포기하고 밑으로 쭉 뻗은 가파른 지름길을 택했다. 가시덤불이 다리를 할퀴었고, 나뭇가지가 머리를 내리치려 덤벼들었다. 위쪽에서 뭔가가 부서지는 소리와 함께 맹렬한 휘파람 소리가 울려 퍼졌다.

스칼렛 일행은 땅이 평평해지는 언덕 기슭에 이르러서야 덤불을 빠져나올 수 있었다. 저 멀리 오른쪽에 갈대밭 사이로 강까지 굽은 길이 다시 보였다. 그 길로 들어서자 뒤에서 울부짖는 소리가 점점 커졌다. 알버트와 스칼렛은 길을 따라 부두까지 힘껏 달렸다.

그리고 결국 멈춰 서서 몸을 웅크린 채 숨을 헐떡였다.

뗏목이 사라졌다.

부두 너머 어둠 속에는 강물만 보였다. 배를 정박시켰던 기둥에는 밧줄 끝부분만 달랑거리고 있었다.

알버트는 절망에 찬 탄식을 토했다. "우리를 두고 떠났어! 배를 타고 도망쳤다고!"

"당연히 안 그랬을 거야."

스칼렛은 목을 왼쪽으로 길게 늘여 강물의 흐름을 쫓아 봤다.

"저기! 저 멍청한 늙은이가 이번엔 일을 제대로 했네! 이미 닻을 올렸잖아. 어서 가자!"

갈대 너머로 희미하게 보였지만, 부두에서 3, 4미터 떨어진 강 위에 거친 판자처럼 뗏목이 떠 있었다. 조가 방향을 잡는 장대에 기대

선 채 소리 지르며 손짓하고 있었다.

스칼렛은 부두 측면에서 진흙과 자갈밭으로 뛰어내렸다. 그들 뒤로는 창백한 형체들이 숲의 그늘 밖으로 달려 나오고 있었다. 스칼렛은 갈대를 헤치고 강가까지 힘겹게 나아갔다.

"알버트, 서둘러! 배까지 헤엄쳐서 가야 해."

그때 멀리서 조의 고함이 들렸다. "안 돼! 안 된다고!"

알버트가 조에게 필사적으로 손을 흔들었다. "조! 강가로 가까이 와요! 저들이 바로 뒤에 쫓아와요!"

"그럴 시간 없어." 스칼렛이 강으로 걸어 들어갔다.

검은 물결이 어둠 속에 조용히 퍼졌다. 스칼렛은 잠시 주저했다. 조가 고개를 저으며 뭔가를 외치고 있었다. 그는 미친 듯이 손으로 입을 가리켰다.

"저게 무슨 뜻이야?"

알버트는 뒤를 돌아보며 거의 울 지경이었다. 하얀 형체들이 빠르게 길을 따라 달려오고 있었다.

"모르겠어. 우린 저기까지 강을 건너가야 해." 스칼렛이 한 걸음을 더 뗐다.

"안 돼!" 조가 미친 듯이 소리쳤다. 자신의 가슴을 가리키더니 바람을 부는 흉내를 냈다. 바람결에 조의 목소리가 약하게 들려왔다. "수달 호루라기! 불어! 호루라기를 불어!"

갈대밭 사이에서 움직이는 저건 뭐지? 스칼렛은 눈을 크게 뜨고 콧구멍을 벌름거리며 재빨리 호주머니에서 은색 호루라기를 꺼내 입에 물었다. 호루라기를 불고 또 불었다.

갈대밭이 조용해졌다. 조가 뗏목 위에서 미친 사람처럼 춤을 췄다.

"이제 건너와! 어서! 꾸물대면 끝장이야!"

계속 호루라기를 불면서 스칼렛은 물속으로 더 깊이 들어갔다. 한 손에는 권총을 들고, 다른 손에는 휘발유통을 든 채였다. 알버트가 뒤를 따랐다. 에티는 그의 팔에 안겨 있었다. 갈색 물이 허벅지까지 차올랐다. 그들은 얕은 물을 헤치며 철벅철벅 계속 나아갔다. 하지만 순식간에 물이 깊어지며 허우적댔다.

"호루라기를 계속 불어! 목숨 걸고 불어!" 조가 소리쳤다.

조는 강 한가운데서 뗏목을 조종하며 그들을 향해 갔다. 장대에 기대 뗏목을 갈대밭 가장자리와 평행하게 맞추려고 애썼다. 강물과 강둑이 방해물 없이 만나는 지점이었다. 스칼렛은 휘발유통을 뗏목 위로 던졌다. 그리고 알버트를 끌어당겨 에티의 얼굴이 수면 위로 올라오게끔 자세를 잘 유지하게 도왔다. 갈대밭 너머 강둑에는 깡마른 하얀 형체들이 모여들었다. 그들은 울부짖고 소리 지르며 자갈밭을 가로질러 그 사이의 탁 트인 공간으로 향했다. 뗏목을 완전하게 볼 수 있는 장소이기 때문이었다. 몇몇이 얕은 물속으로 들어가 팔을 높이 쳐들었다. 작살이 스칼렛의 머리를 스치며 물을 갈랐다. 그녀는 에티를 껴안고 자기 몸을 방패 삼아 아이를 보호했다. 알버트가 손을 뻗어 뗏목 측면을 잡았다. 조가 뗏목에서 손을 내밀었다. 정신없이 서투른 동작으로 처음에는 에티를, 다음으로 알버트를, 마지막으로 스칼렛을 뗏목 위로 끌어 올렸다. 알버트는 에티를 뗏목 반대편 끝으로 급히 끌고 갔다. 에티가 울부짖기 시작했다. 작살 하나가 뗏목 나무에 부딪혔다.

"이제 호루라기는 그만 불어도 돼." 조가 말했다. 장대를 쥐고 물살과 반대 방향으로 조금씩 뗏목을 조종하고 있었다.

스칼렛은 입에서 호루라기를 뱉었다.

"장대를 쓰지 마! 강가에 너무 가까워! 저것들이 우리를 붙잡을 거야!"

"넌 뗏목의 연료통을 채워. 알버트는 계속 에티가 머리를 숙이게 하고. 해안을 못 보게 해."

하얀 형체 한 무리가 갈대밭을 헤치며 오고 있었다. 떠오르는 달빛 아래 피부가 거의 야광처럼 빛났고, 눈은 텅 빈 검은 구멍 같았다. 머리가 앞뒤로 기우뚱거리고, 입은 멍하니 벌어져 있었다.

스칼렛은 열띤 속도로 움직였다. 연료 주입구 뚜껑을 열고 휘발유를 쏟아부었다. 그런데 조는 미동도 없이 손을 장대에 얹고 뭔가를 기다렸다. 얼굴은 강가에 몰린 형체들을 향하고 있었지만 오염된 자들을 보고 있지는 않았다. 두 눈은 강 표면을 주시하고 있었다.

오염된 자들은 뗏목이 움직이지 않는 걸 봤다. 그들은 몸을 앞으로 내밀었다. 목구멍들에서 동시에 승리에 찬 함성이 터져 나왔다.

물밑에 칠흑 같은 어둠이 고였다. 이윽고 어둠이 수면을 깨고 솟아올랐다. 사람 몸통만큼 크고, 길고, 끝이 뾰족하며 매끄러운 갈색 머리가 소나기처럼 물보라를 일으키며 나타났다. 갈색 머리는 하얀 형체 중 하나를 공격해 갈대밭으로 비스듬히 끌고 들어갔다. 찢어지는 비명과 격렬하게 몸부림치는 소리가 났다. 다른 추격자들이 멈칫했다. 그리고 미처 다른 행동을 취하기도 전에 두 번째 거대한 갈색 덩어리가 뱀처럼 구불구불 강물을 가르며 하얀 형체들 사이를 휘저었다. 이빨이 딱 소리를 내며 하얀 형체를 찢고 흔들었다. 하얀 형체가 넝마 조각처럼 하늘로 던져졌다가 다시 잡혔다. 얕은 강가는 빨간 거품으로 뒤덮였다. 뗏목이 밀려오는 물결에 기우뚱 흔들렸다.

조는 그제야 장대를 이용해 뗏목을 물살 한가운데로 밀었다.

"엔진은? 시동을 걸까?" 스칼렛이 물었다.

아무도 대답하지 않았다. 알버트는 에티를 조용히 시킨 후, 조에게 데려갔다.

"할아버지, 손녀딸이요."

조가 고개를 끄덕였다. "잠깐 장대를 잡아주겠어?"

조는 장대를 알버트에게 건네주고 손녀의 머리카락을 쓰다듬은 후, 갑판을 가로질러 스칼렛이 있는 곳으로 천천히 다가갔다. 스칼렛은 물을 뚝뚝 흘리며 혼자 서 있었다. 조가 스칼렛의 뺨을 세게 내리쳤다.

"이건 에티를 데려간 죗값이야."

조가 몸을 돌렸다. 스칼렛은 자리에 그대로 서 있었다. 아무 말도 하지 않았다. 뗏목이 블레이든 포인트의 검은 언덕과 공포의 요새 아래를 지났다. 이윽고 템스강은 북부 수로가 합류하는 지점에 도달했고, 이제 더 강한 힘으로 동쪽을 향해 깊어지는 밤 속으로 흘러갔다.

21

떳목은 사흘간 템스강을 따라 계속 움직였다. 대홍수 지역이 점점 뒤로 멀어졌고, 곧 웨섹스 북쪽으로 머시아와 앵글리아가 닿아 있는 넓은 농업 지대, '세 국경의 땅'에 도달했다. 그곳은 인구가 많은 지역이었다. 개척 전쟁은 오래전에 끝났고, 에인션트 워터맨 컴퍼니가 운영하는 연락선이 넓어진 템스강 하구를 십자로 가로지르며 남북으로 주요 고속도로를 연결했다. 강둑에는 작업장과 소규모 공장들이 흩어져 있었고, 망치질과 피스톤 소리가 영국 본연의 고요함을 방해했다. 이 지역에서 수달과 늑대, 여우는 모두 사냥의 대상이었고, 대개 오염된 자들도 접근하지 못했다.

조는 디드콧 배런을 가로지르는 지름길을 선택한 덕에 애초의 목적을 이뤘으며, 칼로웨이 박사와 실링을 태운 배는 아직 대홍수 지역 어딘가에 있을 거라고 주장했다. 그럼에도 불구하고 그들에 대한 소문이 앞서 퍼졌을 수도 있기 때문에 신중하게 레딩과 헨리, 말로우같이 부유한 도시들은 계속해서 지나쳐 갔다. 그 도시들의 신앙의 집 첨탑과 돔지붕이 하늘 아래서 반짝였다. 떳목은 밤에는 강 옹벽 아래로 미끄러져 들어가 물에 비친 춤추는 불빛을 가리며 조용히 나아갔다. 낮에는 멀리 떨어진 외딴곳에 숨었다. 조는 알버트에게 물고기 잡는 법과 프라이팬에 요리하는 법을 가르쳤고, 스칼렛은 날씨 때문에 손상된 뗏목 부위를 고치며 시간을 보냈다. 요새에서 겪은 일에도 불구하고 에티는 아랑곳하지 않고 알버트와 함께 놀았고, 간혹 스칼렛 곁에 다가와 큰 눈으로 지켜보기도 했다.

이상하게도 블레이든 포인트에서 탈출한 후 그들과 조의 사이는 더 편해졌다. 특유의 방법으로 정보수집이 가능한 알버트는 중요한 이유를 쉽게 파악했다. 오염된 자와 흡혈 수달이 몰려들 때, 공포와 두려움에 떨며 필사적으로 애쓰던 마지막 순간에도 알버트와 스칼렛은 에티를 보호했고, 할아버지의 눈앞까지 손녀를 무사히 데려갔다. 겉보기에 조는 여전히 거칠었지만, 이전에는 없던 공통의 이해가 생겼다.

하지만 다른 영향들은 알버트에게 썩 달갑지 않았다. 비록 불쾌한 기억을 억누른 경험이 많은 그라도 오염된 자와의 만남은 쉽게 떨쳐내기 힘들었다. 특히 이 층 건물의 복도 끝에서 본 모습이 잊히지 않았다. 막대기처럼 삐쩍 마르고 입은 피범벅이 된 초췌한 생명체. 증오에 가득 차고 격렬한 배고픔에 시달리던 모습. 인간의 모습을 흉내 낸 괴물….

그 괴물은 알버트 또래의 소녀였다.

"그래, 이 세계엔 끔찍한 것들이 존재해." 탈출한 다음 날 아침, 스칼렛이 말했다.

상자 사이에 앉은 알버트는 갑판 아래 흐르는 강물 소리를 들으며 허공을 응시하고 있었다. 스칼렛은 갓 끓인 커피 한 잔을 건넨 후, 자기 잔을 들고 그의 옆 상자에 앉았다.

"커피 한잔 마시고 싹 다 잊어버려. 난 그렇게 해."

그 순간, 알버트는 스칼렛의 머릿속을 보지 않으려 애썼다. 심지어 몸을 돌리기까지 했다. 그 덕에 극히 일부 장면만 눈에 보였다. 탁 트인 언덕에 제복을 입은 남자들이 일렬로 총을 쏘고, 깡마른 하얀 형체가 무리 지어 언덕을 뛰어오르는 모습…. 몸에 구멍이 뚫린 채 뛰어가는 모습들. 내장이 밖으로 튀어나와 바닥에 끌리고, 창자가 붉은 깃발처럼 펄럭이는….

알버트는 스칼렛의 머릿속 이미지를 차단했다. 싹 잊는다는 건 스칼렛에게 쉽지 않아 보였다. 그녀의 얼굴을 찬찬히 들여다봤다. 초록빛 눈동자, 반쯤 웃는 희미한 미소, 뒤로 묶은 머리카락, 분홍빛의 윤기 나는 얼굴. 그날은 세수라도 한 듯 보였다.

"스칼렛, 전에도 그것들을 본 적 있지?"

"그래. 본 적 있어." 스칼렛은 커피를 천천히 한 모금 마셨다. "하지만 그 얘긴 안 할 거야. 너, 내 머릿속을 훔쳐봤다가는 내 발에 차여서 강 건너편까지 날아갈 줄 알아."

"충분히 알아들었어." 알버트가 말했다.

"그런데 말이야. 어젯밤 일을 좀 생각해 봤어. 거기 숨어서, 목숨 걸고 도망치던 때. 그때가 너의 그… 남다른 능력을 보여줄 절호의 기회였잖아. 부두에서처럼 말이야. 절대 공포라고 부르던 거. 맞지? 네가 화가 나거나 겁에 질리면 생긴다던…."

"맞아." 알버트가 고개를 끄덕였다.

"그래. 그런데 부두 사건 때문에 아직까지 지쳐 있을 리는 없고…." 스칼렛의 시선이 알버트에게 꽂혔다. 반쯤 미소 짓던 입이 활짝 벌어졌다. "그럼 어젯밤은? 어째서 안 된 거야? 왜 그런 거야?"

절대 공포에 대해 생각할 때마다 늘 느끼던 비참함과 좌절감이 다시 솟아올랐다. 알버트는 따뜻하지만 쓰디쓴 수증기가 피어오르는 컵 안을 응시했다.

"공포를 느끼긴 했어. 복도에 혼자 있을 때. 일이 분 정도 두려움에 빠지기 시작했고, 분명 절대 공포가 작동할 거라 생각했어."

"하지만 안 했지."

"응."

"식인종 무리에게 쫓길 때조차 말이야. 우리를 잡아 죽이고 산 채로 먹을 수도 있는 식인종인데, 그게 '작동하지' 않았어." 스칼렛이 빙긋 웃었다. "알버트, 그것 참 쓸모없는 능력이구나. 그런 형편없는 반쪽짜리 능력이 대체 무슨 쓸모야?"

스칼렛의 자극적인 말이 알버트를 콕콕 찔러댔다. 그는 얼굴이 달아오르는 걸 느꼈다.

"난 결코 쓸모 있다고 말한 적 없어. 그게 대단하다고 한 사람은 너였잖아. 난 싫다고. 힘을 제대로 조절하지 못해서 칼로웨이 박사님이 화를 많이 냈어. 가끔은 전혀 못 했고. 그럼 박사님이 날 채찍으로 때렸지. 힘의 최대 한계치를 넘어가면 나쁜 일들이 벌어지고, 그 또한 좋지 않지. 못 본 걸 다행으로 여겨야 할걸. 그게 바로 그들이 날 때리고 가두는 이유니까."

"'힘의 최대 한계치를 넘어가면'이라." 스칼렛이 생각에 잠겨 말했다. "부두에서처럼?"

"그건 최대 한계치를 넘긴 게 아니었어."

"그럼, 버스에서처럼?"

알버트는 갑자기 짜증이 났다. 스칼렛의 단점 중 하나는 본인의 과거는 조심스레 넘어가려고 하는 반면, 그의 과거에는 집착하는 거였다.

"솔직히, 이 얘기는 더는 하고 싶지 않아. 네가 오염된 자에 대해 말하고 싶지 않은 것처럼. 어쩌면 내가 널 강 건너로 차버릴지도 모르지."

스칼렛은 웃으며 느릿하게 어깨를 으쓱했다. "그냥 물어본 것뿐이야. 뭐, 좋아. 네가 원하는 대로 해. 하지만 알버트, 자유의 섬으로 도망치는 것도 좋지만, 너 자신에게서 도망칠 순 없어. 조금 더 솔직하게 털어놓는 걸 고민해 봐. 네가 가진 힘과 스톤무어에 대해 털어놓는 거 말이야. 한번 생각해 봐. 어쨌든 질문은 누구에게도 해를 끼치지 않잖아."

스칼렛은 자리에서 일어나 천천히 걸어가려던 참이었다. 하지만 알버트가 찌푸린 표정을 지으며 말했다.

"음, 그런 거라면, 나도 네게 물어볼 게 있어."

"그래?" 스칼렛은 남은 커피를 꿀꺽 삼켰다. "그럼 해봐."

"어젯밤에 너한테서… 뭔가를 봤어…." 신중함은 알버트에게 멈추라고 했지만, 짜증이 계속 그를 밀어붙였다. "어제가 처음이 아니었어. 그렇지?"

스칼렛의 눈이 가늘어졌다. "말했잖아. 오염된 자에 대해선 말하고 싶지 않다고."

"오염된 자를 말하는 게 아냐." 알버트는 스칼렛의 얼굴에서 망설임을 봤다. "아이를 잃는 것 말이야. 전에도 그런 일이 있었지."

스칼렛은 잠시 꼼짝도 하지 않았다. 하지만 곧 미소를 지으며 그의 어깨를 두드리고는 상자에서 앞으로 몸을 내밀었다.

"널 자유의 섬까지 데려다줄게. 거기에 내려주지. 그동안 부탁 하나 할게. 다시는 내 머릿속을 읽지 마. 알겠어? 내 가방 안에는 아직 그 금속 구속구 같은 게 있으니까. 너한테 사용하면 꽤 기분 좋을 거 같아. 진심이야."

"아니, 그럴 리가 없잖아." 알버트가 대답했다.

하지만 알버트의 툴툴거림은 커피잔 안에서만 맴돌 뿐, 스칼렛은 이미 가버렸다.

말로우 너머로 지형의 특징이 다시 바뀌었다. 템스강이 넓어지기 시작했다. 양쪽 숲과 들판은 덤불 지대로, 그리고 덤불 지대는 안개 낀 갯벌 지대로 바뀌었다. 머시아를 우회하자 북쪽으로 앵글리아의 황무지가 펼쳐졌다. 뗏목은 일곱 왕국 너머 런던 석호 가장자리의 템스강 하구로 이동 중이었다. 더 이상 도시는 나오지 않았고, 작은 섬들 위에는 어촌만 보였다. 커다란 바지를 말리듯 청어를 매달아 놓은 금속 선반과 훈제실 아래 낮게 늘어진 계단식 집들이 줄지어 있었다. 바다 너머 동쪽 '불의 지역'에서 뜨거운 바람이 불어왔고, 구름은 노랑, 주황, 갈색 등의 이상한 색들로 뭉쳐 높이 솟아 있었다.

뗏목은 이 모든 걸 미끄러져 지나갔다. 뗏목은 풍경의 일부였지만, 개별적인 존재이기도 했다. 하얀 새 떼가 측면의 수로를 막고 얕은 물에서 꽥꽥거리며 몸부림치고 있었다. 온통 털이 뻣뻣한 돼지 무리가 갯벌을 헤집고 다녔다. 강의 큰 줄기는 게으른 은빛 물고기 떼로 막혀 있었는데, 너무 깊고 빽빽하게 뭉쳐 있어 바다까지 타고 내려갈 수 있는 은빛 사다리 같았다. 언제나 그렇듯 야생과 폐허들은 알버트에게 이상한 기쁨을 안겼다. 비록 영국은 폐허의 땅이 됐지만, 완전히 텅 빈 곳은 없었다. 사람들은 피난처로 숨어들었지만, 대지는 살아 있는 활기로 가득 차 있었다. 국가는 상처 입고 찢어졌지만, 자연은 이상하게 비옥하고 힘이 넘쳤다.

뗏목 아래로 조수의 당기는 힘이 세졌다. 알버트는 물의 흐름이 빨라지는 걸 느꼈다. 힘찬 물소리가 들렸다. 강이 변할 때마다 그의 두 눈이 더 열정적으로 동쪽을 바라봤다. 자유의 섬이 멀지 않았다.

조는 강 하구를 잘 알고 있었다. 강어귀 곳곳에 친구들이 있었다. 레클레이드를 떠난 지 닷새째 밤에 초승달 모양의 작은 섬에 뗏목을 정박했다. 섬에는 검게 그을린 건물 몇 채만 있었다. 그들은 강변에 상륙을 허가받았다. 그날 밤, 스칼렛 일행은 훈제실 아래의 매캐하고 어두운 마을회관에서 검은 머리의 세 가족과 함께 식사했다. 아치형의 둥근 천장에는 물고기가 매달려 있었다. 에티는 다른 두 아이와 놀았고, 조는 부모들과 조용히 이야기를 나눴다. 스칼렛과 알버트는 문 근처에 앉았다. 사람들은 항해 목적을 묻거나 야단법석을 떨지 않고 차분하게 그들을 환영했다. 일행은 음식을 맛있게 먹으며 맥주를 마셨다. 그날 밤은 단단한 땅 위에서 담요를 덮고 잘 수 있었다.

다음 날 아침, 스칼렛 일행은 해가 뜰 때 출발했다. 마을회관 사람들이 배웅하기 위해 나왔다. 알버트는 스칼렛이 문 앞에 서서 망설이는 걸 눈치챘다. 그녀는 혼자 슬며시 안으로 들어갔다. 잠시 후 도로 나왔을 때는 욕설 상자를 목줄에 다시 연결하고 있었다. 상자는 속이 빈 것처럼 전과 다르게 달랑거렸다. 스칼렛이 지나가며 알버트를 흘끗 보자, 그는 조심스레 눈길을 돌렸다.

뗏목은 강어귀의 섬들 사이를 빠져나와 동쪽으로 향했다. 좌우의 강변은 뒤로 후퇴하고, 저 멀리 런던 석호의 푸른 물을 향해 점점 넓게 휘어졌다. 정오가 됐다. 뗏목은 런던 석호 입구에 있었다.

조는 앉아 있는 방향타 근처로 스칼렛과 알버트를 불렀다.

"몇몇 낚시꾼들이 제일 큰 물고기를 낚기 위해 멀리 모험을 떠나곤 하지. 하지만 제정신인 사람들은 모두 여기서 물러나. 앞에는 넓은 바다가 있고, 결국 그레이트 루인스가 나올 거야. 난 평생 해안 섬들에 꼭 붙어 다녔지. 텅 빈 바다의 위험을 무릅쓰고 싶지 않았거든.

알버트, 그레이트 루인스에 가려는 생각은 여전하니?"

알버트의 두 눈이 빛났다. 열렬한 시선으로 수평선을 바라보고 있었다. 구름 더미 사이를 뚫고 태양 빛이 비치고 있었다.

"자유의 섬을 말하는 거라면, 네! 맞아요!"

"그래, 알았다. 내 친구들이 지난 이틀 동안 이상한 배를 봤다고 하더라. 배는 어촌 마을을 들리지 않고 지나갔다더군. 그들 중에는 중산모를 쓴 남자들도 있었고."

"신앙의 집 사람들이 틀림없어요." 스칼렛이 말했다. "칼로웨이 박사가 아직도 우리 뒤를 쫓는 거예요."

조가 고개를 끄덕였다. "다행히도 배는 해안을 따라 북쪽으로 갔다는구나. 그 말인즉슨…." 조가 엔진을 최대치로 당겼다. 뗏목이 흔들리며 넓은 바다를 향해 빠르게 나아갔다. "이제 우리가 그들보다 앞서갈 거란 뜻이지."

뗏목은 오후 내내 동쪽으로 계속 나아갔다. 강변은 점점 멀어져 낮은 회색 띠처럼 보이다 희미한 연필 선처럼 흐려지며 결국 사라졌다. 런던 석호는 완전히 평평했고, 끝이 보이지 않을 정도로 드넓었다. 에티는 석호가 무서운 듯 천막 아래로 숨었다. 스칼렛은 계속 권총을 쥐고 거대 물고기를 조용히 감시했다. 알버트는 뗏목 앞쪽 갑판 의자에 앉아 정면을 뚫어져라 바라보고 있었다. 가슴속에서 흥분의 씨앗이 점점 부풀어 올랐다. 어느 순간, 저 멀리 믿을 수 없을 만큼 높고 가느다란 구조물들이 모여 있는 걸 본 것 같았다. 바다를 하늘과 잇는 듯 희미한 회색 선들…. 알버트는 의자에서 일어나 더 잘 보기 위해 눈썹 위로 손 그늘을 만들었다. 그러나 높은 구조물들은 사라졌고, 구름 외에는 어떤 것도 알아볼 수 없었다.

해가 서쪽으로 기울면서 꽉 깨문 이 사이로 우유를 빨아들이듯

빛이 약해지기 시작했다. 바람이 불었다. 꼭대기에 하얀 거품을 문 파도가 뗏목을 내리치며 위험하게 옆으로 밀쳐냈다.

"폭풍우가 몰려오고 있구나." 조가 말했다. "배가 침몰당하거나 뒤집히거나 산산조각 날 수도 있어. 그래도 긍정적인 면은, 아주 거대한 상어들이 수면 위로 올라오는 걸 막아준다는 거지. 그러면 적어도 잡아먹히진 않을 거야."

알버트는 초조해졌다. 머리에 둔한 두통이 느껴졌다. 아마 기대감 때문일 것이다.

"자유의 섬은요? 오늘 도착할 거라고 생각했는데." 알버트가 물었다.

"우리가 모두 온전하다면 아침에는 도착하겠지. 방수포 준비나 돕거라."

어쩐지 꺼림칙하고 공포스러운 폭풍이었다. 석호에 일찍 어둠이 내렸다. 검은 누더기 같은 구름이 북쪽에서 몰려들었다. 폭풍우가 석호를 강타하고 수면을 비틀었다. 뗏목의 통나무들이 탄식하며 신음을 내뱉었다. 조는 고정 쇠줄로 천막을 넓고 팽팽하게 당겼다. 일행은 천막 안에서 함께 몸을 피했다. 방수포 끝에서 빗물이 폭포처럼 떨어져 통나무 사이 갈라진 틈새로 빠져나가는 걸 지켜봤다. 불을 피우는 건 불가능했다. 알버트는 시야를 확보하기 위해 천막 기둥에 등불을 걸었다. 그들은 훈제 생선과 호밀빵을 먹었다. 조는 허리에서 작은 술병에 담긴 위스키를 꺼내 스칼렛과 알버트에게 차례대로 돌렸다. 에티는 담요 아래로 기어들어 가 스칼렛과 알버트 사이에 몸을 딱 붙인 채 누웠다. 이윽고 에티는 잠이 들었다.

폭풍이 잠시 소강상태일 때, 조가 입을 열었다. "자, 이제 세상 끝에 도달했구나. 내일이면 드디어 너희에게서 벗어나는군. 오늘이 함께 지내는 마지막 밤이니 같이 축하하자꾸나." 그가 위스키를 한 모금 삼켰다. "밖에 비가 미친 듯이 쏟아지는 동안 서로 무릎을 대고 비참하게 웅크리고 있는 것도 뭐, 아주 적당한 축하 방식이라 할 수 있겠지. 자, 건배!"

알버트는 에티 위로 담요를 올려주며 말했다. "사실 여기가 진짜 세상 끝은 아니에요. 가까운 곳에 공동체가 있어요. 그 공동체는…."

조가 말을 잡아챘다. "널 보호해 주겠지. 네 능력이 아무리 특별나더라도. 그래, 그럴 수도 있겠지. 알버트, 나도 너에 대해 다 안단다. 자유의 섬에 대한 너의 희망도."

천막 안에 침묵이 흘렀다. 밖은 바람이 미친 듯이 휘몰아쳤다. 천막과 에티 사이에 꽉 끼어 있던 스칼렛은 자세를 바꿔 조를 바라봤다.

"여행하는 동안 우리 얘기를 엿들은 거야?"

조가 스칼렛을 불쾌한 눈빛으로 쳐다봤다. "작은 뗏목이니까. 대화보다 더한 것도 다 들리지."

스칼렛이 목을 가다듬었다. "그렇긴 하지만…. 그럼 알버트의 능력에 대해서도 안단 말이야? 그게 할아범에게 문제가 되진 않았고?"

"왜 그래야 하지? 난 생존 도시 벽 뒤에 숨어서 경건한 척하는 뚱뚱보 가게 주인이 아니란다. 내가 아는 한, 알버트는 배 위에서 어떤 별난 짓도 안 했어. 너같이 거만하고 피로 물든 무법자도 배에 태우는 마당에, 조용하고 사려 깊은 소년이랑 여행하는 게 무슨 문제겠니?"

스칼렛은 대꾸하지 않았다. 알버트는 다소 당황했다.

"고마워요, 조 할아버지." 알버트가 마침내 입을 열었다. "그렇게 말해주다니 친절하시네요. 할아버지의 친절은 꼭 보상받을 거예요.

내일이면 부자가 될 거니까요!"

"그래, 돈은 받겠지만…." 조가 손에 쥔 술병을 천천히 돌렸다. "알버트, 넌 내가 왜 범죄자들의 돈을 받으려 한다고 생각하니?"

"다른 사람들처럼 할아버지도 돈에 집착한다고 생각했어요."

조가 한숨을 내쉬었다. 뼈만 남은 손가락으로 담요 밑으로 튀어나온 에티의 숱 많은 머리카락을 가리켰다.

"내 손녀를 보렴. 뭐가 보이니?"

"사랑스러운 여자아이죠. 통통하고 순수한 매력이 있는. 주변 사람들에게 기쁨을 가져다주는 아이예요."

"그래, 그건 네 녀석이 바보니까 그런 거고. 사실 에티는 변덕스러운 말괄량이에, 꾀 많고 무모하기까지 하지. 그럼에도 난 이 애를 사랑한단다…. 에티는 언젠가 죽게 될 아이야."

알버트의 눈이 동그래졌다. "'죽게 될' 아이라고요? 에티가요? 너무 끔찍한 말이잖아요!"

"생존 도시가 이 애를 붙잡으면 사실 그 이상이 되겠지. 에티가 아무 말도 못 하는 걸 눈치 못 챘니? 이 애는 말을 못 해! 지금은 크게 문제 되지 않겠지. 세 살이고, 내가 돌보니까. 부두에 배를 정박해도 아무도 이 애를 크게 신경 쓰지 않거든. 하지만 에티가 일곱 살이 돼도, 열일곱 살이 돼도 여전히 말을 못 한다면, 하, 그땐 결함이 있다는 이유로 야생 지대로 내몰릴 거야. 그것도 운이 좋다면 말이지. 하지만 그때는 내가 이 애를 지켜줄 수 없겠구나…."

조의 눈이 흐릿해졌다. 화가 난 듯 위스키를 벌컥 들이켰다.

"돈만 있다면, 에티가 안전하게 살 곳을 찾을 수 있을 거야…. 웨일스와 콘월 사람들은 아이들에게 좀 더 관대하다고 들었거든. 거기로 가볼까 생각 중이지."

"바로 근처에 자유의 섬이 있잖아요." 알버트가 조심스레 말했다.

"네가 아직 자유의 섬을 본 적이 없다는 걸 잊었구나. 뭐, 어떻게든 내 몸에 숨이 붙어 있는 한, 난 에티를 지킬 생각이란다. 이제 할얘기는 다 했어."

알버트는 가슴이 벅차 미소를 지었다.

"처음 할아버지를 봤을 땐 쇠약하고 늙었다고 생각했어요. 언제 무덤에 묻혀도 이상하지 않을 거라고 여겼죠. 하지만 할아버지는 분명 젊은 남자 못지않은 강한 활력을 지녔어요. 에티는 안전한 할아버지의 품안에 있다고요!"

조가 위스키를 마셨다.

"알버트, 참 다정하구나. 그건 그렇고, 내일은 진짜 중요한 날이군. 넌 네 마음속 소망을 이룰 거야. 물론 외딴섬에서 굶어 죽거나 갈매기에 살이 뜯겨 죽을 수도 있지만, 네 꿈이니 당당하게 받아들이겠지. 에티와 난 뗏목을 다시 차지할 테니, 저녁에 발 뻗고 잘 공간이 생기겠지. 물론 운명을 바꿀 자금도 챙기고." 조가 가는 목을 돌렸다. "스칼렛, 넌 어떠냐? 한마디도 안 하고 있구나. 이 특별한 날을 어떻게 기념할 생각이지?"

스칼렛은 석호를 가로지르는 동안 평소와 달리 대부분 침묵을 지켰다. 알버트는 흥분으로 정신이 나가 그녀를 신경 쓰지 않은 자신을 나무랐다. 스칼렛은 천막을 지탱하는 네 개의 기둥 중 하나에 몸을 기대고 있었다. 머리를 천막의 천 쪽으로 기울여 붉은 머리카락이 비처럼 흘러내렸다.

"알버트가 안전한 곳을 찾는다면 기뻐할 일이지. 할아범과 에티를 위해서도 기뻐할 거야. 난 어쩔 거냐고? 북쪽의 옛길을 따라갈 거야. 호송차에 태워달라고 해서 북쪽으로 갈 생각이야. 아마도. 거기에도 은행이 있다고 들었어."

스칼렛의 말에 알버트는 이제 함께할 수 없다는 걸 깨닫고 가슴이 아파왔다. 천막 안은 너무 비좁아서 그녀의 머릿속을 쉽게 들여다볼 수 없었다. 하지만 전보다 거리감을 느끼긴 했다. 이미 스칼렛은 마음속으로 자신만의 길을 떠난 것이다. 알버트는 버스에서 그녀를 처음 봤을 때를 떠올렸다. 그때도 스칼렛은 그에게 차가웠고 떠나고 싶어 했다. 그래도 그사이에는….

물론 모든 것에는 시작과 끝이 있었다.

"북쪽으로 가서 난장판을 일으키려나 보구나. 그래, 알 거 같네. 스칼렛, 얘기 좀 해보렴. 난 이전에도 무법자들을 만났고, 그들이 원저 부두에서 교수형에 처해지는 것도 봤지. 대부분 이유가 있어서 버려진 사람들이었어. 모반이 있거나, 팔다리가 없거나, 이런저런 신체적 기형 때문에 태어남과 동시에 도시에서 추방당한 사람들이었지. 하지만 넌, 넌 누구보다 도시나 신앙의 집을 증오하지만, 기형이나 다른 비정상적인 부분은 안 보이는구나."

"내게도 비정상적인 부분이 있어."

스칼렛이 가슴을 두드렸다. 폭풍우의 울부짖음 속에 그 소리가 공허하게 들렸다.

"이 안에 있어. 내가 이런 삶을 사는 데 있어 충분한 이유가 되지. 아무리 많은 민병대원이나 신앙의 집 요원이 태어나더라도, 내가 총을 내려놓고 도시로 돌아가게 하진 못할 거야."

조는 스칼렛의 말을 더 기다렸지만, 그녀는 더 이상 아무 말도 하지 않았다. 조는 어깨를 으쓱했다.

"알았다. 뭐, 행운을 빌어주지. 고독과 폭력으로 가득 찬 삶을 이유 없이 원할 리는 없겠지. 총알 세례 속에 죽는 것도 마찬가지고. 아무튼 네가 뭘 하려는 건지는 알 거 같구나. 위스키 더 마시겠니?"

"아니. 이제 잘 거야. 내일은 흥미로운 일이 한가득일 테니까."

스칼렛은 나지막이 투덜거리며 욕설을 내뱉고는 꿈틀꿈틀 몸을 숙여 누웠다. 조와 알버트도 뒤를 이어 차례로 누웠다. 알버트는 천막 기둥에서 흔들리는 등불을 바라봤다. 몸 아래에서 뗏목의 통나무가 팽팽하게 늘어났다 줄어들었다 하는 게 느껴졌다.

"스칼렛." 알버트가 말했다.

"왜?"

"여기까지 데려와 줘서 고마워."

"그래. 물론, 엄밀히 말해 아직 '여기'에 도착한 건 아니지만. 오늘 밤 거대 물고기가 우리를 삼켜버릴 수도 있어."

"그럴 수도 있겠네."

"우리 운이 그렇지 뭐."

"음, 그런가? … 스칼렛?"

"왜?"

"어, 아냐. 등불을 꺼야 할까?"

담요 아래서 하품 소리가 들렸다. "몇 킬로나 외딴곳에 떨어져 있잖아. 누가 보겠어?"

시간이 흘렀다. 천막 위로 비가 쏟아져 내렸다. 그들은 바람과 물로 만들어진 검은 상자 안에 갇힌 꼴이었다. 서로 따닥따닥 붙은 채 누워 있어 알버트는 쉽게 잠을 청할 수 없었다. 조는 코를 골았고, 에티는 꼼지락거렸다. 반대로, 옆자리의 스칼렛은 가만히 누워 있었다. 너무 움직임이 없어 죽었거나 돌로 만들어진 사람 같았다. 그녀는 언제나와 마찬가지로 부츠를 신고 총을 찬 채 자고 있었다. 알버트는 그녀가 가까이에 있으니 어쩐지 혼란스럽다는 걸 인정할 수밖에 없었다. 어쩌면 이런 이유로 잠이 오지 않는지도 몰랐다. 하지만… 아니다. 기분이 뭔가 이상했다. 조가 준 위스키 때문인지, 폭풍우 때문인지, 아니면 그도 인지하지 못하는 다른 이유 때문인지 알 길이 없었다. 어쩌면 내일 일어날 일 때문일 수도 있다. 내일이면 스칼렛과 이별할 것이다. 그들의 대화가 점점 줄어든 후, 마음속에는 자갈돌을 흩뿌린 듯 불안감이 퍼졌다.

하지만 괜찮겠지. 자유의 섬에서는 스칼렛이 필요 없을 것이다. 거기선 상황이 다를 테니까. 따뜻하게 환영받고 안전해질 것이다.

빗줄기가 약해졌다. 물의 장벽이 물러나면서 그들은 다시 밤의 어둠과 연결됐다. 폭풍우의 메아리가 알버트 귀에 울려 퍼졌다. 공기는 차갑고 비는 여전히 내렸지만, 갑자기 일어나야 한다는 생각이 들었다. 머리가 아팠지만 이유를 찾을 수 없었다. 자리에서 일어나, 조와 스칼렛을 깨우지 않으려 조심하며 꿈틀꿈틀 엉덩이를 앞으로 밀며 나아갔다. 방수포 아래로 몸을 구부려 빗속으로 나갔다. 곧바로 온몸이 젖어들었지만 신경 쓰지 않았다. 비에 젖은 갑판에서 미끄러지지 않도록 조심하며 뗏목 가장자리로 향했다. 상자와 갑판 의자를 지나 어둠 속을 응시했다.

런던 석호는 매우 어두웠다. 뗏목은 텅 빈 공간에 떠 있는 것 같았다. 알버트는 그레이트 루인스 쪽이라고 예상되는 방향을 바라봤다. 저 멀리 빗속에서 노란 불빛 몇 개가 낮게 뭉쳐 있는 게 보였다. 마치 하늘에서 떨어진 별들이 한데 뭉쳐 있는 것 같았다.

춥고 젖었고 머리가 아파왔지만, 알버트 브라운은 미소 지었다.

자유의 섬이다! 이제 거의 도착했다.

부츠가 부드럽게 갑판을 밟는 소리가 들렸다. 어둠 속에서 정체를 알 수 없는 까만 형체들이 알버트 앞으로 몰려들더니, 뗏목 등불에 닿자 그에게 달려드는 사람들로 바뀌었다. 알버트의 미소가 사라졌다. 몸을 돌리려 했지만, 팔들이 그를 붙잡아 위로 들어 올렸다. 배에 주먹이 날아들었고, 가슴에 격렬한 압박이 가해졌다. 뭔가가 목 주위를 휘감았다. 가죽을 탁탁 두드리는 소리가 들렸다. 뻣뻣한 턱수염이 목덜미를 거칠게 스쳤다. 익숙한 냄새가 그를 덮쳤다. 겁에 질린 남자들의 땀 냄새였다. 버스 사건 이후 처음 맡는 거였다.

알버트는 머리를 좌우로 격렬하게 비틀었다. 그들이 뭘 하려는지 알기 때문이었다. 알버트의 힘이 내부에서 폭발하기 전에 재빨리 해치우려 했다.

알버트에겐 시간이 얼마 없었다.

그들의 첫 번째 시도에서는 금속 밴드가 알버트의 정수리 쪽을 비껴가면서 밴드 옆면의 날카로운 톱니가 두피를 따라 파고들었다. 알버트는 고함을 질렀다. 그래, 고통은 도움이 된다. 절대 공포가 내부에서 터져 나오기 시작했다. 바로 옆에 있던 남자가 비명을 질렀다. 뼈가 부서지는 소리가 났고….

그때 금속 밴드가 알버트의 머리 위에 씌워졌다.

두 번째는 실수가 없었다. 그들은 알버트를 잡는 데 성공했다.

이제 알버트가 비명을 질러댔다. 계속해서 비명을 질렀다. 내부에서 압박감이 통제할 수 없이 쌓여가고, 머리뼈가 터질 것만 같았다. 하지만 머리에는 밴드가 채워져 있었다. 힘이 봉쇄돼 그의 내부에서 빠져나갈 수 없었다.

22

늘대가 으르렁대는 소리, 나뭇가지가 부러지는 소리, 총을 장전하
는 작은 딸깍 소리. 스칼렛은 경험을 통해 주변에서 특정 소음이 나
면 바로 깨는 습관을 들였다. 끔찍한 비명 역시 그 소음 목록에 들어
있었다. 누워 자던 자세에서 즉시 벌떡 일어섰다. 하지만 머리가 천
막에 부딪혔고, 권총이 버팀줄에 걸리는 바람에 갑작스러운 위험에
완벽하게 대응할 수 없었다. 그럼에도 천막 안으로 뛰어든 검은 코트
의 남자를 피할 만큼은 빨리 움직일 수 있었다. 스칼렛은 남자가 휘
두른 팔 아래로 몸을 홱 숙였다. 그리고 몸을 비틀어 총 끝으로 남자
의 턱을 세게 가격했다. 남자가 옆으로 비틀거리는 순간, 다리를 뻗
으며 온 힘을 다해 부츠 뒷굽으로 남자의 가슴을 세게 걷어찼다. 남
자는 뗏목 가장자리를 넘어가더니, 빛이 비치는 범위 밖으로 떨어져
물보라만 남긴 채 사라졌다. 스칼렛이 머리를 돌리는 순간, 그녀를
향한 총구를 발견했다.

"안녕, 아가씨." 한 목소리가 말했다. "손은 좀 어때?"

스칼렛은 조심스레 몸을 일으켰다. 머리카락 한 가닥이 입술에 달
라붙었다. 등불에서 흘러나온 빛이 어둠 속에 구멍을 만들었다. 빗줄

기가 비스듬히 쏟아지며 스칼렛의 옆얼굴을 내리쳤다. 수염 난 젊은 남자가 권총을 들고 옆에 서 있었다. 눈부시게 하얀 치아, 빨간 바지, 긴 체크무늬 재킷, 한쪽 눈 위로 비스듬히 쓴 초록색 중산모. 비의 영향을 제외하면, 열흘 전 절벽에서 칼로 그녀의 손바닥을 찔렀던 때와 똑같은 모습이었다.

스칼렛이 활짝 웃었다. "손은 점점 좋아지고 있어. 총 내려놓으면 보여줄게."

"그것 참 미안하게 됐네."

남자의 지시대로 스칼렛은 총을 갑판 위로 떨어뜨렸다. 남자는 총을 옆으로 걷어찬 다음, 천막 옆면을 따라 뒷걸음질 치며 따라오라고 손짓했다. 스칼렛이 따라가는 동안, 천막 안에서 소동이 일어났다. 에티의 짧은 비명과 조의 고통에 찬 울부짖음이 들렸다. 스칼렛은 몸을 움찔했지만, 얼굴만은 무표정을 유지했다. 지금은 어떤 반응도 보여서는 안 되는 상황이었다.

넓은 갑판으로 나오자 우현 쪽에 몸을 굽힌 한 남자가 보였다. 어둠 속으로 연결된 밧줄을 손에 쥐고 뱃전에 묶고 있었다. 스칼렛은 등불 가까이 서 있어 깜깜한 바다를 볼 순 없었지만, 빗속에 조용히 노를 저어 몰래 다가온 배가 몇 척 있다는 걸 알아차렸다.

갑판에는 그 남자만 있는 게 아니었다. 종종 기도 매트를 깔던 바로 그 장소에 시체가 하나 누워 있었다. 사지가 이상한 방향으로 비틀려 있고, 한쪽 눈은 부서진 유리 조각처럼 검게 번들거렸다. 멀지 않은 곳에 중산모를 쓴 남자가 두 명 더 서 있었다. 그들은 공포로 몸이 굳었지만 분명 살아 있었다.

그들 앞에 움직임 없는 깡마른 형체가 하나 있었다.

"알버트?" 스칼렛이 말했다.

그들이 알버트에게 무슨 짓을 했는지 바로 알아챘다. 그의 머리에는 금속 원형 밴드가 끼워져 있었다. 무거운 밴드는 눈 바로 위까지 세게 눌려 있었다. 스칼렛의 배낭 속에 있는 정신 구속구와 비슷하면서도 더 두껍고, 가장자리에는 상어 이빨 모양의 가시 같은 톱니가 안쪽으로 튀어나와 피부를 파고들었다. 만약 그가 밴드를 제거하려 하면, 가시가 더 깊이 파고들 것이다. 이미 관자놀이 곳곳에 피가 흐르고 있었다. 밴드는 목뒤를 따라 척추까지 내려오는 수직 금속 막대에 고정돼 있었다. 손목은 뒤로 묶인 채 길이가 서로 다른 두 개의 사슬로 금속 막대에 연결돼 있었다. 머리와 몸과 손이 이렇게 한데 묶여 그는 부자연스러운 모습으로 꼿꼿하게 서 있었다. 알버트의 옆얼굴을 따라 비와 함께 피가 흘러내렸다. 그는 눈을 커다랗게 뜬 채 스칼렛을 지나쳐 어둠 속을 응시하고 있었다. 그녀를 인식하지도, 자신의 상태를 전혀 인지하는 것 같지도 않았다. 그가 입술을 달싹거렸지만, 스칼렛은 무슨 말인지 알아들을 수 없었다. 빗소리가 너무 커서 그가 소리를 낸 건지조차 알 수 없었다.

"알버트?" 스칼렛이 다시 불렀다. 하지만 답이 없었다.

"그는 지금 여기에 없어." 부드러운 목소리가 뒤에서 말했다. "자, 다들 괜찮으니 마음 놓으라고. 이제 녀석을 안전하게 잡았으니까."

스칼렛은 마음속 어디선가 레클레이드에서의 일이 아직 끝나지 않았고, 결국 실링과 마지막 대결을 하리라는 걸 알고 있었다. 여전히 깔끔하고 단정하게 차려입은 실링의 모습이 전혀 놀랍지 않았다. 외투 옷깃 아래로 붕대가 살짝 보였다. 스칼렛이 쏜 총알에 맞은 자국이었다. 하지만 부두 폭발 사고로 인한 상처는 보이지 않았다. 탄자국도, 멍든 자국도 없었다. 템스강을 따라 그들을 계속 쫓아왔을 텐데도 바지에 주름 하나 없었고, 옷매무새를 매만질 필요도 없어 보였다. 깔끔한 둥근 안경이 눈을 가리고 있었다. 형제단의 포프나 리와 이야기할 때와 똑같이 부드러운 표정이었다. 물론 둘을 총으로 쏴죽일 때도 똑같았고. 실링은 한 손에 우산을 들고 있었다. 우산 손잡이는 고풍스러운 상아색이었고, 몸체는 까마귀 날개처럼 검었다. 모자나 외투에는 비 한 방울 묻어 있지 않았다.

실링이 다른 손에 쥔 총으로 조와 에티를 앞으로 밀쳤다. 조는 양말만 신은 발로 절룩거렸다. 어리둥절한 듯 머리를 움켜쥐었다. 에티 역시 움직임이 느렸다. 아직 반쯤 잠에 취해 보였다. 에티는 차가운 밤공기가 싫은지 몸을 돌려 안전한 천막 안으로 다시 기어들어 가려 했다. 그 순간 실링이 부츠 신은 발을 들어 올려 에티를 걷어찼다. 에티가 갑판 위를 굴렀다.

조가 비명을 질렀다. 스칼렛의 턱이 딱딱해졌다. 가까스로 자신을 제어해 몸을 움직이지 않을 수 있었다. 갑판 저쪽에서 알버트가 갑자기 몸을 앞으로 움직였다. 그를 구속한 것들이 팽팽해졌다. 알버트 옆에 있던, 그의 덩치보다 족히 두 배는 돼 보이는 남자들이 깜짝 놀라 자리에서 움찔했다. 그들의 얼굴은 땀에 번들거렸고, 이는 번쩍거렸으며, 눈의 흰자가 크게 번득였다.

"괜찮아. 녀석은 아무것도 못 하니까. 다들 아주 잘했어." 실링이 말했다.

조는 몸을 굽혀 손녀를 붙잡아 일으켜 세웠다. 조의 시선이 스칼렛을 향했다. 그녀의 얼굴은 여전히 무표정했지만 눈빛으로 메시지를 전하려 했다. '기다려.'

"뭐, 꽤 긴 여정이었어." 실링이 스칼렛 옆을 빠르게 지나가며 말했다. "다시 만날 거라고는 정말 생각지 못했는데. 이렇게 다시 보다니, 끔찍하게 기쁘군."

실링은 방금 배를 무사히 정박시킨 남자에게 고개를 끄덕였다. 남자는 작고 마른 체격에 하얀 피부를 가졌고, 커다란 중산모 밑의 눈빛은 긴장으로 안절부절못했다.

"폴, 이 둘을 잘 지켜. 저 꼬마는 조용히 시키고. 그리고 조지…." 실링은 스칼렛을 붙잡은 수염 난 남자에게 말했다. "그녀를 아주 철저히 감시하라는 말은 할 필요도 없겠지."

실링은 총을 벨트에 도로 넣고 끝이 뭉툭한 관을 꺼냈다. 우산을 옆으로 움직인 후 관을 위로 높이 들었다. 펑 하는 둔탁한 소리와 함께 연기가 뿜어져 나왔다. 뭔가가 하늘로 솟아오르더니 소리 없이 폭발했다. 핏빛의 붉은 불꽃이 손가락을 펼친 듯 하늘에 퍼졌다. 불꽃이 뗏목과 그 위에 탄 사람들, 그리고 주변 바다까지 밝게 비추자 마치 모든 게 피로 물든 것처럼 보였다.

"자, 이제 다 끝났군. 곧 그녀가 올 거야."

실링이 사용한 조명탄을 버렸다. 시체를 넘어 갑판 한가운데 서 있는 알버트에게 다가갔다. 실링은 얼굴을 가까이 대고 잠시 알버트를 관찰했다. 그리고 손을 뻗어 그의 뺨을 톡톡 두드렸다.

"그냥 여기 가만히 있으라고, 친구. 널 만나고 싶어 하는 숙녀분이 있으니까."

알버트의 두 눈이 뒤집혔다. 입술이 계속 움직였고, 몸이 작게 경련하며 비틀렸다. 뺨을 타고 피가 흘러내렸다. 다리가 휘어지며 거의 쓰러질 뻔했다.

실링이 몸을 돌렸다. "정말 혐오스러운 변종이야. 보기 역겹군."

실링이 우산 자루를 손가락 사이로 돌리자, 빗방울이 회전목마처럼 돌며 갑판 위로 튀었다.

"저놈이 착한 사람들 가까이 발을 들일 수 있었다니, 그건 범죄 행위야. 저건 늑대보다 더 나쁜 짐승이지. 헐렁한 스웨터와 큰 신발을 신은 괴물이라고." 실링은 스칼렛 옆에 멈춰 섰다. "하지만 쟤는 아는 게 아무것도 없어. 그냥 잘못 만들어진 것뿐이니까. 하지만 내 생각에 넌 변명의 여지가 없어. 너와 이 두 이쁜이가 지금까지 저놈을 계속 도와줬지."

"그들은 아니야." 스칼렛이 말했다. 자신의 의도대로 보이길 바라며 한껏 경멸 섞인 시선을 노인과 떨고 있는 아이에게 던졌다. "우리가 이 배를 납치하고 억지로 태우게 한 거야. 저들을 봐. 비루하기 짝이 없는 모습을. 알버트에게도, 내게도 아무 의미 없는 존재들이야."

"그럼 왜 너희 넷이 한 천막 안에 꼭 붙어 있던 거지?" 실링이 고개를 저었다. "아니야. 넌 저들에게 돈을 줬어. 이런 강의 쥐새끼들은 돈만 주면 뭐든 하니까. 그러고 보니 생각나네." 그가 알버트 옆에 있던 남자에게 신호를 했다. "매튜, 주변을 뒤져보는 게 좋겠어. 가방이나 배낭을 찾으면 내 배에 실어. 귀중품을 여기 남겨두고 싶지 않으니까. 특히 이 뗏목이 향하는 곳에는."

스칼렛은 남자가 알버트로부터 멀어지며 안도하는 걸 느꼈다. 그는 천막 쪽으로 거의 뛰어가다시피 했다.

"이봐, 꼭 이럴 필요는 없잖아." 스칼렛이 말했다. "돈은⋯."

"나와 협상하려는 거야? 이런 짓을 해놓고도?" 실링이 한 손을 외투 아래로 넣었다. "어깨에 한 발, 심장 바로 위에 한 발. 방탄조끼를 안 입었다면, 난 그때 레클레이드에서 죽었을 거야. 덕분에 숨 쉴 때마다 아파."

"그런 작은 문제는 내가 해결해 줄 수도 있는데."

스칼렛의 말에 실링이 미소 지었다.

"당장 널 죽이고 싶지만 고용주를 기다려야 해. 우린 너희를 찾으려고 흩어졌거든. 하지만 그녀가 멀리 있지는 않을 거야."

알버트 옆에 있던 남자가 투덜거렸다. "젠장, 진짜 멀리 있지 않았으면 좋겠네."

"긴장 풀라고 했잖아! 그는 지금 구속돼 있다고. 안 그래?"

하지만 실링의 목소리에도 긴장감이 역력히 드러났다. 그는 다시 우산을 돌리며 스칼렛을 노려봤다.

"정말 충격적인 게 뭔지 알아? 넌 구속구도 안 채우고 알버트 브라운이 뗏목 위를 활보하게 내버려뒀어! 며칠 동안이나! 그렇게 여러 도시와 마을을 지나갔지. 법을 잘 지키는 무고한 그곳 주민들은 자신들이 잠자리에 들었을 때, 이렇게 악마 같은 놈이 노를 저어올 만큼 가까이 있는 줄은 꿈에도 몰랐을 거야. 그 힘이 풀려나지 않았다는 게 정말 기적이지. 진짜, 넌 미친 거야. 아니었으면 너도 오래 버티지 못했을걸. 곧 저 녀석이 널 죽였을 테니까."

"그리고 이제는 우리가 저놈 대신 널 죽여줄 테고." 스칼렛 옆에 있던 젊은 남자가 덧붙인 후 소리 내어 웃었다.

스칼렛은 굳이 대응하지 않았다. 가능한 선택지를 살펴보고 있었다. 머리 위로는 붉은 빛이 하늘에 걸려 있었다. 손가락 모양의 빛이 바람에 휘어지며 마치 맹목적으로 런던 석호를 붙잡으려는 것처럼 보였다. 행동을 취할 때 필요한 정보를 충분히 파악할 수 있을 만큼의 밝기였다. 실링과 네 명의 남자. 그녀가 옆으로 걸어찼던 남자는 보이지 않았다. 아마 갈비뼈가 박살 났을 수도 있었다. 갑판 위의 남자는 죽어 있었다. 싸워야 할 인원은 총 다섯 명이었다. 모두 총을 가지고 있었다. 그녀 옆의 젊은 남자는 실력이 좋았다. 실링의 실력이야 이미 알고 있었고.

쉽지 않을 것이다.

스칼렛에게 유리한 딱 한 가지는 바로 그들이 좁은 공간에 서 있
다는 사실이었다. 모두 울퉁불퉁한 사각형 뗏목의 안쪽을 향해 서 있
었다. 마치 그녀의 매트 가장자리에 서 있는 것처럼. 동료를 맞힐 수
도 있는 위험 때문에 총격전은 그들 중 누구에게도 쉽지 않을 것이
다. 분명 머뭇거릴 테고, 그녀가 재빨리 움직인다면….

아니, 그 계획은 성공하지 못할 것이다. 아마 둘, 최대 셋까지는
없앨 수도 있겠지만 다섯은 불가능했다. 남은 사람들이 스칼렛을 쏠
것이다. 노인과 아이는 이미 쏴 죽였을 수도 있고. 알버트는 지금 당
장은 살려놓겠지만, 그 역시 총격전 한가운데 놓이게 될 것이다.

안 돼. 다 죽고 말 거야. 실행 가능하지 않아.

혼자서는 불가능해.

스칼렛은 알버트를 바라봤다. 화염에 불타던 레클레이드의 부두
가 떠올랐다.

스칼렛의 시선은 알버트 발치에 있는 죽은 남자에게 향했다. 뭔가
가 순식간에 그를 죽였다. 남자는 총을 꺼낼 시간도, 허리에 찬 커다
란 칼을 꺼낼 시간도 없었다.

스칼렛이 다시 알버트를 바라봤다.

알버트의 시선은 스칼렛을 지나 허공을 응시하고 있었다. 의심의
여지가 없었다. 그를 구속한 밴드가 알버트에게 영향을 미치고 있었
다. 물리적인 영향만이 아니었다. 묶인 양손, 이마에 깊숙이 박힌 뾰
족한 금속 밴드. 이런 것들은 문제의 일부에 불과했다. 알버트는 여
기에 있었지만, 동시에 없는 것 같았다. 겁에 질린 남자들이 다른 뭔
가도 억제하고 있었다.

스칼렛이 서 있는 위치에서 알버트의 등 뒤에 달린 금속 막대가
살짝 보였다. 막대는 머리에 찬 원형 밴드와 손을 묶은 두 사슬을 연

결하고 있었다. 아주 두껍지는 않았다. 스칼렛은 막대를 바라보며 머릿속에 그 위치를 정확히 새겼다.

하늘에서 불꽃이 사그라지며 천막에 걸려 있던 등불이 다시 존재감을 발휘했다. 등불은 스칼렛, 알버트, 조, 에티, 실링과 부하들 위로 창백하고 희미한 빛을 비췄다. 그들은 귀신 모임이라도 하듯 넓은 바다 한가운데 조용히 음산하게 서 있었다.

"알버트," 스칼렛이 가능한 한 천천히, 그리고 분명하게 말했다. "거기서 절대로 꼼짝도 하지 마."

알버트에게서 말을 알아들었다는 기색은 전혀 보이지 않았다. 실링이 옆에서 재미있다는 듯 스칼렛을 흘끗 봤다.

"운이 좋은 거 같군, 아가씨. 걔는 어차피 꼼짝 못 하니까."

어둠 속에서 모터 소리가 들리더니, 저 멀리 푸른 헤드라이트가 보였다. 보트 세 척이 밤을 뚫고 다가오고 있었다.

"숙녀분이 오셨군. 이제 너희 모두에게 시간이 얼마 안 남았어." 실링이 말했다.

얼마 안 남았다. 스칼렛 역시 그 점을 충분히 알고 있었다. 지금도 가능성이 낮은데, 백금발의 여자가 뗏목에 올라타는 순간 가능성이 더 줄어들 거라는 걸. 알버트의 말이 다시 떠올랐다.

'박사님한테 가까이 가면 죽는다고!'

마치 스칼렛의 생각을 읽은 듯 때마침 에티가 울기 시작했다. 조가 바로 손녀를 달래려 애쓰며 안아주려 했지만, 에티는 울음을 멈추지 않았다. 더 큰 소리로 비명을 지르더니 할아버지의 손을 마구 때리기 시작했다.

"에티, 제발…." 조가 말했다.

뗏목을 뒤지러 갔던 남자가 스칼렛의 배낭과 매트 통을 들고 왔다.

"칼로웨이 박사는 이런 소음을 싫어할 텐데."

실링이 고개를 끄덕이며 말했다. "폴….."

"잠시만 기다려줘!" 조가 외쳤다. "이 앤 겨우 세 살이야! 에티, 제발 조용히 하렴….."

하지만 울음소리가 두 배로 커졌다. 모두 에티를 쳐다봤다. 스칼렛을 제외하고 모두가. 스칼렛은 요원들 사이의 거리와 각도를 재고 있었다.

"에티….."

"맙소사! 정말 귀에 거슬리네. 배 밖으로 내던져." 실링이 외쳤다.

웨섹스를 떠돌던 시절, 스칼렛은 장터에서 마술사들이 한 쌍의 전극과 식초 전지를 이용해 개구리 사체가 움찔거리게 만드는 걸 본 적이 있었다. 조는 마치 이와 같은 충격을 받은 것처럼 외마디 비명을 지르며 뜻밖의 힘으로 손녀를 낚아채 보트가 있는 뗏목 옆면으로 달려가기 시작했다. 키 작은 남자가 뒤를 따라갔다. 스칼렛의 배낭을 쥐고 있던 남자는 어둠 속으로 배낭을 던지고 조와 에티를 잡으려고 움직였다. 모든 사람의 관심이 그쪽으로 쏠렸다.

이게 바로 스칼렛이 원한, 그리고 기다린 순간이었다.

스칼렛은 네 번의 움직임으로 네 가지 행동을 했다. 몇 초 만에 모두 실행해 냈다.

첫 번째는 옆에 있던 수염 난 남자의 목에 측면으로 주먹을 날린 거였다. 그의 눈이 툭 튀어나오고 혀가 쑥 나오며 빛나던 미소가 종이봉투 터지듯 사라졌다.

더 좋은 점은 총을 움켜쥔 남자의 손에 힘이 빠졌다는 거였다. 총을 움켜쥔 손가락이 느슨해진 순간, 스칼렛은 왼손으로 총을 낚아채 방아쇠를 당겼다. 총알 하나가 알버트 옆 남자의 어깨를 향해 대각선으로 날아갔다. 이것이 그녀의 두 번째 행동이었다.

세 번째 행동을 취했다. 스칼렛은 실링이 쏜 총알 아래로 굴러 바닥에 누워 있는 시체 옆에 착지했다. 오른손으로 시체의 벨트에서 긴 칼을 비틀어 뽑아 계속 움직였다.

그다음, 어깨를 움켜쥔 남자를 뛰어넘어 온 힘을 다해 알버트의 목뒤로 칼을 휘둘렀다. 이 네 번째 행동을 하는 내내, 스칼렛은 알버트가 그녀의 말대로 꼼짝하지 않고 정확히 같은 자리에 서 있기만을 바랐다.

알버트는 그렇게 했다. 칼날 끝부분이 금속 막대를 베며 두 동강을 냈다.

스칼렛은 기세 좋게 칼을 휘두른 탓에 뗏목 끝까지 치고 나가 거의 엔진 상자 위로 올라설 뻔했다. 다음 순간 서둘러 몸을 세우고 돌아선 후, 돌진해 오는 실링을 향해 총을 두 번 발사해 거리를 유지했다. 그녀는 알버트에게 집중할 틈이 없었다. 부러진 막대가 떨어져나가는 것도, 사슬 끝부분이 풀리는 것도 보지 못했다. 알버트가 손을 풀어내고 머리에서 원형 밴드를 떼어내는 것도 보지 못했다. 그 후에 벌어진 일만 봤다.

실링은 경고의 말을 하려고 입을 열었다. 그때 뭔가가 그와 부하들을 정면으로 강타했다.

부하들이 볼링핀처럼 옆으로 쓸려나갔다. 그렇게 갑판 위를 구르며 멀어졌다. 총이 빙빙 돌고, 중산모가 공중에서 휘날렸다. 깡마른 남자, 어깨에 총을 맞은 남자, 절벽에서 스칼렛을 찌른 남자, 조와 에티를 붙잡으려던 남자, 모두 사라졌다. 멀리 던져버린 인형처럼 비명을 지르며 어둠 속으로 점점 높이 날아갔다.

실링도 비명을 질렀다. 배에 주먹을 맞은 듯 몸을 웅크렸지만, 바

로 공중으로 튕겨나가지는 않았다. 갑판을 따라 몇 발짝 뒤로 밀려
났다. 외투가 뒤로 나부끼고 신발 굽이 질질 끌렸다. 천막 모서리 근
처에서 기둥에 부딪혔다. 기둥은 금이 갔지만 부서지지 않았다. 그는
잠깐 거기에 끼어 꼼짝하지 못했다.

천막 등불이 미친 듯이 빙글빙글 돌면서 빛이 뗏목을 이리저리
가로질렀다. 알버트는 갑판 한가운데 홀로 서 있었다. 머리를 숙이고
있었다. 스칼렛은 그의 얼굴을 볼 수 없었다.

앞으로 나아가려 했지만, 마치 폭풍의 입으로 걸어가는 것 같았
다. 스칼렛은 알버트의 이름을 불렀다. 그가 돌아섰다. 알버트의 두
눈은 텅 빈 것 같았다. 스칼렛은 그를 알아보기 힘들었다. 옆으로 비
틀거리며 폭풍 속을 바라봤다. 조는 어디에 있는 거지? 에티는? 높은
곳에서 비명이 터져 나와 불꽃처럼 치솟았다가 갑자기 터지며 사라
졌다.

실링의 모자가 날아갔다. 그는 기둥에 세게 부딪혔다. 실링은 으
르렁거리며 총을 위로 겨냥했다.

알버트가 손을 위로 들었다.

실링의 안경이 구부러지고 알이 깨지면서 눈 안으로 들어갔다. 실
링은 비명을 지르며 총을 세 번 발사했다.

뗏목 중앙이 부서지며 배가 갈라졌다.

갑판 위 판자들이 산산조각 났다. 상자들이 갑판 위를 가로지르며
움직였다. 알버트를 중심으로 사납게 궤적을 그리며 흔들렸다. 상자
하나가 날아가 실링을 강타한 후 천막을 뚫고 그를 뒤로 밀어냈다.
그리고 천막과 그를 모두 찢었다.

우지끈 나무 부러지는 소리가 나며, 나선형으로 돌던 상자들이 어
둠 속으로 곤두박질쳤다. 뗏목이 쪼개지기 시작했다. 스칼렛은 알버

트를 부르려 했다. 하지만 갑판이 기울어지며 그와 스칼렛은 서로 다른 방향으로 미끄러졌다. 세상이 뒤집혔다. 위에서 물이 쏟아졌고, 아래에는 공기가 있었다. 그녀는 그 안으로 떨어지고 있었다. 뭔가가 머리를 쳤다. 눈앞에서 번개가 번쩍 쳤다. 잠깐 다시 낮이 와 밝은 길 위에 서 있는 것 같았다. 거기서 누군가 참을성 있게 그녀를 기다리고 있는 듯했다. 하지만 어둠이 돌아왔다. 동시에 축축함, 고통 그리고 공포가 밀려왔다.

스칼렛의 몸과 마음이 서로 다른 방향으로 떠밀려 갔다. 아무것도 둘 사이를 채우지 못했다.

4

자유의 섬

마침내 알버트가 탈출해야겠다고 생각을 굳힌 건 아주 사소한 것 때문이었다. 구타나 고문, 전기충격이나 체벌 때문도 아니었고, 심지어 다른 아이의 죽음이나 실종 때문도 아니었다. 그 아이는 빈 침대와 옷가지만 남긴 채 죽었고, 나머지 스톤무어 아이들이 아침을 먹는 동안 매장 준비가 이뤄졌다. 알버트는 계란 배식 줄에 서서 식당 창문 너머로 그 상황을 지켜봤다. 긴 외투를 입은 간수들이 소나무 너머 모래땅에 손수레에 실은 뭔가를 밀어 넣고 있었다.

　하지만 그런 것 때문이 아니었다. 반복된 고통에 이미 감정은 둔해졌다. 침대는 다시 채워졌고, 계란은 항상 맛있었다.

　아주 사소한 것. 바로 바닥에 떨어진 꽃잎 한 장 때문이었다.

　"알버트, 잘했어." 칼로웨이 박사가 말했다.

　실험이 끝날 때마다 항상 그렇듯 희미하게 딸칵 소리가 났다. 박사는 뭘 하고 있던 걸까? 조명을 켠 걸까? 전기회로를 차단한 걸까? 하지만 알버트는 신경 쓸 힘조차 남아 있지 않았다.

　향수 냄새가 코를 자극해 알버트를 실신 상태에서 깨어나게 했다. 몸이 떨리고 심장이 쿵쿵 뛰었다. 살 아래의 뼈가 부서질 것 같았다. 땀이 뚝뚝 흐르는 머리를 가슴에 기대고 있어서 칼로웨이 박사가 의자 쪽으로 걸어오는 소리를 못 들었다. 머리 뒤에서 박사의 손가락이 움직이며 매듭을 푸는 게 느껴졌다. 복면이 벗겨졌다. 네온 빛의 눈부심을 피하기 위해 미리 눈을 꽉 감았지만, 그런데도 눈이 멀 것 같았다.

박사가 알버트를 속박한 끈을 풀어준 후, 물을 마시라고 컵을 건넸다. 그는 물을 마셨다. 시야가 선명해지면서 주변이 보이기 시작했다. 흰색 타일 바닥, 알버트 위로 일어서서 움직이는 박사의 원피스, 방 중앙에 있는 금속 탁자와 탁자 위의 여러 가지 물건들. 그는 박사의 머리가 금빛 후광처럼 빛나고, 박사가 손에 쥔 초승달 모양의 반짝이는 금속 장치가 열려 있는 것을 봤다. 박사는 아주 느린 동작으로 알버트의 머리에 정신 구속구를 다시 씌웠다. 이런 방식으로 그가 얼마나 무력한지 강조했다. 사실 실험이 끝난 후에는 박사에게 어떤 행동도 가할 힘이 남아 있지 않았다.

평소와 다르게 박사는 알버트를 바라보며 머뭇거렸다.

"저 잘했나요?" 알버트가 속삭이듯 말했다.

"알버트, 꽃을 보거라."

알버트는 움푹 들어간 눈이 쓰렸지만, 늘 그렇듯 박사의 말에 복종했다. 오랫동안 테이블 위의 물건들을 머릿속으로만 투시하다가 현실의 진짜 모습을 보는 건 이상한 느낌이었다. 실험 시간 동안 촛불이 반쯤 타버렸다. 쌀 그릇, 돌이 담긴 항아리, 쥐, 물병…. 모든 게 전과 동일했다. 오늘은 쿠션패랭이꽃이었다. 꽃잎은 다섯 장이었고, 줄기가 가늘었다. 꽃은 물병 가장자리에 늘어져 병약한 환자처럼 보였다. 연자줏빛 중심부를 둘러싼 술 모양의 부관에서 꽃잎이 하나 사라진 걸 제외하면 머릿속에 남은 이미지와 똑같았다.

"제가 그런 건가요?" 알버트가 물었다.

"바닥 위에, 내 발 앞에 있구나."

알버트는 조심스레 목을 돌렸다. 강한 전기충격 탓에 몸이 심하게 경련하면서 그를 묶은 끈에 피부가 조금 까졌다. 하지만 바로 저기, 박사의 반짝이는 검은색 구두 옆, 탁자에서 약 4미터나 떨어진 타일 위에 연자줏빛 조각 하나가 누워 있었다. 알버트는 꽃잎을 바라봤다. 다시 어리둥절한 표정으로 박사를 올려다봤다.

"이건 꽤⋯ 거리가 먼데요." 알버트가 말했다.

"그래. 아주 먼 거리지."

실험실의 차가운 조명 아래 박사의 피부가 창백하게 빛나며 하트 모양 얼굴을 적절히 드러냈다. 박사의 얼굴은 위쪽 광대뼈는 넓었으나 움푹 팬 턱으로 내려갈수록 좁아졌다.

"알버트, 넌 눈을 가리고도 꽃잎을 분리했고, 심지어 실험실을 가로질러 천천히 움직이게 했단다. 내가 여러 방해를 했음에도 불구하고 일정한 높이와 속도를 유지했어. 정말 섬세하고 정확했지! 통증에도 불구하고 진짜 훌륭한 제어력이었어! 이렇게 훌륭하게 해낸 건 처음이구나. 알버트 브라운, 난 정말 감명받았단다. 적절한 도움만 받으면, 이제라도 네가 훌륭한 일을 해낼 수 있을지 누가 알겠니. 오늘은 특별한 날이구나. 자, 그럼 이제 점심 먹으러 가렴."

박사는 알버트에게 미소를 지었다. 이전에는 본 적 없는 놀랄 만큼 선명하고 솔직한 미소였다. 그 순간 알버트는 박사의 빛나는 미소에 흠뻑 젖어 처음으로 진정한 행복을 느꼈다. 연약한 본성과 내면의 결함과 도덕적 악함에도 불구하고, 마침내 박사에게 자신을 증명해냈다. 눈물 날 만큼 감사한 마음이 들었다. 신체 붕괴나 최대 한계치에 대한 위험 없이 과제를 완수했다. 드디어 칼로웨이 박사를 감명시켰다. 박사의 신뢰에 보답한 거였다.

내면에서 만족감과 기쁨이 강하게 치솟은 동시에 또 다른 사실을 명확히 깨달았다. 하루라도 더 스톤무어에 머물렀다가는 자신의 본모습을 영원히 잃어버릴 것이다. 더 이상 싸우지도, 저항하지도 않고 자신을 가둔 감옥 너머의 세계를 열망하고 바라지 않을 것이다. 칼로웨이 박사의 소유물로 전락할 것이다. 자유를 향한 꿈을 잃고, 노예개처럼 오직 박사의 총애만을 바랄 것이다.

칼로웨이 박사가 시야에서 사라졌다. 박사는 뒷머리 쪽 구속구를 잘 매만지려 알버트의 의자를 빙 돌아갔고, 그러다가 꽃잎을 밟았다. 알버트의 시선이 바닥에 짓눌린 연자줏빛 얼룩 위에 떨어졌다.

"칼로웨이 박사님, 고마워요." 알버트가 진심 어린 목소리로 말했다. "박사님 말씀이 맞는 거 같아요. 오늘은 정말 특별한 날이 될 거예요."

23

종소리가 스칼렛을 깨우지는 못했지만 이승으로 이끌어주는 계단 역할은 했다. 스칼렛은 천천히 종소리를 따라갔다. 깊은 어둠 속에서 꿈속을 오가며 알 수 없는 시간 동안 길고 가파른 소리의 경사면을 올라갔다. 어둠은 회색이 되고, 회색은 하얀빛이 됐다. 하얀빛이 갈라졌을 때, 스칼렛은 하늘을 보고 누워 있었다.

작은 구름들이 하늘 위로 천천히 흘러가고 있었다. 양 꼬리처럼 몽실몽실한 털 뭉치가 드넓은 푸른색 위로 떠가는 것 같았다. 그것이 하늘이라는 건 알았지만, 하늘과 땅이 뒤집힌 느낌이었다. 등 뒤에서 온 지구가 스칼렛을 누르고, 그녀는 위에서 하늘이라는 끝없는 빈 공간을 내려다보고 있는 걸지도 몰랐다.

스칼렛은 꼼짝하지 않고 누운 채 앞을 똑바로 바라보며 신중하게 눈앞의 이미지를 종합해 봤다. 그녀는 지금 딱딱한 표면 위에 있었다. 얼굴은 따뜻했지만, 다른 곳은 바람 때문에 추웠다. 손에는 둔한 통증이, 머리에는 날카로운 통증이 느껴졌다. 가까운 곳에서 종소리가 들렸다. 댕- 댕- 계속되는 소리는 특별히 듣기 좋지도, 그렇다고 행동을 취할 만큼 귀에 거슬리지도 않았다. 때때로 천이 펄럭이는 소리가 들렸다. 바닷물이 끊임없이 철썩이는 소리도 났다. 파리 한 마리가 시야에서 들락날락했다. 스칼렛은 오랫동안 가만히 누워 있었다. 이 이상을 알아야 한다는 생각이 들지 않았다. 생각이 시럽처럼 천천히 뇌 속으로 다시 흘러들어 왔다. 자신이 누구인지, 이름이 뭐였는지 기억났다.

뻣뻣하게 머리를 들어 올리고 온몸을 훑어봤다. 스칼렛은 매끄러운 회색 콘크리트 경사면에 누워 있었다. 조약돌과 조개껍데기와 해초 더미 사이에 누워 머리는 아래쪽으로, 발은 위쪽으로 향해 있었다. 부츠 너머로 계속되는 경사면은 파도에 파이고 소용돌이 모양으로 굴곡져 있었으며, 거대한 구멍과 균열들이 그 위에 무작위로 펼쳐져 있었다. 그것들은 스칼렛 한 명쯤은 충분히 삼킬 정도로 컸다. 측정할 수도 없는 거리에 콘크리트 구조물이 세 개의 거대한 조각으로 무너져 있었다. 하나는 믿을 수 없을 만큼 높게 똑바로 솟아 있었고, 나머지 둘은 수선화 잎처럼 구부러져 바깥쪽으로 튀어나와 있었다. 튀어나온 거대한 돌출부는 엄청나게 크고 무거워 보였다. 언제라도 스칼렛을 내리치며 납작하게 눌러버릴 것 같았다. 스칼렛이 아예 존재하지도 않았던 것처럼. 이런 현실을 깨닫자 갑자기 어지러웠고 메스꺼움이 밀려왔다. 그녀는 옆으로 돌아누워 바닷물을 한껏 토했다. 기분이 훨씬 나아졌다.

그렇게 머리를 기울였더니 햇살 아래 펼쳐진, 아무것도 없이 드넓은 런던 석호의 회색빛 물이 보였다. 런던 석호는 구름 떼와 만나는 지평선까지 쭉 뻗어 있었다. 몇 미터 앞에는 파도의 부드러운 포말이 떠밀려온 판자 조각과 경사면 위에 부딪히고 있었다. 시럽처럼 천천히 흐르던 생각이 이제 빠르게 움직였다. 뗏목 위에서 벌어졌던 싸움이 기억났다. 실링과 조와 에티도 기억났다.

알버트도 기억났다.

알버트. 믿을 수 없지만, 하늘로 날아오른 남자들.

산산이 부서진 뗏목.

이 모든 사건의 중심에 알버트가 있었다.

"이런 맙소사…." 스칼렛이 중얼거렸다.

흠뻑 젖은 옷과 상관없이 차가운 기운이 밀려왔다. 황폐함에서 오는 냉기였다. 무감각해진 손가락을 움직여 기계적으로 욕설 상자를 찾았지만 이미 뜯겨나가고 없었다. 욕설 상자는 그녀의 다른 물건들과 마찬가지로 사라져 버렸다. 스칼렛은 눈을 감고 남은 힘을 긁어모아 몸을 일으켰다.

스칼렛은 비틀비틀 일어나 자갈과 모래밭에서 휘청거렸다. 다른 사람이 움직이는 것 같았다. 몸은 온통 젖어 있었지만 햇살과 바람에 말라갔다. 머리카락이 끈적거렸고, 피부가 소금 때문에 거칠었다. 스칼렛은 드디어 똑바로 섰다. 심호흡을 한 후 주변을 둘러봤다.

그리고 바로 뒤에 엄청나게 키 큰 남자가 서 있는 걸 발견했다.

스칼렛이 비명을 지르며 뒤로 펄쩍 물러났다. 필사적으로 총을 찾았지만 사라지고 없었다. 그녀는 궁지에 몰려 비틀거렸다. 두 눈으로 남자를 노려보며 두 손을 들어 올렸다.

남자가 태연하게 고개를 끄덕이더니 인사했다. "안녕."

그는 동물 가죽으로 만든 바지와 외투를 입고 있었다. 털 비늘로 된 갑각류 껍질처럼 가죽 조각들이 몸 위에 겹겹이 쌓여 있었다. 미풍에 외투 밑단이 펄럭였고, 고깔 모양 털모자와 낡은 고무장화를 신고 있었다. 한 손에는 강철 갈고리를 끝에 이어 붙인 금속 막대를, 반대 손에는 구리종을 들고 있었다. 깡마른 얼굴에 코와 턱이 엄청나게 크게 튀어나왔으며, 여유롭고 지성을 갖춘 게 분명한 눈빛이 반짝였다.

스칼렛이 경사면의 더 위쪽에 서 있었음에도 머리가 남자의 가슴 절반에도 미치지 못했다. 덩치가 매우 큰 남자였다.

스칼렛이 정신을 차리고 마음을 가라앉히는 데 몇 초가 걸렸다. 그동안 남자는 아무 행동도 취하지 않았고, 평가하는 시선으로 바라보기만 했다.

마침내 스칼렛이 입을 열었다. "얼마나 오랫동안 그 자리에 있었던 거야?"

잠시 생각한 후, 남자가 대답했다. "꽤 오랫동안. 죽은 줄 알았거든."

"뭐? 내가 움직였을 때도? 토하고 일어서기까지 했는데?"

"글쎄, 여기 밀려오는 것들은 구별하기 힘들어. 가스가 가득 찬 시체도 있거든. 가스가 빠져나올 때면, 시체가 해안가에서 깡충거리고 펄떡이기도 하지. 가까이 가지 않는 게 최선이야. 특히 날카로운 막대라도 있으면…. 한마디로, 무슨 일이 일어나는지 상황을 지켜봤던 거지."

"맙소사. 지켜본다고? 난 죽을 뻔했다고. 뭐라도 했었어야지."

"뭘 하긴 했지. 종을 울렸으니까. 잠깐만. 조금 더 울려야겠어…."

덩치 큰 남자는 손에 들린 종을 몇 차례 열심히 흔들었다. 댕- 댕- 소리가 아주 크게 물 위로, 그리고 콘크리트 돌출부 너머로 울려 퍼졌다.

스칼렛은 머리가 아파왔다. "그만해."

"이건 규칙이야. 예상치 못한 일이 발생하면 경보종을 울려야 해."

"'예상치 못한 일'이 뭔데? 무슨 말이야?"

"아, 이런. 네가 여기 처음 왔다는 걸 깜빡 잊었군. 예상치 못한 일에는 다음과 같은 것들이 포함될 수 있지. 하나, 죽은 고래. 둘, 다량의 나무나 석탄 같은 연소성 물질. 셋, 상어나 크라켄의 출몰. 넷, 떠내려온 것 중 쓸 만한 물건. 다섯, 적대적인 섬사람들의 습격." 남자가 코를 훌쩍이더니 풍성하게 주름진 털옷 소매에 코를 닦았다. "넌 네 번째 항목에 해당하겠군."

"내가 '떠내려온 것 중 쓸 만한 물건'이라고?"

"죽은 고래보다는 낫지, 이 아가씨야."

남자가 한 번 더 종을 울린 후 멈췄다.

"맙소사. 누구한테 신호를 보내는 거야?"

"밤에게. 보통 이쪽 감시초소에 있거든. 동시에 저쪽의 선량한 베이스워터섬 사람들에게도 알려주는 거지. 뭔가 일이 생겼다는 걸 다 알아야 하니까."

남자가 뒤를 가리켰다. 그때서야 스칼렛은 주변을 집중해서 둘러봤다. 그들이 서 있는 부서진 거대한 콘크리트 조각은 석호 안에 있는 하나의 섬이었다. 비스듬히 경사진 콘크리트 섬은 몇 미터 아래부터 물속에 잠겨 있었다. 파도가 부드럽게 밀려와 부딪혔다. 거대한 회갈색 홍합 무리가 바닷물과의 경계선 부근에 딱 달라붙어 있었는데, 버섯갓처럼 튀어나온 데다 밟고 설 수 있을 만큼 컸다. 경계선 아래로는 깊이가 얼마나 깊은지 알 수 없었다.

스칼렛의 시선은 맞은편을 향했다. 가파르고 들쭉날쭉한 형태의 콘크리트 빌딩이 우뚝 솟아 있었는데, 믿을 수 없을 만큼 거대하고 높았다. 콘크리트 섬은 이른 아침 햇살에 검고 선명하게 모습을 드러냈다. 바닷새들이 이 콘크리트 섬의 수많은 창문 주변을 날고 있었다. 수 세기 동안 폭풍우에 깎여 부드럽게 둥글어진 빌딩 측면의 갈라진 틈새로 햇살이 뚫고 들어갔다. 분명 사람이 살고 있는 곳이었다. 섬의 돌출부에는 로프들이 달려 있었는데, 빌딩의 각 구역을 연결하고 바 닷물 건너의 작은 인접 섬들까지 늘어져 있었다. 거미줄 같은 두세 개 의 로프가 물을 가로질러 그녀가 있는 섬까지 뻗어 있었다. 로프는 섬 의 돌출부 높은 곳까지 연결된 후, 그 뒤쪽으로 사라졌다.

태양 쪽을 바라보니, 멀리 있는 석호의 빌딩들이 그림자처럼 형태 만 보였다. 앞쪽 빌딩보다 훨씬 높은 것도 있었고, 무너져서 길고 울 퉁불퉁한 낮은 섬처럼 변한 것들도 있었다. 빌딩들 주변의 바다는 잔 잔했고, 마치 노란 거울처럼 빛났다. 콘크리트 빌딩 섬들은 그림자가 져서 검게 보였다. 웅장하면서도 쓸쓸한 광경이었다.

이곳이 바로 그레이트 루인스였다.

머시아와 웨섹스의 생존 도시에서도 오래된 빌딩들을 본 적이 있 었다. 그중 일부는 오 층이나 육 층 정도 높이에 기능도 했지만, 그레 이트 루인스의 고층 빌딩들과는 비교도 할 수 없었다. 다른 때라면 경외심과 놀라움에 젖어 계속 콘크리트 빌딩 섬들을 바라봤겠지만, 지금 스칼렛의 시선은 넓고 텅 빈 바다로 향했다.

뗏목은 흔적도 보이지 않았다. 당연한 일이었다. 뗏목이 없어졌 다. 그 위에 있던 모두와 함께 사라졌다.

알버트. 에티. 조…. 눈시울이 뜨거워졌다.

"배가 필요해." 스칼렛이 말했다.

"배?" 남자가 미심쩍은 눈빛으로 스칼렛을 봤다.

"하나쯤은 분명히 있겠지. 내가 탔던 배가 난파당했어. 어서 찾아 야 해. 내, 아니, 다른 생존자들 말이야." 스칼렛은 불현듯 한 가지 생 각이 떠올랐다. "잠깐만. 오늘 아침에 떠밀려온… 다른 사람은 본 적 없어?"

남자가 이마를 찌푸렸다. "못 본 거 같은데…. 어쨌든 여기 노스 샤드에서는 못 봤어. 밤에게 물어보도록 하지."

"고마워." 수색에 나설 수 있다는 생각에 마음의 고통이 살짝 가라앉았다. "이봐, 지금 당장 물어보러 가자. 배에 관해서도 얘기하고."

남자는 대답하지 않았다. 대신 갈고리 달린 막대로 스칼렛 뒤쪽 콘크리트 경사면을 가리켰다. 온순한 겉모습과 달리 사람을 믿지 않는지, 스칼렛이 등 뒤에서 따라오는 걸 원치 않았다. 어차피 이편이 스칼렛에게도 더 잘 맞았다. 시간 낭비하지 않고 그녀가 앞장서서 빨리 갈 수 있기 때문이었다.

스칼렛은 경사면을 오르기 시작했다. 부츠가 조개껍데기를 부수고 모래를 밟으며 입을 쫙 벌린 균열 틈새를 이리저리 피해 갔다. 경사면의 균열 사이로 파도 소리가 울려 퍼졌다. 뗏목에서 일이 터진 다음, 시간이 얼마나 흘렀는지 알 수 없었다. 여섯 시간? 열 시간? 그 시간이 의미하는 바를 생각하고 싶지 않았다. 하지만 파도가 그녀를 판자 위로 안전하게 밀어 올렸듯이, 알버트나 조나 몸집이 작은 에티도 나뭇조각이나 뗏목 옆에 정박해 놓은 보트를 붙잡았다면 어쩌면 살아남았을 수도 있었다. 가능성이 그리 크지는 않았지만, 불가능한 일도 아니었다.

그들을 직접 찾아낼 것이다.

스칼렛과 남자는 얼마 안 있어 경사면 꼭대기에 도달했다. 빌딩 지붕의 처마가 방어막이 돼 비바람이 들이치지 않는 안전한 장소였다. 콘크리트 벽들이 갈라져 있었고, 절벽 면에는 수직으로 균열이 나 있었다. 그리고 그 안쪽 어둠 속으로 오를 수 있도록 나무 계단이 길게 이어져 있었다.

스칼렛은 남자가 쫓아올 수 있게 잠시 걸음을 멈췄다. 남자는 아직도 이마를 찌푸리고 있었다. 뭔가가 마음에 걸리는 게 분명했다. 배를 달라고 해서일까? 지금 단계에서는 남자를 기분 좋게 해줄 필요가 있었다. 문득 스칼렛은 아직 그의 이름을 모른다는 사실을 깨달았다. 알버트라면 당연히 바로 물어봤을 것이다. 지나치게 허물없이 구는 바람에 바다로 걷어차였을 수도 있겠지만. 하지만 대개 알버트가 괜찮은 결과를 만들어내곤 했다는 사실을 인정할 수밖에 없었다. 스칼렛은 억지로 최대한 밝게 웃는 표정을 만들어냈다.

"난 스칼렛이야. 당신은 이름이 뭐야?"

커다란 이목구비가 기쁨과 놀라움 덕에 부드러워졌다. "난 클래런스야. 노스 샤드의 보조 감시원이지. 물어봐 줘서 고마워."

"별말씀을."

"그런데 너 괜찮은 거야? 얼굴이 이상하게 떨리는 거 같은데…. 아까 내가 말했던 몸속 가스 때문일지도?"

"그래. 그럴 수도 있겠지." 스칼렛은 바로 미소를 지우고 나무 계단을 올라갔다.

계단은 구조물의 깊숙한 안쪽까지 구불구불 이어졌다. 예상보다 훨씬 더 깊었다. 계단은 마침내 움푹 파인 거대한 공간에서 끝이 났다. 콘크리트 빌딩 안 동굴 같은 공간이었다. 벽은 여기저기 녹슬고 철제 종유석이 높이 달려 있었다. 한쪽 면은 바다 쪽으로 개방돼 있었는데, 석호로 내려가는 미끄럼틀 길과 발코니가 있었다. 발코니 공간에는 톱니바퀴와 쇠사슬과 도르래를 조립한 로프 장치인 윈치가 반쯤 들어차 있었다. 윈치에서 나온 몇 개의 로프가 바다로 개방된 면에서 반대편의 섬을 향해 물 위에 곡선을 그리며 공중에 뻗어 있었다. 발코니 중앙에는 사람 키만 한 원통형 바구니가 놓여 있었다. 네 개의 굵은 사슬이 바구니와 두꺼운 로프를 연결하고 있었다.

나머지 공간은 넉넉하지는 않았지만 아늑하게 꾸며져 있었다. 콘크리트 바닥 위에는 올이 다 닳은 카펫이 깔려 있고, 테이블과 의자, 조립식 침대 두 개, 그리고 낡아서 곧 부서질 듯한 망원경이 바다를 향해 놓여 있었다. 테이블 위에는 조개가 쌓여 있었다. 선반에는 분명 노스 샤드 감시초소 앞을 떠다니는 부유물들을 건져내기 위한 여러 종류의 갈퀴와 갈고리, 그물이 걸려 있었다.

망원경 앞에는 키가 매우 작은 남자가 서 있었다. 가슴이 넓고 탄탄했으며, O 자형 다리에 모피 바지와 가죽조끼를 입고 있었다. 이 남자가 밥 같았다.

하지만 이 남자나 가구보다 미끄럼틀 길 하단에 정박한 작고 둥근 배가 스칼렛의 관심을 끌었다. 코러클 배는 두 사람이 겨우 탈 만큼 작았지만, 모터와 노가 완비돼 있었다. 스칼렛은 눈을 가늘게 떴다. 좋아. 괜찮을 것 같군.

그들이 방에 들어서자, 키 작은 남자가 망원경에서 돌아섰다. 머리는 벗겨졌고, 햇살에 노출된 피부는 진한 갈색이었다. 그의 시선이 스칼렛을 지나 동료를 반갑게 맞이했다.

"이봐, 종소리를 또 들었어. 이번엔 뭐였어? 고래?"

"한 시간 전에 말한 바로 그 부유물. 죽은 게 아니었어."

"죽은 게 아니라고?"

"스스로 일어났다니까. 여기 있어. 이름은 스칼렛이야."

"안녕. 난 스칼렛이야. 당신이 밥이지? 만나서 반가워."

스칼렛이 목청을 가다듬으며 망설였다. 애써 미소라는 걸 다시 지어보려 했다. 대체 알버트는 어떻게 이런 일을 해내는지 이해할 수 없었다. 너무 어색하고 모든 게 거짓 같았다. 차라리 이 녀석의 사타구니를 무릎으로 찍어버리고 배를 훔쳐 달아나는 게 더 쉬운 일이었다. 그러면 적어도 아부나 거짓말 같은 역겨운 기만 따위 없는 정직한 행동이 될 것이다.

"코러클 배를 좀 빌려야겠어." 스칼렛이 말을 이었다. "근처에서 배가 난파됐거든. 실종된 동료들을 찾아야 해."

남자의 얼굴이 기분 좋게 주름졌다. "만나서 반가워, 스칼렛. 내 이름은 밥 코랄이야. 감시소의 최고 책임자지. 좀 앉을래? 깨끗한 물과 신선한 조개가 있어."

"고마워. 물 좀 마실게."

밥이 뒤쪽 물탱크에서 컵을 가득 채웠다. 스칼렛은 감사히 물을 죽 들이켰다. 그때서야 얼마나 목말랐는지 깨달았다.

"저기, 조개 하나 먹을래?"

밥 코랄의 말에 클래런스가 고개를 끄덕였다. "먹어봐. 아주 맛있어."

클래런스는 의자에 털썩 주저앉아 갈고리 막대를 옆에 놨다. 길고 휘어진 손톱으로 분홍빛 조개껍데기를 벌리고 있었다.

"정말 친절하구나. 하지만 난 동료들을 찾아야 해. 배를 좀 빌릴 수 있을까?"

"배가 난파됐다니 안됐다. 어디서 난파된 거야?" 밥 코랄이 물었다.

"저쪽 어디선가. 서쪽이었던 거 같아."

"아, 그렇구나. 하지만 안타깝게도 우리는 서쪽으로 갈 수 없어. 아무튼, 네 친구들은 분명히 이미 죽었을 거야."

스칼렛이 이를 악물었다. "그건 모를 일이야. 왜 저기로 갈 수 없다는 거야?"

밥 코랄이 스칼렛을 발코니 쪽으로 불렀다. 그는 근처에 있는 섬 너머의 지평선을 향해 손가락을 가리켰다.

"저기 보여? 저 멀리 있는 뭉툭한 덩어리? 첼시 산호섬이야. 혐오스러운 경쟁자 첼시 녀석들이 사는 곳이지. 그놈들의 해역이 서쪽까지 뻗어 있어. 우린 그쪽에서 물고기를 잡지 않아."

"난 물고기를 잡으려는 게 아니야. 계속 말했잖아. 동료들을 찾고 싶다고."

밥 코랄이 침착하게 고개를 끄덕였다. "첼시 녀석들은 온갖 끔찍한 습관을 다 갖고 있지. 예를 들어, 우리가 아끼는 고귀한 바위 조개를 더럽다며 바다에 던져버리는 반면, 역겹게 꿈틀거리는 진흙 장어를 먹는다고! 게다가 정숙한 군도 주민들처럼 물개 가죽 레깅스를 입지도 않고. 믿어져? 맑은 날에 성능 좋은 망원경으로 보면, 첼시 여자들의 발목이 햇빛을 받아 도발적으로 번쩍이는 것도 볼 수 있다니까. 선한 조니 핑거스는 그들을 아주 싫어해. 그런데 우리의 코러클 배가 의도적으로 첼시 해역에 접근한다면, 분명 우리를 모두 '대균열'이라 부르는 구멍 속으로 처넣을 거야."

스칼렛의 입술이 딱딱하게 굳었다. "조니 핑거스?"

"조니 핑거스는 베이스워터섬의 자애롭고 은혜로운 통치자야."

"알겠어…."

스칼렛의 시선이 근처 선반에 걸린 도구들로 향했다. 무기로 쓸 만한 갈퀴가 걸려 있었다. 테이블 위에는 칼도 있었다. 밥 코랄은 무장하지 않은 것 같았고, 클래런스는 만족스럽게 두 번째 조개를 빨고 있었다. 좋아. 이미 오랫동안 미심쩍어했듯이, 예의에는 한계가 있었다. 스칼렛은 움직일 준비를 했다.

그때 난간에서 종이 울렸다. 작은 톱니바퀴 일부가 시끄러운 소리를 내며 빙글빙글 돌았다. 로프 하나가 윙윙거리며 지지대에서 덜컥거렸다. 밥 코랄이 흥분해서 팔짝 뛰었다.

"아하! 답장이 왔어! 한 시간쯤 전에 이상한 부유물, 그러니까 빨간 머리 소녀 시체가 우리 해안에 떠밀려왔다고 베이스워터로 메시지를 보냈거든. 조니 핑거스는 항상 특이한 사건을 듣고 싶어 하지…. 곧 그의 칙령을 듣게 될 거야."

하늘에서 뭔가 반짝하더니, 멀리서부터 빛을 반사하고 이리저리 몸을 비틀면서 빠르게 이쪽으로 날아들었다. 곧 로프에 묶인 커다란 유리병이 나타났다. 마구 흔들리며 동굴 입구로 들어온 유리병을 밥 코랄이 능숙한 손길로 낚아챘다. 병마개를 뽑고 종이를 꺼내 신중하게 읽었다. 손가락이 줄을 따라 움직였다. 그가 종이를 읽는 틈을 이용해, 스칼렛은 미끄럼틀 길 쪽으로 슬며시 다가갔다.

"흠. 이제 문제가 해결됐군. 조니 핑거스가 직접 보낸 메시지야! 널 베이스워터섬에 초대한대! 영광이지?"

"내가 죽었다고 말한 줄 알았는데?"

"그랬지. 아마 네 머리카락을 쿠션에 넣고 싶은가 봐. 하지만 네가 살아 있는 데다 아주 매력적이고 친절한 걸 보면, 그것 역시 기뻐할 거야…. 바구니에 올라타기 전에 얼른 조개 하나 먹지 않을래?"

스칼렛은 눈을 감을 때마다 파도 위에 맥없이 떠 있는 시체들이 보였다. 털가죽 누더기를 입은 바보들과 더 이상 시간 낭비할 생각 따위 없었다.

"다음에. 난 동료들을 찾아야 해. 반드시."

밥 코랄이 멍하니 스칼렛을 바라봤다. "하지만 조니 핑거스가 널 만나고 싶어 해. 선택의 여지가 없어."

"내 대답은, 거절이야."

밥 코랄이 스칼렛 쪽으로 움직였다. 신경이 이미 한계점에 도달해 스칼렛은 머리가 찡 울렸다. 그녀는 선반으로 달려가 갈퀴를 낚아채 위협하듯 밥 코랄에게 휘둘렀다. 그리고 몸을 돌려 미끄럼틀 길로 달려가 코러클 배를 향해 내려갔다.

"클래런스, 손 좀 봐줄래?" 밥 코랄이 말했다.

클래런스가 순식간에 의자에서 일어났다. 손에는 갈고리 막대가 들려 있었다. 그는 미끄럼틀 길 쪽으로 몸을 숙이고 갈고리 막대를 휘둘렀다. 놀라운 손재주로 스칼렛의 코트 깃을 낚아채 번쩍 들어 올렸다. 스칼렛은 공중에서 발길질하고 욕설을 퍼부었다. 클래런스는 그녀를 위로 한 바퀴 휘돌린 후, 고리버들 바구니 속으로 머리부터 거칠게 처박았다. 그리고 재빨리 막대기로 스칼렛의 엉덩이를 때리며 완전히 안으로 집어넣었다. 스칼렛의 얼굴이 가장 먼저 바구니 바닥에서 짓뭉개졌다. 생선 냄새가 코를 찔렀다. 스칼렛이 똑바로 일어나려 버둥거리는 동안, 클래런스와 밥 코랄이 힘차게 도르래 줄을 당겼다. 바구니가 공중으로 떠올라 뻥 뚫린 벽을 빠르게 빠져나갔다.

스칼렛은 똑바로 몸을 일으켰다. 얼굴은 빨개졌고 숨이 가빴으며, 햇빛 때문에 눈을 깜박여야 했다. 바구니 바깥쪽으로 몸을 기울여 뛰어내리려고 했지만 불가능했다. 바구니는 이미 속이 울렁거릴 정도로 높게 떠 있었다. 한참 아래에서는 파도가 무너진 콘크리트 빌딩 더미 위로 밀려들었다. 아래쪽 동굴 입구에서는 키 큰 남자가 도르래 줄을 힘차게 당기고 있었다. 키 작은 남자가 그 옆에서 깡충대며 소리를 질렀다.

"멀리 보내! 높게, 더 높게! 조니 핑거스가 기다리고 있어!"

스칼렛은 주먹을 휘두르고 모욕적인 제스처를 취하려고 몸을 내밀었다. 하지만 그 움직임 때문에 바구니가 더 흔들리며 균형이 무너졌다. 바구니가 기울면서 빙글빙글 돌았다. 그녀는 소중한 목숨을 지키기 위해 필사적으로 사슬을 붙잡았다.

"몸부림치지 마! 바구니가 로프에서 떨어질 거야!" 밥 코랄이 외쳤다.

즉시 스칼렛은 아주 얌전해졌다. 그런데도 바구니가 사방으로 자유분방하고 거칠게 흔들렸다. 로프가 삐걱대며 신음했다. 그녀는 사슬을 붙들고 있는 부실한 벨트 같은 걸 살펴보려 위를 쳐다보지는 않았다. 대신 조심스럽게 몸을 돌려 정면을 바라봤다. 희박한 공기를 통과해 더 높이 올라가는 로프가 먼저 눈에 들어왔다. 저 너머 멀리 베이스워터섬이 희미하고 흐릿하게 보였다. 먼 바다에는 다른 폐허 빌딩들이 점점이 박혀 있었다. 스칼렛은 빛나는 허공 속에 매달려 있었다. 아래를 내려다봐도 나을 게 없었다. 석호 위로 파도의 정점을 표시하는 작은 빛의 조각들이 반짝였고, 여기저기 깊은 물속에서 거대 물고기의 그림자가 물결쳤다.

바구니가 계속 위로 올라갔다. 스칼렛은 토할 것 같은 기분에 신음하며 무릎을 꿇고 주저앉았다. 끊임없는 흔들림과 부글거리는 메스꺼움도 정말 괴로웠지만, 알버트와 조와 꼬마 에티를 다시 볼 수 있다는 희망을 이제는 진짜 포기해야 한다는 깨달음에 비할 순 없었다. 어쩌면 콘크리트 해변에서 깨어났을 때 이미 늦었는지도 모른다. 이제 외딴섬으로 끌려간 후에 얼마나 많은 바보들을 상대해야 할지 모르겠지만, 어쨌든 당분간 주변 해역을 살펴볼 기회는 없을 것이다. 아니, 이미 너무 늦었다. 모두 바다에 가라앉아 익사했을 것이다.

기억 속 이미지들이 스칼렛을 덮쳤다. 아련한 햇살의 안개 속에서 에티가 행복한 모습으로 그녀를 지나쳐 뛰어가는 모습, 통통한 다리를 물에 담그는 모습, 바보 같은 게임을 하는 모습…. 그리고 요새에서 어둠 속에 웅크리고 있던 모습과 알버트에게 안겨 언덕 아래 안전한 곳까지 이동하던 모습도 떠올랐다. 하지만 이게 다 무슨 소용이겠는가?

에티는 폭풍 속에 휩쓸려 사라졌다.

알버트가 가진 능력에 대한 짐작이 맞았다. 그를 구속에서 풀어준 건 옳았다. 하지만 상상도 못 했던 무시무시한 힘을 발산해 뗏목을 파괴했다! 그가 말한 '힘의 최대 한계치'를 넘은 게 분명했다. 이제야 알버트가 보인 암시와 우울한 회피 행동을 전부 이해할 수 있었다. 왜 스스로 도망쳤는지, 왜 세계의 끝자락에서 안식처를 찾고 있는지 이해가 갔다. 과거에 얼마나 끔찍한 일들을 해야만 했을까! 알버트와 함께 다니며 직접 겪었던 혼돈과 불행을 떠올렸다. 심각한 부상, 죽음에 대한 위협, 자칫 익사할 뻔한 순간들…. 처음 잃었던 은행 돈과 두 번째 은행 돈까지. 손가락 형제단은 특별 예우로 그녀의 머리에 현상금을 걸었고, 스칼렛은 머시아, 웨섹스, 앵글리아를 가로지르는 정신 나간 여행을 해야 했다. 그리고 이제는 조와 에티까지 잃었다.

알버트! 지난 열흘 동안 잘못된 모든 일은 전부 그 녀석 때문이었다. 병 속 거미처럼 바구니 속에 움츠린 스칼렛은 분노의 불길을 일으키려 했지만, 이상하게도 합당한 분노를 느낄 수 없었다. 오히려 함께한 여정 동안 알버트가 보여준 모습들만 떠올랐다. 멍청하게 웃고, 자꾸 넘어지고, 어리석은 질문을 하고, 아이와 놀던 모습들.

어두컴컴한 요새에서 스칼렛 옆에 딱 붙어 있던 모습, 안마당에서 미소 짓던 모습, 함께 언덕을 뛰어 내려오던 모습.

뾰족하게 튀어나온 잔인한 원형 구속구를 찬 모습, 얼굴 위로 피가 뚝뚝 흘러내리던 모습까지도….

깊은 괴로움에 잠겨 있던 스칼렛은 바보 같은 감상적인 생각에 짜증이 났다. 모든 게 어리석고 쓸데없는 생각이었다.

"어차피 이젠 아무 상관없어." 스칼렛이 갈라진 입술 사이로 중얼거렸다. "아무 의미 없다고. 그 바보 녀석은 사라졌어. 죽어버렸다고."

바구니가 베이스워터라 불리는 반대편 섬에 도착하기까지 시간
이 얼마나 걸릴지 스칼렛은 알 수 없었다. 앞으로 향하던 움직임이
딱 한 번 멈췄다. 아마 클래런스가 또 조개를 먹고 있는 거겠지. 중간
에 멈춰 있는 건 계속 움직이는 것보다 훨씬 별로였다. 모든 시간 감
각이 사라졌다. 스칼렛은 침묵 속에서 공중에 매달린 채 로프가 삐
걱대는 소리, 느슨해진 바구니 올들이 바람에 스치는 소리를 들었다.
이대로 버려질지도 모른다는 공포가 밀려왔다. 노섬브리아에서는 죽
은 자를 기둥에 매달아 새들이 쪼아 먹게 하는 풍습이 있었다. 시신
은 수년 동안 매달려 있기도 했으며, 날씨에 의해 동결 건조돼 점점
더 딱딱해져 미라화 되기도 한다고 들었다. 어쩌면 그게 그녀의 운명
일지도.

바구니가 기우뚱거리더니, 로프가 다시 움직이기 시작했다.

스칼렛은 변화를 감지했다.

머리 위가 점점 어두워지고 있었다. 바구니 옆면에 몸을 꼭 붙인
채 무릎을 꿇고 쪼그려 앉았다. 그리고 조심스럽게 바구니 가장자리
로 고개를 내밀었다.

엄청난 충격이 몰려왔다. 우뚝 솟은 절벽들이 사방의 시야를 가득
채웠다. 절벽들은 끝도 없이 이어졌다. 바로 앞쪽에서 로프가 거대한
검은 구멍 속으로 들어가고 있었다. 콘크리트 외벽을 덮은 이끼와 그
아래에 삐드렁니처럼 튀어나온 금속 돌출부를 살펴볼 시간도 없이
스칼렛은 어둠 속으로 빨려 들어갔다.

24

스칼렛이 죽었다.

사실이었다. 그 깨달음이 알버트를 가득 메우고 넘쳐흘렀다. 모든 말과 행동이 흐려지고 시각, 미각, 청각이 마비됐다. 스칼렛과 함께 물속에 있는 듯, 멀리 떨어진 어딘가에 있는 듯도 했다. 그는 잠긴 방 안에 있는 것처럼 자기 안에 갇혔다. 탈출구가 없었다. 이 고통에 비하면 스톤무어는 아무것도 아니었다.

스칼렛이 죽었다. 그가 스칼렛을 죽였다.

알버트는 죄책감과 공포 속에 눈을 떴다. 벽에 조개껍데기가 장식된 예쁜 방 안이었다. 하얗게 회칠한 깨끗한 벽에는 아주 많은 조개껍데기가 나선형으로 장식돼 있었다. 햇살이 창문 덧창 사이로 들어와 조개껍데기와 나무 침대와 맨다리에 걸쳐진 헝클어진 담요 위로 빛의 줄무늬를 드리웠다. 옷가지는 문 옆 의자에 걸려 있었다. 창밖에서 바닷새들이 울었다. 알버트는 천장을 바라보며 얼어붙은 듯 누워 있었다. 가슴에 울타리 기둥이라도 박혀 있는 것처럼 꼼짝할 수 없었다. 자신이 저지른 일과 스칼렛이 깊은 바닷속에 있다는 사실을 생각했다.

오직 그 사실만이 명확했다. 다른 건 모두 흐릿했다. 예를 들어, 뗏목에서의 마지막 순간이 잘 기억나지 않았다. 나무가 부서졌고, 바닷물이 몰아치는 폭풍이 일었다. 어둠이 빛을 삼켰고, 폭력이 사물 본연의 질서를 비틀었다. 그 중심에 알버트가 있었다. 그는 위아래 구분 없이 공중에 떠 있는 사람들과 돌처럼 가라앉는 배들을 봤다. 바람이 비정상적으로 울부짖는 소리와 뗏목이 갈라지는 끔찍한 굉음도 들었다. 이 모든 일의 밑바닥에는 절대 공포가 터져 나오면서 밀려오는 끔찍한 고통과 해방감이 있었다.

발밑 갑판이 무너지며 순식간에 물속으로 빨려 들어간 게 기억났다. 갑작스러운 충격과 혹독한 냉기에 힘이 바로 꺾였다. 보이지 않는 거품이 알버트를 감쌌다. 그는 무서운 침묵 속으로 깊게 가라앉았다가, 잠시 후 수면 위로 떠올랐다. 공포에 찬 숨을 헐떡거리며 허우적대는데, 누군가 스웨터 뒷덜미를 붙잡았다. 그의 몸을 배의 선체 쪽으로 거칠게 당기더니 어떻게든 배 안으로 끌어 올렸다.

그 후로는 단편적인 기억뿐이었다. 조가 욕설을 내뱉으며 노와 힘겹게 씨름했고, 에티가 울었다. 물에 흠뻑 젖은 알버트의 몸은 배 안쪽 지지대에 힘없이 쓰러졌다. 정신은 달걀 껍데기처럼 바스러지기 직전이었다. 정말 이상하고 놀랍게도, 저 멀리 노란 불빛들이 별을 배경으로 콩나물처럼 솟아 있었다.

나중에는 여전히 깜깜한 어둠 속에서 검은색의 넓은 아치형 통로를 지났다. 이제 별은 보이지 않았고, 등불만 어지럽게 비쳤다. 가까이에서 사람들의 목소리가 들렸다.

몇 년 동안 알버트는 막연한 환상 속에서 자유의 섬에 도착하는 영광스러운 순간을 그려왔다. 밝은 햇살, 환호하는 군중, 그리고 그가 탄 작은 돛단배가 항구의 파도를 뛰어넘을 때 녹색으로 선명하게 솟아오르는 반짝이는 섬. 하지만 현실의 그는 반쯤 죽은 상태로 물이 뚝뚝 떨어지는 콘크리트 동굴 안으로 운반됐다. 깜박거리는 등불 아래 끝없는 계단을 반쯤은 업혀서, 반쯤은 질질 끌려 올라갔다. 등불처럼 의식도 깜박거렸다. 방에 도착한 기억이 없었다. 하지만 어쨌든 확실한 사실 하나가 머릿속에 자리 잡았으며, 몇 시간 후 그 사실이 종소리처럼 울리며 알버트를 깨웠다.

스칼렛이 배에 없었다.

그 이후 일어난 모든 일은 안개처럼 흐릿하게 느껴졌다. 알버트는 옷을 입고 창밖의 바다를 바라봤다. 화려한 조개껍데기 목걸이를 차고 털옷을 입은 친절한 여자가 들어왔다. 이마의 상처를 씻게끔 따뜻한 물을 갖다주고는 그를 안내했다. 알버트는 수많은 방을 지나 계단과 사다리를 오르고, 무너진 바닥을 가로지르는 금속 다리를 따라 걸었다. 사라진 바다 너머로 저 멀리에서 런던 석호가 반짝였다. 가는 도중에 섬의 다른 사람들과 마주쳤다. 모두 털옷을 입고 머리는 조개껍데기와 바다 꽃으로 장식하고 있었다. 사람들은 진지하게 인사를 건네며 그의 이름을 물었다. 알버트는 슬픔에 목이 메어 간신히 대답할 뿐이었다. 마침내 네모난 콘크리트 홀에 도착했다. 사면 벽마다 모두 창이 나 있고, 창으로 세상 끝의 푸른 하늘을 볼 수 있었다. 방 한가운데에는 긴 테이블이 놓여 있고 먹을 것과 마실 게 차려져 있었다. 조와 할아버지 무릎에 앉은 에티가 늦은 아침 식사를 하는 중이었다.

알버트가 나타나자, 에티가 기뻐서 소리를 질렀다. 조가 손을 살짝 흔들었다.

"늦었구나! 와서 앉거라." 조가 의자를 가리켰다.

"이 폐건물의 주민들이 생선과 조개와 다시마케이크를 갖다줬단다. 바다 그물에 잡힌 아침 어획물을 챙기러 갔는데, 곧 돌아올 거야."

알버트가 그들을 향해 천천히 걸어갔다. 에티는 거대한 청록색 케이크 조각과 실랑이하고 있었다.

"안녕, 에티."

알버트는 헝클어진 에티의 옅은 금발 머리를 쓰다듬어 준 후, 테이블 반대편으로 가 의자에 앉았다. 그리고 무심하게 음식을 집어 먹기 시작했다. 턱이 기계적으로 움직였다. 조는 아무 말도 안 했다. 지난밤 일이 시한폭탄처럼 그들 위를 맴돌았다.

"스칼렛 맥케인 말이다." 조가 갑자기 입을 열었다. "이건 알아줬으면 좋겠구나. 나도 스칼렛을 찾아봤단다."

알버트가 음식을 삼키며 고개를 끄덕였다. "고마워요, 조 할아버지."

"오래 찾진 못했어."

"네."

"너무 어두운 데다 바다가 미친 듯이 거칠었거든. 에티 생각도 해야 했고. 우리는 운이 좋았단다. 뗏목이 부서지고, 우리가 막 물에 뛰어들려던 찰나, 그놈들의 배가 옆으로 흘러오더군. 뱃머리 일부는 부서졌고 기울기도 했지만. 아무튼 배는 떠 있었지. 난 우선 우리를 안전한 곳으로 피신시켜야 했단다."

방 안 차가운 그늘 속에서 조는 평소보다 더 늙고 쇠약해 보였다. 피부는 칙칙했고, 피부 아래의 뼈는 뾰족 튀어나와 있었다. 에티에게 게살을 발라주는 손은 관절과 힘줄과 뼈마디로만 이루어진 것처럼 앙상했다.

알버트가 의자에서 몸을 움직이며 한 번 더 말했다. "고마워요, 조 할아버지. 저도 할아버지가 제 목숨을 구해준 걸 알아요."

"그래, 내가 구했지. 자화자찬이긴 하지만 꽤 힘들었단다."

"혹시… 다른 생존자는 없었나요?"

"없더구나. 스칼렛은 사라졌어. 어떤 흔적도 안 보이더군. 살인마들도 모두 죽었단다."

스칼렛이 사라졌다…. 알버트의 눈에 눈물이 차올랐다. 조의 등 뒤 창과 창 너머의 바다를 바라봤다. 마침내 다시 말할 수 있는 상태가 됐을 때, 알버트가 물었다.

"접근하던 다른 배들은요? 그때…."

"그때 그 일이 벌어졌을 때 말이냐?" 조가 머리를 저었다. "주변 모든 게 파괴됐어. 배는 부서졌고, 사람들은 물에 빠져 죽었지. 섬사람들 말로는 해변에 잔해가 많이 밀려왔다는구나. 시신들까지. 조각난 신체 일부도…."

조가 알버트를 바라보다 생선을 한 입 먹었다.

"거기 있던 백금발의 여자는요?"

"그건 나도 몰라."

알버트가 자기 접시를 바라봤다. 입맛이 하나도 없었다.

"에티는 괜찮아요?" 알버트가 물었다.

"이 아인 괜찮단다."

"뗏목은…, 죄송해요. 불쌍한 클라라."

"그렇지."

"그리고 할아버지의 다른 물건들도요."

"내게 엄청난 손실이긴 했지. 클라라는 최고의 배였거든. 내 밥벌이이자, 내 세계이자, 내 집이기도 했으니까…." 조가 한숨을 내쉬며 게살 덩어리를 집어 먹었다. "하지만 널 여기까지 데려다준 대가로 곧 엄청난 돈을 받을 테니, 그걸 마음의 위안으로 삼아야겠지."

알버트의 어깨가 축 처졌다. 그는 조의 시선을 피하지 않고 말했

357

다. "정말, 정말 죄송해요. 돈도 잃어버렸어요. 스칼렛의 배낭도 뗏목에 있었거든요. 하지만 이제 없어졌잖아요."

조는 의자 깊숙이 몸을 기댔다. 팔꿈치에서 뚜두둑 소리가 났다. 그는 만족스럽게 트림하고 머리를 긁었다.

"사실은 잃어버리지 않았단다." 조가 무릎에 앉아 있던 에티를 내려놨다. "내려가렴. 착하지…. 알버트, 배낭은 뗏목에 없었어. 기억날지 모르겠지만, 그놈들이 우리 물건을 자기들 배 중 하나에 실었고, 정말 우연히 바로 그 배가 우리에게 떠내려왔지. 스칼렛의 배낭은 지금 내 방 안에 있단다."

"정말요? 스칼렛의 물건들이 여기 있다고요?"

눈가가 다시 따끔거렸다. 알버트는 기침과 함께 눈을 깜박이며 눈물을 삼켰다.

"혹시 기도 매트도 있나요?"

"그 냄새나는 천 조각도 있긴 하지. 전부 가져다주마. 그럼 아마 공식적으로 우리의 계산을 끝낼 수 있을 거야. 난 이 섬에 머무를 이유가 없거든. 이제 여긴 네 집이란다."

조가 뻣뻣하게 굳은 몸을 일으켰다. 옆을 지나가며 손을 뻗어 알버트의 깡마른 어깨를 두드렸다.

"이미 벌어진 일은 어쩔 수 없단다. 그놈들이 널 어떻게 공격하는지 전부 봤어. 모두 죽은 건 네 잘못이 아니란다. 스칼렛은 약속한 걸해냈어. 널 자유의 섬으로 데려왔으니까. 우린 모두 서로에게 충실했지. 많은 걸 잃었지만, 이 사실만은 그 누구도 뺏을 수 없는 확고한 진실이란다. 자, 이제 뭐라도 먹고 강해져야지. 하지만 이건 조심하렴. 다시마케이크는 그럭저럭 괜찮고 해초도 참을 만하지만, 조개는 뭔가 꺼림칙해."

조는 뚜벅뚜벅 걸어나갔다. 에티가 통통걸음으로 뒤따라갔다. 알버트는 혼자 앉아 있었다. 보라색과 녹색을 띤 갯가 식물을 집어 들고 먹을까 고민했지만 신중하게 도로 접시에 내려놨다.

넓은 홀을 둘러봤다. 사방에 창이 열려 있는 이곳은 경이로운 장소였다. 창 너머로 한참 아래에서 바다가 빛나고 있었다. 오래된 콘크리트 기둥에 철조망을 나사로 고정해 사람들이 틈새로 추락하는 걸 막아줬다. 망 바깥쪽이 뾰족한 탓에 햇살 아래 맴도는 시끄러운 바닷새들이 접근할 수 없었다. 생각보다 새똥 냄새가 강하게 느껴지는 것 같기도 했고, 움푹 들어간 천장에 퍼진 녹이 너무 축축하게 번쩍이는 듯도 했지만, 그게 무슨 문제가 되겠는가? 테이블 위에는 음식이 가득 쌓여 있고, 칼로웨이 박사와 실링은 죽었다. 그는 지금 자유의 섬에 있었다. 모든 게 좋았다. 진짜 좋은데….

알버트는 공허한 눈빛으로 바다를 응시했다.

"또 새로운 주민이 왔군! 베이스워터섬에 온 걸 환영하네!"

우레와 같은 목소리가 방 안에 울려 퍼졌다. 식기가 흔들리고, 그릇 속 조개껍데기가 달그락거렸다. 창 너머 바닷새들이 둥지에서 급히 날아올랐다. 알버트가 의자에서 벌떡 일어났다.

문가에는 쾌활한 거구의 남자가 서 있었다. 털 부츠에 헝겊을 덧댄 청바지와 주름진 하얀 셔츠를 입고 있었다. 성큼성큼 홀을 가로질러 오자 넓은 모피 망토가 뒤로 펄럭였다. 젊고 몸이 무척 좋았으며, 본인도 그 사실을 잘 아는 듯했다. 반짝이는 파란 눈 위로 숱 많은 금발 머리를 올백으로 넘겼고, 인상적인 금발 수염 뒤로는 뺨이 붉게 빛났다. 남자보다 몸집이 작고 조용한 한 무리의 사람들이 뒤를 종종걸음으로 쫓아왔다. 사람들은 환영의 뜻으로 알버트에게 미소 지으며 윙크를 보내거나 고개를 끄덕였는데, 남자의 거만한 친절을 바로 따라 한 흐릿한 복사본 같았다. 남자는 알버트가 있는 테이블에 다다르자 화려하게 인사를 건넸다.

"다시 한번 환영하네, 젊은이! 갖은 시련을 모두 회복했길 바라. 그리고 안심하게. 우린 자네 친구니까. 자네가 우리 공동체의 일원이 되고 싶어 한다고 들었네. 그 용기를 칭찬하고 싶군. 이 아름다운 베이스워터섬의 관리위원회는 자네를 따뜻하게 환영할 걸세."

남자가 미소 짓자 온통 수염과 치아만 보였다. 눈은 주름지고 가늘어져 거의 보이지도 않았다. 알버트는 습관처럼 남자의 머릿속을 들여다보려 했지만, 매끈하게 넘긴 금발 머리 위로 아무 이미지도 보이지 않았다. 놀랄 일도 아니었다. 뗏목 사건에서 회복하려면 며칠은 걸릴 것이다. 알버트는 지쳐 있었다.

"고맙습니다. 전 알버트 브라운이에요. 오래전부터 이곳에 오기를 꿈꿔왔어요. 모든 이의 안식처라고 들었거든요."

거구의 남자가 고개를 끄덕이며 동료들을 둘러봤다.

"친구들이여, 들었나? 우리 섬에 대한 소문이 왕국 전역으로 조용히 퍼지고 있네. 우리 같은 영혼들이 이리로 오고 있어. 도시와 신앙의 집의 잔인한 법령을 떠나 길을 따라오는 거지. 길이 끊기면 강을 따라오고, 강이 끝나면 강어귀에 도착하고. 강어귀를 지나면 이곳으로 올 수밖에 없지. 우리는 약하고 상처받고 평범하지 않은 사람들의 마지막 희망이야. 젊은이, 베이스워터섬은 모든 군도 중에서도 가장 영광스런 섬이네. 그렇지 않은가, 친구들이여?"

모인 무리로부터 박수갈채와 환호성이 터져 나왔다.

해초로 짠 드레스를 입은 키가 크고 마른 여자가 말했다. "베이스워터는 진정으로 유일한 자유의 섬이에요. 여기로 잘 온 거예요. 나머지 섬들은 어떤 식으로든 타락했죠. 저기 보세요. 저기 멀리 남쪽,

보여요? 램버스 록섬 주민들은 빌딩에 횃불을 밝혀놓고 부끄럼도 없이 옷을 벗은 채 불 주위에서 뛰어놀죠. 우린 다 알아요. 그들을 관찰해 왔거든요."

한 소녀가 고개를 끄덕였다. "첼시섬 사람들은 바닷속 동굴에 사는 거대 문어를 숭배해요."

"워즈워스섬의 미치광이들은 말이죠…."

"섬이 몇 개나 있는 거예요?" 웅성거림이 가라앉은 후, 알버트가 물었다.

거구의 남자가 커다란 몸을 푹신한 의자에 거칠게 파묻었다.

"아무도 세어본 적이 없네. 런던 석호는 아주 넓어. 어떤 섬들은 파도 위에 겨우 올라와 있는 작은 콘크리트 조각에 불과하지만, 그런 섬조차 은둔자가 살고 있지. 다른 섬들은 그다지 중요하지 않지만, 간혹 우리를 공격하는 놈들이 있네. 두려워하지 말게. 우리는 공격에 맞서 경계를 철저히 하고 있으니! 베이스워터섬 사람들은 훌륭한 윤리의식과 뛰어난 해산물 식단 덕에 아주 용감하고 기략이 뛰어나며 매우 강하지. 지금 무슨 말을 하는 거람? 자네는 우선 먹어야 하네! 얘들아, 시중을 들어라!"

알버트가 다시 앉았다. 좀 전까지 그림자 속에 조용히 숨어 있던 시중드는 소년과 소녀들이 갓 만든 따뜻한 해초 요리를 들고 재빨리 다가왔다. 아이들은 해진 옷을 입고 있었다. 몇몇은 크게 눈에 띄는 모반이 있었고, 한두 명은 팔이나 다리가 없었다. 하지만 모두 밝아 보였다. 비로소 배가 고프다는 걸 인지한 알버트가 음식을 먹기 시작했다. 거구의 남자가 미소 지으며 알버트를 지켜봤다.

"잔인한 적들이 자네가 이곳에 오는 걸 막았다고 들었네. 하지만 태풍에 모두 전복됐다지. 그놈들 참 운이 좋군! 감히 이 섬에 발을 디였다면, 우리의 채찍질에 바다로 쫓겨났을 텐데. 우린 놈들의 배를 불태우며 승리를 축하했겠지. 베이스워터섬의 주민을 위협하는 자는 누구든 용납할 수 없어. 이제 자네는 우리가 보호하겠네." 남자가 인자하게 손을 흔들었다.

"하지만 적들만 사라진 게 아니에요. 제 동료도 사라졌거든요. 빨간 머리에 창백할 정도로 피부가 흰 여자앤데…. 혹시…."

"아." 눈꺼풀이 무겁게 내려앉은 남자의 두 눈이 우울한 빛을 띠었다. "이런 말을 하게 돼서 유감이군. 베이스워터 감시소 중 하나에서 해안에 빨간 머리 소녀의 시체가 밀려왔다고 보고했네." 남자는 차분하게 의자의 쿠션 모양을 바로잡았다. "자, 자, 여긴 눈물을 위한 곳이 아니야. 자네 기분이 나아질 수 있게 내 소개를 하지. 난 조니 핑거스일세. 베이스워터섬 관리위원회 중 한 명이지. 뒤에 있는 친절한 사람들은 베이스워터섬의 전문가들 중 일부일세. 다시마와 해조류밭을 관리하는 아흐메드, 바다 문을 지키는 난나, 이쪽의 팔은 하나 없지만 건장한 체격의 훌륭한 신사는 셀윈 샌즈일세. 로프와 윈치의 달인이지. 조이는 첼시 산호섬과 홀번 락의 침략꾼들을 상대로 베이스워터 방어선을 맹렬하게 지휘하고 있고…. 자, 알버트, 우리를 알아갈 시간은 충분할 걸세. 앞으로 시간이 많을 테니까. 이리 오게. 자넨 기분 전환이 필요해! 이 섬의 자랑거리를 보여주지."

남자는 여유롭게 생색내는 듯한 태도로 일어나더니 손짓으로 주변 사람들을 모두 물렸다. 알버트는 활기 없이 일어나 조니 핑거스의 뒤를 따라 문밖으로 나갔다. 콘크리트 계단을 한 층 내려가자 넓고 어두컴컴한 공간이 나왔다. 알버트는 혼란과 괴로움에 휩싸여 지금까지 미처 주변을 살펴보지 못했다. 내면을 날카롭게 찌르는 강한 슬픔 속에서도 섬 전체가 실제로는 고대에 지어진 빌딩임을 알 수 있었다. 높은 빌딩의 내부는 텅 빈 계단과 서로 연결된 바닥면으로 이루어진 미로 같았다.

거대한 균열이 빌딩 중앙을 대각선으로 관통하며 빌딩을 반으로 갈라놨다. 이 균열로 생긴 안쪽 절벽에 각 층마다 수많은 홀과 방이 있었다. 촛불이나 코일을 감아 만든 전등으로 불을 밝힌 방도 있었지만, 대부분이 어둡고 비어 있었다. 알버트는 창고와 침실과 작업장 등을 볼 수 있었다. 섬 주민들이 물레와 베틀로 실을 뽑아 천을 만들거나 물개 가죽으로 옷을 만들고 있었다. 발코니에는 도르래 장치들이 튀어나와 있었고, 로프들이 마치 지옥을 건너는 덩굴처럼 걸려 있었다. 로프를 따라 바구니들이 빠르게 오르내렸다. 거대한 균열은 끝이 안 보일 정도로 아래로 깊숙이 갈라져 있었다. 알버트는 밑을 내려다봤다. 캄캄한 어둠만 보이고, 물이 바위에 철썩 부딪히는 소리만 들렸다.

조니 핑거스가 물 위를 가로지르는 나무다리에서 걸음을 멈췄다.

"이건 '대균열'이라고 부르지. 고동치는 섬의 심장일세. 저 너머에는 중앙 계단이 있어. 수면 위로 이십일 층까지 나 있고, 아래로는 얼마나 이어지는지 아무도 몰라. 나선형 계단이 어둠 속에서 끝도 없이 아래로 내려가거든. 십 년 전에 미샤라는 소녀가 있었어. 수영을 아주 잘했고 무척 대담했지. 숨을 한 번에 삼 분이나 참을 수 있었다네. 조명탄을 들고 수면 아래로 오 층까지 내려갔지. 미샤 말이, 복도에 하얀 물고기가 가득 차 있고, 계단이 아래로 계속 이어진다더군…." 조니 핑거스가 알버트에게 미소 지었다. "물론 더 쉬운 탐험 방법은 그냥 여기서 뛰어내리는 거겠지만."

알버트는 그 말속에 담긴 농담을 이해할 수 없었다. 뛰어내리기엔 너무 무서운 깊이였다. 처량하게 어둠을 쳐다봤다. 물레가 윙윙 도는 소리와 나지막하고 진지한 대화 소리가 웅성웅성 들려왔다.

"모두 바쁜 거 같아요."

"아, 주민들은 모두 일을 해야 하네! 근면 성실이 우리 공동체의 비결이야! 각자 할당된 역할과 위치가 있어. 적당한 때가 되면, 자네의 역할도 결정해야 하네."

"제가 꼭 쓸모가 있었으면 좋겠어요. 전 여러 가지 일에 관심이 많거든요."

"그래, 그래. 선택지는 아주 많아. 섬의 남쪽 벽 아래 있는 다시마밭에서 해초 채집꾼이 될 수도 있고, 급류 위 줄에 거꾸로 매달려서 사나운 황새치를 낚아채는 작살꾼이나 그물 어부가 될 수도 있지. 아니면 우리가 벽을 장식할 때 쓰는 조개와 진흙을 솜씨 좋게 다루는 예술가가 돼서 벽화 작업을 끝없이 하게 될지도 모르고…. 이 중 어떤 기술을 배우더라도 평생 만족감을 얻을 수 있을 걸세. 다음 관리위원회 회의에서 자네에게 적합한 일을 배정해 주겠네. 어서 와. 계속 가자고."

섬 안내는 계속됐다. 알버트는 대부분의 사람들이 중앙 계단에서 떨어진 방에 단출한 가구만 놓고 생활한다는 걸 알게 됐다. 조니 핑거스는 빈방이 많으니 그중 하나를 골라 쓰면 된다고 했다. 다시마 건조실에 가서 매트리스용으로 말린 해초를 얻고, 도자기 작업장에 가서 개인용 컵과 그릇을 요청하라는 조언도 했다. 일출과 일몰 때는 공동 식사를 위해 주민들이 모두 모이고, 저녁 식사 후에는 기도와 노래, 춤을 춘다고 말했다.

알버트는 섬 안내에 흥미를 잃기 시작했다. 슬픔이 집중력을 흐트러뜨렸다. 조니 핑거스의 목소리는 단조로웠고, 실내의 불빛이 계속 흐릿해서 신경에 거슬렸다.

"핑거스 씨, 런던 석호에서 배를 몰아본 적 있나요? 다른 섬을 방문하거나 물고기를 잡기 위해서요." 알버트가 물었다.

조니 핑거스가 근처 창문으로 성큼성큼 걸어갔다. 낡은 유목으로 만든 덧문이 창문을 가리고 있었다. 그는 덧문을 옆으로 치우고 창 너머를 가리켰다.

"우리는 배를 탈 일이 거의 없네. 보게나!"

창문은 깎아지른 듯한 절벽을 향해 나 있었다. 흰색과 녹색 바닷새들이 기류 속을 날았고, 한참 아래 콘크리트 벽에 바닷물이 힘차게 부딪혔다. 어두컴컴한 실내에서 갑자기 밖을 보자 햇살에 눈이 부셨다. 멀지 않은 곳에 작은 콘크리트 섬 두 개가 수면 위로 비스듬히 튀어나와 있었다. 붕괴된 다른 빌딩의 잔해였다. 두 빌딩 사이에는 깊고 좁은 수로가 있었다. 이 수로로 석호의 바닷물이 하얀 포말을 일으키며 휘몰아쳤다. 빠른 물살 위로 로프가 걸려 있고, 무거워진 그물이 바다에 늘어져 있었다. 막대와 작살을 쥔 남자들이 흔들리는 사다리에 매달려 있었다. 한 무리의 여자들이 불룩한 그물을 튀어나온 단상 위로 끌어 올렸다. 나무판자로 엉성하게 이어 만든 경사로가 어장과 본섬을 연결했다.

"고기 떼가 하루에 두 번 이 급류를 통과해. 조개류도 있고, 제철이 되면 물개 모피도 얻을 수 있네. 필요한 건 모두 저기서 얻을 수 있지." 조니 핑거스는 덧문을 부드럽게 닫아 햇빛을 차단했다. "두려워할 필요 없네. 죽을 때까지 섬을 떠날 필요가 없을 테니까. 이제 이해했나 보군! 좋아. 이제 섬 안내는 끝났네. 친구들에게 돌아가도록 하지."

홀로 다시 돌아오니, 음식이 모두 치워져 있었다. 섬의 관리위원회가 테이블 앞에 서서 거대한 작업 명부를 들여다보고 있었다. 작업

명부에는 모든 주민에게 배정된 하루 일정이 담겨 있었다. 조니 핑거스는 얼른 관리위원회에 합류했고, 알버트는 뒤처졌다. 우울했다. 자유의 섬에 실망한 건 아니었다. 당연히 아니었다! 공동체가 그를 받아들이고, 그 안에 조용히 녹아드는 것. 항상 꿈꿔왔던 거였다. 섬사람들은 그를 너그럽게 반겨주었다. 하지만 눈을 감으면⋯.

눈을 감으면 스칼렛이 보였다. 바로 전날처럼 넓은 바다 위에 서서 바람에 머리카락이 흩날리고, 바지선 선장처럼 욕설을 퍼부으며 해를 향해 배를 몰던 스칼렛의 모습이⋯.

물론 시간이 지나면 고통도 희미해질 것이다. 그때까지 새로운 고향에 최선을 다해야 했다.

알버트는 문득 한 가지 생각이 떠올랐다. 먼저 진실을 확인해야 했다. 그는 조니 핑거스에게 다시 다가갔다.

"핑거스 씨, 실례합니다. 이곳이 어딘가 남들과 다른⋯ 모든 사람들을 위한 안식처라고 들었어요. 신체적인 것뿐만 아니라⋯ 조금 다른 종류의⋯." 알버트의 목소리가 점차 작아졌다. "사실인지 알고 싶어서요."

조니 핑거스가 큰 소리로 껄껄 웃었다. 두 눈이 까만 선이 되도록 웃어 보였다.

"아, 그거 말이군. 안 그래도 자네를 보고는 그런 쪽인지 물어보고 싶었네. 생존 도시의 분노를 일으킬 만한 외형적 결함은 안 보였으니까. 알버트 브라운, 더 이상 혼자라고 생각하지 말게. 오히려 그 반대야! 이곳의 몇몇 사람들도 특별한 재능을 갖고 있네. 생존 도시에서는 비정상이라고 하겠지만."

"오." 처음으로 알버트의 얼굴이 환해졌다. "오, 그거 정말 기쁜 얘기네요."

"그래. 아흐메드와 조이는 둘 다 짧은 거리지만 물건을 움직일 수 있지. 여기 조이는 테이블 한쪽 끝에서 반대쪽 끝까지 조개 항아리를 옮긴 적이 있다더군. 어쩌면 어느 날, 저녁 기도 후에 우리에게 보여줄지도 모르지."

해초 드레스를 입은 키 크고 마른 여자가 화를 내며 말했다. "어쩌면요! 하지만 난 구경거리 원숭이가 아니라고요."

"여기 셀윈 샌즈도 연필을 공중 부양시킨 적이 있다고 주장하더군. 뭐, 개인적으로 확신은 안 들지만…." 조니 핑거스가 윙크하며 손을 흔들었다. "무시무시한 능력들이긴 하지만, 우리는 다 받아들였네. 해로울 게 뭐 있겠나? 자, 알버트," 조니 핑거스는 거대한 손을 알버트의 어깨 위에 얹었다. "자네 얘기는 뭔가? 어떤 능력을 가졌나?"

알버트가 시선을 돌렸다. 갑자기 암울함이 그를 휘감았다.

"어, 별거 아니에요…."

"정말인가? 그런 것치고는 도시의 가혹한 편견을 피해 아주 먼 길을 오지 않았나. 말해보게, 친구. 그래야 우리와 함께하는 자네의 새로운 삶이 진정으로 시작될 걸세."

알버트가 망설이다 마침내 입을 여는 바로 그 순간, 방 한쪽 문에서 노크 소리가 났다.

짧고 분명한 노크 소리가 두 번 울렸다. 너무 크지도, 너무 작지도 않은 소리였다. 모두 문을 바라봤다. 칙칙한 철제 회색 문은 벽에 용접돼 있었다. 알버트는 아직 그 문이 열리는 걸 본 적이 없었다. 조니 핑거스는 당황해 얼굴을 찌푸렸다.

"저 문은 서쪽 계단 쪽이잖아."

"그 계단은 망가져서 아무도 사용 안 해요. 누가 거기 있겠어요?" 조이가 말했다.

"아무도 없을 거야. 모두 일터에 있으니까."

다시 노크 소리가 울렸다. 문 중간에 달린 커다란 고리 모양 손잡이가 살짝 돌아가더니 짧게 덜컹거렸다. 그리고 그대로 멈췄다.

조니 핑거스는 당혹스러운 표정으로 눈을 깜박였다.

"분명 누군가 계단에 있군. 조이, 당신이 열쇠 담당인 걸로 아는데? 문을 좀 열어줄 수 있나?"

"정말 이상한 일이네요."

키가 크고 마른 조이가 입을 삐죽거리며 불만스러운 표정을 지었다. 그녀는 해초 원피스의 한쪽 주머니에서 골동품 같은 작은 권총을 꺼냈다. 반대편 주머니에서는 열쇠 뭉치를 꺼냈다. 그중 하나를 고르더니 홀을 성큼성큼 가로질러 갔다.

조이가 문에 다다랐을 때, 노크 소리가 다시 들렸다.

"알았어요, 알았어!"

조이가 자물쇠로 몸을 굽히고 열쇠를 돌렸다. 모두 문 여는 걸 지켜봤다. 알버트가 서 있는 자리에서는 문 너머의 계단이 보이지 않았다. 조이가 눈썹을 찌푸렸다.

"진짜 이상하네…. 아무도 없는데…."

조이가 권총을 들어 올리고 몇 걸음 앞으로 걸어갔다. 문을 통과하자마자 등 뒤로 문이 휙 닫혔다.

"진짜 이상하군! 대체 누가 지금 밖을 돌아다니는 거지?" 조니 핑거스가 말했다.

문 너머에서 소리가 들렸다. 처음엔 날카로운 질문과 경고의 소리가 들리다가 곧바로 끊겼다. 두 번째로는 불쾌하고 뭔가 알 수 없는 날카로운 소리가 났다. 그리고 곧 뭔가가 힘없이 마구 절퍼덕거리는 소리가 뒤따랐다. 마지막으로 숨이 멎을 것처럼 가르랑거리는 소리가 길게 이어지더니 중얼거리는 소리로 끝을 맺었다.

알버트는 꼼짝 안 하고 서 있었다. 베이스워터섬 관리위원회 누구도 움직이지 않았다.

쿵! 뭔가 부딪치는 소리가 나더니, 문이 스르륵 열렸다. 문이 활짝 열리면서 조이의 몸이 둔탁한 소리를 내며 뒤로 쓰러졌다. 해초 원피스는 흐트러졌고, 가늘고 창백한 다리는 휘었으며, 머리는 옆으로 축 늘어졌다. 손에는 사용하지 않은 권총이 쥐어져 있었다.

놀란 알버트의 입에서 히익 하는 소리가 새어 나왔다.

한 여자가 문을 통과해 안으로 들어왔다. 백금발에 키는 작았고, 무기는 없었다. 검은색 구두가 돌바닥 위를 가볍게 걷는 소리가 울려 퍼졌다. 그녀는 방을 둘러본 후 미소 지었다.

"안녕, 알버트." 칼로웨이 박사가 말했다.

25

박사는 변한 게 없었다. 스톤무어에서 수백 킬로 떨어진 곳은 말할 것도 없고, 알버트가 밖에서 그녀를 본 적은 없었다. 하지만 영국의 절반을 가로지르는 여정이 그녀에게 어떤 영향도 미치지 못했다는 걸 알 수 있었다. 박사는 여느 때처럼 몸에 꼭 맞는 무릎길이의 검정 원피스를 입고, 우아하고 엄숙한 모습으로 나타났다. 원피스 위에는 가끔 마당을 산책할 때 입던 긴 검정 코트를 입고 있었다. 광택이 나는 검은색 구두도, 어깨에 대각선으로 멘 가죽 가방도 모두 전과 똑같았다. 알버트는 그 가방을 잘 알았다. 안에 뭐가 들어 있는지도. 가방 안에는 정신 구속구, 수면제, 철퇴, 몽둥이가 있을 것이다.

알버트는 박사의 나이를 가늠해 본 적이 없었다. 실례이기도 했고 별 의미도 없기 때문이었다. 박사는 스톤무어 그 자체였고, 스톤무어의 복도와 쇠사슬로부터 분리할 수 없는 존재였다. 그러나 이곳의 희미한 조명 아래에서 보니, 그녀가 아주 작고 말랐다는 사실을 깨닫고 큰 충격을 받았다. 박사는 깔끔하고 단정했으며, 뼈처럼 하얗고 창백한 피부를 가졌다. 통제력에 대한 욕구는 박사의 몸에서부터 드러났다. 검정 벨벳 머리띠로 머리 전체를 감싸 머리카락을 뒤로 쫙 넘겨 넓고 매끄러운 이마가 드러났다. 피부는 주름 하나 없었으며, 입술은 붉고 선명했다. 그녀는 목적의식과 지배욕에 따라 빠르고 엄격하게 움직였다.

알버트는 몸을 꼿꼿이 폈다. 이걸로 끝이었다. 결코 박사로부터 도망칠 수도, 진정 앞질러 갈 수도 없었다. 그 사실을 증명하듯 지금 박사가 눈앞에 다시 나타났다.

칼로웨이 박사는 자신이 죽인 여자를 지나쳤다. 걸음을 멈추고 한 손을 들었다. 문으로 무장한 남자 네 명이 들어왔다. 박사와 다르게 이들은 좀 전까지 석호를 가로질러 황폐하고 버려진 계단을 올라온 게 확실했다. 남자들의 트위드 재킷과 중산모가 긁히고 먼지와 녹으로 얼룩져 있었다. 한 명은 다리를 절룩거렸다. 하지만 손에 쥔 권총은 모두 상태가 좋아 보였다. 남자들은 권총을 장전한 채 칼로웨이 박사 양옆으로 반원을 그리며 포진하고는 명령을 기다렸다.

홀 안 누구도 움직이지 않았다.

알버트는 실낱같은 희망을 품고, 침입자들이 끔찍한 운명을 맞이할 거라고 용감하게 큰소리치던 조니 핑거스의 말을 떠올렸다. 비록 큰 기대는 안 했지만, 조니 핑거스를 흘끗 쳐다봤다. 역시나 이 거구의 남자는 위축돼 있었다. 호언장담은 사라지고, 축 처진 어깨 위에 모피 망토가 늘어져 있었다. 손은 경련하듯 짧게 떨었다. 다른 동료들은 용광로 속 밀랍 인형이 쪼그라들듯 눈에 띄게 움츠러들었다. 알버트는 눈을 돌렸다. 그들을 비난할 순 없었다. 섬사람들은 칼로웨이 박사처럼 잔인한 의도를 지닌 사람을 만나본 적이 없을 것이다. 사람들의 시선은 뼈가 부러진 채 바닥에 쓰러져 있는 여자에게 못 박혔다.

섬사람들에게 도움을 바랄 순 없었다. 알버트는 혼자였다.

알버트는 천천히 한 걸음 앞으로 걸어가 탁한 목소리로 말했다.

"가세요. 내가 어떻게 할지 박사님도 아시잖아요."

알버트는 박사의 부하들이 뒤로 움찔 물러나는 모습에 만족감을 느꼈다. 하지만 칼로웨이 박사는 마치 스톤무어의 책상 앞에 앉아 있는 듯 차분했다.

"알버트 브라운, 네가 저지른 일은 이미 알고 있단다. 넌 지난밤에 석호에서 힘을 다 썼어. 지금은 아주 약해졌겠지. 오늘 아침에 쓸 힘이 하나도 없을걸. 아니었다면 진작 우리를 모두 죽였겠지."

박사의 말은 사실이었다. 특유의 육체적 감각들은 분명 존재했다. 빨라지는 심장박동, 땀으로 축축한 손바닥, 배 속이 뱀 둥우리라도 된 듯 내장이 빠르게 꼬였다 풀리는 느낌. 절대 공포의 특징적 증상들이었다. 하지만 절대 공포를 작동할 수 없었다. 박사의 말대로 알버트는 모든 두려움과 분노를 실링에게 전부 쏟아부어 지금은 남은 힘이 없었다.

하지만 힘이 남아 있었더라도, 과연 이들을 죽였을까? 알버트는 눈앞에 서 있는 박사를 보니 의지가 사라지고 무력감이 커지는 걸 느꼈다.

"박사님이 물에 빠져 죽은 줄 알았어요."

"내가?"

칼로웨이 박사는 검은 눈으로 부드럽게 알버트를 바라봤다.

"박사님의 배가 가라앉았다고 생각했거든요."

"아, 그랬지." 칼로웨이 박사는 머리카락 한 가닥을 귀 뒤로 넘겼다. "배가 완전히 두 동강 났고, 내 부하들이 사라졌지. 하지만 떠오른 뱃머리에 매달릴 수 있었거든. 네가 만들어낸 폭풍이 날 석호 반대편까지 밀어줬어. 다행히 바다를 수색 중이던 다른 팀들도 있었고. 해가 떴을 때 그중 한 팀을 만났거든. 알버트 브라운, 그래서 이렇게 다시 널 데리러 왔단다."

칼로웨이 박사의 목소리는 스칼렛보다 깊고 조용했으며, 말투는 매우 차분하고 친밀했다. 아무리 장황한 협박일지라도 속마음을 속삭이는 말처럼 느껴졌다. 박사의 익숙한 패턴이 벌써 알버트에게 효과를 발휘하고 있었다. 저항 의지가 사라지고, 박사의 예의 그 권위가 그를 휘감으며…. 평소라면 지금쯤 조용히 몸을 웅크리고 박사의 판결과 처벌을 기다렸을 것이다. 하지만 알버트는 이렇게 말했다.

"전 이제 자유의 섬 주민이에요. 박사님은 저에 대한 권한이 없어요. 전 여기 머물게요. 여길 절대 떠나지 않겠다고 약속할게요. 이제 어떠한 해도 끼치지 않을 거예요."

"해를 끼치지 않는다고?" 박사의 왼쪽 눈썹이 경멸과 연민으로 일그러졌다. "이곳의 책임자가 누구지?"

아무도 대답하지 않았다.

알버트가 조니 핑거스를 가리켰다. "이분이요."

거구의 남자가 깜짝 놀라 헛기침하며 좌우를 흘깃거렸다.

"음, 엄밀히 따지면 이곳은 집단 공동체이고, 가장 못난 사람조차 다른 사람들과 동등하게 생활하지. 우리 모두 동일한 자유를 누리고 있네. 일반적으로 중요한 사안은 모두 섬의 관리위원회에서 주간 투표에 부치는데…."

"책임자가 아니라면, 말을 끝내는 즉시 당신을 죽일 거야." 칼로웨이 박사가 말했다.

"… 부치지만, 내가 책임자니 자연적으로 사안을 결정할 권한이 있습니다." 조니 핑거스가 재빨리 말을 이으며 간신히 침을 삼켰다. "그러니까… 네. 내가 책임자입니다."

"좋아. 당신의 동료, 즉 지금 바닥에 누워 있는 이 괴물처럼 길고 마르고 약해빠진 여자는 우리가 안으로 들어가는 걸 막으려고 하더군." 박사의 검은 눈이 조니 핑거스를 차갑게 응시했다. "다른 사람들도 우리를 반기지 않는 건가?"

"아뇨. 전혀요. 어서 들어오십시오."

"고마워. 필요 이상으로 여기 더 머물 생각은 없어. 내 요구대로 하면, 다른 바퀴벌레들처럼 당신들 역시 섬의 균열 속으로 다시 기어 들어 가게 해주지. 이 소년이⋯ 당신 섬의 주민이 됐나?"

"글쎄요⋯. 섬을 안내하긴 했지만⋯." 조니 핑거스가 대답을 망설였다.

"아직 컵과 그릇을 받지 못했습니다." 누군가가 소리쳤다. "컵과 그릇을 받기 전까지는 절대 공식적인 인정을 받은 게 아니죠."

알버트가 손을 들었다. "핑거스 씨, 제가 이 섬의 보호 아래 있다고 했잖아요."

조니 핑거스가 턱수염을 긁었다. "여러분이 누구인지, 이 소년이 누구인지, 그리고 어떤 해를 끼쳤는지 알면, 상황을 파악하는 데 도움이 될 거 같습니다만⋯."

"난 신앙의 집 최고위원회 소속이야. 우리가 하는 일에 대해 들어봤겠지?" 칼로웨이 박사가 말했다.

일제히 두려운 듯 수군거렸다. 조니 핑거스의 어깨가 더욱 처졌다.

"우리 모두 최고위원회를 알고 있습니다. 그럼 이 소년은 누구죠?" 조니 핑거스가 침울하게 물었다.

"그 애는 살인자이자 방화범이자 강도범에 탈주자야. 도움이 됐나?"

알버트는 모든 시선이 자신에게 쏠리는 걸 느꼈다.

"거짓말!" 알버트가 외쳤다. "어, 아무튼 대부분은 거짓말이에요.

조금 전에 바닥에 누워 있는 여성분을 죽인 사람은 제가 아니란 점을 지적해도 될까요?"

"그 말도 맞군. 또한 자네는 지금 우릴 죽이겠다고 협박하는 네 명의 총잡이 중 하나도 아니지." 조니 핑거스가 중얼거렸다.

박사가 다시 말했다. "그래, 맞아. 내가 위협하고 있는 건 사실이지. 맞는 말이야. 하지만 이 아이에 비하면 아무것도 아니야. 다들 어젯밤에 이상한 폭풍을 느꼈지? 폭풍 속의 폭풍? 그건 여기 있는 이 소년이 만들어낸 거야. 그의 비정상적인 힘이 만든 거지. 내 부하들을 죽이려고 일으킨 거거든."

알버트는 섬 주민들을 좌우로 둘러봤다. 그를 뚫어지게 보는 집단적 시선이 마음을 할퀴었다.

"비정상적인 힘이라니…." 한 여자가 중얼거렸다.

"네. 하지만 여러분도 그렇잖아요! 적어도 여러분 중 한 분도 연필을 공중으로 띄울 수 있는 특이한 힘을 갖고 있잖아요. 하지만 주민 여러분, 생각해 보세요. 제가 한 건 범죄가 아니에요. 자기방어였다고요! 제 이마의 상처를 보세요. 저 남자들이 먼저 공격했어요! 저들은 신앙의 집 요원들이라고요. 여러분 역시 신앙의 집의 가혹한 지배에서 도망쳤잖아요. 그들이 얼마나 잔인하고 악의적인지 알 거예요."

"당신들이 모르는 건 알버트가 가는 곳마다 죽음이 따라온다는 거지. 얼마 전에도 이 애는 버스에 탄 승객들을 학살했어. 평범하고 훌륭한 시민들이었지. 일상의 업무를 보기 위해 야생 지대를 건너는 용기 있는 사람들이었어. 하지만 이 애가 그들을 모두 죽였지."

알버트가 고개를 저었다. "그건 요원들이 버스에서 날 공격했기 때문이에요! 먼저 그들이 날 기절시키고 칼로 찌르려 했다고요! 그때 제 힘이…."

"비정상적인 힘이군…." 누군가 낮게 중얼거렸다.

"… 터져 나온 거예요." 알버트가 말했다. "저도 어쩔 수 없었어요. 제 잘못이 아니라고요."

상황이 악화됐다. 섬사람들 모두 알버트와 멀어지려고 했다. 조니 핑거스는 누구보다 빠르고 민첩하게 움직였다. 알버트를 중심으로 넓은 원이 생겼다. 알버트는 멀찌감치 서 있는 섬 주민들을 바라봤다. 지쳐갈수록 사람들의 생각이 강력하게 머릿속을 뚫고 나왔다. 녹슨 콘크리트 천장에 형성된 흐릿한 이미지들을 봤다. 모두의 생각은 한 가지에 초점이 맞춰져 있었다. 세부적인 건 달랐지만, 핵심은 동일했다.

홀 중앙에 보기 흉한 괴물이 서 있었다. 모두에게 외면당하고 친구 하나 없는 괴물.

궁지에 몰려 웅크리고 있는, 완전한 인간이라고 볼 수 없는 역겨운 존재. 여기서도 마찬가지였다. 이게 알버트를 보는 사람들의 시선이었다.

"스스로 통제할 수 없었던 거지." 칼로웨이 박사가 다시 말하기 시작했다. "하지만 적어도 이제는 진실을 말하는군. 마치 불의 지역 표면에서 가스가 새어 나오듯, 저 애에게서도 사악함이 흘러나오지. 알버트는 악을 누를 수 없어. 장담하지. 며칠 안에 여기서도 살육을 시작할 거야."

짧은 침묵이 흘렀다.

"자, 이제 어쩔 거지?" 박사가 말했다.

멀리서 조니 핑거스가 단호하게 손을 흔들었다.

"우리는 당신과 당신의 행동을 규탄하고 불쌍한 조이를 죽인 행위를 극렬히 비난합니다. 오늘 저녁, 조이의 시체를 대균열 사이로 보내주면서 슬픔의 노래를 부를 겁니다. 하지만 저 생명체는 분명 베이스워터의 주민이 아니며, 우리 사이에 있을 자리도 없습니다. 그를 죽이든 데려가든 마음대로 하세요. 원하는 대로 하시고, 이제 그만 가주시죠. 고요하고 평화로운 섬을 돌려주십시오."

사람들 사이에서 웅얼거리는 찬성의 소리가 일었다. 알버트는 깨달았다. 그들 눈에 그의 진정한 죄는 신성한 은둔처의 평화를 깨뜨리고 죽음과 위험을 섬으로 끌고 온 점이라는 걸. 사람들의 경멸 섞인 감정이 밀려왔다. 집중하기 힘들었다. 너무 많은 증오가 느껴졌다. 버스 사건 때와 비슷했지만, 이번엔 저항할 힘도 없었다.

"알버트, 봤지?" 칼로웨이 박사가 말했다. "내가 항상 말했잖아. 이 세상에 널 위한 곳은 없다고. 이들은 도시에서 쫓겨난 사람들이야. 일반인들이 소름 끼쳐 할 결함을 갖고 살면서도 널 업신여기는구나."

그래, 여기서조차 마찬가지였다. 박사는 서재와 실험실에서처럼 알버트의 자존감을 차분히 깎아내렸다. 잠시 알버트 내부의 뭔가가 무너져 내렸다. 정말 그는 기형적이고 역겨운 존재였나⋯.

알버트는 얼굴에 늘어진 머리카락을 쓸어 올렸다. 그리고 몸을 꼿꼿이 폈다.

스칼렛이라면 이런 말도 안 되는 허튼소리에 굴복하지 않을 것이다. 무기력하게 서서 멍청히 듣고만 있지 않을 것이다. 스칼렛은 저항했을 것이다.

알버트 역시 그렇게 했다.

알버트는 박사의 눈을 똑바로 쳐다봤다. "군이 이럴 필요 없었잖아. 당신은 내게 했던 것처럼 저 사람들에게도 거짓말하고 있어."

"알버트⋯."

"난 힘을 제어할 수 있어. 내버려두기만 하면 된다고."

박사의 입술이 얇은 선처럼 굳게 다물어졌다. "동의할 수 없구나. 그런 깜찍한 생각은 어떻게 한 거지?"

"내 친구 덕분에."

"그 은행 강도 말이니? 강도가 어떻게 알겠니? 그럼 그녀는 어디에 있지?"

박사의 갑작스런 질문은 강렬하게 다가왔다. 검은 두 눈이 번득이며 방을 훑은 후 다시 알버트에게 고정됐다. 칼로웨이 박사는 귀신같이 약점을 찾아내는 재주가 있었다. 알버트의 얼굴에 무의식적으로 나타난 변화를 눈치챘다.

"아, 알겠다. 네가 지난번 제어력을 잃었을 때 희생물이 됐구나. 참 어울리는 최후면서도 슬픈 일이군."

그 말을 하며 박사는 어깨에 멘 가방을 앞으로 당겨 버클을 열었다. 알버트의 몸이 굳었다. 아주 어렸을 때부터, 심지어 책상 너머를 볼 수 없을 만큼 작았을 때부터 반복돼 온 의식의 일부였다. 대화가 끝나면, 칼로웨이 박사는 가방에 손을 넣고 그녀가 고른 걸 꺼내곤 했다. 그리고 자리에서 일어나 그에게 걸어왔다. 몽둥이, 철퇴, 가죽 채찍…. 가방에서 많은 물건들이 나왔지만, 어느 하나 그에게 좋은 건 없었다.

박사는 가방에 손을 넣고 물건을 꺼내 알버트에게 내밀었다. 가느다란 금빛 금속 밴드는 잠금장치가 열려 있었다. 바로 정신 구속구였다.

"받아, 알버트. 머리에 쓰렴."

알버트는 심장이 떨려왔다. 이를 악물었다. 화낼 때마다 한쪽 뺨의 근육이 꿈틀대던 스칼렛의 모습을 생각했다.

"아니. 난 쓰지 않을 거야."

박사의 한쪽 눈썹이 올라가며 경멸의 뜻이 담긴 완벽한 초승달 모양을 만들었다.

"알버트 브라운, 지금 반항하는 거니? 당장 머리에 쓰고 나와 함께 가자."

"어디로 가는데? 다시 스톤무어로? 죽으러?"

칼로웨이 박사가 실험실에서 마지막으로 보여준 미소와 완전히 똑같은 미소를 다시 지었다. 선명하고 화려하고 차가운 미소였다.

"알버트, 그건 내가 결정할 문제라는 거 알잖니."

너무 잘 알았다. 알버트는 금속 밴드와 밴드를 쥐고 있는 박사의 가는 손가락, 손등에 보이는 파란 핏줄을 응시했다. 박사의 말을 받아들이면 편할 것이다. 걱정을 멈춰. 싸움을 멈춰. 그냥 밴드를 받아 머리에 쓰고 잠그기만 하면 돼. 그럼 아무런 고통도 없겠지….

하지만 고통은 나중에 찾아올 것이다.

"싫어."

"싫다고?" 가늘게 뜬 검은 눈이 천천히 알버트를 바라봤다.

"정신 구속구는 필요 없어. 이젠 필요 없다고."

박사의 얼굴에서 미소가 사라졌다. "알버트, 잘 생각해 보렴. 네가 저지른 끔찍한 일들을 떠올려봐. 버스에서! 부두에서! 뗏목에서까지! 내 말을 어기고 세상에 나가면 결국 일이 터지잖아! 항상 경고했잖니! 구속구가 없으면 네 안에 폭력성이 치솟고, 결국 그게 터져 나온다고."

"그건 사실이 아니야. 스칼렛이 말하길…."

"그 여자애는 아무것도 아니야. 하잘것없는 존재였지. 무법자에, 도둑이었어."

알버트는 창밖 너머 넓게 펼쳐진 바다를 바라봤다.

"그래, 그럴지도. 하지만 스칼렛과 함께할 때는 모든 게 달랐어."

"글쎄, 그 여자애가 널 위로했을지는 몰라도, 결코 네 본성을 바꾸지는 못했어. 그리고 지금은 런던 석호 밑바닥에 있지. 물고기에게 물어뜯기면서." 박사가 다시 한번 손을 내밀었다. "알버트, 그 애는 잊어버려. 이제 구속구를 써."

알버트가 박사를 노려봤다. 그리고 스칼렛이 사용하던 제스처를 흉내 내 손가락을 치켜들었다. "제기랄, 절대 안 해."

"네가 쓰지 않으면…."

"날 죽이겠지. 어디 해봐."

"아니. 네가 안 쓰면, 부하들에게 네 옆의 바보들 중 하나를 쏘라고 명령할 거야. 네가 내 말을 따를 때까지 계속 섬 주민을 하나씩 하나씩 쏘라고 반복해서 명령하겠지."

한순간 침묵이 흘렀다.

홀 안이 갑자기 소란스러워졌다. 물리적으로도 소리가 컸지만, 주민들이 분출한 공포와 당혹감은 알버트에게 견딜 수 없을 정도로 압도적인 정신적 타격을 입혔다. 마치 다시 버스 안에 있는 것 같았다. 몽둥이로 몰매질을 당하는 듯했다. 알버트는 얼굴을 찡그리며 머리 위로 팔을 들어 올렸다.

박사가 고개를 끄덕였다. "괴로울 거야. 맞지? 머릿속이 쾅쾅 울리지? 우리가 고통을 금세 끝내줄게. 어서 구속구를 쓰렴."

알버트가 박사를 향해 사납게 이를 드러냈다. 관자놀이에서 분노가 부글부글 끓어올랐다. 지금 힘만 있었다면….

"안 써?" 박사는 오른쪽에 있는 부하에게 신호를 보냈다. "뭐, 안 됐지만, 그럼 첫 번째 사람을 쏴야겠군. 책임자는 말고. 너무 눈에 띄는 데다 멀리도 서 있군. 조용한 사람부터 쏴야겠어."

알버트가 신음하며 손을 내밀었다. "알았어! 알았다고요! 쓸게요."

"그럼 구속구를 가져가. 네가 여기로 와서 받아가."

칼로웨이 박사가 옆에 있는 부하를 흘끗 보자, 그가 고개를 끄덕이며 총을 꺼냈다.

"셋을 셀게."

"안 돼!" 알버트가 소리쳤다. "할게요! 잠깐만 시간을 좀…."

"알버트, 시간 낭비할 여유가 없어. 하나…."

알버트가 비틀거리며 앞으로 나가 구속구 앞에 섰다.

"둘…."

알버트가 금속 구속구를 움켜쥐었다.

그때 총성이 울렸다.

알버트의 머릿속에서 소음이 폭발했다가, 멈췄다가, 다시 시작됐다.

알버트가 공포에 찬 눈빛으로 박사를 바라봤다. "지금 하고 있었잖아요. 쓰려고 했는데…."

박사의 얼굴이 창백했다. "난 명령을 내리지 않았어. 우리가 쏜 게 아니야."

박사 오른쪽에 서 있던 남자가 총을 떨어뜨렸다. 그가 무릎을 꿇더니 곧 바닥에 쓰러졌다. 가슴에는 날카로운 작살이 박혀 있었다.

알버트가 그를 쳐다봤다. "분명 누군가 쏘긴 했는데."

옆에서 기침 소리가 났다. 홀 맞은편 창틀에 누군가 웅크리고 있었는데, 바다의 밝은 빛에 검은 실루엣만 드러났다. 얼굴은 보이지 않았지만, 햇살이 엉망으로 엉킨 빨간 머리카락을 비추고 있었다.

"맞아." 스칼렛 맥케인이 말하고는 껌을 퉤 뱉었다. "나 같은데."

26

순간, 홀 안의 대치가 균형을 이루었다. 한쪽에는 중무장한 남자 세 명과 놀란 듯한 백금발의 여자가, 반대쪽에는 작살총을 들고 깜짝 기습을 한 소녀가 있었다. 어떤 소리도, 어떤 움직임도 없었다. 완벽한 균형 속에서 홀 안의 사람들은 긴장감에 휩싸여 꼼짝도 못 했다.

완벽한 것들이 모두 그러하듯, 이 순간도 오래갈 수 없었다. 스칼렛은 균형이 무너지고, 모든 상황이 엉망으로 변하기까지 십 초 정도의 시간이 있다고 계산했다.

스칼렛은 창틀에서 뛰어내려 앞으로 걸어갔다. 작살총 안에 장전된 뾰족한 작살 촉을 정확히 칼로웨이 박사의 가슴에 겨냥했다. 박사의 검은색 눈동자가 스칼렛을 뚫어져라 쳐다봤다. 스칼렛은 마치 기압이 약간 변한 것처럼 머릿속에서 윙- 하는 소음을 들었다. 박사가 알았다는 듯 입술 사이로 한숨을 흘렸다.

"아, 그 은행 강도로군. 만나보고 싶었어."

"나도 당신을 만나고 싶었지. 하지만 그 뾰족한 턱 외에는 아무것도 움직이지 말라고, 박사 양반. 안 그랬다간 가슴에 구멍이 뚫릴 거야. 당신 동료들도 마찬가지고. 알버트, 죽은 놈이 떨어뜨린 총을 주위 와. 그놈은 더 이상 총이 필요 없을 거니까."

스칼렛은 알버트가 비틀거리며 시체로 다가가 조용히 총을 줍는 걸 보자 기분이 좋아졌다. 그는 멍청한 질문도, 가벼운 수다도 떨지 않았다. 알버트는 발전하고 있었다. 갑작스러운 스칼렛의 등장에 충격을 받아 얼굴이 창백하고, 눈은 둥그렇게 커져 있었지만, 그 외에는 멀쩡해 보였다. 알버트가 스칼렛 뒤로 물러섰다.

"스칼렛, 박사의 손을 잘 봐야 해."

"알았어. 알버트, 이제 떠날 시간이야. 할 말이 남은 게 아니라면."

알버트는 어설프게 총을 쥔 손을 바라보고 있었다. 마치 갓난아이를 안고 있는 것 같았다.

"아니. 대화는 끝났어." 알버트가 말했다.

"그럼 계단으로 가."

스칼렛과 알버트는 홀 끝에 있는 주출입문을 향해 뒷걸음질 치며 섬 주민들 사이를 지나갔다. 신앙의 집 요원들의 머리가 둘의 진행 방향을 따라 움직였다. 칼로웨이 박사는 움직이지 않았다. 스칼렛은 여전히 박사를 향해 총구를 겨누고 있었지만, 한 걸음 뗄 때마다 겨냥하기 점점 더 어려워졌다. 주변에 사람들이 너무 많았다. 이제 사람들과 몸이 맞닿을 정도로 가까워졌다. 누군가의 옷이 스칼렛의 코트를 스치는 느낌뿐 아니라, 섬 주민들의 적대감까지 느껴졌다. 곁눈으로 보니 알버트 역시 비슷하게 길을 헤쳐나가고 있었다. 그는 얻어맞는 것처럼 이상하게 살짝살짝 움찔거리며 경련했다. 하지만 움직이는 사람은 아무도 없었다.

홀 안에는 알버트가 신발 끄는 소리만 울렸다. 고무줄을 당긴 듯 거대한 침묵이 팽팽하게 감돌았고, 긴장감에 귓속이 윙윙거렸다.

작살총을 쏜 지 이십 초가 지났다. 균형이 여전히 유지되고 있었다.

스칼렛과 알버트가 거의 문에 다다랐다. 알버트는 스칼렛의 위치를 확인하기 위해 어깨 너머를 흘끗 봤다. 스칼렛은 그보다 앞서나가고 있었다.

스칼렛은 알버트를 안심시키듯 고개를 끄덕였다. 바로 그 순간, 팽팽하던 긴장감이 끊어졌다.

금발 수염의 거구의 남자가 갑자기 손을 뻗어 알버트의 어깨를 붙잡았다. 알버트는 깜짝 놀라 숨을 들이켜며 총을 좌우로 휘둘렀다. 스칼렛이 그쪽으로 아주 살짝 고개를 돌렸다. 그러자 홀 반대편에서 박사가 명령을 내렸다. 총성이 울렸다. 총알이 빠른 속도로 스칼렛의 목을 스쳤다. 뜨거운 기운이 느껴졌다. 스칼렛은 옆으로 몸을 피하며 박사가 있는 쪽을 향해 작살을 발사했다. 작살은 박사의 코트 옆 자락을 관통하며 강한 힘으로 박사를 벽에 내리꽂았다. 섬 주민들은 뿔뿔이 흩어졌다. 신앙의 집 요원들은 다시 쌩쌩하게 무차별적으로 총을 쏘기 시작했다.

상황이 엉망으로 변했다.

스칼렛은 작살총을 내던졌다. 이십삼 초라니, 예상보다 십삼 초나 더 벌었다. 이 정도면 나쁘지 않은 성적이었다. 스칼렛은 계단으로 가려는 덩치 큰 여자를 옆으로 밀쳤다. 알버트의 팔을 잡아당겨 거구 남자의 손아귀에서 낚아챘다. 스칼렛은 알버트를 가까이 끌어당긴 후 몸을 숙이게 했다. 총알이 머리 바로 위 콘크리트 천장에 박혔다. 그 충격으로 부서진 콘크리트 조각들이 사탕가루처럼 머리 위로 흩날렸다.

문을 통과했다. 계단을 뛰어 내려간 후 복도를 따라갔다. 스칼렛은 알버트의 손을 잡고 방과 통로가 얽힌 미로 같은 길을 무작정 달렸다.

마침내 스칼렛과 알버트는 숨을 돌리려 잠깐 멈췄다. 그곳은 공동체 직공들의 작업실이었다. 안에는 아무도 없었다. 기다란 형광등 아래에는 각진 나무 베틀이 웅크린 거대 박쥐처럼 구부정하게 서 있었다. 근처 베틀에는 길고 부드러운 녹색 섬유가 늘어져 있었다. 스칼렛은 다시마 같은 거라고 추측했다. 알버트의 손을 봤다.

알버트는 스칼렛을 보며 미소 지었다. 익숙한 웃음이었지만, 더 많은 감정이 섞여 있었다. 미소 속에 섞인 기쁨이 방을 환하게 했다.

"안녕, 알버트."

"안녕, 스칼렛."

"괜찮아?"

"응. 널 다시 봐서 정말 기뻐. 난 네가⋯."

"알아. 나도 그래. 총 줘."

총은 생각보다 가벼웠다. 스칼렛의 권총과 조작 방식은 달랐지만, 같은 총알을 사용했다. 그녀는 머리카락을 위로 쓸어 넘긴 후, 잠깐 총을 들어 올려 잠금장치와 탄창을 자세히 살폈다. 이 모든 동작을 하는 동안에도 상대가 추격하는 소리에 귀를 기울였다. 섬 주민들의 비명이 빌딩에 울려 퍼졌다. 메아리와 울부짖는 소리 때문에 누가 뒤따라오는지 알기 어려웠다.

어쨌든 곧 누군가가 나타날 것이다. 스칼렛은 문가에 자리 잡았다. 총을 장전하고 그들이 지나온 복도 쪽을 주시했다.

"이번 자유의 섬 계획은 실패한 거 같네. 넌 이 섬에 못 머물겠다."

"알아. 그래도 괜찮아. 어차피 섬사람들이 다 날 싫어하니까."

"벌써? 아무리 너라도 너무 빠른데. 아, 칼로웨이도 있지. 그나저나 마지막에 한 제스처 아주 멋졌어."

"고마워. 나도 만족스러워."

"그런데 손가락을 세 개나 쓸 필요는 없어. 대개 둘이나 하나면 충분하거든. 하지만 느낌은 아주 잘 살렸어. 자, 그건 그렇고 가장 빨리 내려갈 수 있는 길 알아? 이 밑에 배가 있을 거야."

"우리는 대균열 위를 다리로 건너가야 해. 그리고 중앙 계단을 찾아서…. 그런데 스칼렛, 네가 무사히 와줘서 나 너무 행복해. 그리고… 정말 미안. 그때 벌어진…."

"됐어. 지금은 그런 말 할 때가 아니야."

"하지만 널 너무 힘들게 했어."

알버트는 희미한 전등 빛에 눈을 빛내며 스칼렛을 뚫어져라 쳐다봤다. 그 능력을 쓰고 있다는 걸 느낄 수 있었다. 그녀의 입가가 굳었지만, 불평은 안 했다. 상황이 이렇다 보니 확실히 시간을 아낄 방법이긴 했다.

"그래. 바구니는 꼭 타지 않았어도 됐을 거 같아. 물에 빠져 죽을 뻔했거든. 유일하게 괜찮았던 건 바구니에서 나올 때 위에서 기다리고 있던 환영위원회뿐이었지." 스칼렛은 더 이상 아무 말도 하지 않았다.

여섯 명의 섬 주민들이 거만하게 웃으며 서 있었다. 그들은 모두 스칼렛을 조니 핑거스에게 데려가, 그가 관심을 보일 때까지 기다리게 하자는 교만한 결정을 내렸다. 논의의 결과는 아주 빠르고 단호했으며 극도로 일방적이었다. 결과적으로, 쌓여 있던 스칼렛의 긴장감까지 많이 풀어줬다. 스칼렛은 멋진 작살총도 하나 얻었다.

알버트는 모든 걸 읽어냈다. 몸을 움찔하며 말했다. "싸우는 데 수동 손잡이까지 꼭 써야 했어?"

"안심해. 모두 그럴 만한 사람들을 때렸으니까. 아, 그들이 호의를 하나 더 베풀었어. 네가 살아 있다고 알려줬거든."

"응. 엄청난 소식이 있어! 조 할아버지와 에티도 여기 있어! 그들은…."

"쉿!"

스칼렛이 손을 들어 올리고 귀를 기울였다. 복도에서 콘크리트 위를 걷는 부츠 소리가 들렸다. 가볍고 조심스러운 발걸음 소리가 점점 가까워졌다. 스칼렛이 얼굴을 찌푸렸다. 꼭대기의 로프 장치실에서 알버트가 있는 곳까지 가는 방법을 혼자 찾아내느라 거의 한 시간이 걸렸다. 대균열 구역을 보긴 했지만, 아래쪽 층수에 대해 아는 게 전혀 없었다. 즉, 지금은 알버트에게 의지해야 했다.

"알버트, 지금 가야 해. 계단으로 안내해 줘."

둘은 베틀 옆을 지나 사각 구멍으로 빠져나갔다. 구멍 너머에는 불빛이 희미한 복도가 있었고, 창고와 비어 있는 방들의 문이 보였다. 한쪽 벽의 갈라진 틈새로 햇살이 한 줄기 비쳤다. 밖에서 바닷새 울음소리가 들렸다. 녹과 바닷물의 소금 냄새가 났고, 황량한 기운이 풍겼다. 먼지투성이 계단이 보이지 않는 위쪽까지 이어져 있었다.

스칼렛이 코를 찡그렸다. 몸을 획 돌려 빠르게 뒷걸음질 치며 뒤쪽 문을 주시했다.

"이건 중앙 계단으로 가는 길 같지 않은데."

스칼렛의 말에 알버트가 턱을 문질렀다. "지금쯤 대균열 구역에 도착했어야 하는데. 처음에 길을 잘못 들었나 봐. 방 밖으로 나올 때 왼쪽으로 꺾었어야 했나…."

"훌륭하군. 하지만 우린 못 돌아가."

"못 돌아가?"

멀리서 총알이 날아와 문가를 박살 냈다. 천장에서 콘크리트 조각이 떨어져 내렸다.

"응."

스칼렛의 총이 반격했다. 좁은 공간에 울리는 총성에 고막이 찢기는 듯했다. 그녀는 한 발 뒤로 물러서 손가락 끝으로 먹먹해진 귀를 만졌다. 연기가 방을 가득 채웠다. 알버트는 계단 아래에 유령처럼 서 있었다. 허리에 손을 올린 채 어둠 속을 올려다봤다.

"이 계단으로 올라갈 수 있을 거 같은데…."

"소용없어. 우린 내려가야 한다고. 올라가는 게 아니라."

복도 바닥을 따라 뭔가 굴러오는 소리가 들렸다. 쉭 소리를 내는 젤리그나이트 폭약이었다. 스칼렛은 주저하지 않고 한 걸음 만에 위로 뛰어올라 알버트 옆에 섰다. 둘은 계단을 꽉 잡고 재빠르게 나란히 올라갔다.

막혀 있는 좁은 콘크리트 계단통에서 폭발음이 다시 크게 울렸다. 실제로는 열 계단이나 위로 올라왔음에도 불구하고, 폭발의 중심에 있는 것처럼 느껴졌다. 계단통 한가운데서 뜨거운 열기가 위로 솟구치며 옷자락을 휙 빨아올렸다. 스칼렛의 머리카락이 불꽃놀이하듯 이마 위로 휘날렸다. 층계참에 다다른 둘은 몸을 휙 꺾어 계속 위로 계단을 뛰어올랐다. 머리가 울리고, 눈이 열기로 따끔거렸다. 다음 층계참 벽에는 예쁜 색깔의 조개껍데기 벽화가 미완성인 채로 장식돼 있었다. 벽면의 문들은 다 콘크리트로 막혀 있었다. 남은 선택지는 계속 올라가는 것뿐이었다.

스칼렛이 욕설을 내뱉었다. "이거 완전 망했네. 위에는 뭐가 있어? 어서, 알버트. 넌 여기 전문가잖아."

알버트는 두 손으로 무릎을 짚은 채 숨을 헐떡였다. 머리카락이 얼굴을 뒤덮었다.

"내가? 난 여기 겨우 오 분 있었을 뿐이야. 화장실 위치는 알아냈지만, 그게 다야."

아래층에서 연기와 함께 소리가 올라왔다. 박사의 목소리였다. 높고 날카로운 명령조였다. 부츠 소리에 계단이 쿵쿵 울렸다.

스칼렛과 알버트는 서둘러 계단을 다시 오르기 시작했다.

"알버트, 박사의 부하가 몇 명이야?"

"세 명. 나머지 한 명은 네가 처리했어."

"그래. 더는 없으면 좋겠네. 칼로웨이는? 무기가 있어?"

"박사는 총을 쓰지 않아."

다음 층, 그리고 또 다음 층으로 계속 계단을 올랐다. 몇몇 문에는 빗장이 쳐져 있었고, 나머지는 막다른 길목으로 이어졌다. 부츠 소리가 점점 가까워졌다. 박사의 부하들이 바로 밑의 층까지 쫓아왔다. 알버트는 힘이 빠지기 시작했다. 층계참에서 비틀거리다 무릎을 꿇었다. 스칼렛은 그의 몸을 통째로 질질 끌고 계단 모퉁이를 돌았다. 총알이 벽을 할퀴었고, 조개 파편이 등 뒤에서 산산조각 나며 튀어 올랐다. 그들은 한 층계참에 있었다. 계단은 계속 위로 이어졌지만, 그 층에는 벽면에 문이 두 개 있었다. 둘 다 살짝 열려 있었고, 그 너머로 공간이 보였다. 왼쪽 문에는 자물쇠에 열쇠가 꽂혀 있었다.

"이제 더는 못 올라가겠어. 알버트, 왼쪽 아니면 오른쪽?"

"왼쪽으로 할래. 왼쪽에서 좋은 기운이 느껴져."

스칼렛이 문을 발로 찼다. 문이 열렸다. 알버트에게 안으로 들어가라고 손짓했다. 그녀는 벽에 몸을 바싹 붙이고 계단을 향해 권총을 겨눴다.

"알버트, 안에 어때? 말해봐."

"음⋯."

중산모 끝부분이 계단 손잡이 너머로 나타났다. 스칼렛은 총을 한 발 쐈다. 모자가 팽그르르 돌며 날아갔다. 그녀는 문 안으로 뛰어 들어와 열쇠를 뽑았다. 문을 쾅 닫고 열쇠로 잠근 후 뒤로 물러섰다. 총탄이 우박처럼 울리며 문 바깥쪽을 강타했다.

알버트가 방 한가운데 서 있었다. 스칼렛이 총을 벨트에 집어넣고 다가갔다.

스칼렛은 천천히 고개를 끄덕였다. "그래. 훌륭한 선택이군."

이 방은 탈출로로써 두 가지 큰 문제가 있었다. 첫 번째는 다른 출입문이 없다는 거였다. 양쪽 벽에는 깔끔하게 정리된 바구니들이 줄지어 높이 쌓여 있었다. 바구니 일부는 비었고, 나머지 바구니들은 말린 해초와 갯배추, 생선과 절인 조개 병으로 가득 차 있었다. 모든 바구니에는 사슬 고리가 연결돼 있었다.

두 번째 문제는 문 맞은편 벽이었다. 사실 벽이 없었다. 방은 중앙에 있는 대균열 사이의 갈라진 깊은 공간 쪽으로 뻥 뚫려 있었다. 천장 구멍을 통해 희미한 빛이 비스듬히 들어와 맞은편 방과 벽감이 있었던 윤곽을 어렴풋이 드러냈다.

스칼렛은 방 끝으로 걸어갔다. 세 개의 큰 로프 기계장치가 콘크리트 바닥에 나사로 고정돼 있었다. 기계마다 바퀴와 수동 손잡이가 달려 있고, 기계에 감겨 있는 로프는 대균열의 공간 속으로 길게 내리뻗어 있었다. 스칼렛은 그중 가장 큰 기계를 툭 쳤다.

"또 망할 놈의 바구니군."

문 너머에서 총성이 약해지더니, 이제 완전히 멈췄다. 고요 속에 빌딩이 숨 쉬는 소리가 들려왔다. 몇 세기 동안 지속된 고통의 마지막을 암시하듯 삐걱거림, 꿍음, 반사음들이 파도의 충격에 굴복하며 울려 퍼졌다.

"스칼렛, 긍정적으로 생각해 보자. 잠깐은 여기서 버틸 수 있어.

먹을 것도 많잖아. 봐봐. 절인 조개를 비롯해 여러 가지가 있어."

"좋은 생각이네. 하지만 그 전에 저놈들이 젤리그나이트 폭약을 가져와서 문을 날려버릴걸."

스칼렛은 뻥 뚫린 방의 가장자리 너머로 고개를 쭉 내밀었다. 한참 아래에서 그들이 찾던 다리가 까만 구멍을 가로지르는 가는 선처럼 흐릿하게 보였다. 대균열에서 미세한 바람이 위로 불어 달아오른 볼을 식혔다. 바람을 맞은 머리카락 끝부분이 그녀의 얼굴 주위에서 부드럽게 휘날렸다. 기계에 연결된 로프들은 여러 방향으로 뻗어 어둠 속에서 사라졌다. 가운데 로프가 가장 가파르고 가장 깊숙이 뻗어 내려갔다.

스칼렛이 몸을 똑바로 세우고 알버트를 봤다. 이 모든 상황에도 불구하고 그는 예전처럼 평온하고 안정돼 보였다.

"알버트, 큰 기대는 안 하지만, 네가 어젯밤 같은 활약을 좀 해주면 좋겠는데. 회오리바람이나 무작위 폭발이나… 뭐든 좀 센 거 말이야. 난 그렇게 까다로운 사람은 아니야. 뭐든 상관없어."

알버트가 애처로운 미소를 지었다. "난 못 해, 스칼렛."

"칼로웨이 정도면 대균열 속으로 날려버릴 수 있지 않을까? 몸집이 작잖아."

그 말에 알버트가 움찔 놀랐다. "내가? 절대 감히 그럴 수는…. 아니, 스칼렛. 안 돼. 뗏목에서 힘을 너무 많이 썼어. 박사도 그걸 알아. 난 지금 아무것도 못 해."

"그 여자도 백 퍼센트 확신하진 못했어. 자신 있었으면 그냥 부하들에게 널 잡으라고 했겠지. 그들이 모두 너와 일정 거리를 두던데 눈치 못 챘어?"

이 말에 알버트가 잠시 생각에 잠겼지만, 곧 고개를 저었다. "어쨌

391

든 난 못 해. 힘이….”

“사라졌다고. 알았어. 어젯밤을 생각하면 놀랄 일도 아니지. 지난 밤에 한 일은….” 스칼렛이 숨을 크게 내쉬었다. 지금은 적절한 때가 아니었다. 절대 아니었다. “좋아. 그럼 네가 찾을 수 있는 가장 큰 바구니를 가져와. 사슬도 가장 두꺼운 걸로.”

그 말에 알버트가 다시 기운을 차렸다. 주제가 바뀌어 기쁜 듯했다. 스칼렛은 임무를 수행하러 가는 그의 모습을 지켜봤다. 알버트는 조금도 불안해하지 않고 즐겁게 바구니들을 뒤지고 있었다. 평온해 보이는 그의 모습은 스칼렛의 마음을 달래는 동시에 짜증 나게 했다. 대체 뭐지? 알버트는 거의 전적으로 오늘만 사는 사람 같았다. 불쾌한 과거와 곧 닥칠 미래의 위험으로부터 자신을 차단하는 재능이 있었다. 물론 이런 재능은 그를 끊임없는 죽음의 위험으로 내몰기도 했지만, 분명 중요한 재능이기도 했다. 과거를 무겁게 짊어지고 사는 스칼렛은 그의 재능을 굉장히 부러워하고 있단 걸 깨달았다.

알버트가 바구니를 골라 끌고 왔다. “여기 있어.”

“이게 제일 큰 거야? 그냥 보통 광주리잖아.”

스칼렛은 바구니를 꼼꼼히 살펴봤다. 말린 해초 등으로 만든 듯 가볍고, 너비는 60센티 정도밖에 안 됐다. 바구니에 달린 사슬이 특별히 더 두껍지도 않았다. 사슬 상단은 로프에 부착할 수 있도록 만든 바퀴 달린 작은 장치와 연결돼 있었다. 그녀는 재빨리 작은 장치를 가운데 있는 기계의 바퀴에 감겨 있는 로프에다 고정하려 했다.

“젠장, 어떻게 잠그는 건지 모르겠네! 이 조그만 걸 어디에 껴야 하는 거야?” 스칼렛이 투덜거렸다.

알버트는 흥미를 가지고 점잖게 지켜보고 있었다. “꽤 허술해 보이네.”

"그러게 말이야. 이 클립은… 그냥 고리처럼 위에 매다는 걸까? 아니면 뭐지?"

"스칼렛, 방금 문에서 뭔가 쿵 하는 소리가 났어. 문 아래쪽에서."

"무슨 소리 같아?"

"불길한 소리였어. 긁는 소리랑 쉭쉭하는 소리도 났어."

"젤리그나이트인가 보군. 안 돼…. 안 좋아. 이걸로 해야겠어. 알버트, 이리 와."

"알았어."

"바구니 안으로 들어오라고."

알버트는 그제야 스칼렛의 의도를 이해했다. 스칼렛을 쳐다봤다.

"지금 설마…."

"그래. 설마가 맞아. 시간이 없어. 바구니 안에 서. 내 맞은편에. 사슬을 잡고 버텨. 그냥 로프를 피해서 머리를 가만히 둬야 해. 안 그랬다가는 내려가다 목이 잘릴 거야."

"아, 안 돼…. 난 못 할 거 같아. 이 로프는 어디로 가는 거야?"

"나도 모르지. 그게 바로 여기서 제일 재미있는 부분이거든. 날 잡아, 어서."

"공간이 부족해. 네 부츠가 너무 크다고! 발만 겨우 집어넣을 수 있어!"

"그냥 해!"

알버트가 바구니 안으로 들어가며 스칼렛의 허리를 붙잡았다. 스칼렛은 사슬을 꼭 쥐었다. 그리고 한쪽 다리를 내밀어 튀어나온 돌을 발로 찼다. 바구니는 절벽 가장자리 가까이 몇 센티 움직였다. 절벽 아래는 끝을 알 수 없는 깜깜한 공간이었다. 문 너머에서 외치는 소리가 들렸다. 스칼렛이 다시 돌을 밀었다. 바구니 무게가 사슬에 실리자, 로프가 순간 팽팽해졌다. 로프가 연결된 기계의 바닥면이 진동하며 나사 하나가 툭 튀어나왔다. 알버트가 비명을 질렀다. 바구니가 덜컹 아래로 기울면서 앞으로 쑥 움직였다. 그리고 대균열 위에서 위태롭게 흔들리다가… 멈췄다.

스칼렛이 이를 꽉 물고 마지막으로 혼신의 힘을 다해 돌 끝부분을 걷어찼다.

내려가는 로프를 따라 바퀴가 구르기 시작했다.

그때 문이 산산조각 났다. 불덩이가 방 안으로 밀려들었다.

붉은 구름이 좁은 통로를 지나 방 안 공기를 태우고 머리 위에서 폭발했다.

하지만 스칼렛과 알버트는 이미 깜깜한 대균열 속으로 떨어지고 있었다.

27

첫 번째 낙하 구간이 완전 수직이었는지 아닌지, 스칼렛은 알 수 없었다. 수직 낙하였다 해도 별 차이가 없을 것이다. 사슬을 꽉 붙잡고 있느라 주위를 볼 여력이 없었다. 알버트가 바로 귓가에서 비명을 질러대고, 로프 위에서는 바퀴가 큰 소리로 삐걱대는 바람에 정신이 없었다. 배가 납작해지며 빵이 목구멍으로 반쯤 도로 올라온 느낌이 들었다. 알버트의 머리카락이 그녀의 얼굴을 마구 때렸고, 뜨거운 뭔가가 볼에 튀었다. 과도한 무게 때문에 바퀴에 무리가 갔고, 장치에서 불꽃이 튀고 있다는 걸 알았다. 바구니 아래 텅 빈 어둠이 그녀를 삼키려 올라오고 있었다.

알버트와 사슬을 꽉 붙잡는 것 말고는 다른 생각을 할 수 없었다.

쾅 하는 충격과 함께 금속이 갈라지는 날카로운 소리가 났다. 스칼렛의 몸이 잠시 무중력상태가 돼 위로 옆으로 마구 흔들리다가….

강한 진동과 충격, 갑작스러운 뒤집힘이 있었다. 그리고 끝이었다.

배 속이 뒤집힐 것 같다가 도로 제자리로 돌아왔다.

몸이 움직임을 멈췄다.

스칼렛이 눈을 깜박이다 떴다. 그녀는 대균열을 가로질러 어떤 방 안의 망가진 도르래 기계장치에 45도 각도로 끼어 있었다. 바구니는 절반으로 갈라졌고, 위쪽 장치에서 한 줄기 연기가 피어올랐다. 알버트가 그녀 위에 엎어져 있었는데, 뼈만 남은 담요처럼 가벼웠다. 스칼렛의 귀가 축축해질 정도로 계속 비명을 지르고 있었다.

스칼렛이 알버트의 입을 찰싹 때렸다. 그리고 잠시 기다렸다가 손을 뗐다. 하지만 정확히 같은 크기로 다시 비명을 질러댔다.

"그만 좀 할래?"

알버트가 비명을 뚝 멈췄다. "나 죽은 거야?"

"아직 아니야. 또 내 귀를 멀게 하면, 그땐 죽을 수도 있겠지."

총알이 몇 발 날아와 벽에 박혔다. 스칼렛은 알버트 밑에서 몸을 굴려 재빨리 빠져나왔다. 벨트에서 권총을 꺼내 총신을 열어 확인하고, 마지막 남은 탄창을 장전했다. 방의 절벽 쪽 끝으로 다가가 로프의 곡선을 따라 위를 흘끔 올려다봤다. 그들이 뛰어내린 절벽에서 어둠 속으로 연기가 흘러나왔다. 두 명의 남자가 아래로 마구 총을 쏘고 있었다. 스칼렛은 총을 들어 한 발에 한 명씩 맞혔다. 한 명이 앞으로 쓰러지며 그녀 앞을 스쳐 순식간에 대균열 속으로 사라졌다. 스칼렛은 여전히 부서진 도르래 장치에서 몸을 빼내려 애쓰는 알버트에게 걸어갔다.

"바지가 왜 그래?"

"몰라. 속도가 너무 빨랐어서 그런 거 같아."

"바지 올려. 배를 찾아야 해. 이제 기회가 생겼어. 내가 요원들을 모두 처리했고, 우리는 아마 박사보다 꽤 앞서 있을 거야."

사실 두 사람은 스칼렛의 예상보다 훨씬 더 낮은 빌딩의 저층부에 떨어져 있었다. 단 네 개 층만 내려갔는데도 해수면 높이에 도달할 수 있었다.

둘은 동굴 같은 방으로 나왔다. 원래의 벽 위로 오랜 세월 녹과 해조류와 화학 퇴적물이 쌓여 부드럽고 자연스러운 느낌이 났다. 천장에는 희미한 갈색 종유석들 사이로 형광등이 달려 있었다. 섬 주민들은 도망쳤지만, 방에는 생선 손질용 테이블과 생선 바구니가 가득 쌓여 있었다.

왼쪽에는 한 쌍의 문이 열려 있었고, 그 사이로 햇빛이 쏟아져 들어왔다. 스칼렛이 밖을 쳐다보니, 석호의 바닷물 위를 가로질러 점점 가늘어지며 쭉 뻗은 다리가 있었다.

"알버트, 저 다리를 건너갈까?"

알버트가 잠시 멈칫했다. "그러지 않는 게 좋을 거 같아. 저 다리는 섬의 어업장으로 이어지는데, 거긴 막다른 골목이거든."

"그럼 배가 정박해 있어야 하는데….." 스칼렛의 목소리가 점차 작아졌다. "저쪽으로….."

방 반대쪽에는 바닥이 얕은 물속으로 기울어져 있었고, 노란색 부표로 받친 부교가 철문 쪽으로 이어졌다. 철벽에 용접된 두 개의 철문은 굳게 닫힌 채 공간을 둘로 갈랐다. 벽 너머로 파도 소리가 들렸다. 그들은 보트 창고 안에 있는 듯했다.

그렇다면 그들이 지금 배를 타는 건 불가능했다.

칼로웨이 박사가 철문 앞에 서 있었다.

작살에 맞은 박사의 코트 자락이 톱니 모양으로 찢어져 한쪽이 헐렁해져 있었다. 조금 전 일의 유일한 흔적이었다. 그 외에는 전과 다르지 않았다. 어깨에 둘러멘 가방, 벨벳 머리띠로 꽉 조인 금발, 창백하고 차가운 얼굴…. 모든 게 그대로였다. 양팔은 옆으로 편안히 늘어뜨렸다. 완전히 편안하고 숨도 전혀 가빠 보이지 않았다.

알버트가 작게 슬픔 섞인 한숨을 내뱉었다. 그럴 만한 반응이긴 했지만, 스칼렛이 딱히 마음에 드는 반응은 아니었다. 스칼렛은 총을 들어 박사를 향해 정면으로 네 발을 쐈다. 이번에는 방해물이 없었다. 총이 날아가는 길을 막는 섬 주민은 없었다.

총알은 빗나가지 않았다. 하지만 칼로웨이 박사에게 맞지도 않았다. 어떤 보이지 않는 장애물에 부딪혀 멀리 튕겨나갔다.

스칼렛이 당황해 입을 벌린 채 바라봤다.

"안 돼." 알버트가 말했다. 목소리가 점점 흐려졌다. "절대 안 될 거야….."

'박사님한테 가까이 가면 죽게 돼. 네가 몸부림치며 불탈 때, 박사님은 네 얼굴을 보며 웃을 거야.'

칼로웨이 박사의 손이 움직였다. 그 순간, 뭔가가 쇠망치처럼 스칼렛의 가슴을 강타했다. 엄청난 힘으로 그녀를 공중으로 날려 복도 너머로 내동댕이쳤다. 날아가면서 극심한 통증이 엄습했고, 눈앞에 밝은 빛만 보였다. 스칼렛은 단단한 물건에 부딪히며 뒤로 떨어졌다. 하지만 그 전에 이미 의식을 잃고 있었다.

엄청난 통증. 하얀빛. 얼마나 의식을 잃고 있었을까….

누군가가 만지는 느낌. 사람의 존재감. 작은 손이 스칼렛의 손을 잡았다.

빛 속에 누군가가 기다리고 있었다.

"토마스?" 스칼렛이 말했다.

스칼렛은 움찔 눈을 떴다. 시야가 흐릿했다. 통통하고 옅은 머리색의 작은 여자아이가 내려다보고 있었다. 아이가 얼굴을 불쑥 들이밀었다. 숨소리가 느껴졌다. 두 눈과 통통한 분홍색 볼이 보였다. 아이는 찬찬히 빵 조각을 씹으며 스칼렛을 응시했다.

"에티?" 스칼렛이 쉰목소리로 불렀다. "에티구나…."

작은 손이 멀어졌다. 에티가 히죽 웃으며 일어나 뒤로 물러나자, 아이의 할아버지가 뒤쪽에 웅크리고 있는 모습이 보였다.

"서둘러라." 조가 말했다. "졸고 있을 때가 아니야."

스칼렛이 조를 보고 눈을 깜박였다. 힘겹게 일어나려는데 가슴에 날카로운 통증이 느껴졌다. 아까 맞은 충격으로 갈비뼈 몇 대가 부러진 게 분명했다. 하지만 박사가 한 일이라곤….

"좀 더 서둘러야겠구나. 누군가는 저 둘을 쫓아가야지. 당연히 내가 그 누군가일 리는 없고."

비틀비틀 일어난 스칼렛은 부서진 나뭇조각과 생선 더미 속 무너진 테이블 위에 누워 있었다는 걸 깨달았다. 조와 에티가 옆에 서 있었다. 그들을 제외하면 방은 텅 비어 있었다. 고요했다. 부교에는 사람 그림자 하나 없었다. 보트 창고의 문은 여전히 닫혀 있었다. 조금 떨어진 바닥 위에 스칼렛의 총이 산산조각 나 있었다.

스칼렛은 한 줄기 햇살이 비치는 반대쪽 출구를 바라봤다. 다리 방향이었다.

그래. 알버트라면 일이 밖에서 벌어지길 원할 것이다. 그러면 저쪽으로 달려갔을 것이다.

"어쩌다 보니 내가 네 배낭을 갖고 있더구나." 조가 말했다. "뭔가 쓸 만한 살인 도구가 안에 들어 있을지도 모르잖니? 폭탄? 교살용 줄? 너 같은 애라면 모든 게 다 있을 거 같은데."

스칼렛이 목덜미를 문질렀다. 온몸이 아팠다. 모든 뼈가 제자리에서 어긋나 날카롭게 찌르는 것만 같았다.

"글쎄. 그런 물건은 다 떨어진 거 같아. 어차피 별로 도움도 안 됐을 거 같고."

스칼렛은 부서진 총을 흘끗 쳐다봤다. 그리고 조와 에티를 번갈아 보며 말했다. "여기서 기다려. 금방 돌아올게."

절뚝거리며 문을 나서자, 갑자기 눈부신 햇살과 맑은 공기가 밀려왔다. 앞쪽에는 바다 위로 나무다리가 기울어진 두 개의 콘크리트 빌딩을 향해 뻗어 있었다.

자, 그럼 알버트는 어디에 있는 거지?

저기 보였다. 다리는 베이스워터섬과 더 가까운 쪽 빌딩으로 이어졌고, 다리 끝에는 그 빌딩의 측면을 휘감고 올라가는 계단이 있었다. 검은 머리카락의 조그만 형체가 휘청거리며 계단을 올라가고 있었다. 검은 옷을 입은 사람이 민첩하게 그 뒤를 쫓았다.

스칼렛은 욕설을 내뱉고 절뚝절뚝 다리로 향하며 뛰어야 한다고 자신을 다그쳤다.

두 개의 빌딩은 술에 취한 한 쌍의 거인처럼 서로를 향해 기울어져 있었다. 알버트의 말이 맞았다. 두 빌딩은 섬사람들의 낚시터였다. 가까이 다가가자, 콘크리트 절벽 사이의 좁은 틈으로 파도가 거세게 몰아치는 굉음이 들렸다. 좁은 수로에는 우윳빛 파도의 포말이 넘실댔고, 바다 거품이 미친 듯이 휘휘 돌았다. 너덜너덜한 그물들이 뒤집힌 무지개처럼 물보라 속으로 휘어져 있었다. 바닷새들은 안개 속을 휘젓는 가느다란 실뭉치 같았다.

다리는 계단 앞에서 끝났고, 계단은 빌딩 꼭대기에서 끝났다. 알버트 말대로 여긴 막다른 길이었다. 알버트는 저 위에 갇혀 있을 것이다.

스칼렛은 한 번에 세 계단씩 뛰어 올라갔다.

빌딩 꼭대기는 넓고 직사각형이었으며, 약간 기울어져 있었다. 가장자리를 따라 꼭대기 둘레에 허리높이에 불과한 낮은 난간이 설치

돼 있었다. 한쪽에는 깔끔하게 걸린 그물이 바람에 마르고 있었고, 바닷가재 바구니와 선반도 있었다. 반대쪽에는 난간이 끝나고 수로 건너편 쌍둥이 빌딩과 마주하는 빈 공간이 있었다. 두 빌딩 사이를 가로지르는 로프가 여러 개 걸려 있었고, 로프 기계와 잠금장치가 로프를 제자리에 고정하고 있었다.

스칼렛은 알버트를 발견했다. 그는 반대쪽 난간이 끝나는 곳 바로 앞까지 달려갔다. 빌딩 꼭대기의 가장자리 너머로 바다를 내려다보며 낙하 거리를 살피고 있었다.

알버트는 몸을 바로 세우고 천천히 돌아섰다.

칼로웨이 박사가 깔끔한 검은색 구두를 신고 단정한 걸음걸이로 조금씩 다가가고 있었다.

스칼렛은 입을 열었지만 아무 말도 나오지 않았다. 숨을 쉬려 할 때마다 폐가 쪼개지는 것처럼 고통스러웠다. 온몸은 뼈가 드러난 듯 아팠다. 그럼에도 빌딩 꼭대기를 가로질러 달리기 시작했다.

아직 반도 못 갔을 때, 칼로웨이 박사가 손을 높이 드는 게 보였다. 박사의 보이지 않는 힘이 알버트를 휘감아 빌딩 위로 끌어 올렸다. 그의 몸이 뒤로 휘고, 턱이 하늘로 들렸다. 운동화는 미친 듯이 앞뒤로 버둥거렸다. 잠시 공중에 매달린 채 몸을 부르르 떨다가 그대로 멈췄다. 그 힘은 마치 개가 낡은 막대기를 괴롭히는 것처럼 그를 좌우로 흔들었다.

힘이 느려졌다. 알버트는 꼼짝하지 않고 공중에 매달려 있었다. 칼로웨이 박사가 손을 내리자 다시 땅으로 떨어졌다.

박사는 알버트와 조금 떨어진 지점에서 멈춰 섰다. 그녀는 뒤를 돌아보고 스칼렛이 오는 걸 발견했다. 손을 한 번 휘젓자, 스칼렛이 옆으로 날아갔다. 바닥을 구르다 내팽겨쳐졌다. 제자리에 멈춘 그녀는 정신이 혼미해져 숨을 몰아쉬며 잠시 그대로 있었다. 칼로웨이 박사는 더 이상 스칼렛을 신경 쓰지 않았다. 가방에서 정신 구속구를 꺼내며 알버트가 천천히 일어나는 걸 지켜봤다.

"살든 죽든," 박사가 말했다. "어느 쪽이든 이제 끝이야. 네가 돌아올 수도 있고, 내가 여기서 널 죽일 수도 있지. 두 가지 중 선택해. 십초 줄게."

스칼렛이 벼랑 끝에 선 알버트를 본 게 이번이 처음은 아니었다. 하지만 그가 강 위 절벽에 서 있었을 때는 처음에 초연했다가 나중에는 겁에 질렸었다. 하지만 지금은 그저 차분하고 약간 슬퍼 보일 뿐이었다. 빌딩 끝에 꼿꼿하고 편안하게 서 있었다. 오후 햇살이 그를 비췄다. 알버트는 칼로웨이 박사를 향해 반쯤 몸을 돌렸다. 얼굴 주위의 머리카락이 바람에 휘날렸고, 헐렁한 스웨터 소매 역시 미친 듯이 펄럭였다. 그것만 빼면 꽤 편안한 표정이었다.

스칼렛은 알버트과 시선이 마주쳤다. 갑자기 심장이 쿵 내려앉았다.

"그래서?" 칼로웨이 박사가 정신 구속구를 내밀며 말했다. "뭘 선택했니?"

알버트가 미소 지으며 말했다. "선택지는 하나 더 있어."

그리고 절벽 너머로 몸을 던졌다.

28

심장이 불과 몇 번 뛰는 사이, 그곳엔 햇빛만 남았다. 햇빛, 텅 빈 콘크리트 바닥, 그 아래에서 휘몰아치는 급류의 거친 소리. 그리고 더 이상 거기에 없는 걸 응시하는 두 사람.

바닷새가 서쪽으로 지는 태양을 등지고 비스듬히 머리 위를 날아 갔다. 새 그림자가 두 사람 사이의 바닥을 빠르게 지나갔다. 칼로웨 이 박사가 움직였다.

"헛수고했네. 하지만 결국 이게 최선일 수도 있겠지."

박사는 갈색 가죽 가방을 열어 정신 구속구를 넣고 단정히 가방 문을 잠갔다. 가방 위치를 조정하고 살짝 주름진 코트를 부드럽게 폈 다. 머리카락 한 가닥을 귀 뒤로 넘기고 스칼렛을 향해 돌아섰다.

"자," 박사가 말했다. "이제 네 차례구나."

스칼렛 또한 움직였다. 계단 손잡이 근처에 놓여 있던 녹슨 난간 조각을 집어 들었다. 근처 난간들은 부서져 자기 자리의 구멍 속에 휘어 있었다. 몽둥이로 쓸 만큼 긴 난간 조각을 골라 곧게 펴고 그 자 리에 서서 기다렸다.

칼로웨이 박사는 전혀 서두르지 않고 걸어왔다. 가죽 가방이 박사의 옆구리에서 흔들렸다. 검정 원피스가 가죽처럼 반짝였고, 벨벳 머리띠는 머리카락을 이마 위로 깔끔하게 쓸어 넘겼다. 미간에 생긴 주름 한 줄만이 박사의 짜증을 드러냈다. 박사의 눈은 깜박이지 않았고, 입술은 마치 끈 주머니의 입구처럼 굳게 다물어져 있었다.

스칼렛은 그 자리에 그대로 서 있었다. 한 손으로 난간 조각을 느슨하게 쥐었다. 현재 자신이 어떻게 보일지 아주 잘 알고 있었다. 얼굴은 초췌했고, 안색은 창백했으며, 너덜너덜해진 옷은 소금기 때문에 뻣뻣했다. 머리카락은 딱딱하게 엉킨 채 헝클어진 노끈처럼 축 처져 있었다. 더 이상 절뚝이지 않는다면, 아마 두 다리를 모두 비슷하게 절고 있기 때문일 것이다. 그녀는 신체적으로는 점점 약해지고 있었지만, 정신만은 생명력으로 활활 불타올랐다.

박사가 걸음을 멈췄다. 그들은 콘크리트 바닥을 사이에 두고 서로 마주 봤다.

"쇠막대라…. 그게 최선이니?"

스칼렛이 난간 조각을 흘끗 봤다. "뭐, 임시변통이니까…. 하지만 적어도 끈기는 인정해 주지 그래."

"실링이 널 두고 사실상 어린애라고 하더니, 예상보다 훨씬 어리구나. 몇 살이지, 은행 강도? 열여덟?"

"솔직히 나도 몰라. 그게 중요해?"

"전혀. 네 이름을… 알버트가 말했던 거 같은데, 워낙 상황이 급박했다 보니…." 칼로웨이 박사가 어깨를 미세하게 으쓱했다. "넌 그냥 무법자니까. 가명이 한 무더기는 있을 거 같은데? 네가 가진 다른 것들처럼 가치도 없겠지만."

스칼렛이 미소 지으며 몸을 똑바로 폈다. "그래, 맞아. 내 진짜 이름은 스칼렛 조세핀 맥케인이야. 난 스무 군데의 생존 도시 민병대에게 쫓기고 있고, 웨섹스와 머시아와 웨일스 전역의 은행을 털었지. 혼자서 앵글리아 습지를 건넜고, '파묻힌 도시'를 지하 칠 층까지 파내려가기도 했어. 노예였던 적도 있고, 신앙의 집의 멘토이기도 했지. 물론 딱 하루 동안 위장했던 거긴 했지만. 메나이 구릉지대에서 금을 캐기도 했고, 악명 높은 범죄자인 블랙 칼 네마이데스를 처치하고 그의 끔찍한 여우의 머리도 잘랐지. 한마디로 말해 난 이곳저곳을 다 돌아다녔어. 아, 그리고 한 가지 더 있군. 지금까지 열흘째 알버트 브라운의 파트너이자 여행 동료로 지내고 있었거든. 진짜 이건 말해야겠어. 여기까지 알버트를 데려오느라 무진장 애를 쓰고 끝도 없는 수다를 참아냈는데, 여기 도착하자마자 당신이 죽여버렸어. 그래서 이 부러진 쇠막대를 들게 된 거야. 내 말 이해했지?"

박사의 미간 주름이 깊어졌다가 곧 미소로 바뀌었다. 완벽한 치열을 드러내며 웃었다.

"유쾌하군! 정말 독특해! 스칼렛 맥케인라고 했나? 아주 좋아. 어린 나이에 살벌한 재능이 그렇게나 많다니! 굉장히 특별한 얘기를 갖고 있겠구나." 박사의 미소가 더 환해졌다. "하지만 아무도 네게 관심을 주지 않을 테니, 참 안됐네."

"알버트는 관심을 가졌어." 스칼렛이 말했다.

실용적인 검은색 구두가 조금 더 가까워졌다. 스칼렛은 팔뚝의 털이 곤두서는 걸 느꼈다.

"그럴 수도 있겠지. 그 앤 감수성이 풍부한 꼬마 바보였으니까. 뭐, 네 허풍 중 얼마만큼이 사실인지는 모르겠지만. 그런데 마지막 말은 다시 짚고 넘어가야겠어. 난 알버트를 죽이지 않았어. 죽였다면, 그건 바로 너겠지."

박사가 손을 위로 올렸다. 공기가 스칼렛의 턱을 강타했다. 고개가 위로 젖혀지며 턱에서 우두둑 소리가 났다. 스칼렛은 난간 조각을 떨어뜨리고 비틀비틀 뒤로 물러났다. 녹슨 난간에 등이 닿았다. 그 순간 난간이 일부 무너져 내렸다. 난간 파편들이 부서지며 절벽 너머로 떨어져 나갔다. 스칼렛은 필사적으로 몸부림쳤다. 손에 잡히는 대로 아무 난간에나 매달려 겨우 몸을 가눴다. 발꿈치가 빌딩 가장자리까지 튀어나갔다. 등 뒤로 안개가 밀려와 목을 축축하게 했다. 빌딩 아래에서 급류가 포효하는 소리가 귀를 울렸다.

칼로웨이 박사가 앞으로 다가왔다. "맙소사. 여긴 정말 높구나."

"있잖아, 여기 너무 시끄럽지 않아?" 스칼렛이 숨을 헐떡이며 말을 이었다. "당신도 나도 소리 지르며 말해야 하잖아. 이 절벽과 조금 떨어져 말하면 어떨까?"

"아니. 완벽한 장소 같은데. 여긴 템스강과 바다가 만나는 곳이야. 그거 알아? 이 석호의 물은 하루 중 절반은 바닷물이 되고, 절반은 민물이 되지. 조수의 움직임에 따라 하루에 물이 두 번 바뀌거든. 저 아래에서 들리는 소리가 바로 물이 잡아당겼다가 미는 소리지. 스칼렛 맥케인, 넌 템스강을 따라 긴 여행을 했지만 이제 강 끝에 도달했어. 여긴 네 여행의 종착지이기도 하지."

스칼렛의 발이 부서진 콘크리트 위에서 고군분투했다. 생명이 다한 빌딩의 진동과 빌딩 하단부를 거세게 두드리는 파도가 느껴졌다. 얼마 지나지 않아, 곧 이 빌딩은 붕괴하며 맞은편 쌍둥이 빌딩에 부딪힐 수도 있다. 빌딩 사이의 수로가 사라지면, 섬 주민들의 생선 공급지도 사라질 것이다. 그리고 어느 날, 지금 칼로웨이 박사의 등 뒤로 부러진 이빨처럼 검게 솟아 있는 베이스워터섬이 바다로 가라앉으면, 섬 주민들도 그 뒤를 따를 것이다.

박사는 스칼렛과 조금 떨어진 곳에서 걸음을 멈췄다.

"이 불쌍하고 어리석은 거지야. 알버트와 한 팀이 됐을 때, 무슨 일이 벌어질 거라고 생각했니? 분명 이런 일은 아니었겠지. 세상 끝까지 쫓기는 신세가 될 거라고는 상상도 못 했을 거야."

"맞아. 이런 일까지는 예상 못 했어." 스칼렛은 입가에 맺힌 핏방울을 닦았다. "솔직히 박사 양반, 당신의 위선적인 행동에 꽤 감명받았어. 알버트와 같은 능력을 갖았다니." 스칼렛이 지친 듯 미약한 웃음을 지으며 말을 이었다. "당신 역시 돌연변이잖아. 그런 능력을 갖고 있으면서, 어떻게 신앙의 집 최고위원회에서 일할 수 있는 거지?"

"아주 잘 맞았으니까. 내 능력은 그들의 이익을 위해 사용하지. 알버트도 그렇게 될 수 있었어."

"당신도 생각을 읽을 줄 알아?"

"그런 능력이라면, 알버트가 거의 독보적이었지."

박사는 손가락으로 머리를 둘러싼 벨벳 머리띠를 들어 올렸다. 스칼렛이 볼 수 있도록 머리띠를 살짝 옆으로 치우자, 그 아래에 숨겨져 있던 원형의 금속 밴드가 드러났다.

"철은 힘이 안으로 침투하는 것뿐만 아니라 밖으로 나가는 것도 막아주지. 이건 알버트가 내 머릿속을 엿보지 못하도록 막는 예방책이었어…." 박사가 손을 밑으로 내렸다. "아니. 텔레파시는 알버트의 능력이지. 난 다른 능력을 가졌어."

"총알을 피하는 방식이 정말 멋지더군. 당신은 알버트처럼 물건을 움직이는 능력도 있지. 제어력은 훨씬 더 뛰어나고. 그런데 내 생각을 말해줄까? 당신의 힘은 알버트만큼 강하지 않아. 그 정도로 강했다면 진작 부두에서 우리를 때려눕혔거나, 아까 섬의 홀에서 그렇게 했겠지."

박사의 검은 두 눈이 굳어졌다. 순간 차분한 자만심 아래 숨어 있던 증오가 모습을 드러냈다. 마치 고요한 물웅덩이 바닥에 돌멩이가 떨어진 것처럼. 하지만 다시 표면이 잔잔해졌다. 눈빛에 서늘한 기쁨이 번득였다.

"힘은 제어가 핵심이야. 난 가능했지만, 알버트는 못 했지. 너도 어젯밤에 절실히 느꼈겠지. 알버트는 제어력을 완전히 습득할 수 있었는데 그만 도망가 버렸어. 이젠 네 덕에 너무 늦어버렸고⋯." 박사는 난간 너머로 출렁이는 바다에서 피어오르는 안개를 흘끗 바라봤다. "물론 네 추측도 맞아. 난 알버트만큼 강하지 않아. 하지만 널 빌딩 밖으로 들어 올리고, 네가 울부짖으며 애원하게 만들 수는 있지. 널 떨어뜨리기 전에 말이야⋯."

박사가 더 가까이 다가섰다. 스칼렛은 가슴을 짓누르는 압력이 부드럽고 천천히 세지는 걸 느꼈다. 압력은 금이 간 갈비뼈를 지그시 누르며 서서히 그녀를 절벽 끝으로 밀었다.

스칼렛은 고통에 찬 비명을 질렀다. 하지만 박사가 계속 말하도록 유도해야 했다.

"난 스톤무어에 대해서도 알아!" 스칼렛이 숨 가쁘게 말했다.

압력이 갑자기 약해졌다.

"오, 그건 놀랍군. 알버트는 불쾌한 진실에 연연하는 걸 좋아하지 않았거든. 그 애가 뭘 말해줬지?"

"충분할 만큼 많이. 불쌍한 아이들을 사슬로 묶고 약을 먹이는 곳이라고."

칼로웨이 박사가 웃음을 터뜨렸다. "하! 전혀 아니야! 그 '불쌍한 아이들'은 알버트만큼이나 위험한 존재들이거든! 궁금하군. 알버트가 어떻게 스톤무어에서 나왔는지, 어떻게 거기에서 탈출했는지 말해줬어? 뭐라고 했지? 하루 외출 허가를 받았다거나 짧은 휴가를 나왔다거나, 뭐 이런 건가?"

알버트가 비슷한 이야기를 했던 것 같기도 했다.

"아니. 전혀 아니야."

"그러니까 자세한 얘기는 못 들었군? 최고위원회의 지시로 스톤무어에는 철저한 경비 시스템이 있지. 스톤무어에 수감된 애들은 모두 위험한 존재니까. 건물 앞마다 각각의 경비 초소로 연결되는 마당이 있어. 알버트는 새벽에 창문을 부수고 나가 그 마당을 하나씩 지나갔지. 첫 번째 경비 초소에서는 네 명의 시체가, 두 번째에서는 두 명의 시체가 나왔어. 마지막 관문에서 알버트는 그를 주로 담당하는 간수인 마이클과 마주쳤어. 마이클은 당일 근무를 위해 스톤무어로 들어오던 길이었지. 격렬한 싸움이 벌어졌고, 결국 정문이 폭파됐어. 마이클은 산산조각이 났고, 알버트는 마이클의 주머니를 뒤져 돈을 훔쳤지…. 스칼렛 맥케인, 이들은 모두 가족이 있는 사람들이었어. 오랜 기간 헌신적으로 근무하며 네 친구 알버트 브라운으로부터 왕국을 지켜내기 위해 모든 걸 희생한 사람들이었지."

스칼렛이 코웃음을 쳤다. "어쩌라고. 울기라도 하라고? 당신이 수년간 알버트를 고문하지 않았다면 더 나았을지도 몰라. 당신의 '실험'에 대해 들었어. 아무리 애를 써봐도, 진짜 그를 훈련하려 한 건지, 그냥 즐거움을 위해 상처를 입히려 한 건지 전혀 모르겠더군." 스칼렛이 이를 드러내고 가까스로 웃으며 말했다. "음, 어쩌면 두 가지 의도가 모두 있었을지 누가 알겠어?"

칼로웨이 박사의 얼굴이 뒤쪽 하늘처럼 창백해졌고, 붉은 입술이 이상하게 비틀렸다.

"어리석은 꼬마 같으니. 넌 지금 무슨 말을 지껄이는지 전혀 모르고 있어! 난 알버트에게 내 시간과 전문 지식을 주고 보호해 줬어! 난 항상 특별한 아이들에게 기대를 걸었거든. 알버트는 아주 특별했어. 하지만 훈육과 통제가 없으면 짐승과 다를 바 없었지."

스칼렛은 오른손으로 난간을 더 세게 쥐었다. 난간이 헐거워져 있었다. 당기면 그대로 쑥 뽑힐 것 같았다.

"그래? 하지만 계속 무슨 생각이 드는지 알아? 그 모든 게 위선이라는 거야. 왕국 전역의 모든 생존 도시에는 유전적 변이를 탄압하는 신앙의 집이 있어. 누구든지 약간의 신체적 변형이나 비정상적인 특징만 있어도… 탕! 하고 숲속에 버려져 늑대 먹이가 되지. 하지만 뜻밖에도 최고위원회가 외딴곳에서 스톤무어를 은밀하게 운영하고 있더군. 비밀 병원인지, 실험실인지. 정말 특출난 돌연변이들만 최종적으로 향하는 곳이지. 흥미로운 돌연변이들 말이야. 쓸모 있을 거 같은 아이들만. 바로 당신처럼 예외적인 존재들이 가는 곳."

"스톤무어는 본질적으로 감옥이야. 그게 스톤무어의 주요 기능이지." 박사가 말했다.

"아니. 당신은 수감자들에게 뭔가를 원하고 있어. 그게 아니라면 그냥 쏴버리고 끝냈겠지. 그 점에 대해 생각해 봤거든. 알버트와 함께 있는 내내 계속 생각했지. 당신이 요원들에게 배포한 지명수배 전단지를 봤어. 산 채로 잡으면 2만 파운드, 죽여서 데려오면 1만 파운드. 즉, 온전한 모습으로 데려오면 포상금이 두 배야. 버스 안에 있던 요원들이 알버트에게 먹이려 한 수면제도 봤어. 심지어 알버트를 두려워하고 증오하던 실링조차 그를 산 채로 잡으려고 최선을 다하더군…. 그게 늘 당신이 선호하는 방식이니까. 하지만 이해가 안 되는 건 바로 그 이유야."

스칼렛이 난간을 고쳐 잡았다. 박사에게 휘두르기에는 아직 거리가 있었지만, 그렇게 멀지도 않았다. 그냥 계속해. 계속 말해서 박사를 더 끌어들여….

하지만 칼로웨이 박사는 그 자리에 멈춰 섰다. 스칼렛이 말하는 동안 집중해 관찰하며 눈동자만 움직였다. 마치 책을 읽듯이 시선이 좌우로 빠르게 왔다 갔다 했다. 스칼렛이 말을 마친 후에도 계속 훑어보며 뚫어져라 응시하더니, 얼굴을 찌푸렸다가… 갑자기 표정이 환히 밝아졌다.

"식인종을 만났군."

그 말에 스칼렛이 박사를 노려봤다. 머릿속이 멍해졌다.

"글쎄, 그럴 수도 있겠지. 당신 말이 무슨 뜻인지 모르겠지만."

"오염된 자 말이야! 식인종들, 인간을 잡아먹는 것들! 그들은 얼굴에 영원히 지워지지 않는 흔적을 남기거든. 오염된 자들이 널 괴롭히는군. 그렇지, 스칼렛 맥케인? 어둠 속에서 널 지켜보고 있어."

"아니야." 스칼렛이 시선을 돌렸다.

칼로웨이 박사가 웃었다. "내 말이 맞았군. 그러니 그들이 인간에게 얼마나 위험한 존재인지 알 거야. 한때는 우리와 같은 존재였다는 것도 눈치챘겠지. 지금도 큰 차이가 없다는 게 바로 오염된 자들의 무서운 점이고…. 하지만 그건 시작일 뿐이야. 말해봐. 넌 왕국을 많이 돌아다녔잖아. 여러 왕국을 여행하며 이런저런 일을 다 겪어봤겠지. 다른 것들도 알아차렸어? 도시가 어떻게 죽어가는지, 야생 지대가 사방으로 팽창하는 반면 안전지대는 어떻게 줄어드는지? 숲과 강에 나타나는 괴물들은 봤나? 숲속의 그림자들은? 뗏목 밑을 지나가던 기괴한 형체들은? 검은 대지와 모든 게 휩쓸려간 풍경, 동쪽에서 내륙으로 몰아치는 붉은 폭풍도 봤어?"

스칼렛이 어깨를 으쓱했다. "난 보통 총알을 피하느라 바빠서."

"그 말은 믿음이 가는군. 하지만 너도 느끼지 않아? 세상이 변하고 있다는 걸. 어느 때보다 빠르게 변하고 있지. 계절, 풍경, 야생동물. 대재앙 이후 모든 게 미친 듯이 빠르게 진화하고 있어. 너무 빨리 진화한다고! 인간들도 괴상한 방식으로 변하고 있어. 인간이 변질되고 약해지고 있지. 인류의 생존을 위협하는 심각한 결함과 약점을 가지고 태어나. 인구수는 줄어드는데, 오염된 자들은 계속 강해지며 그 수도 늘고 있어. 언젠가 인간이 방어에 실패하고, 오염된 자들이 우리를 압도할지도 몰라. 이미 우리 주위에는 악몽이 들끓고, 인간은 도시 안에만 움츠려 있으니까."

"그건 박사, 당신 생각이고." 스칼렛이 말했다.

스칼렛은 자세를 살짝 바꿨다. 문제는 아주 조금만 움직여도 균형을 잃고 난간 너머로 떨어질 수 있다는 거였다. 하지만 다른 방법이 없었다. 이게 스칼렛이 할 수 있는 전부였다.

칼로웨이 박사가 한 걸음을 더 다가와야만 했다.

"생존 도시들은 약해." 칼로웨이 박사가 말을 이었다. "지배 가문들은 서로 다투고, 그들 사이에는 경쟁과 불화가 끊이지 않지…. 종교의 집 최고위원회만이 왕국이 필요로 하는 도덕적 확신과 지침을 줄 수 있어. 우리에겐 요원이 있고, 위안을 주는 다양한 종교를 제공하는 멘토들이 있지. 하지만 우리는 아직 도시들을 제대로 통합하는 데 필요한 지식과 힘을 갖추지 못했어. 지금의 변화를 막고, 인류의 쇠퇴를 멈추고, 바로 우리 코앞까지 도래한 혼란으로부터 스스로를 지키는 방법을 말이야."

"스톤무어에서 한 실험이 그런 지식과 힘을 가져다줄 거라고 생각해? 정확히 어떻게?" 스칼렛이 물었다.

"부가적인 프로젝트라고 불러야겠지." 칼로웨이 박사가 대답했다. "아직 진행 중인 작업이랄까…. 우리에겐 계획이 있어. 알버트는 그 계획에 아주 잘 맞았을 거야. 그래서 알버트를 되찾으려 이 모든 노력을 기울였는데….” 그녀의 얼굴이 굳어졌다. “결국 네가 알버트를 죽게 했어.”

헐거운 난간을 움켜쥔 스칼렛의 손가락이 하얘졌다.

“하, 계속 그러네. 알버트를 뛰어내리게 한 건 내가 아니야.”

“아니, 너야. 알버트는 순진하고 겁이 많았어. 사악한 세상에 처음 발을 디뎠지. 네가 없었다면 금방 그 애를 붙잡았을 거야. 움츠러들고 어찌할 바를 몰라 집에 돌아가기만을 바랐을 테니까. 그런데 어떤 일이 일어났지? 알버트는 촌뜨기 은행 강도와 함께 다니다가 왕국을 횡단해 도망쳤어. 넌 알버트에게 환상을 줬어. 바보 같은 꿈을 진짜 이룰 수 있다고 부추겼지! 오늘 이성적인 대화를 나누려고 했을 때, 알버트가 너라도 된 것처럼 말하더군. 그 애의 마지막 행동은 절망적인 숭배심으로 널 바라보는 거였지…. 스칼렛 맥케인, 그러니까 내 말이 맞아. 난 확신해. 네 탓이라는 걸.”

박사가 한 걸음 더 다가왔다. 스칼렛은 주위의 공기가 바뀌는 걸 느꼈다. 공기가 그녀를 들어 올려 절벽 너머로 휘두를 준비를 하는 것 같았다.

잠시 침묵이 흘렀다.

“박사, 숭배심은 좀 과장이지 않아? 하지만 나머진 맞는 거 같군.”

그들은 마치 하나처럼 미소 지었다. 그리고 두 팔이 움직였다. 칼로웨이 박사가 손을 번쩍 들었다. 스칼렛은 난간을 뽑아 거세게 휘둘렀다. 난간 기둥이 쫙 펼친 박사의 손가락들을 정통으로 때렸다. 우두둑 뼈가 부러지는 소리와 함께 칼로웨이 박사가 비명을 질렀다. 스칼렛은 승리의 함성을 질렀지만, 곧 균형을 잃고 몸이 빙그르르 돌았다. 그녀는 빌딩 가장자리에서 비틀거렸다. 필사적으로 손을 휘저었지만 허공만을 움켜잡을 뿐이었다. 스칼렛의 몸이 좌우로 휘청대다가 뒤로 넘어갔고 곧 사라졌다.

스칼렛은 허공을 가르며 떨어졌다. 오래된 그물망을 뚫으며 떨어졌다. 그물이 부서지고 끊어지고 찢어졌다. 부츠가 그물 구멍에 걸렸고, 팔은 다른 구멍에 얽혔다. 추락이 일순간 멈췄으나… 하나둘씩 그물의 썩은 줄이 끊어지며 다시 떨어져 내렸다.

갑자기 뭔가가 스칼렛을 획 잡아당겼다. 추락이 멈췄다. 다리가 그물에 깊이 얽히며 팔과 머리가 허공에 축 늘어졌다. 스칼렛은 거꾸로 매달린 채 흔들렸다. 수로가 회백색 구부러진 띠처럼 보였다. 그물이 늘어나다 찢어지는 걸 느낄 수 있었다. 곧 완전히 추락할 것이다.

스칼렛은 그물에 매달린 채 기다렸다. 몰아치는 파도의 포효 속에 안겨 있는 기분이었다. 한참 아래 있는 안개와 성난 급류를 내려다보니 떠내려가는 부유물 조각들을 볼 수 있었다. 판자 조각, 기름통, 푸른 잎이 달린 가지…. 그 순간 그녀 안의 모든 절망이 사라졌다. 다시 기도 매트 위에 앉은 듯 마음이 차분해졌다.

머릿속이 맑아지며 시야가 확장됐다. 석호 건너편 섬에 있는 클래런스와 밥 코랄이 생각났다. 부유물을 관찰하며 바닷물을 체로 거르는 그들의 모습…. 그리고 템스강의 조수가 판자, 통나무, 밧줄, 플라스틱, 병, 시체, 쓰레기, 파편 조각 등을 실어 나르는 장면을 상상했다. 폐가 새로운 공기를 들이마시는 것처럼 새로운 부유물들을 외곽으로 가져오는 모습….

스칼렛은 그물에 거꾸로 매달린 채 칼로웨이 박사와 최고위원회의 노력이 헛되다는 걸 확신했다. 변화는 막을 수도 없고 통제할 수도 없을 것이다. 끊임없는 조수가 부유물을 몰아오듯 좋든 안 좋든 변화는 끝없이 계속될 것이다. 알버트는 사라졌다. 이제 그녀도 사라

414

질 것이다. 하지만 영국과 영국에 사는 사람들은 계속 변화할 것이다. 왜인지는 모르겠지만, 이 깨달음에 마음이 편안해졌다. 그녀의 뼈가 차가운 회색 바닷길로 떠내려가서 사라지든, 내륙으로 밀려가 다시 흙으로 돌아가든 더는 아무 상관없었다.

스칼렛은 그물이 끊어지기를 평온하게 기다렸다.

하지만 그물은 끊어지지 않았다. 스칼렛의 타고난 독종 기질이 다시 마음을 일으켰다. 몸을 꿈틀거리고 꼬고 비트는 일련의 동작들로 가까스로 수평 자세를 취했다. 옆구리 통증에 욕이 튀어나왔다. 그녀는 몸부림 끝에 상체를 위쪽으로 일으키는 데 성공했다. 늘어진 밧줄을 한 손 한 손 번갈아 쥐며 빌딩의 꼭대기로 끙끙대며 천천히 올라갔다. 그리고 마침내….

칼로웨이 박사가 기다리고 있는 걸 발견했다. 한 손에 스칼렛의 키만 한 난간 조각을 쥐고 있었다.

"쇠막대라, 그게 최선이야?" 스칼렛이 말했다.

"내 손가락을 부러뜨렸잖아, 이 새끼 암퇘지야." 칼로웨이 박사가 말했다. "네게 고마워할 일이 또 생겼군. 통증 때문에 힘을 사용하는 데 집중할 수 없거든. 하지만 나도 너처럼 임시방편을 사용하는 걸 좋아하지. 이 쇠막대로 네 머리를 부숴버릴 거야."

박사가 난간 막대를 들어 올렸다.

스칼렛이 도로 몸을 움츠렸다. 하지만 몸이 그물에 얽매여 꼼짝할 수 없었다.

몽둥이가 휙 내려왔다. 스칼렛이 눈을 감았다.

예상했던 대로 충격음은 끔찍하고 생생했다. 뼈와 쇠가 빠른 속도로 부딪히는 소리였다. 하지만 예상과 달리 전혀 아프지 않았다. 스칼렛은 한쪽 눈을 뜨고, 나머지 한쪽 눈도 떴다. 칼로웨이 박사는 여전히 위쪽에 서 있었다. 손에는 난간 막대가 힘없이 들려 있었다. 얼굴에 담긴 차가운 멸시가 부드럽게 변하고 있었다. 마치 불 가까이 이동한 것처럼 분노가 녹아내리고, 얼음 같던 냉정함이 사라졌다. 박사의 두 눈이 커졌고, 입은 벌어졌다. 슬픔, 후회, 혹은 다른 숨겨진 감정을 갑자기 깨달은 것처럼 보였다. 몇 초만 더 있었으면 스칼렛에게 그것을 표현했을지도 몰랐다.

하지만 그 몇 초는 주어지지 않았다. 칼로웨이 박사는 왼손으로 가슴을 움켜쥐었다. 눈이 뒤집히며 머리를 뒤로 젖힌 채 그대로 빌딩 가장자리 바깥쪽으로 쓰러졌다. 박사의 몸이 스칼렛 너머로 떨어져 내리며 그녀의 몸을 스쳐 지나갔다. 스칼렛은 자칫 박사와 함께 심연 속으로 곤두박질칠 뻔했다. 파도가 끊임없이 세게 몰아쳤다. 한순간 박사가 보였다가 바로 다음 순간 사라졌다. 하지만 세상은 아무것도 변한 게 없었다.

스칼렛은 여전히 찢어진 그물에 매달려 있었다. 그리고 쇠 난간 막대를 든 형체가 그녀를 내려다봤다.

반쪽짜리 쇠막대로 칼로웨이 박사의 머리를 내려친 소년이 빌딩 가장자리로 몸을 굽혔다. 그는 스칼렛의 손을 잡고 위로 끌어 올리기 시작했다. 하지만 곧 숨을 헐떡이며 힘겨워했다. 손이 계속 미끄러졌다. 스칼렛의 무게를 견딜 만한 힘이 없었다. 사실상 스칼렛은 거의 혼자 힘으로 올라가야 했다. 솔직히 그보다 동면을 마친 쥐가 더 잘해낼 것 같았다. 스칼렛은 이 사실을 지적하거나, 왜 이리 오래 걸렸는지 따질 수도 있었다. 잠깐이지만 마음을 스친 불만은 열 개도 넘었다. 하지만 어떤 불만도 말하지 않았다.

대신 이 말만 했다. "고마워, 알버트."

29

스칼렛과 알버트는 빌딩 꼭대기 돌출부 끄트머리에 걸터앉아 다리를 늘어뜨린 채 넓은 바다를 바라봤다. 등 뒤에서 해가 기울고, 동쪽에서 밤이 찾아오고 있었다. 군도의 자유의 섬은 어둠이 짙은 하늘에 반짝거리는 연분홍빛 조각 같았다.

바닷새들이 울고, 파도가 빌딩 사이로 밀려와 부딪혔다. 베이스워터섬 상층부에서 희미하고 짧은 음악 선율이 흘러나왔다. 밝고 경쾌한 바이올린 곡조였다. 하지만 알버트와 스칼렛 사이에는 지친 침묵이 흘렀다. 그들은 수로 건너편 빌딩 콘크리트 벽에 비친 둘의 그림자가 점점 길어지는 모습을 지켜봤다.

알버트는 지난 시간 겪은 사건과 감정들로 자신이 그림자처럼 늘어지고 실체 없는 존재인 양 느껴졌다. 그는 짧은 시간 안에 기쁨, 공포, 절망, 저항, 그리고 뭔가가 끝나는 충격을 모두 겪었다. 스칼렛이 죽었다고 생각했지만, 살아서 다시 나타났다. 칼로웨이 박사가 익사했다고 생각했지만, 박사 역시 다시 나타났다. 빌딩까지 올라가는 과정이 그를 지치게 만들었다면, 난간 끝에서의 저항은 그를 거의 끝장낼 뻔했다. 긴장감에 치솟았던 에너지가 마지막 한 방울까지 빠져나가 완전히 탈진 상태가 됐다. 하지만 어찌 됐든 살아남았다. 그게 알버트가 아는 전부였다. 그리고 이제….

"쇠막대는 버려도 될 거야."

알버트는 스칼렛의 말에 대답하는 데까지 잠깐 시간이 걸렸다. 무릎을 내려다보니 놀랍게도 난간 조각을 꽉 쥐고 있었다.

"그렇겠지…?"

막대를 쥔 손가락이 딱딱하게 굳어 있었다. 막대에서 손가락을 풀자 정말 아팠다.

"알버트, 네가 박사의 머리를 박살 내고 거친 바다로 던졌잖아. 이번에는 진짜 죽었을 거야."

"죽었다고…." 알버트가 말했다.

"그래. 잘 가라, 스톤무어."

스칼렛은 뻣뻣한 손으로 엉킨 머리카락을 쓸어 넘겼다.

알버트는 심호흡을 했다. 그래, 스칼렛은 이런 일들을 잘 알 것이다. 그는 조심스럽게 난간 조각을 옆에 있는 돌 위에 내려놨다. 칼로웨이 박사가 이제 없다는 걸 상상하기 힘들었다. 흠뻑 젖은 피투성이 유령처럼 심연에서 올라와 손을 앞으로 뻗은 채 쫓아올 것만 같았다. 알버트의 인생에서 늘 어두운 존재였던 게 사라졌다. 이런 깨달음은 이상하게 방향감각을 잃고 어딘가에 떠 있는 듯한 공허함을 느끼게 했다. 크게 아프고 난 후 열이 내리고 몸이 회복되기 시작할 때와 비슷한 기분이었다.

스칼렛이 코트 주머니를 뒤졌다.

"껌 하나 씹을래?"

"고마워."

"맛은 보장 못 해. 거의 땀과 바닷물 맛만 날 거야. 하지만…."

"스칼렛, 난 도전할 준비가 돼 있어. 한번 시도해 볼게."

알버트는 껍질을 벗기고 묘한 기분으로 껌을 씹었다. 멀리 아래에서 파도가 부딪히는 소리가 들렸다.

잘 가라, 스톤무어⋯. 사실이었다. 더 이상 알버트를 스톤무어로 끌고 갈 존재가 없었다.

"알버트, 그런데 나한테 말해야지."

"말하라고?" 알버트가 눈을 껌벅거리며 쳐다봤다. "어, 약간 짜긴 하지만, 이건 분명 바닷물 맛⋯."

"껌 말고, 멍청아. 어떻게 한 거냐고! 뛰어내렸었잖아." 스칼렛이 눈을 부릅뜨고 노려봤다. "젠장, 나 그때 진짜 충격받았다고."

알버트가 스칼렛을 바라봤다. 뛰어내리기 직전의 마지막 순간, 스칼렛의 얼굴에서 본 걸 아직도 기억할 수 있었다. 서로 시선이 마주쳤을 때, 그녀 주위로 아름답게 타오르던 빛⋯.

현재 스칼렛의 찌푸린 얼굴에도 불구하고, 그 빛은 여전히 그녀 주위에 남아 있었다.

"미안해, 스칼렛."

스칼렛은 눈을 가린 머리카락을 쓸어 넘기고 가는 어깨를 무심하게 으쓱했다.

"뭐, 별건 아니지. 하지만 박사가 네게 최종 선택권을 줬을 때, 뭐랄까⋯. 다른 선택을 할 줄 알았지."

알버트가 미소 지었다. "절대 그럴 일은 없었을 거야. 내 선택은 절벽 바로 아래의 작은 발코니로 뛰어내리는 거였어. 너도 몸을 쭉 뻗고 아래를 내려다보면 볼 수 있을 거야. 보이지? 섬 주민들이 그물을 고정하는 곳인가 봐. 갈고리와 고정장치가 거기 있었거든. 발코니 폭이 넓진 않았어. 하마터면 떨어질 뻔했지만, 갈고리를 잡고 몸을 가누면서 움직였지. 빌딩 꼭대기로 올라갈 수 있는 곳이 살짝 부서져 있어서 거길 뛰어넘어 쇠막대를 잡았어. 그리고 진작에 했어야 했던 일을 했지. 내 손으로 직접."

"그래. 의외로 잘하더라."

"거리가 아주 가까웠거든. 내게 등을 보인 상태이기도 했고."

"맞아. 하지만 성공할 가능성이 높진 않았어."

둘은 잠시 그 자리에 앉아 있었다. 껌 때문이든 칭찬 때문이든, 아니면 등에 내리쬐는 햇살 때문이든, 알버트는 피로하면서도 만족감이 점점 커져갔다.

"있잖아. 우리가 해냈어."

스칼렛이 고개를 끄덕이며 말했다. "응."

"스칼렛, 우리가 함께 해낸 거야."

"그래."

먼 빌딩에서 다시 바이올린 소리가 들렸다. 북 두드리는 소리가 더해졌다. 즐거운 함성과 휘파람 소리가 바다를 건너 흘러왔다.

스칼렛은 뻣뻣하게 베이스워터섬을 돌아봤다.

"저 바보들이 뭐 하는 거야?"

"아마 춤추고 있을 거야. 조니 핑거스가 베이스워터 주민들은 춤을 정말 자주 춘다고 했거든. 매일 저녁 식사 후에, 그리고 아침이 찾아오는 것과 달이 변화하는 것, 월간 행사와 다시마밭의 수확을 축하하기 위해…. 진짜 뭐든지 기회가 될 때마다 춘다고 했어."

"난폭한 침입자들로부터 해방된 것도 당연히 해당하겠지. 알버트, 너도 가서 즐겨."

"아니, 괜찮아."

"발재간 좀 부려보고 싶지 않아?"

"아니. 지금은 됐어."

스칼렛이 알버트를 보며 웃었다. "춤추는 바보들은 잠깐 제쳐두자고. 알버트, 드디어 자유의 섬에 왔네. 네가 원하던 게 이뤄진 거야. 꼭 베이스워터섬이나 조니 핑거스를 선택할 필요는 없어." 그녀가 바다 건너를 가리키며 말했다. "저기 다 있어. 봐봐. 어디든 네가 고르면 돼."

알버트는 수평선 너머 바다에 흩어져 있는 무너진 고층 빌딩들을 바라봤다. 곱슬머리 소년과 스톤무어의 휴게실에서 들었던 이야기들이 떠올랐다. 지금까지 그를 지탱해 준 꿈도. 하지만 이상하게 곱슬머리 소년의 모습이 전만큼 뚜렷하게 그려지지 않았다. 자유의 섬에 대한 오랜 환상들도 흩어지고 있었다. 마치 물속에 떨어진 잉크 자국처럼….

"그래. 다른 섬을 고를 수도 있겠지."

"저기 뭉툭한 섬에도 사람들이 사는 거 같아. 만조 때도 완전히 물에 잠길 거 같지는 않은데…. 아니면 꼭대기에 해초 오두막이 모여 있는 저 섬은 어때?"

"글쎄…."

"뭘 망설이는지 모르겠네. 알버트, 네가 해냈어. 칼로웨이 박사는 죽었다고. 박사의 최고위원회 동료들은 널 찾을 생각도 안 할 거야. 설령 널 찾으려 한대도 절대 못 찾을 거고. 가장 가까운 신앙의 집도 여기서 80킬로는 떨어져 있어. 여긴 노예 상인도 없고… 오염된 자도 없어…." 스칼렛이 옆을 쳐다보며 씩 웃었다. "세상에서 도망치려던 소년이 싫어할 게 뭐가 있지? 이젠 모든 게 꽤 잘 풀린 거 같은데."

알버트가 발뒤꿈치로 돌출부를 차며 바다를 바라봤다. 한숨을 내쉬었다. "그게 문제야. 섬들은 안전해…."

"물론이지."

"물론 상어 떼와 무너지는 폐허와 쓰나미를 제외하면. 그리고 전염병도…. 동쪽에 캠버웰이라는 전염병 섬이 있다고 얘기했던가? 아, 번개 폭풍도 있구나. 첼시 임질이라는 듣기에 썩 안 좋은 병에 걸릴 가능성도 있고. 하지만 그것들을 제외하면…."

"모두 제외하면," 스칼렛이 끼어들었다. "자유의 섬은 일곱 왕국에서 찾을 수 있는 가장 안전하고 지루할 정도로 예측 가능한 곳이야! 더 말하지 마, 알버트. 여기 꽤 괜찮은 피난처가 있다고. 물론 네가 숨어 지내고 싶다면 말이야."

꽤 괜찮은 피난처…. 그 말은 틀림없는 사실이었다. 섬에 머무른다면, 알버트는 거의 모든 것으로부터 보호받을 수 있을 것이다.

모든 것으로부터….

알버트는 스칼렛을 바라봤다. 홀로 작게 흥얼거리고 있었다. 지난 이십사 시간은 그녀에게 혹독한 피해를 줬다. 하지만 멍과 긁힌 자국, 너덜너덜 더러워진 옷, 뻣뻣한 몸짓에도 불구하고 여느 때와 마찬가지로 기민하고 침착했다. 부드러운 저녁 빛이 베이스워터섬 가장자리를 비추고, 스칼렛의 날렵하고 마른 몸을 감쌌다. 머리카락이 붉은 금빛으로 빛났다. 스칼렛을 처음으로 제대로 봤던 때를 떠올리게 했다. 작은 골짜기의 시냇가에서, 그녀가 알버트를 버스에서 꺼내 준 그날.

기분 좋은 아픔이 온몸을 스쳐 지나갔다. 알버트는 갑자기 이 말을 해야겠다는 생각이 들었다.

"스칼렛, 날 위해 돌아와 줘서 고마워. 베이스워터섬으로 말이야. 오늘 네가 날 구했어. 얼마나 힘들었는지 알아. 난 그럴 자격이 없었지. 뗏목에서 그 일이 벌어진 후에는…."

"알았어. 그만해!" 스칼렛이 한 손을 들었다. 손을 감은 붕대는 까맣고 찢어져 있었다. "어젯밤 일은 잊어버려. 네 잘못이 아니었어."

"당연히 내 잘못이야! 내가 뗏목을 부쉈다고!"

"우린 공격받았어. 네가 우리를 구했고. 그게 다야."

"나도 그게 다였으면 좋겠어. 하지만 스칼렛, 그건 사실이 아니야! 내가 항상 말했던 대로 절대 공포가 항상 내 안에 있어. 난 그걸 제어할 수 없고 예측할 수도 없어. 절대 공포가 오면, 난 모든 걸 파괴해…. 그리고 언제나 나와 가까운 사람들이 가장 끔찍한 고통을 겪을 거야."

스칼렛이 크게 코웃음 쳤다. 길고 함축적이고, 오만한 즐거움이 담겨 있었다.

"헛소리. 네가 조나 에티, 날 죽였어? 아니지. 그럼 적을 죽였나? 맞아. 증명 끝이네. 알버트, 내 생각에 넌 그 힘을 제어할 수 있어. 단지 네가 원하는 방식으로 하지 못할 뿐이야."

알버트는 주저하다 말했다. "스칼렛, 넌 정말 다정하구나. 하지만 그게 진실인지는 모르겠어. 생각해 봤는데, 어쩌면 난 멀리 가는 게 나을지도 몰라. 여기서 더 멀리. 동쪽 끝 아주 외딴섬으로 헤엄쳐 가서 은둔자가 되는 거야. 친구라곤 거기 사는 소라와 조개가 다겠지만…. 몇 년이 흐르겠지. 난 거기서 돌처럼 세월에 풍화되고 발가벗은 채 앙상한 다리를 벌리고 앉아 외로움과 잔인함에 대해 명상하고…."

"알버트."

"왜?"

"닥쳐."

"진짜? 힘에 관해 얘기하고 있었는데. 네가 전에 하라던 대로."

"아니. 넌 벌거벗는 얘기를 하고 있었잖아. 그 이미지가 머릿속에 무덤까지 남아 있을 거라고. 그만해! 이제 그냥 잊어버려. 네 힘이야. 좋든 나쁘든 너의 일부지. 그냥 받아들이고 걱정은 멈춰."

알버트가 잠시 침묵했다.

"하지만 난 절대 완벽하게 배우지 못할…."

"힘들겠지! 나도 성격이 급하거든! 아마 필요 이상으로 많은 사람들을 쐈을 거야. 그래도 내 성격을 안고 살아야 해. 너도 마찬가지야. 욕설 상자를 사. 아니면 기도 매트라도 구해. 그렇게 넘어가라고."

"하지만…."

"그리고 네 힘을 '절대 공포'라고 부르지 마. 칼로웨이 박사나 붙일 법한 이름이야. 겁먹은 건 그녀였지, 넌 그럴 필요 없어. 다른 이름으로 불러."

알버트는 항의하려 입을 열었다가 곧 다시 다물었다.

"알았어. 그래볼게."

"좋아."

빌딩 사이의 수로에서 햇빛이 물러나며 아래쪽 벽이 어두워졌다. 동쪽에 있는 다른 자유의 섬들에서 등불이 켜지고 있었다. 스칼렛이 가는 팔을 쭉 뻗으며 하품했다.

"난 본토로 돌아가야 해. 주의하지 않으면, 조가 마지막 배를 타고 가버릴 거야. 내 배낭도 갖고 있는 거 같더라. 즉 조가 내 기도 매트와 나머지 돈도 모두 갖고 있단 거지. 배낭을 들고 도망치기 전에 나도 어서 움직여야 해."

"조 할아버지에게 네 배낭에서 뱃삯을 가져가도 된다고 했어." 알버트가 말한 후, 목을 가다듬었다. "있잖아…. 스칼렛, 네 다음 계획은 뭐야? 북쪽으로 가겠다고 했던 거 같은데."

스칼렛이 이제 자리에서 일어나고 있었다. 천천히 굳은 몸을 움직이며 나지막하게 욕설을 내뱉었다.

"응. 아마 머시아나 노섬브리아로 갈 거 같아. 손가락 형제단이 날 잊을 때까지 웨섹스는 잠시 피해 있으려고. 걱정 마. 바쁘게 지낼 아이디어가 몇 개 있으니까."

알버트도 일어섰다. 바다 너머로 밤이 그들을 향해 다가왔다. 수평선에서 고동치는 불빛은 아마 저 멀리 불의 지역을 나타내는 것 같았다.

"그 아이디어들 말인데," 알버트가 무심하게 말했다. "다른 은행 금고들을 터는 거야?"

스칼렛이 똑바로 섰다. 언제나처럼 곧고 당당하게. 바람에 코트가 펄럭이고, 빨간 머리카락이 휘날렸다.

"음, 은행이 한두 개쯤은 있어야 할 거야. 무기나 그런 것들을 사려면 돈이 필요하거든. 하지만 그 후에는 알아보고 싶은 게 있어. 워릭의 오래된 도시에 신앙의 집이 하나 있거든. 머시아에서 가장 크고 부유한 곳이라고 하더라. 듣기로는 금고가 수 킬로에 달한다더군. 온갖 재산과 전설 속 보물과 고대 유물이 있고, 방에는 칼로웨이의 동료들이 어떻게 해야 할지 모를 만큼 금과 돈이 가득하대…. 그래서 지나가다 잠깐 들러 구경이나 할까 하고…."

"흥미로운 얘기네." 알버트가 말했다.

"그럴 거야."

"당연히 위험하기도 하고."

"아주 위험하겠지. 저번에 쳐들어갔던 레클레이드 은행과는 비교도 안 될 거야."

"그렇겠네. 하지만 그때 우린 멋지게 해냈어. 그렇지?"

"그래, 그랬지. 하지만 이제 난 내 갈 길을 가고, 넌 여기서 행복한 다시마 농부가 되는 거야. 뭐, 여기 사람들이 하는 다른 걸 하든지. 섬 주민들이 진짜 해초로 만든 옷 봤어? 좀 이상한 신체 부위에서까지 끈적거릴 텐데, 사람들이 그걸 즐기는 거 같더라."

알버트는 몸을 돌려 어둠이 깃든 영국의 대지를 다시 바라봤다. 하늘은 노란색과 분홍색 줄무늬로 물들어 있었다. 희미한 불빛과 모 닥불 몇 개가 강어귀의 빈민가를 표시했다. 그는 별빛 아래 일곱 왕 국이 그 아름다움과 기이함, 야생성과 다양성을 모두 드러낸 모습을 상상했다. 누구든지 감히 탐험하려는 자를 기다리는 듯….

"스칼렛, 저 노을을 좀 봐. 정말 아름다워."

"그래. 멋지네. 그런데 너 다른 데 보고 있는 거 아냐? 자유의 섬은 저쪽이야."

"아, 응. 네 말이 맞아."

스칼렛은 코트 자락을 정리하고 미소 지으며 말했다. "그래, 난 이 제 배를 찾으러 갈게."

"같이 가자. 그러니까, 보트 창고까지 말이야. 바래다줄게. 길을 확실히 찾을 수 있도록…. 그리고 조 할아버지와 에티도 보고 싶어."

"그래. 나도 마찬가지야." 스칼렛은 말하면서도 스스로 놀란 듯했다.

알버트는 스칼렛과 함께 평평한 돌출부를 가로질러 걸어갔다. 등 뒤에는 어두운 밤이 있고, 앞에는 분홍 빛줄기가 실처럼 가늘어진 하 늘이 있었다. 계단 꼭대기에서 알버트가 잠깐 걸음을 멈췄다.

"머시아에 있는 사악한 신앙의 집에는 어떤 위험이 있을 거 같아? 그냥 궁금해서 물어보는 것뿐이야. 뿔부리새일까? 아니면 늑대?"

"글쎄. 어떤 종류든 괴물이 있겠지. 그건 확실해. 온갖 지저분한 방어 시설들도 있다고 하더라. 올가미, 함정, 숨겨진 가스 덫…. 아,

뒤집히는 돌도 있대. 그걸 밟으면 거대 식인 개구리 통에 떨어진다지. 물론 그 얘기는 그다지 믿지 않지만. 한번은 손가락 형제단이 거길 털려고 했는데, 아무도 살아 나오지 못했다는 얘기도 들었어…. 하지만 그건 다 소문일 뿐이야. 확실한 건, 내가 직접 침입해 보기 전까지는 정확히 알 수 없다는 거지."

"너무 위험한데. 아무것도 모르고 들어가는 거잖아."

"그렇지. 진짜 위험할 거야."

"다른 방법이 있으면 좋을 텐데."

"물론 신앙의 집의 멘토들은 모든 비밀을 알겠지. 하지만 내가 그걸 어떻게 알아내겠어? 그들의 머릿속이라도 읽으면 모르겠지만."

스칼렛 맥케인이 알버트를 보며 씩 웃었다. 알버트 브라운이 스칼렛을 바라봤다. 그날의 마지막 햇빛 속에서 그들은 오랫동안 서로 마주 봤다. 그리고 다시 계속 걸어갔다. 계단을 내려가는 소리가 울리자, 어둠이 뒤를 쫓아와 빌딩을 덮쳤다. 하지만 다리 끝에는 한 줄기 촛불빛이 춤추고 있었고, 할아버지와 아이가 그들을 기다리고 있었다.

켈시, 나오미, 알렉스에게
   사랑을 보내며

위험한 무법자
스칼렛과 알버트 1

초판 1쇄 발행   2025년 4월 25일

지은이   조나단 스트라우드
옮긴이   정은

펴낸이   조미현
책임편집   황정원
디자인   엄윤영
마케팅   임혁
제작   이현

펴낸곳   (주)현암사
등록   1951년 12월 24일 제 10-126호
주소   04029 서울시 마포구 동교로12안길 35
전화   02-365-5051
팩스   02-313-2729
전자우편   dalda@hyeonamsa.com
홈페이지   www.hyeonamsa.com
블로그   blog.naver.com/hyeonamsa

ISBN 978-89-323-2419-7 04840
ISBN 978-89-323-2418-0 (세트)